CHRISTIAN JACQ

Né à Paris en 1947, Christian Jacq découvre l'Égypte à treize ans à travers ses lectures, et se rend pour la première fois au pays des pharaons quelques années plus tard. L'Égypte et l'écriture prennent désormais toute la place dans sa vie. Après des études de philosophie et de lettres classiques, il s'oriente vers l'archéologie et l'égyptologie, et obtient un doctorat d'études égyptologiques en Sorbonne avec pour sujet de thèse « Le voyage dans l'autre monde selon l'Égypte ancienne ». Christian Jacq publie alors une vingtaine d'essais, dont *L'Égypte des grands pharaons* chez Perrin en 1981, couronné par l'Académie française. Il fut un temps collaborateur de France Culture, notamment pour l'émission « Les Chemins de la connaissance ». Parallèlement, il publie des romans historiques qui ont pour cadre l'Égypte antique ainsi que, sous pseudonyme, des romans policiers. Son premier succès, *Champollion l'Égyptien*, a suscité la passion des lecteurs en France comme à l'étranger, tout comme ses autres grands romans égyptiens – *Le Juge d'Égypte*, *Ramsès*, *La Pierre de Lumière*. Son dernier roman, *Horemheb, le retour de la lumière* a paru chez XO Éditions en 2019. Les ouvrages de Christian Jacq sont aujourd'hui traduits dans vingt-neuf langues.

PHARAON

DU MÊME AUTEUR
CHEZ POCKET

LA REINE SOLEIL
LE MOINE ET LE VÉNÉRABLE
LE PHARAON NOIR
TOUTÂNKHAMON
LE PROCÈS DE LA MOMIE
IMHOTEP, L'INVENTEUR DE
L'ÉTERNITÉ
LE DERNIER RÊVE DE CLÉOPÂTRE
NÉFERTITI
J'AI CONSTRUIT LA GRANDE
PYRAMIDE
SPHINX
LA VENGEANCE DES DIEUX
URGENCE ABSOLUE
PHARAON

LE JUGE D'ÉGYPTE

LA PYRAMIDE ASSASSINÉE
LA LOI DU DÉSERT
LA JUSTICE DU VIZIR

RAMSÈS

LE FILS DE LA LUMIÈRE
LE TEMPLE DES MILLIONS D'ANNÉES
LA BATAILLE DE KADESH
LA DAME D'ABOU SIMBEL
SOUS L'ACACIA D'OCCIDENT

LA PIERRE DE LUMIÈRE

NÉFER LE SILENCIEUX
LA FEMME SAGE
PANEB L'ARDENT
LA PLACE DE VÉRITÉ

LA REINE LIBERTÉ

L'EMPIRE DES TÉNÈBRES
LA GUERRE DES COURONNES
L'ÉPÉE FLAMBOYANTE

LES MYSTÈRES D'OSIRIS

L'ARBRE DE VIE
LA CONSPIRATION DU MAL
LE CHEMIN DE FEU
LE GRAND SECRET

MOZART

LE GRAND MAGICIEN
LE FILS DE LA LUMIÈRE
LE FRÈRE DU FEU
L'AIMÉ D'ISIS

ET L'ÉGYPTE S'ÉVEILLA

LA GUERRE DES CLANS
LE FEU DU SCORPION
L'ŒIL DU FAUCON

LES ENQUÊTES DE SETNA

LA TOMBE MAUDITE
LE LIVRE INTERDIT
LE VOLEUR D'ÂMES
LE DUEL DES MAGES

CHRISTIAN JACQ

PHARAON

Mon royaume est de ce monde

Pocket, une marque d'Univers Poche,
est un éditeur qui s'engage pour la préservation
de l'environnement et qui utilise du papier fabriqué
à partir de bois provenant de forêts gérées
de manière responsable.

Le Code de la propriété intellectuelle n'autorisant, aux termes de l'article L. 122-5, 2° et 3° a, d'une part, que les « copies ou reproductions strictement réservées à l'usage privé du copiste et non destinées à une utilisation collective » et, d'autre part, que les analyses et les courtes citations dans un but d'exemple et d'illustration, « toute représentation ou reproduction intégrale ou partielle faite sans le consentement de l'auteur ou de ses ayants droit ou ayants cause est illicite » (art. L. 122-4).
Cette représentation ou reproduction, par quelque procédé que ce soit, constituerait donc une contrefaçon, sanctionnée par les articles L. 335-2 et suivants du Code de la propriété intellectuelle.

© XO Éditions, 2019
ISBN : 978-2-266-29869-8
Dépôt légal : février 2020

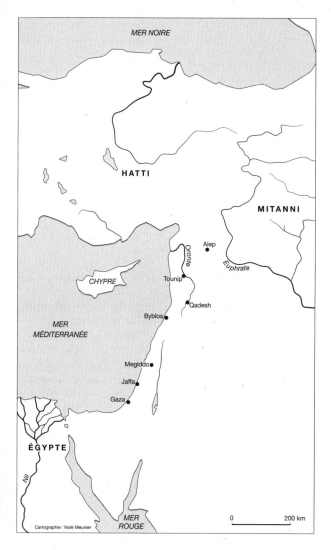

Le Proche-Orient à l'époque de Thoutmosis III.

Pharaon crée ce qui est, il est la lumière grâce
à laquelle on vit.
Pharaon est le canal qui régularise l'eau du fleuve,
La pièce fraîche où les humains trouvent le repos,
Le rempart aux murailles de métal céleste, le lieu
sec et chaud pendant l'hiver,
La puissance qui arrête l'ennemi aux frontières.
Pharaon construit la cité céleste.
Alors même que Pharaon a disparu, son rayonnement
atteint ceux qui lisent ses écrits.

Extraits des *Textes des Pyramides*,
des *Enseignements* des pharaons
à leurs successeurs
et des hymnes royaux.

— PROLOGUE —

La foudre tomba à trois pas du Vieux. Si son âne, Vent du Nord, ne lui avait pas bourré les côtes, la fureur du ciel lui aurait ôté le goût du vin.

Une boule de feu traversa le sentier et traça un sillon dans le champ de blé. Puis un déluge s'abattit sur Thèbes[1], la grande cité du sud de l'Égypte.

« L'eau, c'est dangereux », marmonna le Vieux en courant vers sa maison, implantée au cœur d'une vigne produisant un grand cru, destiné à la table du pharaon.

Une femme-Pharaon qui agonisait. Grande Épouse royale, veuve, puis régente, Hatchepsout avait accédé à la fonction suprême, mais son règne touchait à sa fin.

Préservant la paix et la prospérité, elle avait gouverné avec une autorité souriante. Sa disparition était synonyme de désastre, car son successeur, de l'avis général, ne serait pas à la hauteur de sa tâche.

Un drôle de successeur : Thoutmosis, troisième du nom, avait été désigné Pharaon par le conseil des

---

1. Ouaset, « La cité du sceptre-Puissance ».

Sages, alors qu'il n'était âgé que de huit ans. Selon une coutume ancestrale, sa tante Hatchepsout avait assumé la régence jusqu'à un événement extraordinaire : l'oracle du dieu Amon, le maître du richissime temple de Karnak, lui accordait la royauté[1] ! Et pour la première fois de sa longue existence, l'Égypte connaissait deux souverains en même temps.

La réaction de l'adolescent Thoutmosis ? S'effacer. Ne s'intéressant guère au pouvoir, adepte des textes anciens et des rituels, passionné de botanique, il se satisfaisait de son existence, à l'écart des tourments du quotidien, et se contentait d'apparaître derrière celle qui tenait ferme le gouvernail du bateau de l'État, lors des principales cérémonies officielles.

L'orage continua à se déchaîner, des dizaines d'éclairs zébrèrent le ciel. La colère du dieu Seth accablait le pays, bientôt confié à un incapable. Et la chute serait brutale.

Une chaleur excessive malgré les trombes d'eau, un vacarme incessant, de la difficulté à respirer… Impossible de dormir. D'ordinaire si calme, Vent du Nord restait éveillé et nerveux, comme s'il pressentait une catastrophe.

Demain, le Vieux aurait dû livrer une dizaine de jarres d'un vin rouge estampillé « Très, très bon », à l'occasion d'un banquet célébré en l'honneur de la femme-Pharaon. Mais les réjouissances seraient annulées. Selon la rumeur, la souveraine ne verrait pas le lever du soleil. Un soleil qui n'illuminerait guère une

---

1. Hatchepsout a gouverné vingt-deux ans, de 1479 à 1458 av. J.-C. (dates approximatives).

Égypte en deuil que frappait le ciel. Dans les champs, comme dans les villes et les villages, les dégâts s'annonçaient considérables. Et il n'y aurait personne pour commander et tracer l'avenir.

— 1 —

L'objet que je préfère, c'est ma palette de scribe.
Jamais je ne m'en sépare et, chaque soir, je la nettoie
moi-même. Dans la partie creuse, des calames, des sty-
lets et des pinceaux ; à l'avant, deux cuvettes contenant
les pains d'encre, le rouge et le noir. Un mortier servant à les briser, un godet rempli d'eau à les diluer,
un coupe-papyrus à obtenir un feuillet aux dimensions
voulues, et mon sceau.

Le sceau royal d'un monarque qui ne règne pas,
malgré son accession au trône, voilà vingt-deux ans.
J'étais un enfant lorsque ma mère, Isis, Grande Épouse
royale du pharaon Thoutmosis II, décédé au terme d'un
règne très bref, m'a conduit au temple de Karnak.

Je me souviens de chaque instant de cette longue
cérémonie qui m'a écrasé. Des ritualistes au visage
fermé m'ont purifié et vêtu, avant de m'intégrer à la
procession guidée par le Premier Serviteur du dieu
Amon, notre protecteur. Au centre d'une chaise à porteurs, sa statue.

Soudain, le cortège s'immobilisa.

La statue divine me contempla longuement et s'inclina. Et tous les ritualistes s'exclamèrent : « Vie, prospérité et santé à notre roi[1] ! » J'ai cru qu'ils s'adressaient à quelqu'un d'autre, mais un homme âgé, aux yeux sévères, a posé sur ma tête une double couronne symbolisant l'union du Nord et du Sud. Et l'on m'a conduit à la Maison de Vie pour que j'y vénère Osiris, vainqueur du trépas.

Ma tante, aussi belle qu'autoritaire, m'a annoncé qu'elle gouvernerait le pays jusqu'à ce que je sois capable d'assumer ma fonction. Le destin en a décidé autrement. À la mort de ma mère, j'ai noyé mon chagrin dans l'étude des textes anciens, datant de l'époque des grandes pyramides. La pensée des sages me fascinait ; à la bibliothèque de la Maison de Vie, je ne voyais pas les heures passer. Recopier les paroles des Anciens était un plaisir suprême, et célébrer les rituels me procurait une joie profonde. Quand Hatchepsout fut proclamée Pharaon, je fus soulagé. Habituée aux méandres du pouvoir, soucieuse du bonheur de son peuple, elle assura la richesse des Deux Terres, la Basse et la Haute-Égypte, avec une rigueur et une compétence appréciées de tous. La femme-Pharaon prit soin de m'associer aux célébrations officielles, sans omettre de m'expliquer ses décisions et de recueillir mon approbation, qui ne lui fit jamais défaut. Et je n'avais qu'une hâte : retourner au temple, lire et écrire. Mon nom, « Fils de Thot », le patron des scribes et des savants, a forgé mon caractère.

---

1. L'événement eut probablement lieu le 28 avril 1749 avant J.-C.

Et j'ai oublié que le règne d'Hatchepsout aurait une fin. Enivré par les textes révélant les secrets des dieux et de la vie en éternité, je n'imaginais pas la disparition d'une souveraine si respectée, garante de notre prospérité.

La maladie a frappé. Malgré l'excellence de nos médecins et le courage de leur patiente, il n'y a plus d'espoir. Depuis une semaine, Hatchepsout est alitée, et son Premier ministre gère les affaires courantes. On administre des sédatifs à la mourante pour lui épargner la souffrance, et l'issue fatale est inéluctable.

Une issue qui me contraint à la remplacer et à régner. Et cette contrainte-là m'oppresse. Comment m'en dégager ? Convoquer le conseil des Sages, les prier de reconsidérer leur position et les convaincre de choisir un meilleur monarque ?

Orage, éclairs, pluie battante… Depuis la fenêtre de ma chambre, j'assiste à la colère du ciel. L'Égypte survivra-t-elle à la disparition de cette femme exceptionnelle et irremplaçable ? Ce n'est pas à moi de relever ce défi et d'affronter une adversité qui me dépasse.

Jaillissant des nuages noirs, un grand ibis blanc, l'oiseau de Thot, déploya ses ailes en direction du palais. Pendant d'interminables secondes, il se figea, et son regard me transperça l'âme.

Il m'interdisait de fuir.

Amon m'avait choisi, Thot me rappelait que je n'étais plus un homme comme les autres, et que je n'avais pas le droit de me dérober.

Environné d'éclairs, l'ibis s'envola vers l'occident.

On frappa à ma porte. Des coups répétés et nerveux.

Le grand intendant, au visage grave.

— Majesté, notre souveraine a regagné la lumière d'où elle était issue. Le trône est vacant.

Bien que cette mort fût annoncée, je ne parvenais ni à y croire ni à saisir l'ampleur de ses conséquences. Le grand intendant attendait une déclaration, je me contentais de hocher la tête.

Il se retira.

À présent, je suis seul.

Seul face aux dieux et aux humains. Seul responsable de mon peuple. Avoir été désigné par Amon, Thot et le Grand Conseil ne suffira pas ; encore faudra-t-il se faire aimer. Depuis la première dynastie, ce fut la clé du pouvoir.

Un étrange sentiment m'anima, que je n'avais pas encore éprouvé avec tant d'intensité : j'aimais tout de mon pays, son ciel, sa terre, son fleuve, ses temples, ses habitants, ses troupeaux, ses saisons, ses jours et ses nuits. Il incarnait la vie dans sa magnificence. Désormais, mon devoir serait de la préserver.

— 2 —

Sous le regard de son âne, le Vieux jeta les dés.

— Encore perdu, constata son commis et adversaire, un gamin doué pour la fabrication des bouchons d'herbe et de paille. Tu me dois une petite jarre de bière.

— D'accord, d'accord… Une chance comme la tienne, c'est anormal !

— Autant en profiter tout de suite. Au palais, ça grenouille sévère. Il paraît que le roi va se retirer dans la Maison de Vie et que les candidats à sa succession se déchirent et tentent d'obtenir les faveurs du Grand Conseil.

— Les humains sont les humains, mon gars.

— Notre pharaonne, on l'aimait bien. Avec elle, pas de guerre, à manger pour chacun, et de grandes fêtes où l'on s'amusait à s'en faire éclater la panse !

— Ça ne pouvait pas durer.

— Si c'est le désordre à Thèbes, les gens du Nord n'interviendront-ils pas ? On se tapera dessus, et pour quel résultat !

Le gamin ne délirait pas. L'orage de Seth, qui avait causé des dégâts considérables, annonçait peut-être le pire. L'Égypte se souvenait de sombres époques, telle l'occupation par les barbares hyksôs, chassés à l'initiative d'une reine courageuse.

Le pays subissait le grand deuil, selon la coutume prévalant lors du décès d'un pharaon. Le trône était vide, le chaos menaçait, les hommes ne se rasaient plus, on ne célébrait aucune sorte de réjouissance, les grands travaux s'interrompaient, et l'on se contentait de vivoter, l'angoisse au ventre. Cette période de deuil durerait soixante-dix jours, le temps de la momification de la défunte ; à son terme serait célébré le rituel de résurrection. Son âme monterait au ciel où elle brillerait à jamais parmi les étoiles.

Au Grand Conseil de proclamer un nouveau pharaon ; et les cérémonies du couronnement s'accompagnaient d'une explosion de joie.

Cette fois, situation anormale ! Régnant sans exercer le pouvoir, le troisième des Thoutmosis, de l'avis général, était inapte à commander. Et sans un chef puissant et déterminé, faisant respecter à tous les échelons de la société la règle de Maât – justesse, vérité, rectitude et cohérence –, les humains étaient condamnés au malheur.

D'un naturel pessimiste, le Vieux imaginait une guerre civile qui ruinerait les Deux Terres. Un désastre imputable à ce roi de vingt-neuf ans, si attaché à ses recherches au temple qu'il en oubliait son peuple ! Les dieux et le Grand Conseil s'étaient lourdement trompés en choisissant cet enfant. Restait à espérer qu'un proche de la défunte, suffisamment compétent, reprenne le flambeau afin d'éviter une catastrophe…

Des luttes intestines ne paralyseraient-elles pas son action ?

Seul un pharaon aimé de son peuple tenait ferme le gouvernail et garantissait un voyage heureux. Et ce n'était pas un érudit, éloigné depuis si longtemps des difficultés du pouvoir et des exigences de l'État, qui assumerait une fonction si lourde.

— Encore une partie ?

— C'est l'heure de la sieste, rappela le Vieux ; et j'ai envie de rêver.

*
* *

Âgé, expérimenté, apprécié et craint, le Premier ministre Ouser[1] convoqua chez lui, et en grand secret, ses principaux collaborateurs. Sa vaste villa thébaine abritait des ateliers, une étable, une boulangerie, une brasserie et une boucherie. Une véritable ruche où travaillaient des dizaines d'employés.

Les hauts fonctionnaires se réunirent dans son bureau, dont les fenêtres donnaient sur une pièce d'eau rectangulaire, entourée de massifs floraux.

— La momification sera bientôt achevée, annonça le Premier ministre, et l'inhumation aura lieu à la fin de la semaine. Le temps des décisions approche.

---

1. Son nom complet est Ouser-Amon, « Amon est puissant, riche (en formes) ». Son titre égyptien est *tjaty*, « Celui du rideau », autrement dit celui qui parle seul à seul, derrière le rideau, avec le roi et connaît tous les secrets du pays. On a pris la malencontreuse habitude de l'appeler « vizir », terme inadéquat issu de la culture ottomane.

— Avez-vous vu le roi ? s'inquiéta le ministre de l'Agriculture.

— Malheureusement non. D'après mes informateurs, il passe son temps à préparer la parfaite exécution du rituel, pour que la défunte effectue une heureuse traversée vers le Bel Occident et séjourne dans les paradis de l'au-delà.

— Nul ne saurait le lui reprocher. Mais ne nous voilons pas la face ; le troisième de la lignée des Thoutmosis n'a ni l'envie ni la capacité de gouverner.

— Que préconises-tu ?

— Puisque vous êtes membre du Grand Conseil, convainquez-le d'élire un autre pharaon.

— Impossible. Thoutmosis a été désigné par le dieu Amon.

— C'est un ritualiste qui ne s'intéresse qu'à la vie du temple et aux écrits anciens ! Qu'il continue à régner sans régner, mais adoptons les mesures indispensables.

— À savoir ?

— À vous de tenir les rênes du pouvoir.

— Je dois obéissance au pharaon, protesta Ouser.

— Dans les circonstances actuelles, une utopie mortelle ! Tenez-le à l'écart, informez-le au minimum, et dirigez. À la longue, on l'oubliera ; et vous serez appelé à le remplacer, avec l'appui de tous les corps de l'État.

Les déclarations du porte-parole de la haute administration ne manquaient pas de poids.

— Je réfléchis, décida le Premier ministre.

— 3 —

Demain, je présiderai le rituel de funérailles du pharaon Hatchepsout, qui résidera dans sa demeure d'éternité, sur la rive occidentale de Thèbes. J'ai veillé à chaque étape de sa momification pour que sa dépouille humaine soit transformée en corps de lumière, apte à voguer dans les paradis de l'au-delà.

Le pays en deuil, seul comptait le recueillement. C'est pourquoi j'ai refusé tout contact avec l'extérieur, qui ne tarderait pas à m'envahir. Cette période ne devait être consacrée qu'à l'équipement d'une femme-Pharaon en partance pour les étoiles, séjour des Ancêtres.

Bientôt, impossible d'échapper à la cohorte de responsables, qui ne songeaient qu'à m'écarter pour mettre en place un gouvernement provisoire, appelé à devenir définitif.

Le jardin du palais royal était un enchantement. Je ne me lassais pas de contempler les iris et les lotus, à l'ombre d'un perséa. C'est là que méditait Nébétou, une vieille dame, amie et confidente de ma mère. Elle dirigeait la Maison de la reine, où les jeunes filles apprenaient à lire, à écrire, à tisser, à jouer de la musique et à gérer des domaines.

À la fois douce et ferme, Nébétou était coquette. Légèrement maquillée, vêtue d'une robe de lin royal plissée, la chevelure parfumée, elle dispensait une parole réconfortante. Au sortir d'une longue réflexion, son avis serait déterminant.

— Puis-je vous importuner ?

— Assieds-toi.

Une merveilleuse journée d'été, un moment de répit avant de redoutables turbulences.

— Inutile de te tourmenter, affirma-t-elle, puisque tu n'as pas le choix. Tu es né Pharaon, et Pharaon tu resteras. Toute autre considération n'est que bavardage inutile.

— Je n'ai qu'une faible expérience de l'État.

— Ces fausses excuses auraient déplu à tes parents. Quand le destin se prononce, il est vain de s'y opposer. Il a tracé ton chemin et, comme tous les prédestinés, ta seule possibilité est de le suivre. Tu es le roi, deviens-le.

— Par où commencer ?

— Deux personnages majeurs : le Premier ministre et la Supérieure des musiciennes de Karnak. L'un contrôle toutes les administrations ; l'autre, ma grande amie, sera ton alliée précieuse au sein du richissime domaine du dieu Amon.

— Le Premier ministre, Ouser, a la solidité d'un bloc de granit.

— À toi d'avoir celle d'une pyramide. Ou tu le domines, ou il t'écrasera sous sa sandale. Et si c'est le cas, tes longues années d'études auront été inutiles.

Je ne m'attendais pas à un tel accueil de la part d'une dignitaire d'ordinaire très réservée.

— Es-tu vraiment conscient de la gravité de la situation ? D'un jour à l'autre, ce pays bâti depuis des siècles risque de se disloquer, et tu en seras responsable si tu ne sors pas de ta torpeur. L'heure n'est plus à l'isolement et à la méditation. Notre peuple doit être orienté, et tu es son guide. L'orage de Seth t'a prévenu : ne perds pas un instant.

Je ne reconnaissais plus la dame Nébétou, qui regarda le ciel. Elle n'avait pas d'autre conseil à me donner.

La beauté de ce lieu, son calme… Une illusion. La tempête menaçait, et c'était à moi de l'apaiser.

Le bonheur, *mon* bonheur, se brisait. À l'abri des murs du temple et du tumulte du monde, je n'éprouvais aucun désir. L'enseignement dispensé par les textes des Anciens me comblait, et me fondre dans la communauté des ritualistes était un privilège incomparable.

Nébétou venait d'abattre les murailles de ma forteresse et de dissiper le brouillard au sein duquel je me cachais. Aujourd'hui, j'étais nu et ne disposais plus du moindre refuge où me dissimuler.

Ma première démarche consista à explorer le palais royal, le centre du pouvoir. Grandes et petites salles d'audience, oratoire privé, salle des archives, bureaux des scribes, appartements du pharaon. En cette période de deuil, les locaux étaient désertés. N'y travaillaient que des équipes chargées du ménage et de l'entretien.

Le silence ne me rassura pas. Après-demain, les services de l'État reprendraient leur activité incessante, recueillant les directives d'un monarque dont la journée comptait plus de tâches que d'heures. Mais Pharaon n'est-il pas le premier serviteur[1] des dieux et de son peuple ?

Des colonnes robustes, des murs d'une blancheur éclatante, des peintures figurant des paysages et des oiseaux, un mobilier aussi sobre qu'élégant, et ce trône dépouillé, à pattes de taureau, où le roi prenait place pour écouter ses conseillers et « trancher la parole » en formulant ses décisions après délibération.

Un siège vide, une absence qui plongeait le peuple entier dans l'angoisse.

Face à lui, j'éprouvai d'abord une peur intense. Puis, ne le quittant pas des yeux, je ressentis la magie des couronnes que l'on avait posées sur ma tête, à l'âge de huit ans. Sans le savoir, j'avais changé d'être. L'institution royale s'était insinuée en moi, façonnant mon cœur et guidant mon bras.

Nul individu ne pouvait occuper ce trône des vivants à son profit. Il faisait naître une fonction, celle de Pharaon.

---

1. La désignation la plus courante du pharaon est *hem*, « serviteur », qu'il est malheureusement convenu de traduire par « Majesté ».

— 4 —

Les funérailles d'Hatchepsout s'achevèrent par la fermeture de son tombeau, creusé dans une falaise et difficile d'accès, non loin de son temple de Deir el-Bahari. Entourée d'objets magiques et du matériel symbolique nécessaire à sa survie, elle y reposerait en compagnie de mon grand-père, le premier des Thoutmosis, fondateur d'une lignée dont j'étais le troisième représentant.

Les officiels me regardèrent d'un œil apitoyé. Le temps du deuil terminé, j'allais regagner ma chère bibliothèque, et le Premier ministre gouvernerait avec ses obligés. Me laisserait-on apparaître lors des fêtes, afin de rassurer la population, ou m'éliminerait-on plus ou moins brutalement dès qu'un successeur s'imposerait ?

N'accordant qu'une confiance limitée aux soldats du service de sécurité aux ordres d'Ouser, j'avais demandé à deux amis d'enfance, Minmès et Mahou[1],

_____

1. Minmès, « Celui qui est né du dieu Min » ; Mahou est également connu sous le nom d'Amen-em-heb, « Amon est en fête ».

d'assurer ma protection rapprochée. Nous avions tous les trois été éduqués au *kap*, l'école formant les élites du palais. Elle accueillait des élèves de conditions variées, certains issus de familles modestes, et délivrait un enseignement à la fois physique et intellectuel de haut niveau. Postes enviés en perspective : haut fonctionnaire, chef sculpteur, constructeur de bateaux, officier supérieur...

Grand, la tête carrée, le buste large, les mains énormes, Mahou avait choisi la carrière militaire. Imbattable à la lutte, archer de première force, il commandait un régiment d'infanterie, soumis à un entraînement intensif. Depuis toujours, il me vouait une sorte de culte et avait juré de me défendre en toutes circonstances.

Avec Minmès, fils d'ouvrier, une amitié indéfectible. D'une intelligence aiguisée, il se passionnait pour l'architecture et les techniques de construction. Toujours en éveil, rapide, incisif, il avait le don de passer inaperçu et de recueillir confidences et informations. Personne ne se méfiait de ce petit homme aux cheveux courts et au visage banal, sans élégance ni allure. Combien de soirées avons-nous passées à lire les maximes de Ptah-Hotep, consacrées à l'art de gouverner ?

Mes deux proches étaient tendus, observant les hommes chargés de ma sauvegarde. Vêtu d'une robe imitant une peau de panthère, j'avais ouvert les yeux, la bouche et les oreilles de la défunte, disparue mais toujours présente parmi nous.

Un règne s'effaçait, un autre débutait.

Si le Premier ministre projetait de m'éliminer, le lieu et le moment n'étaient-ils pas propices ?

Un long silence ponctua la fin des funérailles. Des regards se croisèrent, attendant mon ordre.

Après un ultime salut à la tombe, je pris la tête de la procession qui suivit un chemin étroit pour regagner la plaine. N'importe quel tueur pouvait me frapper dans le dos ; seuls mes deux amis m'épargneraient peut-être une agression fatale.

Sous un soleil brûlant, le trajet fut long jusqu'à l'embarcadère. Vigoureux et bons marcheurs, nous avions hâte de traverser le Nil.

Sur le bateau, nous bûmes de l'eau et de la bière. La plupart des soldats étaient assoupis quand le capitaine s'inclina devant moi.

— Où dois-je accoster ?

— Au temple de Karnak.

Nous étions le dixième jour du deuxième mois de l'été[1], et cette date marquerait le véritable début de mon règne. Seuls les dieux le savaient.

Le capitaine manœuvra habilement, évitant un banc de sable et se jouant des courants contraires. Il fut soulagé en empruntant le canal qui menait au débarcadère du domaine d'Amon, le seigneur des victoires et le maître de Thèbes.

Cette arrivée imprévue provoqua un mouvement de panique. Personne n'étant prévenu de cette démarche, pas le moindre protocole.

On s'agita en tous sens pour prévenir les autorités. À la tête d'une solide hiérarchie administrant un vaste domaine aux richesses considérables, le Premier Serviteur d'Amon était l'un des personnages les plus

---

1. Vers le 28 avril.

importants de l'État. Ne pas tenir compte de son avis eût été une grave erreur. Pourtant, je n'étais pas son sujet. À lui de m'obéir.

Je ne me pressai pas, laissant aux ritualistes le temps de s'organiser. Les soldats formèrent une haie d'honneur lorsque je descendis du bateau, accompagné de mes deux amis.

Plusieurs dignitaires accoururent à ma rencontre. À leur tête, un petit bedonnant tout essoufflé.

— Nous… Nous n'étions pas avertis !

— Conduisez-moi à la chapelle d'initiation des rois.

Vingt-deux ans après mon couronnement, je m'apprêtais à le revivre de manière consciente.

C'est Pouyemrê, le Deuxième Serviteur d'Amon, qui m'accueillit. Un homme mûr, ridé, au regard profond.

— Mon supérieur est absent, déplora-t-il.

— À toi d'officier.

Alors qu'on apportait en hâte la couronne rouge de Basse-Égypte et la blanche de Haute-Égypte, Pouyemrê me guida jusqu'au sanctuaire où mes prédécesseurs avaient reçu l'énergie divine, seule capable de les rendre aptes à remplir leur fonction.

Deux ritualistes, l'un portant le masque du faucon d'Horus et l'autre celui de l'ibis de Thot, m'encadrèrent et firent couler de leurs vases un flux lumineux, qui revivifiait les rites célébrés lors de ma prime jeunesse et me créait Pharaon.

— Tu es le taureau victorieux, à la royauté durable, aux couronnes sacrées, stable dans ses transformations, le fils de Thot, déclara Pouyemrê, rappelant mes noms de couronnement. Aujourd'hui, sois aussi le maître de la force et celui à la grande puissance. Sois le temple immense où chacun de tes sujets trouvera sa place. Sois Pharaon[1].

---

1. C'est précisément Thoutmosis III qui impose l'usage du terme *per-âa*, d'où provient « pharaon », qui signifie « le grand temple, la grande demeure, le grand palais », où chacun de ses fidèles est accueilli pour l'éternité.

— 5 —

La soixantaine solide, sévère, travailleur infatigable, meneur d'hommes, Menkh l'Ancien[1] occupait l'un des plus hauts postes du pays, celui de Premier Serviteur d'Amon de Karnak. Outre ses fonctions initiatiques et rituelles, il gérait les finances d'un temple richissime que les pharaons n'avaient cessé d'embellir et d'agrandir. Métaux précieux, champs et troupeaux composaient la fortune du domaine sacré où travaillaient tous les corps de métier. C'est à la puissance et à la protection d'Amon, « Le Caché », que l'Égypte devait sa libération, à la suite de l'occupation hyksôs ; à la tête de l'armée, des monarques thébains, que guidait leur dieu, avaient terrassé et chassé l'envahisseur. Aussi Thèbes était-elle devenue la nouvelle capitale des Deux Terres, sans éclipser l'antique Memphis, la grande cité du Nord, à la pointe du Delta.

---

1. Son nom complet est Menkh-Kheper-Rê, « La mutation de la lumière divine est bien ajustée ». On y ajoute le terme *seneb*, « cohérent ».

Tout au long de sa carrière, Menkh l'Ancien avait été un homme prudent et modéré, gravissant un à un les degrés de la hiérarchie des ritualistes de Karnak. Il en occupait à présent le sommet, et ne le considérait ni comme un privilège, ni comme une sinécure. Chaque jour apportait son lot de difficultés à résoudre, et Menkh l'Ancien ne serait pas mécontent de transmettre sa fonction à un bras droit déjà expérimenté, son fils Menkh le Jeune.

En attendant cet heureux moment, il lui fallait affronter le présent. Et cette tâche-là, ponctuée par un entretien secret en tête à tête avec le Premier ministre, n'avait rien de rassurant. Sous le règne de la femme-Pharaon Hatchepsout, Menkh l'Ancien s'était soigneusement cantonné à son pré carré, en évitant de se mêler aux joutes du pouvoir. Et voilà que, malgré lui, il s'y trouvait impliqué, avec les incertitudes et les désagréments de cette situation nouvelle.

La période de deuil achevée, la question majeure demeurait : qui gouvernerait réellement ? Le haut dignitaire ne doutait pas qu'il s'agissait de l'unique préoccupation du Premier ministre Ouser, dont l'honnêteté n'avait jamais été prise en défaut. Âgé, lui aussi, il n'était ni mondain ni avenant ; la lourdeur de sa charge n'avait pas amélioré son caractère rugueux, et il n'appréciait guère que l'on discutât ses décisions.

Sur la table de son bureau, une belle quantité de papyrus comptables à vérifier. Malgré la qualité des scribes du Trésor, le Premier ministre tenait à le faire personnellement. Et ses nuits étaient courtes.

D'un geste, il fit signe à son hôte de s'asseoir dans un fauteuil en bois de sycomore, à haut dossier.

— Votre avis ?

— À quel propos ?

— Ne jouez pas les naïfs, Menkh ! L'heure n'est pas aux enfantillages. Comment jugez-vous le troisième des Thoutmosis ?

— Je suis son fidèle serviteur, et…

— Moi aussi, mais ce n'est pas le problème ! L'estimez-vous apte à gouverner les Deux Terres et à préserver leur prospérité ?

— Cela ne relève pas de mes compétences.

— Cessons de tourner autour du pot ! Pas un seul de mes ministres ne considère Thoutmosis comme un chef d'État. Et je partage leurs craintes.

— Il est vrai que notre souverain est plutôt tourné vers l'étude et la méditation. Sa connaissance des textes anciens est remarquable, celle de nos rites également. Il passe des journées entières dans la bibliothèque de la Maison de Vie.

— Ces derniers temps, vous êtes-vous entretenu avec lui ?

— Avant son décès, notre souveraine m'avait ordonné d'expliquer à Thoutmosis les processus économiques régissant le domaine de Karnak, notamment l'apport des denrées, leur sacralisation et leur redistribution.

— Votre exposé l'a-t-il intéressé ?

— Il ne m'a pas interrompu, mais je ne suis pas certain qu'il m'écoutait vraiment.

— Des commentaires de sa part ?

— Aucun.

Le Premier ministre contenait mal son irritation.

— Vous et moi gérons des richesses considérables, et c'est grâce à elles que chaque habitant de ce pays est correctement logé et mange à sa faim. Le moindre laisser-aller serait désastreux, et l'édifice s'écroulerait. Si un roi digne de sa fonction ne tient pas le gouvernail, le navire coulera.

— Que proposez-vous ?

Crispé, le Premier ministre fit les cent pas.

— Autant vous l'avouer, vous êtes mon dernier espoir.

— Moi ?

— Ne détenez-vous pas une autorité à la fois spirituelle et matérielle ? En tant que Premier Serviteur d'Amon, votre voix porte au-delà des murs du temple, et votre réputation est sans tache. Votre parcours prouve vos capacités.

— Vous ne voulez pas dire…

— Interrogeons à nouveau Amon. Le règne de Thoutmosis ne vient-il pas de s'achever, en même temps que celui d'Hatchepsout ?

Assommé, Menkh l'Ancien aurait aimé s'enfoncer sous terre et ne pas avoir à répondre.

L'intervention d'un scribe, qui remit au Premier ministre un petit papyrus, lui fournit un délai.

Le document était marqué du sceau royal. Le Premier ministre lut attentivement un court texte et ne masqua pas sa perplexité.

— Thoutmosis convoque au palais tous les hauts dignitaires, vous et moi compris. Ce soir, au coucher du soleil.

— 6 —

Lorsque Thoutmosis s'assit sur le trône des vivants, le Premier ministre fut aussi stupéfait que ses subordonnés. Qui était cet homme au front large, aux grandes oreilles, au nez droit, aux lèvres minces, au menton affirmé et au regard dominant l'assemblée des notables ? Il avait choisi la plus ancienne coiffe royale, permettant à la pensée de Pharaon de traverser le temps et l'espace, une sobre tunique de lin, et un pagne plissé dont la ceinture était ornée de son nom. De bonne taille[1], élancé, n'était-il pas « le Taureau puissant », « le Faucon d'or équipé de son pouvoir magique », le fils d'Amon ne formant qu'un seul corps avec celui qui l'avait engendré ?

Le Premier ministre se crut victime d'une hallucination. Qui avait osé remplacer le pâle ritualiste Thoutmosis et assumer la fonction royale ? Un instant qui sembla une éternité, chacun attendant que le mirage se dissipât.

Et la voix de Pharaon s'éleva.

_____
1. Thoutmosis III mesurait 1,75 m (*KMT* 11/1, p. 64).

Celle du troisième des Thoutmosis, grave et tranchante.

— Je maintiens à son poste Menkh l'Ancien et lui ordonne d'achever la chapelle de régénération de celle qui m'a précédé, Hatchepsout. Elle aura pour nom « Place du cœur d'Amon » et me transmettra sa puissance. Deux colosses honorant mes ancêtres seront dressés à Karnak[1].

Soulagé, Menkh l'Ancien s'inclina devant son Maître ; cette tâche lui convenait à merveille.

Au ton du souverain, la suite de son discours était prévisible : il épargnait le Premier Serviteur d'Amon, avec une belle habileté diplomatique, mais écarterait le Premier ministre et ses collaborateurs, afin de mettre en place sa propre administration.

Brisé par cette métamorphose inattendue, Ouser n'avait nulle envie de se révolter. Tant mieux, si un homme jeune et déterminé prenait les rênes du pouvoir.

Un sourire fleurit sur les lèvres de certains hauts fonctionnaires, satisfaits d'assister à la chute du Premier ministre, parfois trop intransigeant. Qui le roi nommerait-il à sa place ? Forcément un professionnel aguerri, habitué aux coups tordus et aux pièges multiples.

— Ouser et ses ministres continueront à me servir, décréta le monarque. Grâce à eux, le pays est bien géré.

L'assistance en resta bouche bée. Thoutmosis ne commettait-il pas une erreur fatale ? Au lieu d'élever ses proches et de former sa propre équipe, il gardait celle de la défunte !

----

1. Dédiés à Amenhotep I et à Thoutmosis II, devant le huitième pylône de Karnak.

Un quadragénaire au visage racé avança d'un pas.

— Votre Majesté m'accorde-t-elle la parole ?

— Nous t'écoutons.

— Je suis Antef, le grand héraut, et votre secrétaire particulier. Dois-je continuer à transmettre vos ordres ?

— En effet.

Antef s'inclina. Lui aussi était confirmé, à l'étonnement général.

— Demain, annonça Thoutmosis, après le rituel du matin, que je célébrerai au temple d'Amon, réunion du gouvernement au palais. Que l'on m'expose les difficultés actuelles, sans rien me cacher. Je n'admettrai ni mensonge, ni faux-fuyant.

*
* *

Dans les tavernes et les rues de la capitale, on vida un nombre appréciable de jarres de vin et de bière, offertes par la Couronne. Et le Vieux ne fut pas le dernier à se mêler à la joie populaire. Contrairement à de sinistres prédictions, l'Égypte avait de nouveau un roi, que personne ne contestait. Et cette nouvelle, répandue à la vitesse du vent, dissipait les angoisses.

— Fabuleux ! s'exclama son commis en titubant.

— Toi, tu ne tiens pas la distance.

— Ce soir, on oublie nos soucis… À présent, on est rassurés.

— Ça dépend qui.

Le commis fronça les sourcils.

— Qu'est-ce qui t'inquiète ?

— Le nouvel échanson du palais. Pas sûr qu'il continue à commander notre vin.

— On le saura quand ?

— Demain matin.

*
* *

L'échanson de la femme-Pharaon ayant souhaité se retirer, Thoutmosis avait confié cette tâche à son ami Minmès, désormais chargé de veiller sur les nourritures solides et liquides qu'absorberait le souverain. Il en vérifierait la qualité et les goûterait avant de les proposer au roi. Sous ses ordres, une équipe de cuisiniers d'élite, qui officieraient lors des banquets officiels.

L'échanson étant un homme de confiance très proche du monarque, courtisans et solliciteurs tentaient d'attirer ses bonnes grâces et d'obtenir un maximum de faveurs. Avec Minmès, ces démarches se heurtèrent à un mur infranchissable. Collaborant avec les autorités de Karnak pour remplir le premier programme architectural fixé par Thoutmosis, il n'avait pas une seconde à accorder aux flatteurs. À l'aise dans le milieu artisanal d'où il était issu, l'échanson en découragea rapidement un bon nombre.

« Il ne paie pas de mine, estima le Vieux en lui présentant son meilleur cru, mais mieux vaut s'en méfier ; ce bonhomme-là n'est ni un tendre ni un écervelé. »

Minmès but lentement un rouge qualifié de « Trois fois bon ».

— Charpenté, long en bouche, et pourtant léger. En un mot : admirable. Je réserve toute ta production.

— Ne nous emballons pas. Il faut d'abord se mettre d'accord sur le prix.

— Fixe-le.

— En échange de vingt jarres, deux vaches, trois pots d'onguent, cinq paires de sandales et un fauteuil.

— Tu n'es pas donné !

— Produire un vin comme celui-là, c'est un art.

— Je ne dis pas le contraire, mais…

— J'offre en prime une jarre de blanc du même niveau et je garantis le suivi.

— Ça me convient. Première livraison aujourd'hui. Dis-moi…

Le Vieux redoutait une entourloupe ; et le ton de Minmès, genre confidentiel, conforta sa prévision.

— Tu es un gaillard lucide, semble-t-il.

— Ça dépend pour quoi.

— J'ai l'intention de bien servir mon roi. Le servir, c'est aussi l'informer. Accepterais-tu, contre une juste rétribution, de me dire ce que pense le peuple, sans rien enjoliver ?

— Et toi, tu n'arrangeras pas la sauce ?

— Je restituerai la vérité.

Le Vieux se gratta le menton.

— Porte-parole du peuple… Ça m'intéresse, à deux conditions : aucune rétribution, et que ce soit utile.

— 7 —

Le premier conseil des ministres laissa une empreinte profonde chez ses participants. Thoutmosis avait appliqué l'une des maximes du sage Ptah-Hotep, qu'il connaissait toutes par cœur : « Quand l'écoute est bonne, la parole est bonne. » Et le roi avait beaucoup écouté Ouser et les membres de son gouvernement, chacun présentant les difficultés propres au secteur dont il avait la charge.

Antef, le secrétaire particulier du souverain, avait pris de nombreuses notes, de même que Minmès, particulièrement attentif. Les deux hommes devenaient les yeux et les oreilles du pharaon qui, au terme d'une longue matinée de travail d'où tout bavardage avait été exclu, se contenta de rappeler un principe fondamental : l'union de la Haute et de la Basse-Égypte, du Sud et du Nord.

À l'issue de cette épreuve qu'il redoutait, le Premier ministre ne douta plus des qualités du souverain et de sa volonté de remplir pleinement ses devoirs. Mais ces bonnes dispositions suffiraient-elles ? Sans une magie certaine et des aptitudes hors du commun, le pouvoir suprême écrasait celui qui en était indigne. La femme-Pharaon Hatchepsout avait surmonté l'obstacle au prix d'efforts considérables ; le jeune Thoutmosis en serait-il capable ?

Pour l'heure, les critiques s'estompaient. À la première occasion, elles ressurgiraient. Et le peuple aimerait-il son roi, lui accorderait-il sa confiance ? Dans le cas contraire, le règne serait un échec et les Deux Terres en pâtiraient.

*
* *

Je déjeunai en compagnie de Minmès, qui me fit déguster un vin exceptionnel. Quant à la perche du Nil sur son lit de poireaux, un délice.

— Que penses-tu de mon gouvernement ?

L'échanson consulta ses notes.

— Des ministres plutôt sérieux, parfois imbus d'eux-mêmes, au point de se sentir intouchables. Je crains qu'ils ne dissimulent quelques failles : les découvrir me prendra du temps, mais j'y parviendrai. Alors, à toi d'intervenir.

— Et Ouser ?

— Tu l'as étonné, ce qui doit être un sentiment rare chez ce bonhomme rugueux, habitué aux cercles du pouvoir. Pourtant, il continue à te jauger et ne te fera aucun cadeau.

— Souhaiterais-tu le remplacer ?

— Surtout pas ! Tu ne maîtrises pas suffisamment les dossiers pour te passer de lui.

— Le crois-tu fidèle ?

— Il t'a considéré comme un médiocre et a sûrement envisagé plusieurs solutions afin de t'écarter. Maintenant, il réfléchit.

— Antef, mon héraut et secrétaire particulier... Vous vous entendrez ?

— Sûrement pas ! Ce type est rusé, louvoyant et habile.

— Ne formule-t-il pas le même jugement à ton égard ?

Minmès eut un léger sourire.

— Probable. Je le tiendrai à l'œil.

— Où as-tu déniché ce vin ?

— Il nous est fourni par un petit producteur local, qu'on appelle le Vieux. Il est affreusement cher, mais accepte de tenter une expérience : être le porte-parole du peuple. Et là, ce sera gratuit.

*
* *

Même à mon ami Minmès, je n'avouerai pas l'angoisse qui m'a serré le cœur à l'orée de ce premier conseil. Soudain, la réalité de ma tâche me sauta au visage. Je devenais responsable de trois millions d'âmes, de la prospérité d'un pays qu'enviaient ses voisins et ses ennemis plus ou moins déclarés, de la grandeur d'une civilisation qui avait vu naître l'État de Maât, la cohésion sociale, les pyramides, les temples, l'écriture et les sciences. Une civilisation millénaire visant à abriter les dieux et à vaincre la mort. Se croire capable de diriger un tel royaume, n'était-ce pas de l'inconscience ou de la folie ? Mais je n'avais plus le choix, et m'interroger sur mes craintes ne mènerait nulle part.

Minmès avait raison : j'avais beaucoup à apprendre. Et mon meilleur éducateur serait ce Premier ministre revêche, mais compétent et parfait connaisseur des méandres de la haute administration. Ainsi suivrais-je le conseil de la dame Nébétou.

Puisqu'elle avait éclairé mon chemin, autant aller jusqu'au bout et rencontrer le deuxième personnage cité : Houy, la Supérieure des musiciennes du temple de Karnak. Selon les renseignements recueillis par Minmès, cette femme de l'ombre, qui fuyait les banquets et les cérémonies officielles, occupait un poste majeur. Ses instrumentistes, ses chanteuses et ses danseuses, soigneusement choisies, la vénéraient en dépit des rythmes de travail qu'elle leur imposait. Veuve, Houy n'avait qu'une fille, dont on vantait la beauté. Dotée d'une voix exceptionnelle, elle était fort convoitée, mais restait célibataire.

La dame Houy appartenait à l'élite très restreinte des permanents du temple de Karnak. La plupart des ritualistes accomplissaient des périodes de travail et de présence plus ou moins longues ; une infime communauté résidait définitivement dans le domaine sacré.

Mahou avait recruté les membres de ma garde rapprochée, une vingtaine de soldats d'élite, qui veilleraient sur ma sécurité. Comme il les avait éprouvés lui-même lors de rudes affrontements, je me déplacerais sans inquiétude.

Le soleil brillait haut dans le ciel, le fleuve scintillait, le vert des champs étincelait.

Confortablement installé dans ma chaise à porteurs, je m'accordai un moment de répit. Une rareté qu'il fallait apprécier à sa juste valeur.

— 8 —

Mon arrivée au temple provoqua un certain émoi.
L'un des intendants du domaine d'Amon accourut.

— Majesté ! Que désirez-vous ?

— Voir la dame Houy.

— Ah… Elle fait répéter son orchestre et… et…

— Et elle déteste être dérangée, même par le roi.

Décomposé, l'intendant s'attendait à subir la foudre.

— Amène-moi à sa demeure. Qu'elle m'y rejoigne,
quand sa répétition sera terminée.

Sanctuaire d'Amon accueillant les autres divinités
et formant ainsi une centrale d'énergie incomparable,
Karnak était l'association de la puissance et de la sérénité. Parcourir ces lieux me procura tant de force que
je me jurai, comme mes prédécesseurs, de les embellir.

La modeste demeure de la Supérieure des musiciennes comprenait trois pièces : une salle d'accueil,
un bureau et une chambre. Tourneboulée, sa servante
s'empressa de m'avancer un siège et de m'apporter
de la bière.

Prévenue, Houy avait abrégé sa répétition et ne tarda
pas à apparaître.

Grande, les cheveux blancs, le visage ridé, les yeux marron, les lèvres fines, elle était vêtue d'une robe rouge et portait un collier de turquoises.

Elle s'inclina, sans ostentation.

— Votre visite est un honneur, Majesté ; désirez-vous entendre mes musiciennes ?

— Votre amie, la dame Nébétou, m'a conseillé de vous consulter.

— Je suis votre servante.

— Marchons, voulez-vous ?

Ensemble, sous le regard des ritualistes et des équipes d'entretien, nous empruntâmes les allées et longeâmes les murs des sanctuaires. La dignité et la profondeur de cette femme âgée m'impressionnaient. À côté d'elle, je n'étais qu'un adolescent. Mais un adolescent chargé de gouverner l'Égypte.

— Le domaine d'Amon est richissime, rappelai-je, et participe à la grandeur du pays. J'en suis reconnaissant à Menkh l'Ancien et je compte sur sa fidélité.

— En douteriez-vous ?

— Ne dois-je pas douter de tous mes proches ?

— Rude épreuve, Majesté.

— « C'est celui que tu as nourri qui te frappera dans le dos », affirmait un pharaon dans l'enseignement destiné à son successeur.

— Il ne se trompait pas. Qu'attendez-vous de moi ?

— Que vous m'éclairiez sur le véritable fonctionnement de cet immense domaine, et non sur ses apparences. Karnak est au cœur de notre prospérité, mais sa position est particulière. Et le Premier Serviteur d'Amon, disposant de larges prérogatives, pourrait se croire supérieur au roi en personne.

— On ne saurait exclure ce risque, admit la dame Houy ; tout dépend du rayonnement du souverain. S'il est faible, il sera absorbé par plus fort que lui. S'il témoigne d'une authentique puissance, il se nourrira des feux mis à son service. L'important, c'est de ne jamais accuser autrui de sa propre faiblesse et de faire croître sa propre force, quelles que soient les circonstances. Ici, le bien-être temporel est au service des rites célébrés pour maintenir la présence des dieux sur notre terre. Puisse Pharaon rappeler en permanence au Premier Serviteur d'Amon qu'il s'agit de son principal devoir ; et puisse-t-il contrôler le trésor de Karnak, dont les richesses doivent être d'abord offertes aux dieux avant de bénéficier aux humains. Lorsque ces derniers passent en premier, surviennent la violence, la justice et la misère. Menkh l'Ancien l'a appris lors de ses initiations, et ce serait à vous de le lui rappeler si sa mémoire défaillait.

— Oserait-il se dresser contre moi ?

— Ne lui en donnez pas la possibilité. Sinon, vous serez le seul responsable.

— N'aimeriez-vous pas être associée à mon gouvernement ?

— En aucune façon. Ma place est ici, la musique est toute ma vie. La lumière elle-même ne chante-t-elle pas, comme l'ont révélé les grands voyants ? Former des jeunes femmes, leur donner le goût de l'excellence, souligner leur importance dans le déroulement des rituels, telle est ma fonction. Et tel est mon bonheur.

— Eh bien, présentez-moi vos musiciennes.

Cette grande dame m'avait révélé ce que je devais savoir, et je tiendrais compte de ses avis. L'amadouer ?

Impossible. Et le biais que j'empruntais n'aurait probablement aucun effet.

Dans l'annexe du temple réservée à la musique, quantité d'instruments, harpes, flûtes simples et doubles, hautbois, tambourins, claquettes… Et une vingtaine de jeunes filles bavardant pendant la pause.

En apercevant leur Supérieure, elles se levèrent.

— Le roi nous honore de sa visite. Montrez-lui vos talents.

Un orchestre, un chœur, une soliste. Pendant qu'elles jouaient un air vif et entraînant, mon regard se posa sur une harpiste aux doigts agiles, d'une élégance suprême. Sa chevelure tirait sur le blond, son visage lumineux était d'une finesse remarquable. Concentrée, les yeux mi-clos, au second rang, c'est pourtant elle qui dictait le rythme.

La chanteuse, elle, cherchait à capter mon attention grâce à d'audacieuses vocalises qu'elle maîtrisait de façon remarquable. Brune, très jolie, elle avait un charme prenant.

Ce concert privé se termina trop vite. La dame Houy me présenta ses protégées une à une. La harpiste se nommait Satiâh[1], la soliste Mérytrê[2], fille unique de la Supérieure. La première eut une attitude réservée, la seconde me sourit.

— Souhaiteriez-vous la présence de ces musiciennes au palais lors des banquets d'État ? demanda Houy.

— Elles me raviront.

Je quittai à regret l'enceinte du temple. Dans la bibliothèque de sa Maison de Vie, conservatoire des

---

1. La fille du dieu Lune.
2. L'aimée du Soleil.

rituels et des paroles des Anciens, j'avais vécu le plus clair de ma jeunesse.

Un trouble étrange m'envahissait. Un trouble qui prenait la forme d'une jeune harpiste, aussi enchanteresse que sa musique.

— 9 —

Grincheux était soldat professionnel. Et comme il avait grinché une fois de trop à la caserne de Memphis où il gardait la cuisine, son supérieur l'avait transféré à Gaza, une forteresse de Palestine.

Se méfiant des tribus locales, l'Égypte avait installé une garnison, chargée d'assurer la tranquillité de la région. On y envoyait des officiers au caractère bien trempé, de fortes têtes attirées par la solde et des râleurs qui, après un séjour plus ou moins long, apprécieraient leur retour en Égypte.

Le couloir syro-palestinien demeurait une zone sensible. Bien que le premier des Thoutmosis eût durement frappé les fauteurs de troubles et rétabli la paix dans la contrée, des bandes de pillards continuaient à y circuler, s'attaquant aux caravanes et proclamant leur haine des Égyptiens.

Entre eux et les Palestiniens, peu de contacts et un maximum de méfiance. L'administration du pharaon prélevait une taxe, mais ne modifiait pas les coutumes des autochtones.

La cinquantaine un peu lourde, Grincheux souffrait des lombaires et comptait les jours le séparant de la fin de sa mission. Un an de forteresse, ça lui suffisait largement. La prochaine fois, il fermerait sa grande gueule.

Quand la garnison avait appris la mort d'Hatchepsout, le climat s'était assombri. Son successeur, réputé incapable de régner, maintiendrait-il le calme dans ce chaudron en perpétuelle ébullition ? Et ça n'avait pas manqué : guet et patrouilles renforcés. Il fallait montrer aux Palestiniens qu'ils avaient intérêt à se tenir tranquilles.

Message reçu. Pas un village ne bougeait, les soldats égyptiens se détendaient, et Grincheux se réjouissait de revenir à la normale.

Chaude et humide, une journée désagréable.

— Y a quoi pour dîner ? demanda-t-il au cuisinier.

— Côtes de porc et purée de fèves.

— Tu pourrais pas varier ?

— Je fais avec ce qu'on me donne. Le mois prochain, retour à Memphis. Là-bas, on se régale. Cette saloperie de pays me sort par les narines.

— T'es pas le seul.

Une sonnerie de trompette brisa le dialogue.

— Qu'est-ce qu'il y a encore ?… Bon, faut que j'y aille.

Le commandant de la forteresse convoquait ses hommes afin de dicter la nouvelle répartition des rondes. Et pour Grincheux, le pire ! La garde de nuit à l'extérieur de l'enceinte.

— Ce n'est pas mon tour, protesta-t-il ; y a des tire-au-flanc qui échappent à cette corvée.

— Les ordres sont les ordres.

— Je veux double ration ! Ça me permettra de rester éveillé.

— Accordé.

Grincheux traîna quand même les pieds. Même si le dortoir n'était pas luxueux, il était préférable à la belle étoile. Enfin, belle… Plutôt un moche boulot.

Deux côtes de porc grillées, un grand bol de purée de fèves, une miche de pain, de la bière aigrelette. Le ventre plein, le soldat s'équipa d'un gourdin et d'une lance. Au coucher du soleil, il fit son premier tour de la forteresse.

Du sable, des cailloux, des herbes folles… Pas de quoi admirer le paysage. Grincheux rêva des jardins égyptiens, des plans d'eau et des massifs de fleurs. Les vents d'ici provoquaient des migraines et des maux de gorge, la plupart des soldats tombaient malades.

Comme d'habitude, rien à signaler. Divisées, les tribus palestiniennes n'oseraient jamais s'attaquer à un bastion égyptien ; trop occupées à se battre entre elles, elles étaient incapables de désigner un chef qui conduirait une révolte.

Grincheux s'assit sur une natte épaisse et planta sa lance dans le sol. En cette nuit de nouvelle lune, le ciel était nuageux, mais la température douce. Il récupérait avant sa deuxième ronde, tout aussi inutile que la première. Une seule perspective agréable : demain, repos.

Un bruit étrange, comme une branche morte craquant sous un pied. Puis une sorte de cri étouffé.

Grincheux se redressa et brandit sa lance.

— Qui va là ?

D'abord, calme plat. Fausse alerte.

Et puis un Palestinien apparut, armé d'un grand couteau. Un deuxième, un troisième, une dizaine, une centaine.

Tétanisé, Grincheux tarda à réagir.

— Alerte, alerte ! cria-t-il d'une voix tremblante ; on est attaqués !

Dos calé contre la porte, attendant qu'elle s'ouvre pour qu'il se réfugie à l'intérieur de la forteresse, Grincheux réussit à embrocher le premier assaillant. Mais trois autres se jetèrent sur lui, tandis que des archers, postés aux créneaux, tentaient en vain de stopper la meute.

Piétinant le cadavre de Grincheux, les Palestiniens entassèrent du bois sec devant la porte et l'enflammèrent avec des braises. Elle ne résista pas longtemps, et la petite armée, composée de plusieurs tribus réconciliées sous l'autorité d'un commandant syrien, s'engouffra à l'intérieur.

Consignes simples : raser ce symbole de la présence égyptienne en Palestine. Et pas de prisonniers.

— 10 —

Pour connaître l'opinion du peuple, trois endroits privilégiés : les marchés, les quais où l'on déchargeait denrées et matériaux, et les tavernes, fermées ou en plein air. Le Vieux y ajoutait les exploitations agricoles proches de ses vignes et de son propre champ où paissaient ses vaches.

— On va au palais, annonça-t-il à Vent du Nord ; ne laissons pas le roi mourir de soif.

Promu à la dignité de chef de troupeau, l'âne était un véritable colosse et possédait une particularité : savoir toujours où il allait. De plus, ce qui irritait souvent le Vieux, cette bête avait pris l'habitude de donner son avis. Aussi dressa-t-elle l'oreille droite en signe d'acquiescement ; si ç'avait été la gauche, le Vieux aurait dû palabrer un temps indéfini.

Le convoi de quadrupèdes franchit à bonne allure la distance séparant la cave du Vieux de celle du palais. Conformément à ses directives, le responsable prévint l'échanson Minmès, qui ne tarda pas. Pendant que l'on déchargeait, il goûta le nouvel arrivage.

— Fabuleux !

— J'ai promis de maintenir la qualité et je tiendrai parole.

— Tâche de maintenir aussi ton prix, déjà très élevé.

— Ça, c'est une autre histoire ! Tout dépend de la récolte, des soins apportés à la vigne et des multiples imprévus. Je ne suis pas l'auteur des caprices de la nature.

— Allons dans mon bureau, je rédige ton ordre de paiement.

À l'évidence, Minmès était un haut fonctionnaire organisé, voire maniaque. Papyrus roulés et impeccablement rangés sur les nombreuses étagères, pas un grain de poussière, matériel d'écriture d'une propreté absolue et soigneusement disposé sur une table basse. S'emparant d'un calame neuf, il commença à écrire.

— As-tu recueilli les avis de la population ?

— Les gens causent volontiers.

— Apprécient-ils leur nouveau souverain ?

— Ça dépend.

— Explique-toi.

— On prévoyait le pire : un érudit perdu dans les vieux textes ne saurait pas gouverner, il y aurait des magouilles au sommet de l'État et, comme d'habitude, ça retomberait sur le peuple. De ce côté-là, on est un peu rassuré. On approuve le roi d'avoir gardé le Premier ministre et son gouvernement, qui font plutôt bien leur travail. Personne ne constate de changement négatif. Les bateaux de commerce circulent normalement, la capitale se porte bien, et les services administratifs fonctionnent, même si l'on a toujours envie de secouer certains scribes tatillons et tyranniques.

— Tu m'as parlé du bon côté. Et le mauvais ?

— Là, c'est l'unanimité contre le roi, et il devrait agir, s'il ne veut pas devenir très impopulaire ! Une faute comme celle-là est impardonnable et met en péril l'équilibre des Deux Terres.

Ce jugement péremptoire n'amusa pas Minmès. Au moins, il serait informé, en espérant que Thoutmosis rétablirait la situation.

— Cette faute… Quelle est-elle ?

— Depuis la première de nos dynasties, l'institution royale se compose d'un homme et d'une femme, d'un roi et d'une Grande Épouse, sauf quand une femme règne, puisqu'elle devient homme en portant la double couronne et n'a donc nullement besoin d'un mâle, à l'exemple d'Hatchepsout. Notre nouveau pharaon a besoin d'une reine, comme Osiris a eu besoin d'Isis. C'est elle, la Grande Magicienne, qui a vaincu la mort et ressuscité son époux défunt afin de donner naissance à Horus, le protecteur de la royauté. Et chacun le sait et l'affirme : impossible pour Thoutmosis d'être seul au gouvernail.

L'affaire était grave. Et le peuple, conscient des fondements de l'institution pharaonique, l'unique régime politique depuis l'origine, ne se trompait pas.

— J'en parlerai à notre souverain, promit Minmès.

*
* *

Le Premier ministre jouait le jeu. Chaque matin, lors de notre entretien en tête à tête, il me dévoilait l'architecture des ministères, et m'initiait aux grands et petits secrets du lourd bateau de l'État. Je sentais qu'Ouser, vieillissant, n'avait nulle envie de gouverner à ma place. Au contraire, dans l'intérêt général, il me formait au mieux.

À la tête du pays depuis deux mois, je découvrais l'ampleur de ma tâche. Orienter et décider, en fonction de la connaissance approfondie des dossiers, en perpétuelle évolution. Rien n'était jamais acquis ; avant tout, préserver la stabilité sur laquelle se fondait notre société. Plus le pouvoir était étendu, plus le devoir devait le dominer. Cette règle d'or, celle de Maât, je la pratiquais lors de chaque rituel de l'aube, en présentant à la puissance créatrice la statuette de la déesse, incarnant la rectitude, la cohérence et l'harmonie dont j'étais le garant. Cœur de ma fonction, elle me façonnait heure après heure.

Avoir lu tant de textes était un avantage. En lisant les rapports des ministres, j'allais vite à l'essentiel ; et je demandais à Ouser d'éclaircir les points obscurs. Ne négligeant aucun détail, j'avançais à marche forcée et, malgré la brièveté de mes temps de repos, j'ignorais la fatigue.

Ne sacrifiant à aucune mondanité, je ne partageais mes repas qu'avec Minmès, qui fouillait les moindres recoins des administrations et me proposait des améliorations.

À son attitude, je perçus aussitôt qu'il était contrarié. Entre nous, depuis l'enfance, pas de tergiversations.

— Une difficulté ?

— Sérieuse.

— D'où provient-elle ?

— Du peuple.

— Verse-moi à boire.

Il emplit deux coupes.

— Hatchepsout, reine puis Pharaon, t'a fait oublier l'un des fondamentaux de l'institution royale. Tu ne peux pas gouverner seul, il te faut une Grande Épouse.

— N'ai-je pas d'autres préoccupations ?

— Ce n'est pas l'avis des gens. Ils exigent une reine, conformément à la tradition. Et ils ont raison. Sans sa magie, tu échoueras.

Bouleversé, le Premier ministre fit irruption et interrompit notre conversation.

— Une effroyable nouvelle : les Palestiniens se sont révoltés. Notre forteresse de Gaza a été ravagée, les victimes sont nombreuses.

— 11 —

Ouser tremblait. Lui, que je croyais capable de maîtriser ses émotions en toutes circonstances, semblait
accablé. Lire dans ses pensées fut aisé : je ne régnais
que depuis deux mois, je n'avais aucune expérience
militaire et je me trouvais confronté à une crise inattendue et périlleuse.

— S'agit-il d'une insurrection localisée ou d'un
danger plus vaste, menaçant la sécurité de notre pays ?

— Je l'ignore. Un seul homme nous éclairera :
Tjanouni, le chef de nos services de renseignement.
Il arrive de Memphis aujourd'hui même.

*
* *

La nuit tombait quand le Premier ministre me présenta Tjanouni, un trentenaire maigre, au visage allongé
et aux yeux inquisiteurs. Mon ami Minmès assistait à
ce conseil restreint. Déjà, les rumeurs les plus folles
circulaient ; on parlait d'un raid palestinien dévastateur,

et les atrocités de l'occupation par les barbares hyksôs hantaient les mémoires.

— As-tu une vision claire des événements ?

Tjanouni s'exprima d'une voix calme :

— Notre forteresse de Gaza a été incendiée, sa garnison massacrée. Nos postes frontières sont en état d'alerte, et des renforts repousseront un éventuel assaut.

— Éventuel…

— J'aurais dû dire : inévitable.

— Il ne s'agirait donc pas d'un incident isolé et sans lendemain ?

— Non, Majesté. Nous avons l'habitude de briser les reins de telle ou telle tribu palestinienne, coupable d'exactions ponctuelles ; cette fois, c'est beaucoup plus sérieux. D'ordinaire, les clans s'entre-déchirent, chacun désirant affirmer sa suprématie. Malheureusement, un Syrien, le prince de Kadesh, est parvenu à les réunir sous son commandement.

— C'est donc l'homme à abattre, intervint Minmès ; une opération ciblée est-elle envisageable ?

— Trop tard, déplora Tjanouni ; le prince se trouve hors d'atteinte, à l'intérieur de sa forteresse de Megiddo, en Syrie.

— Ne s'en tiendra-t-il pas à ce coup d'éclat ?

— D'après les dernières informations, il rassemble une coalition de trois cent trente petits chefs palestiniens et syriens, avec une intention évidente : envahir l'Égypte.

Le cauchemar ressurgissait.

— Si nous n'intervenons pas rapidement, estima Minmès, les coalisés deviendront invulnérables.

Deux mois de règne, et déjà une décision difficile à prendre : entrer en guerre ! La guerre, avec son cortège de massacres et de souffrances. Une seule préoccupation devait me guider : la sauvegarde de l'Égypte.

— Que vaut notre armée ?

Le Premier ministre parut gêné.

— Voilà longtemps que nos généraux n'ont pas eu à combattre ; nos troupes sont surtout occupées à l'entretien des canaux d'irrigation. Mais nous disposons de régiments d'élite.

— En nombre suffisant ?

— Tout dépend des forces de l'adversaire.

— Cette coalition m'inquiète au plus haut point, avoua Tjanouni, sans se départir de son calme. Et le prince de Kadesh est un guerrier redoutable, qui hait l'Égypte. Dès que son armée sera constituée, elle déferlera. À mon avis, la seule solution est de détruire son repaire au plus vite.

— Une folie ! lui objecta Ouser ; loin de nos bases, au cœur d'un territoire hostile et difficile d'accès, Megiddo est imprenable. Nous échouerons, et les Deux Terres seront sans défense. Je prône une stratégie défensive et un renforcement de la frontière nord-est.

— Cette stratégie-là fut inefficace lors de l'invasion hyksôs, rappela Tjanouni. Étouffons le péril dans l'œuf ; sinon, nous serons envahis et exterminés.

— Pourquoi tant d'appréhension ?

— Parce que derrière les Palestiniens, les Syriens et le prince de Kadesh se cache le Mitanni[1], l'État qui veut s'emparer de l'Égypte afin de devenir un empire

_____

1. Siège de la civilisation hourrite, entre le Tigre et l'Euphrate, le Mitanni s'étendait sur la Syrie et le Kurdistan. Son « empire » atteignit la Cilicie, l'Assyrie et Canaan.

sans rival. Je savais l'affrontement inévitable, mais je ne le voyais pas si tôt. Puis-je parler franchement, Majesté ?

— C'est ton devoir.

— Nous avons intercepté des messages entre des tribus palestiniennes et le prince de Kadesh. La mort d'Hatchepsout a été saluée avec enthousiasme, son successeur étant jugé incapable de lutter. Aussi ont-ils choisi le moment idéal pour abattre un monarque faible et conquérir un pays endormi dans son confort et ses richesses. Notre sort est entre vos mains.

Une telle sincérité, qui choqua Ouser, prouvait la gravité du moment. Ne se comportant pas comme un courtisan tiède, Tjanouni manifestait le désir d'éviter le pire. Mais était-ce encore possible ?

— Disposes-tu de cartes précises ?

— Nos éclaireurs les ont dressées.

Tjanouni déroula trois papyrus indiquant l'emplacement des principales localités, depuis l'extrême-nord de l'Égypte jusqu'au Mitanni. Il insista sur la route d'invasion prévisible et les meilleurs itinéraires pour se porter à la rencontre de nos adversaires.

Une cité fortifiée capta mon attention : Megiddo. C'était là que l'ennemi m'attendait, avec la certitude de prendre au piège un pharaon inexpérimenté et d'anéantir son armée.

— 12 —

Le Vieux avait le moral dans les sandales. Une vache malade, un apprenti incapable de tailler correctement les ceps, un crétin de scribe du cadastre contestant l'étendue de ses vignes… Et l'urgence : livrer ses jarres de grand cru au palais. Vent du Nord, lui, restait imperturbable. À croire que cette bête était imperméable aux ennuis.

Minmès, l'ami du roi, avait la mine encore plus préoccupée qu'à l'ordinaire.

— Qu'as-tu entendu, le Vieux ?

— Des Palestiniens ont massacré une garnison entière.

— Exact.

— Une coalition se noue contre nous.

— Toujours exact.

— Et nous allons être envahis.

— Possible. Comment réagit le peuple ?

— Que Pharaon détruise nos ennemis ! Et loin de chez nous.

*
* *

Le Grand Conseil, les ministres, le Premier Serviteur d'Amon, les chefs de province : personne ne manquait. Eux, comme l'Égypte entière, attendaient ma décision, formée à partir des rapports que j'avais analysés, en tentant de garder la tête froide. Même Minmès ignorait la teneur du décret que je formulerais, après mûre réflexion.

— Pourquoi partons-nous en guerre ? Ni pour massacrer, ni pour conquérir des territoires, mais afin de préserver le pays de Maât, l'éternelle Règle d'harmonie, menacée par les ténèbres, la barbarie et la violence. L'ennemi m'attend à Megiddo, et je m'y rendrai. Je retournerai sa force contre lui, m'emparerai de ses richesses et lui ferai comprendre qu'il ne triomphera pas. Si nous n'intervenons pas, nous serons anéantis ; toute lâcheté nous condamnerait à périr. En brisant la nuque des comploteurs, nous les contraindrons à nous respecter et les maintiendrons à distance. Je décrète donc la mobilisation d'une armée du Sud, qui rejoindra celle du Nord, à Memphis, dès que le nouveau commandant de la garde royale, Mahou, la jugera apte à combattre, au terme d'une formation accélérée que suivra de près Tjanouni, conseiller spécial et responsable de l'intendance.

*
* *

Thoutmosis jouissait de l'approbation de son peuple, rassuré par sa détermination, et persuadé qu'il avait pris la meilleure des décisions. C'était également l'avis de Mahou, ami d'enfance du monarque, et de Tjanouni, heureux d'avoir été entendu. Malgré leurs tempéraments opposés, bouillant pour le premier et glacial pour le second, les deux hommes collaborèrent de façon efficace, vérifiant que chaque province envoyait bien son quota de conscrits, complétant la petite armée de métier. À l'issue du recrutement, les troupes égyptiennes ne compteraient pas moins de six mille hommes.

Revenait à Mahou une rencontre délicate avec les généraux qui l'accueillirent, trognes fermées, à la caserne de Thèbes. Ce petit nouveau n'avait pas de leçon à leur donner, et il repartirait la tête basse.

Fort de la confiance du roi, Mahou dévisagea les dignitaires installés depuis longtemps à la tête des différents corps d'armée.

— On ne se connaît pas, mais vous me détestez parce que vous croyez que je vais bousculer vos habitudes. Et c'est vrai. Puisque nous entrons en guerre, vous sortirez de vos confortables villas et vous conduirez nos troupes jusqu'à Memphis, d'où nous partirons pour la Palestine. La torpeur, c'est fini. Il est temps de faire honneur à votre grade.

Aussi solide et trapu que Mahou, un barbu, le général Djéhouty[1], se leva.

— Tu me plais, mon gars ! Ça fait un bon moment qu'on roupille, et je commençais à m'ennuyer.

---

1. Sa tombe fut découverte en 1824 par le consul de France Drovetti, qui la pilla. Son emplacement est aujourd'hui inconnu.

Ce coup-là, ça va chauffer. On était des larves, on se réveille ! J'ai toujours dit que les Palestiniens ne méritaient rien d'autre que le bâton. Debout, mes chers collègues !

Sous l'impulsion de Djéhouty, ses homologues, estomaqués, se levèrent à leur tour.

— Première étape, recrutement, précisa Mahou ; deuxième, entraînement intensif ; troisième, préparation du voyage. Et le temps nous est compté. Nous ne contrôlons plus les territoires palestiniens, et nos ennemis se rassemblent en Syrie.

Djéhouty tapa dans le dos du commandant de la garde royale.

— T'inquiète pas, on leur marchera dessus ! Ils nous prennent pour des minables, incapables de foncer ; démontrons-leur le contraire. Sous l'impulsion du roi, le taureau puissant, réservons-leur une belle surprise !

L'attitude du barbu étouffa les protestations des autres généraux, qui redoutaient une aventure inconsidérée. Eux auraient préféré la prudence ; perdre une forteresse n'était pas si dramatique. Enivrés par leur exploit, les Palestiniens ne s'en contenteraient-ils pas ? Au lieu de jeter de l'huile sur le feu, mieux aurait valu négocier.

Le doyen des officiers supérieurs brisa le faux consensus.

— Le conflit n'est pas la meilleure solution. Pourquoi le roi n'utilise-t-il pas la diplomatie ?

— Une garnison entière massacrée, ça ne te suffit pas ?

— Il faut oublier certains incidents afin de maintenir la paix.

— Tu appelles cette tuerie… un incident ?

— Regrettable, je le concède et…

Le poing de Djéhouty s'enfonça dans l'estomac du doyen et lui coupa le souffle.

— Assez de palabres. Maintenant, on est en guerre. Au travail.

— 13 —

En voyant arriver les recrues provenant de diverses provinces et en assistant aux manœuvres de l'armée, les Thébains furent rassurés. Thoutmosis n'était pas un mou et, selon les informations répandues dans la capitale, il attaquerait d'abord les Palestiniens révoltés, puis le bastion de la coalition visant à envahir l'Égypte, la cité fortifiée de Megiddo.

Entre Mahou et Tjanouni, ni amitié ni cordialité, mais un parfait professionnalisme ; sous leur direction conjointe, les scribes enregistraient les nouveaux soldats, nourris, équipés et soumis à une formation accélérée : tir à l'arc, maniement de la lance et du poignard, lutte avec des instructeurs, course. Mahou exigeait une triple discipline ; à la fin de la journée, une parade militaire, au bon pas, au son des tambours et des trompettes, précédait le dîner. Et Tjanouni ne manquait pas de rappeler le précepte essentiel : que chaque homme connaisse son rôle précis lors du combat. La condition de la survie.

*
* *

En compagnie de Minmès et de Mahou, je reçus Tjanouni, porteur d'un long rapport.

— En Syrie, le travail de nos espions devient de plus en plus risqué. Le prince de Kadesh fédère ses alliés, qu'il achète un à un grâce aux subsides du Mitanni. La coalition sera redoutable. Et l'un de mes informateurs est persuadé que Megiddo est un traquenard. Notre armée sera détruite, le pharaon tué, et la route de l'Égypte largement ouverte.

— Ton avis ?

— Je suis inquiet. Très inquiet. Mais je ne vois pas d'autre solution que la prise de cette maudite forteresse.

— Tu seras notre correspondant de guerre ; note les événements. Et nous offrirons aux dieux le récit de nos victoires.

Tjanouni se retira.

— Je partage ses inquiétudes, avoua Mahou ; si nous nous contentions d'infliger une raclée aux Palestiniens ? Continuer jusqu'à Megiddo pourrait causer notre perte.

— Rétablir l'ordre dans les territoires palestiniens ne serait qu'un leurre. Une simple opération de police n'effraiera pas la coalition. Nos généraux sont-ils prêts à se battre ?

— Une bande de mollassons ! Mais j'ai un allié précieux, Djéhouty. Il leur montrera l'exemple.

— À vous deux, et à vous deux seuls, une confidence : cette nuit, j'ai eu la vision de l'épreuve qui nous attendait. Cette guerre sera longue, très longue. Si les

dieux nous sont favorables, nous ne nous arrêterons ni
en Palestine ni en Syrie.

— Tu ne veux pas... attaquer directement le
Mitanni ? s'inquiéta Minmès.

— Le premier des Thoutmosis n'a-t-il pas atteint
les rives de l'Euphrate, où il a implanté une stèle, afin
d'avertir l'ennemi qu'il devrait renoncer à toute agression ? À moi de confirmer la parole du fondateur de
ma lignée.

Les deux amis d'enfance du souverain savaient que
toute protestation serait inutile.

— À la nouvelle lune, annonça Mahou, nos troupes
seront prêtes à partir pour Memphis. Mais j'ai encore
beaucoup de détails à régler.

Le commandant de la garde royale quitta le palais
à grands pas.

— Tu l'as choqué, constata Minmès ; lui envisageait, comme nous tous, une seule campagne et un
retour rapide au pays après la prise de Megiddo.
Ton plan est... est...

— Insensé ?

Minmès avala sa salive.

— Je crois que oui.

— Surtout, ne dissimule jamais ta pensée. Sinon,
notre amitié serait brisée. « Insensé »... Le terme me
paraît approprié. Et c'est pourtant le chemin que me
dicte mon cœur. As-tu convoqué les chefs des artisans
de la Place de Vérité ?

— Rejoignons-les à l'orée de la Vallée des Rois[1].

_____
1. Thoutmosis Ier fut probablement le créateur de la communauté d'artisans installée dans le village de Deir el-Medineh,

*
* *

Monde aride, cuvette écrasée de soleil et bordée de falaises, la Vallée des Rois portait pourtant le nom de Grande Prairie, car elle était le seuil d'un paradis verdoyant où vivaient à jamais, au-delà du trépas, les « Justes de voix ». Ici, comme l'avait préconisé le premier des Thoutmosis, les pharaons thébains reposeraient à jamais.

Avant de partir en guerre afin de sauver l'Égypte d'une invasion meurtrière, je devais choisir l'emplacement de ma tombe, creuset de résurrection, et en dicter le plan aux bâtisseurs.

J'avais déjà arpenté les lieux, seul, pendant des heures, et goûté le silence habité de cet univers au-delà du temps et de l'éphémère. Et mon choix, au terme de plusieurs explorations, était établi depuis mon adolescence.

Je pris la tête du petit groupe d'artisans et les conduisis vers l'extrémité méridionale de la Vallée. Je m'immobilisai au pied d'une des falaises et désignai une anfractuosité.

— Majesté, s'étonna un tailleur de pierre, c'est haut... très haut[1] !

---

appelé dans l'Égypte pharaonique « la Place de Vérité (Maât) », sur la rive ouest de Thèbes. Ils étaient chargés de creuser et de décorer les demeures d'éternité de la Vallée des Rois. Celle de Thoutmosis III porte le numéro 34.

1. Une dizaine de mètres au-dessus du sol.

— Vous creuserez ce passage et créerez ma demeure d'éternité au sein de cette montagne.

Minmès me remit le plan que j'avais dessiné moi-même. Un long couloir d'accès, un escalier, un puits relié à l'océan d'énergie, une rupture d'axe, une salle à deux piliers orientée sud-nord, et une dernière volée de marches menant à la chambre de résurrection, également pourvue de deux piliers et en forme d'ovale, symbole contenant le nom de Pharaon[1].

— Ce ne sera pas facile, constata le patron des artisans.

— Mettez-vous immédiatement à l'ouvrage.

Tous se posaient la même question : reviendrais-je vivant de Megiddo ?

---

1. Pour sa demeure d'éternité, Thoutmosis III choisit la forme de ce que l'égyptologie appelle un cartouche, le *shen*, ovale extensible en fonction du nombre de hiéroglyphes qui composent le nom du roi. Il symbolise le circuit du cosmos sur lequel règne Pharaon.

— 14 —

Sans l'aide de Montou, le dieu faucon, nulle bataille ne serait gagnée. C'est pourquoi je me rendis à son temple de Iouny, proche de la capitale[1], afin de le prier d'animer mon bras et de m'attribuer la force nécessaire pour vaincre l'ennemi. Protecteur de la royauté, le faucon céleste déployait sa puissance lorsque les Deux Terres étaient menacées. Puisse-t-il me donner sa vue perçante et sa rapidité d'action. En son honneur serait érigé un nouveau pylône, décoré de scènes célébrant ses bienfaits.

Le serviteur de l'heure, à la fois astrologue et astronome, tint à me rencontrer. D'après ses calculs et l'enseignement des Anciens, le moment ne nous était pas défavorable, à condition d'identifier le danger et de courir certains risques.

Je ne reculerais pas. Ma vision a été si nette qu'elle ne laisse aucune place au doute. Quelle que dût être l'issue de cette aventure militaire, j'aurais défendu mon pays avec la totalité des moyens dont je disposais.

---

1. Ermant, à 15 km au sud de Louxor.

Au regard de cet enjeu, ma propre existence était négligeable.

*
* *

Une convocation du palais. Pestant contre ce genre d'impératif, le Vieux demanda à Vent du Nord de rassembler ses ânes, qui transporteraient une belle quantité de jarres de vin. En vidant presque son entrepôt, il se jura d'exiger une belle rétribution.

Selon une annonce officielle, l'armée, sous la conduite du roi, embarquerait pour Memphis le lendemain. Avant ce grand départ, teinté d'espoir et d'inquiétude, le monarque offrait des réjouissances aux soldats et à la population. Un fastueux banquet serait organisé au palais, en présence de Thoutmosis et de l'ensemble des dignitaires.

Le petit sourire de Minmès irrita le Vieux.

— Je commençais à m'impatienter ; nos invités n'aiment pas avoir la gorge sèche.

— Et moi, je n'ai pas quatre bras et huit jambes ! À prestation exceptionnelle, tarif exceptionnel.

— Je suis d'accord.

— Tu ne discuteras pas mon prix ?

— Pas plus que tu ne discuteras la décision du roi.

Le Vieux sentit le sol se dérober.

— Ça signifie quoi ?

— Un homme qui fournit un vin de cette qualité ne saurait être tenu à l'écart. Grâce à toi, notre souverain recouvre du dynamisme à chaque repas. Et il

75

aura besoin d'un maximum d'énergie pendant cette campagne.

— Moi, je livre mon vin, et ça s'arrête là !

— Tel n'est pas l'avis de Sa Majesté. Et je t'annonce d'excellentes nouvelles : non seulement tu es consacré fournisseur de la Couronne, mais encore tu es affecté à l'intendance pendant notre expédition punitive.

Le Vieux s'étrangla.

— Tu… tu te moques de moi ?

— À l'école, on me reprochait déjà mon manque d'humour.

— Oublie ton délire ! À mon âge, on est sédentaire.

— Les circonstances sont ce qu'elles sont. Et quel plus grand bonheur que de servir Pharaon ? Je savais que tu bondirais de joie. Ton supérieur sera le héraut Antef, un homme aimable mais rigoureux. Vous vous entendrez à merveille.

*
* *

Kenna, l'intendant du palais, était à bout de nerfs. La quarantaine alerte, fort soucieux de son apparence, vêtu à la dernière mode, il croyait avoir tout subi sous le règne d'Hatchepsout en organisant fêtes et banquets d'une somptuosité inégalée. Surmontant mille tracas, il s'était acquitté de sa tâche avec une maestria unanimement reconnue. Au moins, il avait du temps ; cette fois, on le mettait sur le gril ! Et l'élite thébaine serait réunie, attentive à la moindre fausse note.

La salle à manger d'honneur du palais, ornée de peintures de fleurs, avait été nettoyée de fond en comble, et brillait de l'éclat du neuf ; tables basses pour trois ou quatre personnes, chaises à dossier bas, coussins, linges parfumés, lampes à huile, vaisselle d'apparat… L'intendant se préoccupait de chaque détail, sachant que certains notables avaient la dent très dure et que son poste, pourtant épuisant, était convoité.

Kenna courut aux cuisines, où le personnel se démenait. Travailler ici marquait l'apogée d'une carrière, et le chef cuisinier imposait une discipline militaire. Les mets devaient être exquis et abondants, les vins remarquables ; en Égypte, on ne plaisantait pas avec la bonne chère. Salades variées, filets de poisson, cailles, côtes de bœuf, fromages frais, compotes de figues et gâteaux seraient au menu.

Une dernière petite heure avant l'arrivée des invités ; à la tête de son escouade d'assistants, Kenna se pencha encore une fois sur la répartition des hôtes, chacun occupant sa juste place en fonction de sa position hiérarchique. Une erreur condamnerait l'intendant à la démission.

La question lui tordit le ventre : qu'avait-il oublié, de quelle négligence s'était-il rendu coupable ?

Trop tard pour y répondre. Le jardin du palais s'illuminait, les gardes accueillaient les premiers invités.

— 15 —

Depuis mon enfance, je déteste les mondanités. J'aime manger seul ou avec mes amis, en échangeant de libres propos. Lors des banquets officiels, la moindre parole prononcée par le roi est décortiquée. Est-ce un compliment, un reproche plus ou moins voilé, pourquoi ces mots-là et pas d'autres, pourquoi s'adresse-t-il à celui-ci ou à celle-là, pourquoi se tait-il à ce moment-là, qui sortira de table avec un espoir de promotion ou, au contraire, inquiet pour son avenir ?

Avant le départ de l'armée, ce pensum avait une utilité : rassembler l'élite thébaine, assurer sa cohésion et son respect de l'État. Un pharaon régnait et défendrait son pays jusqu'à la limite de ses forces : tel était mon message. Et, selon Minmès, me voir rassurerait les notables, d'autant plus qu'absorbé par l'étude des dossiers, je n'avais pas accordé d'audience privée à de nombreux solliciteurs, renvoyés vers le Premier ministre.

À mon entrée, mes invités se levèrent, et les regards convergèrent vers moi. D'agréables senteurs flottaient dans l'air, les convives avaient revêtu leurs habits de fête, les femmes étaient parées de bijoux étincelants. Sur des perruques de luxe, un cône parfumé fondrait au fur et à mesure de la soirée en répandant ses fragrances.

Je me dirigeai vers l'orient de la salle. À distance respectueuse et à ma droite, le Premier ministre Ouser et son épouse ; à ma gauche, Menkh l'Ancien, Premier Serviteur d'Amon, et la sienne. L'assistance comptait autant de femmes que d'hommes, pas un dignitaire ne manquait. Et chacun guettait mon discours.

— Nous sommes réunis afin de célébrer un jour heureux, mais je ne vous cacherai pas la gravité de la situation. À la tête de nos troupes, je dois intervenir afin d'empêcher le prince de Kadesh de lancer une coalition contre notre pays. Le dieu Montou a armé mon bras, et sa colère s'abattra sur l'ennemi. En mon absence, le Premier ministre assurera la continuité de l'État. Que chacun d'entre vous remplisse au mieux sa fonction. Et lors de mon retour, nous fêterons la victoire.

À peine m'asseyai-je qu'une nuée de serveurs déposa des plats sur les tables basses, et qu'un orchestre féminin apparut. Je reconnus Satiâh, la sublime harpiste, et la chanteuse Mérytrê, qui entonna un air joyeux d'une voix si pure qu'elle émerveilla l'assemblée et gomma l'anxiété ambiante.

Malgré le talent de la soliste, je n'avais d'yeux que pour Satiâh. Sobrement vêtue d'une tunique de lin, coiffée d'une perruque courte enserrée d'un bandeau floral, elle portait un fin collier où alternaient turquoises et lapis-lazuli.

Il fallait que je m'adresse au Premier ministre, sous peine de signifier ma défiance. J'attendis la fin de la prestation de Mérytrê, qui avait enchanté les convives. L'orchestre joua une succession de mélodies apaisantes. Satiâh dictait le rythme, exprimant des sonorités d'une infinie douceur. J'aurais aimé être seul avec elle et l'écouter des heures durant.

— Veille sur notre capitale, demandai-je à Ouser ; des difficultés à signaler ?

— Les aléas du quotidien, rien d'important. Les récoltes ont été abondantes, nos greniers sont pleins, et nos provinces ne signalent aucun problème majeur.

Je me tournai vers Menkh l'Ancien.

— T'engages-tu à collaborer avec le Premier ministre ?

— Vous avez ma parole ; le temple d'Amon vous sera fidèle. Même si je redoute ce conflit, ma hiérarchie et moi approuvons votre décision.

Ces déclarations ne me réconfortèrent pas. Rompus à l'exercice du pouvoir, ces hauts personnages ne me frapperaient-ils pas dans le dos ? La tentation serait si vive que certains n'y résisteraient peut-être pas. Sans doute espéraient-ils ma mort au combat, afin d'avoir le champ libre.

Mon regard se dirigea à nouveau vers Satiâh. Son allure, son élégance et son charme étaient hors du commun. Elle sentit que je la contemplais et m'offrit un sourire, sans que ses doigts cessassent de courir sur les cordes de sa harpe.

Un moment de grâce, un instant de complicité. Quitter mon trône, m'approcher d'elle, lui confier combien je l'admirais… Mais j'étais le roi, et ce genre de fantaisie m'était interdit.

En revanche, cette merveilleuse musicienne ne me rappelait-elle pas à mon devoir et aux exigences du peuple : régner en compagnie d'une Grande Épouse royale ?

Satiâh, ma reine.

Deux incertitudes majeures : la guerre et son consentement. La guerre, d'où je ne reviendrais peut-être pas ; son consentement, qu'elle n'était pas obligée de m'accorder. Je rêvais de l'épouser alors que je ne connaissais même pas le son de sa voix.

L'orchestre se retira. Le terme du banquet approchait, le temps s'était écoulé vite, trop vite. Les dernières réjouissances avant de s'élancer vers le nord. Ce soir, nous voulions croire que l'Égypte était invincible.

Je me levai, les conversations s'interrompirent. Reverrais-je ces visages figés, soudain conscients que la paix et la prospérité étaient menacées ?

Nul ne s'attarda dans le jardin ; d'ordinaire, on y buvait une dernière coupe en persiflant. Les prétendants roucoulaient auprès des coquettes, les donneurs de leçons assommaient leur auditoire, les ambitieux tentaient de nouer des relations profitables. Cette nuit-là n'était pas propice à ces jeux dérisoires.

En m'assoupissant, j'entendis la mélodie d'une harpe et je revis Satiâh, souriante.

— 16 —

Ce n'était pas mon premier voyage en bateau à destination de Memphis, le centre économique du pays et la capitale de l'âge des grandes pyramides. À plusieurs reprises, j'avais admiré les prodigieux monuments érigés par nos ancêtres pour vaincre la mort et transformer le temps en éternité. La pyramide était le symbole d'Osiris, assassiné et ressuscité grâce à la magie d'Isis. Et j'avais passé des journées entières dans la Maison de Vie du temple de Ptah, le dieu des artisans, à étudier les textes de cette époque lointaine où les grands voyants de la cité du soleil créaient leurs formules de puissance.

Cette fois, je prenais la tête d'une flotte militaire transportant des centaines de soldats. Sur les bords du fleuve, les paysans la regardèrent passer, étonnés et anxieux. Les conditions climatiques étaient favorables, et les marins expérimentés, la distance entre Thèbes et Memphis fut parcourue en treize jours[1], avec les escales nécessaires à l'approvisionnement en

_____
1. Environ 650 km.

nourritures fraîches. Une période de repos pour les militaires de carrière et les jeunes recrues, une période de réflexion pour moi, mes proches et mes généraux. Nous étudiâmes les cartes avec attention, et j'écoutai les interventions des uns et des autres, souvent contradictoires. Seul le bouillant Djéhouty avait envie de piétiner l'adversaire, ses collègues redoutant des pièges et préconisant la prudence.

Tjanouni reçut un message de ses espions en Syrie ; de nouveaux alliés du prince de Kadesh séjournaient à Megiddo où se préparaient les troupes d'invasion, certaines de percer nos défenses et de s'emparer de nos richesses. Jamais une telle coalition n'avait été réunie, et l'Égypte serait incapable de lui résister.

Le directeur de l'arsenal de Memphis m'accueillit au débarcadère et m'assura que l'équipement était prêt. En compagnie de mon état-major, je découvris une grande quantité de frondes, d'épées, de javelots, de poignards, de haches, de flèches, de carquois et de boucliers. Avec fierté, le forgeron-chef me présenta des casques de bronze et, surtout, des armures composées de lamelles de bronze articulées, destinées aux officiers supérieurs. Pourtant particulièrement renforcée, la mienne ne serait pas trop lourde à porter.

Je me rendis ensuite à la caserne où les régiments du Sud et du Nord venaient d'établir leur jonction. Je répartis les commandements, et chaque compagnie d'infanterie brandit son étendard.

Restait à inspecter l'arme d'élite, la charrerie. Soigneusement sélectionnés, de robustes chevaux tireraient des chars qu'occuperaient deux archers,

également capables de manier la lance avec une redoutable précision.

Une simple parade militaire, sous les acclamations de
la foule, ravie de voir défiler des soldats, au son d'une
musique martiale : ce divertissement-là, qui conférait un
sentiment de sécurité, c'était hier. Aujourd'hui, nous par-
tions en guerre. Combien de ces hommes, décidés à se
battre pour leur pays, allaient mourir ? Le pharaon n'avait
pas à exprimer ses doutes et ses inquiétudes. Tous étaient
mes fils, et je devais leur insuffler ma force et la certitude
de la victoire.

*
* *

À bord du bateau réservé aux responsables de l'intendance, le Vieux et Vent du Nord s'étaient détendus.
Nourriture succulente, contemplation du paysage, longues
siestes, jeux de société… La guerre n'avait pas que du
mauvais.

La situation s'était légèrement gâtée lorsque, dès
l'arrivée à Memphis, il avait été convoqué par Tjanouni,
qui ne lui inspirait aucune sympathie. Glacial, le bonhomme avait des yeux de fauve.

— Soyons clairs, le Vieux. La qualité de l'intendance sera décisive. Nos soldats bénéficieront de
solides repas, d'eau à volonté, de nattes épaisses pour
dormir. Des centaines d'ânes et de bœufs, tirant des
chariots remplis du nécessaire, seront de précieux
auxiliaires. Le héraut Antef, porte-parole du roi,
supervisera l'ensemble ; moi, je fouinerai partout, afin
de vérifier si les ordres sont bien exécutés.

« Fouiner, ça t'est naturel », pensa le Vieux.

— Notre souverain m'a confié une mission spéciale, reprit Tjanouni : rédiger un récit détaillé de l'expédition. C'est pourquoi j'ai besoin d'un matériel de scribe. Ton âne le portera, et tu seras responsable de sa préservation.

— Il y a un hic.

— Lequel ?

— Tu as regardé Vent du Nord ?

— J'ai rarement vu une bête aussi grande et aussi robuste ! Elle n'aura aucune peine à supporter ce poids-là.

— Je ne dis pas le contraire, mais mon âne a une particularité : il convient de lui demander son avis.

— Pardon ?

— Tu m'as compris. Et s'il n'est pas d'accord, il n'avancera pas d'un pas.

— On le sollicite comment, cet avis ?

— Je lui pose la question. Si son oreille droite se dresse, il accepte ; si c'est la gauche, il refuse.

L'arme fatale du Vieux : futé, Vent du Nord éviterait une aventure à haut risque. Réformés, ils seraient renvoyés dans leur foyer.

— Désires-tu porter un matériel de scribe et participer à cette guerre ?

L'oreille droite se dressa.

— Tout s'arrange, constata Tjanouni, sans l'ombre d'un sourire.

*
* *

J'inspectais le corps des médecins et des embaumeurs. Les premiers soigneraient les malades et les blessés, les seconds procéderaient à une momification sommaire sur place, avant le rapatriement des morts. Ce dispositif rassura les troupes ; aucune dépouille ne serait abandonnée en terre étrangère, chacune reposerait dans son caveau familial, sur sa terre natale. Et la quantité de remèdes emportée permettrait aux thérapeutes d'assurer au maximum la santé des combattants.

En cette matinée ensoleillée, la nervosité devenait perceptible. Mahou avança mon char plaqué d'électrum, un mélange d'or et d'argent, et orné de pierres semi-précieuses. Il avait choisi deux chevaux puissants, mais dociles.

Dans le calme des bibliothèques, je n'avais pas imaginé un pareil instant. Comme si ce geste m'était familier, je saisis les rênes et donnai le signal du départ.

— 17 —

La froideur naturelle de Tjanouni masquait difficilement l'émotion qui semblait le submerger.

— Un message du prince de Kadesh.

Je brisai le sceau et lus le texte à haute voix :

— *Moi, le chef de la grande coalition, je me tiens à Megiddo pour te combattre.*

— Une déclaration de guerre, jugea Mahou, mais surtout une provocation et un piège.

— Sans aucun doute, intervint le doyen des généraux ; si nous nous rendons là-bas, nous serons exterminés. Contentons-nous de reconquérir la Palestine et de fortifier nos frontières.

— C'est ça, le piège ! tonna le général Djéhouty ; l'attentisme, ce sera notre mort ! Fonçons, et nous vaincrons !

D'un geste, j'interrompis le débat.

— C'est aux dieux de décider. Nous ferons une halte à Bouto[1], le sanctuaire de la déesse-Cobra, et je la consulterai.

---

1. Tell et Fara'in. Dans ce très ancien sanctuaire résidaient les âmes des Ancêtres, qui s'exprimaient, notamment, par le feu d'un serpent sacré.

*
* *

Jaillissant de la couronne de Pharaon, l'uræus, incarnation de la déesse-Cobra, était à la fois son œil et un feu, qui brûlait les forces du Mal et ouvrait son chemin. Depuis la première de nos dynasties, le roi se recueillait dans le temple de cette divinité, afin de solliciter sa puissance et de l'exercer au profit du peuple, qu'il protégeait des ennemis intérieurs et extérieurs.

Face au serpent primordial, issu de l'océan des origines, je lui présentai un vase empli de l'eau de la crue, l'énergie terrestre issue du flux céleste, sans laquelle nulle vie ne serait apparue. Cette vie, c'était à moi de la maintenir. Et qui me guiderait, sinon une vision de l'au-delà ?

La statue de pierre flamboya. Au risque d'être foudroyé, je soutins son regard.

— Toi qui es liée à la naissance de la royauté, toi qui la confortes jour après jour, oriente mon bras. L'ennemi m'attend à Megiddo. Dois-je l'affronter là-bas ?

La tête de la déesse-Cobra s'inclina.

*
* *

— On va en baver, confia le Vieux à Vent du Nord ; qu'est-ce qui t'a pris de te tromper d'oreille ? Chez nous, on vivait tranquilles. On ne devrait jamais quitter Thèbes. À force d'avoir la tête aux bêtises, tu vois où tu nous mènes ?

Le Vieux déboucha une jarre de blanc, excellent remède contre la déprime.

— Tu m'en offres ? questionna le porte-parole du roi.

Raide, visage anguleux, Antef n'avait pas l'air d'un plaisantin.

— T'as raison, c'est du bon !

— Puisque tu l'as goûté, pas de problème.

Antef parut satisfait.

— Le roi se tient à l'écoute de ses soldats et souhaite savoir ce qu'ils pensent. L'un des responsables de l'intendance recueillera leurs confidences. Et c'est toi que j'ai choisi.

— Y en a sûrement de plus doués !

— Tu me transmettras les plaintes, et je tenterai d'améliorer ta situation. Rapport quotidien.

Et ça retombait encore sur lui.

*
* *

Le vingt-cinquième jour du quatrième mois de la deuxième saison[1], l'armée quitta le poste frontière de Tjarou pour s'engager en Palestine. À la suite d'un bref discours du roi, chaque soldat sut que le but était Megiddo. Loin, très loin de l'Égypte[2].

---

1. Vers mi-mars.
2. Se situe à 400 km de l'Égypte.

La troupe emprunta les Chemins d'Horus, jalonnés de fortins qui n'avaient pas été attaqués. Elle progressa donc en sécurité, à bonne allure[1], avec des repos suffisants et un ravitaillement de qualité. Personne ne manquait de rien, et la tension initiale retombait.

À l'approche de Gaza, elle ressurgit. On abordait les territoires révoltés, propices à des raids palestiniens. Aussi le roi renforça-t-il l'arrière-garde et les flancs.

Calme plat.

L'armée traversa des villages désertés, dont les habitants, redoutant des représailles égyptiennes, s'étaient enfuis vers le nord, afin de trouver refuge à Megiddo.

— Ça craint, dit le Vieux à son âne ; on entre dans le dur.

Ils découvrirent les ruines calcinées de la forteresse de Gaza. Cette sinistre vision consterna les soldats, brusquement conscients que la confrontation se rapprochait et qu'elle serait violente. Ceux qui avaient incendié ce bastion et massacré sa garnison étaient pétris de haine. Les jeunes recrues en frémirent.

— Nous camperons plus loin, décida le roi.

Au-delà de Gaza, pas de fortin égyptien. À tout moment, une embuscade pouvait causer des pertes sévères. Des éclaireurs à cheval furent chargés de repérer d'éventuels adversaires et de sécuriser la progression des troupes.

À la tombée du jour, furent dressées les tentes. L'absence d'incident rassura, et les odeurs de cuisine éveillèrent les appétits. Même si le vin n'appartenait pas à la catégorie des grands crus, le Vieux le jugea

---

1. Environ 25 km par jour.

buvable. Rassasié, il se coucha à côté de Vent du Nord, pendant que des gardes se postaient ; plusieurs relèves auraient lieu au cours de la nuit, et l'on dormirait tranquille.

— 18 —

Vent du Nord réveilla le Vieux d'un coup de sabot
savamment dosé, l'arrachant à un rêve où il bichonnait
un cep de vigne s'élevant jusqu'au sommet du ciel.

— Qu'est-ce qu'il y a encore ?

Il regarda autour de lui. Partout, des soldats. L'un
d'eux lui offrit une galette et un bol de lait.

— Ne traîne pas, on repart.

— Ah oui, la guerre…

— Tu connais la bonne nouvelle ?

— Raconte.

— C'est le premier jour de la vingt-troisième année
de règne de notre roi. Bon signe, non ?

— Sûrement.

Le Vieux se restaura en hâte ; les ordres fusaient, la
troupe ne tarderait pas à faire mouvement.

Le chargement de Vent du Nord dûment vérifié, le
Vieux se plaça au milieu du cortège qui s'étalait sur
une longue distance. Il bavarda avec plusieurs fantassins, heureux de servir le roi et leur pays, rassurés
par l'impressionnant effectif et leur armement, mais la
boule au ventre en songeant au moment où il faudrait

combattre. Néanmoins, le moral était élevé, et nul ne doutait du courage de Pharaon et de sa capacité à vaincre.

« Le héraut Antef sera satisfait », pensa le Vieux.

Après onze jours de marche sans aucun incident et sous un soleil agréable, l'armée arriva à Yehem[1], sur le flanc sud du mont Carmel. Halte obligatoire, car l'on approchait de Megiddo.

Antef annonça une pause d'une journée, pendant laquelle le roi présiderait un conseil de guerre.

*
* *

À proximité du but, nous nous heurtions à un obstacle naturel, le mont Carmel. Quel serait le meilleur itinéraire pour le franchir et atteindre Megiddo où nous attendaient le prince de Kadesh et les coalisés ? À mes conseillers et mes généraux de me fournir la solution, après une étude attentive des cartes.

— Trois routes possibles, indiqua Tjanouni. La première est la passe d'Arouna[2], la voie la plus directe. À éviter absolument.

— Explique-toi.

— D'une part, elle débouche juste devant Megiddo ; d'autre part, elle est si étroite que nous serions contraints de marcher en file indienne. Là est le piège. Les soldats s'extirpant de cette nasse seraient immédiatement abattus par l'ennemi, massé devant la forteresse, pendant

---

1. L'actuelle Imma ou Yamma, à 34 km de Megiddo.
2. Le Ouâdi Âra.

que les autres resteraient coincés dans la gorge et attaqués depuis le sommet des falaises. Trop étirée, notre
armée serait décimée.

— Les deux autres routes ?

— Elles nous offriront un haut degré de sécurité ;
difficile de choisir. Nous débouchons soit au nord-ouest
de Megiddo[1], soit au sud-est[2]. À bonne distance de
la forteresse, nous nous déploierons sans difficulté et
préparerons l'assaut.

Tous les généraux, Djéhouty compris, approuvèrent.
Il ne restait plus qu'à choisir l'une des deux voies secon-
daires. Les débats s'engagèrent, l'unanimité ne fut pas
obtenue.

C'était donc à moi de trancher.

— Nous prendrons la voie du milieu, la plus directe.

Cette décision provoqua stupéfaction et consternation.

— Pardonnez mon objection, intervint le doyen
des généraux, mais la vie de six mille hommes est en
jeu ! Quand les premiers soldats sortiront de la passe
d'Arouna, l'arrière-garde ne s'y sera même pas engagée. Une telle stratégie nous conduirait au désastre.

À l'exception de mes amis Minmès et Mahou, silencieux, les autres membres du conseil de guerre marte-
lèrent leurs arguments pour m'empêcher de commettre
une erreur tragique.

— Votre attitude est une soumission à la pensée
du prince de Kadesh. Persuadé que mon état-major
ne courra pas le risque d'emprunter la si dangereuse

1. Par la route de Djefty.
2. Par la route de Taanach.

voie du milieu, il a posté des archers sur les deux chemins de côté. Ils nous causeront de nombreuses pertes avant de se replier, nous perdrons du temps et de l'énergie lors des escarmouches, et nous nous présenterons affaiblis devant Megiddo où le gros des troupes adverses nous écrasera.

Abasourdis, les généraux restèrent muets.

— C'est un pari audacieux, Majesté, mais…

— Ce n'est pas un pari, mais une vision. Je serai à la tête de l'armée, précédé de l'étendard d'Amon, notre protecteur.

Le conseil était terminé, les visages déconfits à l'idée d'une catastrophe inévitable.

Antef s'approcha.

— Quand dois-je annoncer votre décision ?

— Demain, à l'aube. Toi, Mahou, Tjanouni et les généraux, répartissez les tâches et l'ordre des régiments. Tu me présenteras un rapport détaillé au dîner, et je procéderai à des modifications, si nécessaire.

Malgré son abattement, l'état-major se mit aussitôt au travail. Une stricte discipline serait la clé de notre succès.

Minmès osa me poser la question qui lui brûlait les lèvres :

— Es-tu sûr de toi, vraiment sûr ?

— Je suis sûr d'être le fils et le disciple de Thot, le dieu dont la science guide nos pas.

— 19 —

En quittant Yehem, après l'annonce du héraut Antef, les soldats redoutaient le pire, et le Vieux recueillit quantité de plaintes. Beaucoup craignaient d'être percés de flèches sans pouvoir se défendre. Pas après pas, le moral baissa, jusqu'à l'entrée de la passe d'Arouna, devant laquelle on bivouaqua. La plupart dormirent mal. Et le réveil fut pénible. Pour combien d'hommes cette journée serait-elle la dernière ?

Comme promis, le roi prit la tête de ses troupes. Une attitude insensée, sauf s'il savait que cet étroit défilé n'était pas un traquenard. En voyant leur souverain affirmer ainsi sa certitude, on se rassura.

À la queue leu leu, chars et fantassins entreprirent un périlleux voyage de plusieurs heures[1] qui les mènerait peut-être à l'anéantissement. Fréquemment, les regards observaient les crêtes d'où jaillirait la mort.

À aucun moment Vent du Nord ne manifesta la moindre inquiétude. N'omettant pas de s'hydrater

_____
1. Sept heures pour parcourir 13 km.

à la bière, le Vieux guettait les réactions de l'âne, qui serait le premier à pressentir le péril.

Dans cette gorge, la chaleur devenait étouffante, mais personne n'avait envie de ralentir l'allure ; une seule obsession : sortir vivant de cet étau montagneux.

*

* *

Si je m'étais trompé, je serais la première victime. Mon char étincelait, ma couronne bleue brillait. Si l'ennemi tuait le pharaon, ce serait la débandade et il ravagerait nos rangs, incapables de riposter. N'aurais-je pas dû écouter les généraux en évitant de courir un tel risque ? Au fil des heures, ma conviction se renforça : le prince de Kadesh avait commis une erreur en croyant qu'une prudence peureuse dicterait ma conduite.

Un cri rauque.

Le porte-étendard d'Amon trembla. Le signal de la curée ? Non, la voix d'un faucon planant au-dessus de nous. Un signe favorable, qui enthousiasma l'armée.

Davantage de lumière, davantage d'espace… La sortie de la passe ! Des fantassins la gardaient-ils ?

La vallée de Yezréel, précédant la plaine de Megiddo.

Une vallée déserte.

Un à un, mes chars et mes hommes sortirent indemnes du boyau tant redouté, et se disposèrent en bon ordre, conformément aux instructions. Tous m'adressèrent un signe de tête respectueux et soulagé. Sept heures d'efforts, le soleil au sommet du ciel, et ce flot intact de soldats qui s'écoulait avec régularité.

Je remerciai Thot d'avoir éclairé mon regard. Sans lui, j'aurais cédé à la raison et à l'aveuglement.

Sur chaque visage, une joie intense. Et aussi l'envie de confirmer ce succès en attaquant.

Devinant mon intention, Mahou ne tint pas sa langue :

— Reposons-nous, préconisa-t-il ; installons notre camp près de la rivière Qina et tenons un nouveau conseil de guerre. La précipitation serait nocive.

L'ivresse de cette victoire, qui n'en était pas vraiment une, ne m'abusa pas. Les hommes avaient faim, et leurs nerfs étaient près de lâcher.

*
* *

La tente du roi trônait au milieu du camp, organisé selon un rigoureux quadrillage. Bêtes et hommes eurent droit à une double ration, et la présence du cours d'eau, traversant une plaine verdoyante, facilita le quotidien. On se lava, on nettoya les vêtements et les armes, on bichonna les chevaux, les bœufs et les ânes. Les sentinelles montèrent une garde attentive.

Alors que débutait un nouveau conseil de guerre, un éclaireur se présenta au rapport.

— De nombreux soldats ennemis s'étaient massés au débouché des deux routes de côté ; ils ont abandonné leur position et se sont regroupés près de Megiddo.

— Nous attaquerons dès demain, décidai-je. Le prince de Kadesh espérait anéantir des lambeaux de notre armée en déroute, il l'affrontera au grand complet. En cette nuit de nouvelle lune, l'astre de Thot, deux régiments se disposeront l'un au sud de la ville, l'autre au nord-ouest. À l'aube, je franchirai la rivière et j'occuperai le centre. La totalité de nos forces sera engagée au même moment, nous briserons les reins de nos adversaires et détruirons cette coalition.

Personne ne contesta ma stratégie. Après l'épisode de la voie du milieu, les généraux me considéraient comme un chef incontestable, inspiré par les dieux. Et nul ne doutait d'un triomphe facile, qui écarterait toute menace pour de longues années.

De nouveau, ils se trompaient. La place forte de Megiddo ne céderait pas aisément, et sa chute éventuelle ne suffirait pas à éteindre les convoitises du Mitanni. Cependant, cette victoire-là était impérative ; au moins servirait-elle d'avertissement. Riche cité au carrefour de routes commerciales desservant la Syrie, la Phénicie, l'Anatolie et la Mésopotamie, la fière Megiddo se croyait capable de me repousser, voire de me vaincre, démontrant ainsi la faiblesse de l'Égypte. À moi de lui prouver le contraire.

Mon peuple n'a jamais aimé la guerre ; la femme-Pharaon qui m'a précédé la détestait et a refusé de voir la réalité en face, laissant croître nos ennemis, convaincue que notre grandeur suffirait à les intimider. Elle a eu tort. Ils ont supposé que j'adopterais la même politique, en restant inactif. Mais Thot, en cas de nécessité, sait manier le couteau, que symbolise le croissant lunaire, et trancher la tête du Mal.

— 20 —

Des centaines d'oiseaux se dispersèrent lorsque les trompettes égyptiennes donnèrent le signal de l'assaut. Depuis l'arrière, le Vieux vit le roi franchir la rivière Qina, à la tête de ses troupes, et foncer en direction de la plaine de Megiddo, vers laquelle convergeaient les régiments déployés sur les ailes pendant la nuit.

Promptement exécutée, la manœuvre déstabilisa les coalisés, disposés devant la ville. À l'abri de solides murailles que dominait une citadelle construite au sommet d'une colline, ses deux mille habitants se sentaient à l'abri.

Pourtant, des cris d'effroi retentirent quand ils assistèrent au déferlement des chars égyptiens, qui enfoncèrent les rangs adverses.

Une seule charge suffit.

Pris de panique, les alliés du prince de Kadesh abandonnèrent les leurs ainsi que leurs armes pour courir à toutes jambes en direction de la citadelle. Étonnés, le roi et ses généraux ne rencontrèrent que la faible résistance de quelques retardataires, vite écrasés. Les archers n'eurent à abattre qu'une poignée de fuyards, au pas trop lourd.

Terminée avant d'avoir commencé, la bataille de Megiddo n'avait duré que le temps d'un éclair.

Et les vainqueurs éclatèrent de rire en apercevant le prince de Kadesh et ses alliés grimper à vive allure la butte sur laquelle se dressait la cité fortifiée.

Terrorisés, craignant l'irruption des Égyptiens, les habitants refusèrent d'ouvrir la porte principale, malgré les appels de leur chef. Seule solution : jeter des cordes improvisées en nouant des pièces de vêtements. Les fugitifs les attrapèrent et furent hissés, tant bien que mal, jusqu'en haut de la muraille, où l'on saisit leurs robes afin de les faire basculer du bon côté.

*
* *

Cette victoire si rapide me grisa et conduisit à une faute grave : laisser l'armée piller le camp abandonné par les lâches. J'aurais dû reformer les rangs et attaquer une Megiddo traumatisée, qui aurait cédé à un assaut d'envergure. En une journée, le triomphe eût été total.

Me contentant de savourer cet instant qui couronnait ma stratégie, j'observai mes hommes s'engouffrer dans les tentes du prince Kadesh et ses complices, et s'emparer des casques, des cuirasses, des carquois remplis de flèches, des arcs, de la vaisselle, sans omettre les nourritures liquides et solides.

À la tombée du jour, Tjanouni était l'un des seuls à se tenir droit. La plupart des soldats avaient trop bu, et Mahou trouva à grand-peine des sentinelles capables de sécuriser notre camp. Même les membres de la garde royale s'étaient enivrés.

— Voici ce que je consignerai dans vos *Annales*, Majesté : quatre-vingt-trois ennemis tués, trois cent quarante prisonniers. Nous avons saisi neuf cent vingt-quatre chars, deux cent deux cuirasses, cinq cent deux arcs, plus de deux mille chevaux, une grande quantité de moutons, de chèvres et de vaches. Voici les objets les plus précieux.

Tjanouni me présenta les deux cuirasses en bronze des princes de Kadesh et de Megiddo. Sous l'effet de la panique, ils n'avaient pas eu le temps de s'en vêtir.

— Nos pertes ?

— Aucun mort, quelques blessés légers. Médecins et infirmiers s'en occupent.

Sobre lui aussi, Minmès s'approcha. Il n'avait pas la mine réjouie d'un vainqueur.

— Un souci, mon ami ?

— Comme si le roi ne le savait pas ! Nous aurions dû pousser notre avantage et nous ruer sur Megiddo. Regarde, elle est intacte et nous défie ! Une victoire ? Non, un simple fait d'armes, une escarmouche sans conséquences graves pour l'adversaire. Les princes de Kadesh et de Megiddo, chefs de l'insurrection, sont indemnes et en sécurité, avec l'essentiel de leurs troupes. Nous n'avons mis hors de combat qu'un petit nombre d'ennemis, et rien ne prouve que les villes de l'arrière-pays ne se révolteront pas contre nous. Un butin, un beau butin, voilà le seul résultat de cette bataille !

La colère de Minmès n'était pas feinte. Une nouvelle fois, je lui sus gré de sa sincérité.

— Je partage tes conclusions. Et cette faute, dont je suis l'unique responsable, ne se reproduira pas. Désormais, ce genre de pillage, conduisant à la désorganisation de l'armée, sera interdit.

— Les murailles de Megiddo nous narguent ! Elles sont hautes et solides, les merlons[1] abritent d'excellents archers. Si tu veux conquérir cette forteresse, les pertes seront lourdes, très lourdes, sans certitude de succès.

— Je n'enverrai pas mes soldats à l'abattoir.

— Cela signifie... que nous rentrons en Égypte ?

— Megiddo doit tomber. Pour l'ennemi, sa perte équivaudra à celle de mille cités.

— Et par quel miracle réussiras-tu, en épargnant nos hommes ?

— Thot est le maître du temps. Nous allons mettre le siège et, jour après jour, Megiddo s'affaiblira, jusqu'à se rendre.

— Il durera plusieurs mois !

— Je ne l'exclus pas. As-tu mieux à me proposer ?

Minmès se calma.

— Non, non... Et si ce siège échoue ?

— Il n'échouera pas.

---

1. Partie du parapet entre deux créneaux.

— 21 —

Malgré leur gueule de bois, les fantassins furent chargés, dès le lendemain, de couper les arbres fruitiers des vergers de Megiddo. Avec les troncs, le génie construisit un mur autour de la cité rebelle et creusa un profond fossé. Grâce à ce double dispositif, aucun assiégé ne pourrait s'enfuir. Conscients qu'ils travaillaient à leur sécurité, bûcherons et terrassiers ne ménagèrent pas leur peine, sous le regard angoissé des habitants de Megiddo.

Un régiment entier fut affecté à une autre tâche prioritaire : à l'est du site, le point vulnérable d'où proviendrait un éventuel secours, il construisit un camp fortifié, surveillé de jour comme de nuit par des sentinelles.

L'annonce du héraut avait réjoui l'armée : pas d'attaque d'une forteresse réputée imprenable, mais un siège dans les meilleures conditions possibles. On ne manquerait ni d'eau, ni de viande, ni de poisson, ni de légumes, ni de fruits. Et des cabanes serviraient de logis acceptables.

Si des révoltés tentaient de s'échapper de leur réduit, ils seraient abattus. Et aucun Égyptien ne risquerait sa vie en vain. Figée en apparence, la situation évoluerait fatalement en faveur du pharaon ; la patience devenait l'arme principale.

Questions sans réponses : de quelle quantité de vivres disposaient les assiégés ? Au cœur de l'été, leurs puits seraient-ils à sec ? Quand les princes de Kadesh et de Megiddo décideraient-ils de mettre fin au calvaire de leurs sujets ?

*
* *

Mes soldats menaient une existence tranquille, répondant à deux critères majeurs : entraînement quotidien et hygiène. Le camp était entièrement nettoyé deux fois par jour et fumigé chaque semaine ; douches matin et soir, avec une pâte savonneuse. Boulangerie, boucherie, brasserie et service de nettoyage des vêtements fonctionnaient sous l'autorité d'Antef et du Vieux, attentif à la qualité de la bière et féroce gardien de la réserve de vin.

Notre vigilance ne se relâchait pas, tous étaient prêts à combattre. Affectés aux tâches les plus ingrates, les prisonniers s'occupaient notamment de l'entretien du fossé. Étroitement surveillés, ils ne se plaignaient pas de leur sort, heureux d'être encore en vie et de manger à leur faim.

L'épreuve que m'infligeait mon protecteur Thot, maître du temps, ne me parut pas interminable, car j'avais emporté d'anciens textes, datant de l'époque des pyramides et consacrés aux mutations de l'âme royale dans l'éternité. Ils serviraient de source d'inspiration à l'écrit que je rédigeais pour orner les murs de ma tombe de la Vallée des Rois. Les Anciens n'incitaient-ils pas à reformuler sans cesse leur pensée, afin de la rendre vivante ?

Tjanouni franchit la porte de mon palais de fortune.

— Nous sommes en danger ! Trois villes, servant de bases arrière au prince de Kadesh, tentent de former une nouvelle coalition qui briserait l'encerclement et libérerait Megiddo.

— Convoque le conseil de guerre.

L'étude des cartes me dicta une stratégie : attaquer en même temps les trois cités, avant qu'elles n'établissent leur jonction.

— Je commanderai le premier régiment, Mahou le deuxième et le général Djéhouty le troisième. En mon absence, Minmès et les autres généraux auront la responsabilité du camp. Si l'ennemi tente une sortie, qu'il soit durement repoussé.

*
* *

Constatant la résistance de Megiddo, les alliés du prince de Kadesh voulaient lui porter secours, de peur qu'il ne capitulât. Notre intervention pacifierait la vallée de Yezréel, réservoir de séditieux. Combien les informations transmises par les éclaireurs et les espions de Tjanouni étaient précieuses ! Grâce à elles, j'évitais les coups dans le dos et gardais l'initiative.

Pas mécontentes de passer de nouveau à l'action, charrerie et infanterie appliquèrent les consignes à la lettre, et la triple offensive fut aussi foudroyante que dans la plaine de Megiddo. Les tribus vassales du prince de Kadesh avaient la mauvaise habitude de palabrer à l'infini, en repoussant au lendemain leurs décisions.

Leur résistance fut d'une insigne faiblesse. L'adversaire rendit très vite les armes, en implorant pitié et en me jurant fidélité. Ne songeant qu'à leur survie, les notables m'offrirent leurs richesses, qui se montèrent à cent quatre-vingts kilos d'or et quatre-vingt-dix kilos d'argent que Karnak serait heureux d'accueillir pour embellir ses temples.

Dans les contrées environnantes, le message se propagea : à la moindre révolte, le pharaon terrasserait quiconque contesterait son pouvoir. Et le reste du butin, cette fois recueilli avec méthode et dignité, ne fut pas mince : chars, chevaux, arcs, épées et denrées alimentaires, sans oublier les prisonniers qui contribueraient à l'entretien de nos fortifications.

*
* *

À mon retour, Minmès avait le sourire.

— Danger écarté, déclarai-je ; qu'Antef annonce la bonne nouvelle. Et nous n'avons perdu aucun homme. Pas d'incident ?

— Si.

— Ne me cache rien.

— Des habitants de Megiddo sont sortis de la cité.

— Les avez-vous abattus ?

— Non, ils étaient désarmés et imploraient notre clémence.

— Ils n'avaient aucune chance de s'enfuir. Pourquoi ce comportement ?

— Pour une raison qui devrait t'enchanter : ils redoutaient de mourir de faim.

— 22 —

Le septième mois du siège de Megiddo débutait, et nul signe d'irritation ne perturbait mon armée. Bien nourrie, disposant d'un confort relatif mais appréciable, ne redoutant pas de contre-attaque depuis la soumission des trois cités formant l'arrière-garde du prince de Kadesh, les soldats savaient que Megiddo ne tarderait pas à tomber, tel un fruit mûr. Il n'y aurait pas d'armée de secours, la cité rebelle était abandonnée à elle-même.

Mais que se passait-il à Thèbes ? Les messages du Premier ministre auraient dû me rassurer. Il gérait la capitale avec fermeté, le Premier Serviteur d'Amon lui prêtait main-forte, et la population se félicitait de cette brillante campagne qui éloignait le péril.

Ma longue absence ne favorisait-elle pas les ambitions ? Des clans se formaient, des critiques feutrées circulaient, on déplorait un siège interminable, conséquence de mon indécision face à l'ennemi. Pourquoi ne pas lancer un assaut ? Nul besoin d'informateur : ces pensées-là, je les ressentais, comme si mes contempteurs les exprimaient devant moi.

Le métier de roi excluait la naïveté et la confiance aveugle. Impossible de déjouer toutes les manœuvres et de parer tous les coups ; mais il m'était interdit de manquer de vigilance. Et je devais, en permanence, me préparer au pire. Ainsi ne serais-je jamais déçu.

*

* *

— Tu avais raison, dit le Vieux à Vent du Nord, qui se régalait en dégustant des chardons frais. Cette guerre-là valait le détour.

Le roi ayant eu la bonne idée d'exploiter les caves des villes alliées du prince de Kadesh, le Vieux avait goûté les crus locaux, de moins bonne qualité que les grands vins égyptiens, mais acceptables en ces temps difficiles. Il avait néanmoins prévenu l'échanson Minmès que le souverain serait forcément déçu.

Chaque matin, après le petit déjeuner, composé de lait frais, d'une bouillie d'orge, de galettes chaudes et d'un doigt de blanc sec pour dérouiller les articulations, le Vieux jetait un œil aux murailles de Megiddo.

Et ce qu'il aperçut, en cette brumeuse matinée d'automne, le troubla. Doté d'une excellente vue, il se concentra. Pas d'erreur : du haut de leur forteresse, des dignitaires brandissaient des étoffes, les bras au ciel !

Le Vieux courut jusqu'à la cabane de Tjanouni où officiait le barbier, qui avait déjà rasé le roi.

— Ça remue dans le nid de guêpes ! Elles veulent palabrer.

Bientôt, le camp fut en émoi. Les assiégés continuaient à s'agiter. Désir de négocier ou comédie ?

Si des émissaires égyptiens approchaient, ils seraient peut-être victimes des archers.

Comprenant les réticences de l'ennemi, le prince de Kadesh en personne jeta des arcs et des épées par-dessus la muraille.

— La reddition, s'exclama le Vieux, c'est la reddition !

*
* *

— Megiddo cède, m'annonça Tjanouni. Son prince et celui de Kadesh vous implorent de leur accorder la vie sauve.

— Se soucient-ils de leurs sujets ?

— Ils ne les ont pas évoqués, mais envoient une cinquantaine d'enfants, porteurs de bijoux, afin de sceller la paix.

— Que les deux princes et les chefs de tribu appartenant à la coalition sortent de la ville, sans armes, et qu'ils s'agenouillent.

Dès que l'ordre fut exécuté, je sortis de mon modeste palais.

En rangs parfaits, mon armée se réjouissait d'assister à la véritable victoire. Qui aurait imaginé, lors de ma récente prise de pouvoir, que l'orgueilleuse Megiddo courberait la tête devant moi et serait sous contrôle égyptien ?

Les rebelles tremblaient. Leur existence était entre mes mains, ils redoutaient ma vengeance.

Le héraut Antef lut la formule de serment que je lui avais remise. Chacun des meneurs devrait la prononcer, le prince de Kadesh en premier.

— Plus jamais je ne me révolterai contre Pharaon, mon maître, lui qui dispose de ma vie. Je ne le combattrai plus, parce que j'ai constaté sa puissance souveraine. Conformément à son cœur, il me procure le souffle vital.

Les voix vacillèrent. Mais chacun savait que ce vœu solennel, en présence de tant de témoins, engageait les séditieux devant les divinités. Le briser les condamnerait au néant.

Je ne les exonérais pas de leur lâcheté. Aux yeux de leurs clans, ils seraient déchus.

— Puisque vous m'avez juré fidélité, déclarai-je, rentrez chez vous.

Soulagés, les coalisés se relevèrent. Ne s'en tiraient-ils pas à bon compte, indifférents au sort de Megiddo et à celui des prisonniers ?

On ne leur amena ni chars, ni chevaux, mais des ânes. Eux, les princes habitués à commander et à parader, effectueraient un long trajet à dos de baudet, comme de vulgaires marchands. Cette perte de dignité était aussi douloureuse qu'une flèche. Lorsqu'ils enfourchèrent maladroitement les quadrupèdes, les soldats éclatèrent de rire, imités par les habitants de la place forte. Le Mitanni, véritable instigateur de cette invasion avortée, connaîtrait ainsi la valeur de ses pitoyables exécutants.

— 23 —

Quand j'entrai dans Megiddo, la population garda un silence angoissé. Qu'allait-elle devenir, des mesures de rétorsion la frapperaient-elle ? Femmes et enfants se terraient dans leurs maisons, les soldats avaient empilé leurs armes près de la porte principale et se tassaient derrière un groupe de vieillards.

L'un d'eux s'avança.

— Je suis le contrôleur des greniers. Nous tous, ici, nous soumettons et supplions Pharaon de nous épargner.

— Personne ne sera exécuté, mais les soldats sont nos prisonniers. Qu'ils se rendent immédiatement.

Le dignitaire se tourna vers les jeunes combattants et leur conseilla d'obéir, sous peine de déclencher une répression touchant les civils.

L'hésitation fut de courte durée. Une longue file se forma, des officiers l'orientèrent vers un enclos où des scribes procéderaient à l'enregistrement.

— Les métaux précieux, les céréales, le bétail et les autres ressources de la région deviennent propriété de l'Égypte. Mon administration se chargera du transport et vous laissera de quoi vous nourrir. Des maires égyptiens régiront Megiddo et les autres villes conquises, des garnisons garantiront la sécurité. Ils seront assistés de notables locaux qui leur prêteront allégeance et seront démis au premier signe d'insoumission. Vous conserverez vos croyances et vos coutumes. Évitez toute révolte, et la paix vous sera profitable.

Le vieillard s'inclina. Megiddo avait un nouveau seigneur, mais perdrait-elle au change ? Assortie de fermeté, ma clémence rassurait. Pas de massacre, une attitude conciliante, le respect des vaincus. En accédant au statut de protectorat, la contrée n'en tirerait-elle pas avantage ?

Je n'éprouvais aucun désir de conquête. Ces territoires nous étaient étrangers et le resteraient. Je me contenterais de prélever des taxes, sous forme de sacs de grains, et mes fonctionnaires joueraient surtout un rôle diplomatique. La coalition des princes, à présent déshonorés, rêvait d'une guerre ; pas la population. Et je n'avais donc aucune raison de la châtier.

— Des messagers sont partis dans toutes les directions, m'avertit Minmès, afin de proclamer la victoire de Pharaon. Ton renom est établi à jamais[1] !

— Ne me flatte pas. Tu le sais, ce n'est qu'une étape.

Vexé, mon échanson contempla ses sandales.

— Accepteras-tu quand même une sorte de banquet où les généraux boiront à ta santé ?

---

1. Megiddo est citée dans l'Apocalypse de Jean (16,16), sous le nom d'Harmagedon, comme le lieu où les esprits démoniaques avaient rassemblé, pour la guerre, les rois du monde entier.

— Je ne me soustrairai pas à mes obligations. Appelle Mahou.

— Redoutes-tu un ultime soulèvement ?

— Non, juste un détail à régler.

Le chef de la garde royale accourut.

— As-tu regardé de près les arcs ennemis ? Ils semblent plus solides que les nôtres. Que les fabricants nous révèlent les secrets de leur technique. Nos archers doivent bénéficier du meilleur des équipements, c'est l'une des conditions de notre puissance.

*
* *

Âgés l'un et l'autre de vingt ans, Lousi et Baal comptaient au nombre des guerriers engagés par le prince de Kadesh et persuadés qu'ils envahiraient l'Égypte. Le premier était l'un des fils du prince de Megiddo, le second son serviteur.

Emportés par le flot des prisonniers, les deux jeunes gens se ressemblaient : trapus, le front étroit, les sourcils épais. Mais ils ne réagissaient pas de la même façon à la reddition de la ville fortifiée.

— On est indemnes, constata Baal, et c'est l'essentiel.

— Prisonnier de Pharaon, lui objecta Lousi, ça te convient ?

— C'est préférable à la mort. L'armée de Thoutmosis nous aurait écrasés.

— Tu te trompes ! Nous aurions été supérieurs à ces minables. Mon père s'est comporté comme un lâche. Tu l'as vu, à califourchon sur son âne ! Qu'il crève.

115

— Lousi, tu n'as pas le droit de parler comme ça !

— Sois lucide, Baal ! Aujourd'hui, nous sommes des esclaves.

— Il n'y en a pas, en Égypte. Là-bas, on ne sera pas plus malheureux qu'ici.

— Toi, peut-être… Moi, j'étais le fils d'un prince, et j'aurais donné ma vie pour le défendre ! Et cette larve m'a trahi. Je ne l'imiterai pas.

— Tu veux dire quoi ?

— Je tuerai Thoutmosis.

— Tu es fou !

— Au contraire. Ce pharaon nous méprise et veut notre perte, c'est le pire des tyrans. À présent, j'ai une mission : l'éliminer.

— Cesse de délirer !

— Je ne supporte pas cette humiliation.

— On s'adaptera.

— Jamais !

Un officier égyptien interpella les deux hommes.

— Silence, et avancez.

Baal bloqua le bras de Lousi, prêt à frapper. Ils progressèrent en direction d'un scribe, assis en tailleur devant une table basse.

— Ton nom ?

— Baal.

— Ton grade ?

— Simple soldat.

— Marié ?

— Célibataire.

— Jures-tu d'obéir à Pharaon et de respecter les lois de l'Égypte ?

— Je le jure.

— En changeant de pays, on change de nom. Tu t'appelleras Bak, « serviteur, employé ». Si tu te comportes correctement, tu auras un métier, un logement, et tu pourras te marier. En attendant, tu travailleras comme prisonnier de guerre.

Bak rejoignit la file de ses semblables, qui partiraient le jour même pour l'Égypte.

D'un œil satisfait, le général Djéhouty observait cet enrôlement, selon les règles dictées par le roi. Ces gaillards-là, bien encadrés, feraient d'excellents paysans.

— À toi, dit le scribe en désignant Lousi. Ton nom ?

— Je te hais.

— Tu te moques de moi ? Ton nom, vite !

Lousi cracha au visage du scribe, renversa sa table d'un coup de pied et frappa son assistant au visage.

Aussitôt, plusieurs soldats se ruèrent sur le jeune homme et le plaquèrent au sol. Avant de le relever sans ménagement, ils lui passèrent des menottes en bois.

— Tu as un sale caractère, observa le général Djéhouty ; on te dressera.

— Toi aussi, je te hais !

— À force de haïr tout le monde, mon garçon, tu crèveras de ta propre bile. D'abord, tu rejoindras les récalcitrants affectés à l'entretien des marais. Ça te calmera, si tu survis. En attendant, tu mérites d'être identifié comme dangereux.

S'emparant d'un fer chauffé dans un brasero, le général marqua lui-même l'épaule du trublion, qui contint un cri de douleur.

À jamais gravé dans sa peau, le signe d'infamie figurait un ennemi vaincu, agenouillé, les mains liées derrière le dos.

Bak était atterré ; impossible d'intervenir. Ce n'était pas un paradis qui attendait son ancien maître.

— 24 —

Quand Minmès réunit au palais de Megiddo les notables désormais soumis au pharaon, ils considérèrent avec dédain, et non sans amusement, ce petit homme falot et timide, qu'ils manipuleraient à leur guise pendant cet entretien qui déciderait de leur avenir.

— Nous sommes ici pour fixer le montant des impôts que la région paiera chaque année à l'Égypte, précisa Minmès d'une voix monocorde. C'est un contrôleur égyptien qui établira le volume réel des richesses que vous produisez, à savoir l'or, l'argent, le cuivre, les pierres semi-précieuses, le bétail gros et petit, les céréales, les légumes, les fruits, le vin, les chevaux, les chars, l'encens, les onguents, les parfums, les étoffes, la vaisselle métallique, les huiles, le miel, le mobilier, les pigments minéraux et végétaux. Notre administration vous communiquera les quantités à verser à notre Trésor, et vous serez responsables, sur votre personne et sur vos biens, de la parfaite exécution de ce traité.

L'auditoire s'étrangla. Le responsable des greniers protesta :

— Ce traité-là ne nous convient pas ! Acceptes-tu de discuter ?

— Non.

— Non… Mais pourquoi ?

— Parce que vous vous êtes révoltés, avec l'intention d'envahir l'Égypte. Vous avez été vaincus, le roi aurait pu brûler Megiddo et vous massacrer. Il préfère une entente cordiale et des arrangements commerciaux. Appréciez sa clémence et votre chance à leur juste valeur, et acquittez-vous scrupuleusement de vos redevances.

*
* *

Tandis que Minmès, spécialiste des dossiers économiques, s'occupait de Megiddo et de sa région, ô combien fertile, je chargeai le général Djéhouty de la même démarche au Liban, qui proclamait son désir d'entretenir de bonnes relations avec l'Égypte.

Ce monde-là était celui des commerçants, prêts à vendre père et mère pour continuer à prospérer au gré de leurs transactions, plus ou moins opaques. N'étant pas dupe, je feignais d'entrer dans leur jeu en prélevant des taxes raisonnables, qui enrichiraient l'Égypte. La paix confortée, les ports libanais poursuivraient leurs transactions en toute tranquillité.

D'après les échos recueillis par les messagers, les diplomates et les espions, je ne m'étais pas trompé : la prise de Megiddo valait bien celle de mille villes. En m'emparant du centre de la coalition, j'avais prouvé ma détermination et mis en lumière l'efficacité de mon armée.

Pourtant, je n'étais pas certain d'avoir éteint le feu qui couvait. Les créatures du Mitanni avaient échoué, certes, mais mon ennemi principal, intact, reprenait son souffle en songeant à sa prochaine offensive. Croire à une quiétude définitive serait la pire des erreurs ; dans l'ombre, on complotait contre l'Égypte, et de nouvelles manœuvres se préparaient.

Seuls mes deux amis d'enfance connaissaient mon véritable projet, mais en avaient-ils perçu l'ampleur ? Ne se persuadaient-ils pas, eux aussi, que la chute de Megiddo effraierait l'adversaire et le contraindrait à l'immobilisme ?

Un instant, la solitude m'oppressa. La lecture des maximes rédigées par les sages ne m'avait-elle pas appris qu'elle était indissociable de l'exercice du pouvoir ? À moi de la transformer en alliée et en conseillère désintéressée.

Tjanouni me présenta le texte qu'il avait rédigé pour mes *Annales*[1]. Les événements majeurs étant décrits avec précision, je lui donnai mon accord. Et ce récit serait transmis aux générations futures, afin qu'elles ne reculent pas devant une menace, si redoutable soit-elle.

*

* *

_____

1. Nous connaissons ces *Annales*, largement exploitées dans notre récit, grâce aux inscriptions du sanctuaire de la barque et du sixième pylône, sans oublier les informations fournies par d'autres monuments, à Karnak même, et par des stèles.

Aux yeux des soldats, Thoutmosis était devenu une sorte de génie, doté de facultés surnaturelles. Non seulement il triomphait, mais, surtout, il avait épargné la vie de ses hommes, tout en augmentant la prospérité des Deux Terres. Le Vieux ne recueillait que des témoignages favorables, et beaucoup annonçaient le règne du troisième des Thoutmosis comme un nouvel âge d'or. La mise en place d'une administration rigoureuse qu'appuieraient des forces de sécurité, qui ne toléreraient aucun écart, favoriserait le développement d'une région enfin pacifiée. Et le traitement des fonctionnaires en poste dans ce protectorat serait doublé ; aussi les candidats ne manqueraient-ils pas.

— C'est pas tout ça, grommela le Vieux ; quel vin offrir au roi lors de ses prochains repas ?

La première jarre le déçut, la deuxième ne valait pas mieux. La situation se tendait. L'échanson Minmès ne plaisantait pas avec la qualité des aliments servis à la table du souverain.

Heureusement, la cinquième tentative fut la bonne. Restait à assurer le transport. Et Vent du Nord ne se trouvait pas dans son écurie.

— Où est encore passée cette bête ?

Le Vieux traversa le camp, à la recherche de son âne. En vain. D'accord, il avait un caractère insupportable ; mais difficile d'en dénicher un plus costaud, avec de tels dons de voyance.

— Il y a un âne à la sortie sud du camp, indiqua un boulanger.

Le Vieux hâta le pas.

Immobile, Vent du Nord contemplait l'horizon.

— C'est quoi, ce caprice ?

Le quadrupède avança.

— Tu veux dire… qu'on rentre chez nous ?

L'oreille droite se dressa. Au même instant, le héraut Antef annonçait à l'armée qu'elle retournait au pays.

— 25 —

Vent du Nord en tête, les troupes égyptiennes manifestèrent une belle énergie sur le chemin du retour. Des chants ininterrompus en l'honneur du pharaon, et quelques manquements à la discipline que les officiers ne sanctionnèrent pas. À chaque halte, bière, grillades et pâtisseries régalèrent les vainqueurs de Megiddo.

Le spectre de la guerre disparaissait, le rayonnement de l'Égypte s'étendait au-delà de ses frontières grâce à l'initiative d'un roi qui avait affronté l'adversité.

À Memphis, l'accueil fut chaleureux. On ovationna les héros, on les couvrit de fleurs, et trois soirées de banquets associèrent les habitants et les soldats. Puis ce fut le départ en bateau pour Thèbes, la cité d'Amon, le dieu des victoires.

*
* *

Adulé aujourd'hui, critiqué demain. Quelles que soient les circonstances, ne jamais céder à l'air du temps et ne jamais tomber dans le piège de la suffisance.

Une ligne de conduite difficile à suivre, tant la pratique du pouvoir risque d'altérer la lucidité.

Une pensée me guida : les acclamations n'étaient pas destinées à ma personne mortelle, mais à la fonction que les dieux m'avaient confiée, et que je devais remplir au bénéfice de mon peuple. Ce n'était pas moi qu'il honorait, mais Pharaon, qui tenait ferme le gouvernail du bateau de l'État.

Malgré mon appréhension, pendant ma longue absence, Thèbes m'était restée fidèle. Ni le Premier ministre, ni le Premier Serviteur d'Amon n'avaient utilisé ce vide à leur profit. Peur des responsabilités, attentisme, prudence raisonnée ? Peu importaient les réponses à ces questions. Ces deux personnages, si influents, s'étaient limités à leur domaine, sans outrepasser leurs prérogatives. Et ils guettaient mon attitude : serais-je un guerrier exalté, au point de devenir un tyran ?

En partant pour Megiddo, je n'étais qu'un imprudent, m'engageant dans une aventure dépassant mes capacités ; et je revenais auréolé de gloire.

Une gloire que d'aucuns jugeraient dangereuse, surtout si j'en tirais un maximum d'avantages en réformant les institutions à mon profit et en nommant mes créatures aux postes-clés. Après un tel triomphe, qui oserait contrarier mon ambition ?

*
* *

Le Premier ministre n'avait plus aucune illusion : il était persuadé de diriger son dernier conseil avant d'être remplacé par l'un des proches du roi, auquel la victoire de Megiddo avait conféré un prestige incontestable, et d'une ampleur inattendue. Ouser s'était trompé sur son compte, l'estimant incapable de s'imposer aux généraux, de commander l'armée et de remporter une victoire éclatante, décisive pour l'avenir de l'Égypte. En un temps très bref, le troisième des Thoutmosis avait acquis une telle stature que les contestataires demeuraient muets. Et ceux qui avaient misé sur sa défaite, voire sur sa mort au combat, faisaient aujourd'hui profil bas.

Ouser et le Premier Serviteur d'Amon, Menkh l'Ancien, apparaissaient comme des hommes d'hier. L'âge venant, et malgré leurs compétences, ils ne répondraient pas aux exigences d'un jeune souverain, enivré de son succès, décidé à transformer son pays et sa cour.

— La flotte royale arrive, prévint le secrétaire du Premier ministre.

En habit de fête, Ouser quitta son bureau d'un pas lourd.

*
* *

Des milliers de badauds s'étaient massés sur les berges afin d'acclamer leur roi. Bien avant qu'il n'atteigne le débarcadère de Karnak, la nouvelle s'était répandue à travers les provinces : cette journée serait fériée, et la bière coulerait à flots. On se bousculait pour apercevoir le pharaon, à la proue du navire amiral.

Coiffé de la couronne bleue, vêtu d'une sobre tunique blanche que recouvrait en partie un pagne doré,

Thoutmosis foula à nouveau le sol de Thèbes, après ces mois d'exil.

Menkh l'Ancien et les dignitaires du temple s'inclinèrent devant le monarque.

— Bienvenue, Majesté. Amon vous a été favorable, et le pays entier s'en réjouit.

Rasé et parfumé, le Vieux accompagna Vent du Nord, qui prit la tête d'un long troupeau d'ânes, chargés de présents. Le but de la procession était un ensemble architectural imposant[1], au sud du temple d'Amon, le Trésor de Thoutmosis Ier, composé de deux rectangles, l'un consacré au culte, l'autre à la préservation de l'or et des objets précieux, et aux activités artisanales. Proche du palais et des bureaux du Premier ministre[2], le Trésor concrétisait la richesse de Karnak. Protégé par deux enceintes et gardé en permanence, il associait esprit et matière, rituel et richesses.

Porteur d'un coffret contenant un collier de lapis-lazuli prélevé à Megiddo, le roi franchit seul la grande porte d'Occident, se recueillit dans la chapelle de la barque évoquant l'éternel voyage à travers les espaces célestes, et pénétra dans le sanctuaire afin d'y éveiller la puissance d'Amon, nourrie de dons.

Cette cérémonie secrète achevée, les porteurs d'offrandes les déposèrent dans les réserves, aux murs de calcaire et aux plafonds bleus, ornés d'étoiles d'or. Ils rappelaient que ce lieu sacralisait les biens destinés aux divinités.

---

1. Mesurant 50 m sur 45,90 m.
2. À 200 m environ.

Les artisans d'élite travaillant dans les ateliers du Trésor eurent la joie de saluer le roi. Puis il se dirigea vers la salle d'audience principale de son palais, où les notables thébains se rassemblaient, impatients d'entendre ses décisions.

— 26 —

À Megiddo, des ennemis déclarés avaient les yeux fixés sur moi. Ici, dans mon palais, les regards auraient dû être amicaux. Cette expédition à haut risque, d'où je n'étais pas certain de revenir vivant, m'avait déniaisé. Les sympathisants, les admiratifs, les inquiets, les envieux, les indifférents, les sceptiques, les comploteurs et les imbéciles : voilà ceux qui formaient mon gouvernement et ma cour. À moi d'identifier les incapables et de les écarter. Avoir le sens de l'État et le désir profond de servir, tel serait mon premier critère de choix, ajouté à un impératif : la rectitude. Et j'excluais les compromissions. Savoir m'entourer serait aussi difficile que de combattre le Mitanni.

S'asseoir sur le trône des vivants était une épreuve dont je n'imaginais pas la rudesse. Jamais je ne m'y habituerais. Régner, une renaissance quotidienne. Et personne ne m'aiderait au moment où je « trancherais la parole », en orientant le destin de mon peuple. Je n'avais pas à plaire, mais à manier le gouvernail d'un bateau aux dimensions d'un pays entier. Aucun des dignitaires ne devait percevoir mes craintes et mes incertitudes. Tracer le chemin excluait ces faiblesses. Et le doute deviendrait une force secrète.

Premier discours *après* Megiddo. On m'observait d'un autre œil, comme si je n'étais plus le même homme. Pourtant, nul ne changeait ; les obstacles permettaient simplement de se révéler. Les surmonter procurait un avantage : l'expérience. J'avais trente ans, et ma jeunesse venait de mourir.

*
* *

Ouser était fixé sur son sort, de même que Menkh l'Ancien. Le roi n'ayant pas accordé d'entretien privé aux deux personnages les plus puissants de la capitale avant cette séance plénière, ils seraient donc destitués. Et le vainqueur de Megiddo nommerait leurs successeurs.

Aussi le Premier ministre fut-il étonné d'être conduit par le héraut Antef à une place d'honneur, à la tête des hauts dignitaires, près du Premier Serviteur d'Amon, tout aussi surpris. Sans doute le monarque leur réservait-il un dernier hommage, évitant de les congédier d'une manière brutale.

Sous son modeste titre d'échanson, son ami Minmès était, en réalité, le bras droit du pharaon ; et nul n'avait accès au bureau du roi sans passer par lui. Quant à son autre ami d'enfance, Mahou, commandant de la garde royale, il ne se contentait pas d'assurer la sécurité de Thoutmosis et avait pris en main l'armée entière, les généraux ayant choisi de se soumettre à ce rude gaillard, qui avait l'oreille du souverain ; avec une habileté qu'appréciait Ouser, sans provoquer de tempête, le nouveau maître de l'Égypte imposait son entourage.

Son attitude intrigua le Premier ministre. Pourquoi ce visage grave, presque fermé, différent de celui d'un triomphateur adulé par son peuple et disposant de tous les pouvoirs, pourquoi ce long silence après s'être assis sur son trône ? Thoutmosis annoncerait-il de terribles nouvelles, un vent mauvais soufflerait-il sur le pays ?

Enfin, il s'exprima, d'une voix calme ; et chacune de ses paroles fut pesée :

— Le prince de Kadesh a été vaincu et déshonoré, Megiddo et sa région sont sous notre contrôle, le calme est rétabli en Palestine. Cette victoire sera désormais célébrée chaque année comme une fête, avec des réjouissances aux frais de l'État, et inscrite dans le calendrier officiel gravé à Karnak.

« Habile, jugea le Premier ministre ; bon moyen d'entretenir sa popularité. »

— Ce bonheur, nous le devons au courage de nos soldats et, surtout, aux dieux. Le faucon Montou a guidé mon bras, Thot ma pensée, et Amon m'a protégé. Cette guerre terminée, le plus essentiel de mes devoirs, désormais, consiste à bâtir des temples, des demeures pour les divinités, afin qu'elles ne quittent pas notre terre. C'est pourquoi je nomme Minmès maître d'œuvre et directeur de tous les travaux du roi.

Menkh l'Ancien grimaça. Cette fonction majeure échappait à l'un des membres de sa hiérarchie. Thoutmosis, de plus, ne dédaignerait-il pas Thèbes et ne favoriserait-il pas le Nord, notamment Memphis et son dieu Ptah, celui des artisans ? Irait-il jusqu'à changer de capitale ?

— Cet après-midi, au sanctuaire de Ptah, à Karnak, je confierai à Minmès la création et la restauration d'une cinquantaine d'édifices à travers le pays entier. Il travaillera en étroite collaboration avec le Premier ministre, de manière à réguler au mieux les effectifs et les matériaux nécessaires.

Le roi n'avait pas regardé Ouser, qui en eut presque le souffle coupé. Son rêve de paisible retraite, dans sa vaste villa, se brisait ; mais la confiance de Pharaon n'était-elle pas une faveur inestimable ?

— Pendant le siège de Megiddo, j'ai prié Amon de m'éclairer à propos du nouveau temple que j'édifierai en son honneur, au cœur de sa cité sacrée de Karnak. Il m'a permis de le concevoir, et j'en ai tracé le plan que mettront en œuvre Minmès et Menkh l'Ancien.

Le Premier Serviteur d'Amon avala sa salive. À la satisfaction d'être maintenu au sommet de l'administration à laquelle il avait voué son existence, s'ajoutait l'inquiétude de pouvoir satisfaire les exigences d'un monarque qui n'admettrait ni les retards ni les imperfections. Et Minmès ne serait pas plus conciliant. Pour lui aussi, l'espoir d'une vieillesse tranquille s'évanouissait.

— Le nom du temple sera « Celui dont les monuments rayonnent[1] », et nous célébrerons bientôt sa fondation.

---

1. L'*akh-menou*. *Akh* signifie « briller, rayonner, être utile », et *menou* « monuments stables et solides ».

— 27 —

Karnak avait une particularité : dans son immense domaine, Amon accueillait les autres divinités. Cependant, la place accordée à Ptah me semblait insuffisante. Une simple chapelle, en briques de terre crue et aux colonnes de bois, menaçant ruine. Ptah, le créateur du monde par le Verbe, le génie inspirant nos sculpteurs, nos orfèvres et ceux qui transformaient la matière en esprit.

— Es-tu fier de cette décrépitude ? demandai-je à Menkh l'Ancien, accompagné de Minmès.

Un cortège de scribes se tenait à distance. Ils n'avaient pas à entendre notre entretien.

Ne trouvant pas d'excuses, le Premier Serviteur d'Amon demeura muet.

— Toi et Minmès construirez un sanctuaire en belles pierres de grès. Une cour, un portique à deux colonnes et trois salles où je rendrai hommage à Amon et à Ptah, en leur présentant des offrandes.

À ma suite, les deux hommes pénétrèrent dans le modeste édifice.

— Maître d'œuvre Minmès, t'engages-tu à faire revivre ce lieu ?

— Je m'y engage.

— Et toi, Menkh l'Ancien, t'engages-tu à suivre mes directives ?

— Vous avez ma parole.

— Laisse-nous.

Menkh l'Ancien rejoignit ses subordonnés, ravis de conserver leur poste. La mine défaite, mon ami s'adossa à la porte de bois.

— Je ne réussirai pas, avoua-t-il.

— De quoi parles-tu ?

— De la mission que tu m'as confiée.

— L'architecture ne t'intéresse-t-elle plus ?

— Au contraire !

— En ce cas, pourquoi te décourager avant de commencer ?

— Tu surestimes mes capacités.

— La loi de Maât m'interdit d'accorder des privilèges à des incapables. Que tu sois mon ami d'enfance n'entre pas en ligne de compte. Les initiés de la Demeure de l'or te transmettront leur savoir, nos artisans exerceront leurs talents, et tu coordonneras leurs efforts.

— Ce sera... écrasant !

— Qu'importe, pourvu que le résultat soit atteint. Tant que nous érigerons des demeures pour les dieux, notre pays sera préservé du malheur.

— J'ai peur.

— Pour toi ?

— Non, pour toi. J'ai peur que les autres et moi ne soyons pas à la hauteur de ta vision.

— La solitude est la marque de ma fonction, Minmès, mais je ne gouvernerai pas seul. Sans toi, sans vous, mes décisions resteront lettre morte.

— Et si nous te décevons ?

— Que vos actes soient conformes au plan d'œuvre que j'ai fixé, en observant les étoiles où brillent les âmes de mes ancêtres.

Minmès me regarda comme s'il me voyait pour la première fois. Entre lui et moi, quelle que fût la ferveur de notre amitié, un fossé se creusait. Un fossé que continueraient à élargir les exigences du pouvoir.

— J'ai un regret, confessa Minmès : ne plus être ton échanson.

— Je ne t'ôte pas cette lourde tâche ! Un mauvais vin, un plat gâché, pis encore un poison, et tu seras la première victime.

Cette confirmation déclencha un large sourire. Avoir un tel ami me dilata le cœur.

*

* *

Branle-bas de combat.

L'organisation d'un gigantesque banquet pour célébrer la victoire de Megiddo mettait le Vieux en ébullition. Assistant de l'intendant en chef, il était responsable des grands crus et n'avait pas le droit à l'erreur. Il regrettait presque la guerre, pendant laquelle il se levait tard et s'octroyait de longues siestes. Une existence trépidante reprenait, et le dynamisme du roi, d'apparence si calme, promettait au palais qu'il deviendrait la ruche la plus productive du pays.

Ne parvenant pas à tester lui-même toutes les jarres, le Vieux réquisitionna Vent du Nord en lui présentant ces pièces d'exception qui ne devaient pas décevoir. L'âne posa délicatement son museau sur les bouchons et prononça son verdict.

Une seule fois, l'oreille gauche se leva. Le Vieux vérifia : une aigreur insupportable.

— Pourquoi cette bête a-t-elle toujours raison ?

Le moment n'était pas aux questions existentielles. Il fallait livrer au plus vite les précieuses jarres. Déjà, des brigades préparaient la grande salle où l'on disposait des tables basses et des chemins de fleurs. Dédié au triomphe de Pharaon et au véritable début de règne du troisième des Thoutmosis, ce banquet resterait dans les mémoires.

L'intendant Kenna piaffait d'impatience.

— Ce n'est pas trop tôt ! Tu es sûr de tes vins ?

— Occupe-toi de tes oignons, et les vaches seront bien gardées.

— 28 —

Dans toutes les provinces, les festivités réjouirent la population, vantant les mérites et le courage de son roi.

Thoutmosis était la muraille infranchissable qui protégeait l'Égypte et repoussait les envahisseurs.

Au palais de Thèbes, le banquet ne ressembla pas à celui qui avait précédé le départ pour Megiddo. Toute trace d'angoisse avait disparu, le nouveau monarque s'était imposé. Les invités rivalisèrent d'élégance, burent et mangèrent sans modération, des rires fusèrent à l'écoute de plaisanteries parfois salaces.

La prestation de la chanteuse Mérytrê fut exceptionnelle. Ses vocalises stupéfièrent l'assistance, et son charme séduisit les mâles les plus revêches. Beaucoup remarquèrent les œillades qu'elle adressait au souverain, impassible. Quant à l'orchestre que dirigeait la harpiste Satiâh, il se surpassa ; des œuvres alertes, à l'exception d'un solo de harpe, méditatif et profond, avant les desserts.

Cette fois, à l'issue du repas, les hôtes de Thoutmosis s'attardèrent dans le jardin, où on leur servit des alcools et des friandises.

Minmès s'approcha du roi qui, après avoir échangé quelques mots avec le Premier ministre, s'apprêtait à se retirer.

— D'après les échos recueillis par le Vieux, toi et ton peuple vivez une histoire d'amour. Mais la patience de tes sujets s'épuise. Tu dois choisir au plus vite une Grande Épouse royale. Et dans cette conquête-là, l'armée ne te sera d'aucune utilité.

*
* *

Accorder une grande harpe n'était pas une mince affaire. Après le concert offert au roi, Satiâh prenait soin de son instrument favori. Elle jouait aussi de la flûte, mais préférait les harmoniques déployés par les cordes qu'elle caressait depuis son enfance.

Lorsque la dame Houy l'avait élevée à la dignité de soliste d'Amon, elle s'était presque évanouie ; appartenir à une telle élite lui paraissait au-dessus de ses forces. Connaissant les exigences de la Supérieure, et ne voulant pas la décevoir, elle s'était lancée à corps perdu dans un travail acharné, avec l'aide de la chanteuse Mérytrê, fille de la dame Houy, qui ne lui accordait aucun privilège et la traitait même plus durement que ses collègues.

S'entendant à merveille, dînant souvent ensemble, nageant volontiers dans le bassin de la villa de Houy, les deux jeunes femmes partageaient une passion ardente pour la musique. Au désespoir de leurs parents respectifs, elles excluaient le mariage. Trop occupées à parfaire leur art, employées au temple pendant la journée et donnant beaucoup de concerts le soir chez les dignitaires, les deux amies n'avaient pas de temps à consacrer aux garçons.

Réputé austère, le roi n'avait manifesté aucune émotion pendant le concert ; mais comment serait-il resté insensible à la voix unique de Mérytrê, et à la beauté de son corps parfait ? Satiâh, elle, lassée des airs brillants et futiles, avait commis une erreur en jouant une mélodie lente et grave, peu adaptée aux circonstances. Lui reprochant de casser l'ambiance, les autres membres de l'orchestre étaient revenus à des rythmes joyeux.

Épuisée, Mérytrê s'octroyait une matinée de repos. Satiâh, qui avait peu dormi, préférait soigner sa harpe dans le local réservé aux instrumentistes.

— Puis-je vous importuner un instant ?

Surprise, elle se retourna.

Un petit homme aux cheveux courts, vêtu d'une tunique banale.

— Vous êtes…

— Minmès, l'échanson du roi.

La harpiste reconnut l'ami intime du monarque, son bras droit, aussi influent que le Premier ministre, auquel il succéderait tôt ou tard. Cette visite inattendue ne présageait rien de bon ; travailleur infatigable aux journées bien remplies, Minmès ne rendait pas de visites de courtoisie, surtout à une simple musicienne. Décontenancée, Satiâh cacha mal son mécontentement.

— Je… je suis occupée, très occupée.

— Félicitations pour votre magnifique concert. Notre souverain l'a beaucoup apprécié, surtout l'air mélancolique, que vous avez parfaitement interprété.

Que répondre ? Satiâh se contenta d'un sourire gêné, espérant que cet entretien s'arrêterait là.

— Sa Majesté désirerait réentendre cette mélodie, qui l'a touché. Accepteriez-vous de vous rendre au palais, en fin d'après-midi, afin de la jouer pour lui ?

Tétanisée, la jeune femme se transforma en statue.

— Merci de votre accord. Dites aux gardes que vous êtes mon invitée ; je viendrai vous chercher et vous conduirai auprès du roi.

Le petit homme s'éclipsa, Satiâh recommença à respirer. Un souffle court, désemparé.

Jouer de la harpe, seule, devant le pharaon... Elle n'y parviendrait pas ! Ses doigts se crisperaient, les cordes produiraient des sons abominables, et le monarque la chasserait du corps des musiciennes d'Amon, sa véritable famille.

Soudain, son existence semblait s'écrouler.

— 29 —

Satiâh avait renoncé à prendre la fuite. Une idée stupide. Où se dissimuler ? On la retrouverait, elle serait châtiée, et ne pourrait plus jamais jouer de la harpe. Ne pas répondre à une invitation du roi était une injure impardonnable. Impossible de reculer devant l'épreuve. Alors, autant l'affronter avec sincérité. Elle avouerait sa peur et réclamerait l'indulgence de cet auditeur à nul autre pareil.

Délicats problèmes à régler : quelle robe, quel maquillage, quelle coiffure, quel parfum ? Après maintes hésitations, Satiâh resta fidèle à elle-même : une robe bleue dépourvue de fioritures, sa longue chevelure aux reflets dorés glissant en cascade sur ses épaules nues, pas de maquillage, et le parfum le moins sophistiqué, à base de jasmin. Une élégante à la dernière mode l'aurait considérée avec dédain.

N'étant pas de service au temple, la musicienne n'avait qu'une envie : être seule et ne parler à personne. Avec sa harpe portative, elle se réfugia chez ses parents, de modestes artisans, en les priant de ne lui poser aucune question.

Les heures s'écoulèrent, telle une authentique torture. Et le soleil déclina. Les jambes coupées, le cœur au bord des lèvres, Satiâh se dirigea vers le palais.

Tant de gens rêvaient de rencontrer le roi ! Elle aurait donné sa place à n'importe qui, trop heureuse de retourner à Karnak et de préparer le prochain rituel.

Un garde l'interpella.

— Qui es-tu ?

— Satiâh, musicienne d'Amon.

— Que veux-tu ?

— L'échanson Minmès m'a convoquée.

— Tu es sûre ?

Elle hocha la tête.

— Patiente ici.

Un espoir. Vu le scepticisme du gradé, Minmès avait peut-être changé d'avis, et Satiâh serait renvoyée à ses activités habituelles.

Mais le petit homme apparut.

— Suivez-moi, je vous prie.

Il contourna les bâtiments officiels où s'affairait une nuée de scribes et l'amena au luxuriant jardin du palais. Pièces d'eau, parterres de fleurs, palmiers, perséas et sycomores créaient un cadre enchanteur.

Sous une pergola, Thoutmosis lisait un papyrus.

— Voici votre invitée, Majesté.

Satiâh serra sa harpe à la briser, Minmès s'éloigna.

Seule, face au pharaon, qui ne levait pas les yeux.

— Pourquoi as-tu choisi cette mélodie si grave, au cœur des réjouissances ?

— Dans le malheur, tout le monde se souvient. Dans le bonheur, personne ne se souvient. Si, dans le bonheur, on se souvenait, quel besoin y aurait-il de malheur ?

Le roi roula le papyrus.

— Rejoue-la pour moi.

Satiâh avait préparé et répété cent fois ses excuses, mais ne les exprima pas ; la musique parlerait pour elle. Tentant d'oublier le lieu et la qualité de son interlocuteur, elle mit son âme dans ses doigts.

Et les notes s'égrenèrent, formant une méditation, au-delà de la joie et de la tristesse. D'ordinaire, quand elles s'éteignaient, la jeune femme ressentait presque la mort. Cette fois, ce sentiment fut d'une particulière intensité. Le monarque jugerait-il sa prestation acceptable, l'autoriserait-il à regagner sa communauté ?

Il se leva.

— Admirable.

— Je... je ne crois pas.

Thoutmosis sourit.

— Tu n'aimes pas les compliments. Consens-tu à te promener le long du bassin aux lotus ? Depuis l'enfance, c'est mon endroit préféré.

Satiâh n'était pas effrayée, mais subjuguée. Le roi ne paradait pas, comme tant d'autres mâles, et ne cherchait pas à plaire. De son être émanait une puissance à la fois apaisante et redoutable.

— Notre tradition me contraint, à juste titre, à régner avec la magie d'une Grande Épouse royale. Je te crois capable de remplir cette fonction.

Le ciel et ses étoiles tombèrent sur la tête de Satiâh. Bien qu'elles fussent prononcées par le pharaon, ces paroles n'avaient aucun sens.

— Je ne suis pas un homme comme les autres, tu ne seras pas une femme comme les autres, et nous ne serons pas un couple comme les autres. Ensemble, nous gouvernerons les Deux Terres, et nos existences ne nous appartiendront plus. Si je ressens un profond amour pour toi, et si tu m'honores en m'aimant, nous nous offrirons de la force, mais le couple royal se situe au-delà des émotions. Écouter la voix des divinités et servir le peuple, tel est son unique chemin. Je suis un solitaire, au caractère difficile, et j'aurai de nombreux combats à mener ; si tu acceptes de vivre auprès de moi, entourée de courtisans, de flatteurs, de médiocres et d'ambitieux, tu subiras, toi aussi, leurs attaques.

— Quelques êtres dignes d'estime ne figurent-ils pas parmi vos proches ?

— J'ai deux amis d'enfance, Minmès et Mahou. Leur rang ne leur tournera-t-il pas la tête un jour ? Le Premier ministre a renoncé à me trahir, mais restera-t-il efficace ? En fin de carrière, le Premier Serviteur d'Amon, Menkh l'Ancien, songe surtout à sauvegarder les intérêts de son administration.

Satiâh prit conscience que le roi lui accordait des confidences équivalant à des secrets d'État.

— Vous êtes très seul, Majesté.

— Il ne saurait en être autrement. Selon les anciens sages, le pharaon ne doit faire confiance à personne, sous peine de lourdes erreurs.

— À personne... Pas même à son épouse ?

— Je te le répète : associée à la fonction suprême, la reine n'est pas une femme comme les autres. Elle est partie intégrante de l'être de Pharaon. Je te propose la plus exigeante des vies. Les difficultés seront quotidiennes et te paraîtront souvent insurmontables. Et tu devras pourtant les surmonter, jusqu'au jour où se présentera le passeur de l'au-delà.

— Vous ne dépeignez pas un paradis !

— J'essaie d'être lucide.

— Pourquoi serais-je attirée ?

— Parce que tu es capable d'assumer un tel poids et de te vouer non à ton propre bonheur, mais à celui de ton pays. Tu ne compteras que sur toi et sur moi. Et nous serons seuls ensemble. Si tu refuses, je te comprendrai ; et ne redoute pas de représailles. Tu continueras à jouer de la harpe pour enchanter les dieux et les humains.

— Ai-je le droit... de réfléchir ?

— Donne-moi ta réponse à la nouvelle lune.

— 30 —

En tant que prisonnier de guerre, le Syrien Bak avait été affecté au nettoyage des écuries d'un gros bourg de la campagne thébaine. Le patron, un quinquagénaire bourru et taiseux, était un maniaque de la propreté, et tenait à sa réputation. À Karnak, on considérait son lait et son blé comme les meilleurs de la région. Et la beauté de ses vaches, soignées avec attention, ravissait les connaisseurs.

Réveillé à l'aube par l'intendant du domaine qui maniait aisément le bâton, Bak avait d'abord servi de souffre-douleur aux paysans égyptiens, mécontents d'accueillir de force un étranger. La répartition des prisonniers, due aux services du Premier ministre, ne se discutait pas, et chaque village subissait son lot.

Puis le comportement de Bak, obéissant et travailleur, avait atténué l'aigreur des autochtones. Peu à peu, il s'était intégré à la communauté, mais ne bénéficiait pas des jours fériés. Dernier couché, il s'endormait à peine allongé sur sa natte. Le patron ne lésinait cependant pas sur la nourriture ; mangeant à part, Bak appréciait les galettes fourrées aux fèves, les courgettes grillées, les salades, le poisson fumé et, une fois par semaine, de la volaille.

— Viens ici, ordonna son employeur.

Lui, le prisonnier, invité à déjeuner en compagnie des paysans ! Le cuisinier lui servit des côtes de porc en sauce. Pour la première fois, il fut autorisé à boire de la bière.

— T'es un bon élément, mon gars ; j'aime pas les feignants. Et si t'avais ouvert ta gueule, je t'aurais renvoyé à l'expéditeur. Mais tu bichonnes mes vaches, et ça me convient. Quand elles se plaignent d'un mauvais soigneur, je le dégage. Puisque tu leur plais, je te garde. Aujourd'hui, je reçois le scribe chargé de la gestion des prisonniers ramenés de Megiddo, pour lui donner mon premier rapport. Avis favorable. Encore deux autres, et tu auras purgé ta peine.

— Purgé ma peine...

— Autrement dit, tu seras libre d'aller où tu veux.

— Et vous... vous me garderiez pour de bon ?

— Ça dépendra de toi. Je te proposerai un contrat, et tu l'accepteras ou non. Je suis plutôt pingre, on trime dur dans ma ferme, mais on se remplit la panse. Assez causé. Mange, et au boulot.

Soudain, Bak n'avait plus mal au dos et se sentait rajeunir. Habitué à sa condition, il n'en envisageait pas d'autre. Et puis, peut-être, un avenir...

Il songea à son maître, Lousi. Était-il encore vivant ? Les Égyptiens n'étaient pas tendres avec les révoltés. Condamné aux travaux forcés, le fils de prince n'avait probablement pas survécu. Dès qu'il en aurait la possibilité, Bak chercherait à savoir.

*
* *

Au sein des marais du Delta, le labeur des prisonniers de guerre était particulièrement rude, et les surveillants ne les ménageaient pas. Au moindre relâchement, des coups de bâton. Lousi avait vu l'un de ses camarades s'effondrer dans l'eau glauque et ne plus se relever. Les insectes pullulaient, un danger menaçait en permanence : les serpents. Plusieurs décès, depuis que le fils du prince de Megiddo était réduit à la condition de bête de somme.

Suivant une stratégie échafaudée dès le premier jour, il se comportait comme un homme brisé, et obéissait au doigt et à l'œil aux tortionnaires, des abrutis qui ne connaissaient que le règlement et haïssaient les Syriens. Sans les inspections régulières d'un officier contrôleur, les condamnés auraient été supprimés à la sauvette.

Un espoir chevillé au corps : sortir vivant de cet enfer. Au prix d'une absolue docilité, certains y parvenaient. Bridant sa nature, Lousi ne réagissait ni aux coups ni aux injures, qui décuplaient pourtant sa rage et son désir de vengeance, gages de survie. Il avait en outre analysé la hiérarchie de cette société de bagnards. Au bas de l'échelle, les cueilleurs de papyrus et de roseaux, exposés aux morsures des reptiles et aux piqûres des insectes. Grâce à la résistance de sa jeunesse et à une bonne volonté manifeste, Lousi avait franchi cette étape-là sans trop de dégâts physiques. Il était passé à la suivante, le transport des bottes de papyrus, avec une obsession : ne pas s'effondrer sous le poids, sous peine d'être renvoyé au marais.

La nourriture le sauvait. Pas les infectes galettes, mais des poissons, variés et succulents, que préparait un cuisinier, le poste le plus élevé. Le fils du prince de Megiddo les dévorait, absorbant une énergie indispensable. Il posa sa botte et souffla.

— Toi, là-bas !

Le chef des gardes. Un barbu ventripotent, vicieux et méchant.

Tête basse, Lousi se dirigea vers lui et s'immobilisa à distance respectueuse.

— Un lieur vient de crever, tu le remplaces. Allez, remue-toi !

Un coup de bâton, et Lousi rejoignit la grande barque où officiaient les prisonniers chargés de lier solidement les bottes de papyrus, que transportaient des ânes. Ce matériau abondant servait à fabriquer des sandales à bas prix, des cordes, des paniers et, surtout, le support d'écriture qu'utilisaient les scribes.

Réclamant force et habileté, la tâche n'était pas aisée, et les maladroits souffraient de profondes coupures. Lousi grimpait un échelon, et les efforts, les pieds au sec, seraient moins pénibles.

Alors qu'on évacuait le cadavre du Syrien mort d'épuisement, Lousi se sentit revigoré. Ici, c'était chacun pour soi.

— 31 —

Bien sûr, elle n'accepterait pas. Et qui le lui reprocherait ? J'avais eu tort de noircir la situation, mais je me refusais à tromper Satiâh en lui promettant une existence tranquille et luxueuse, loin des réalités du pouvoir et du palais.

Cette promenade dans le jardin, en sa compagnie, avait été un moment de bonheur intense. Une sorte de miracle auquel je ne croyais pas. Elle ne ressemblait à aucune autre femme. À la fois réfléchie et spontanée, profonde et séduisante, elle possédait la magie d'une Grande Épouse royale, et ses dons musicaux garantiraient l'harmonie d'une cour difficile à manier. Mais elle nourrissait d'autres rêves, et je ne lui proposais qu'un combat permanent où elle avait plus à perdre qu'à gagner.

Le refus de Satiâh serait une profonde blessure, qui ne se refermerait pas. Il me faudrait choisir pourtant une compagne, au moins capable de me seconder, sinon d'incarner pleinement sa fonction. Issues des riches familles thébaines, les prétendantes ne manquaient pas. Célibataire endurci, Minmès m'indiquerait la plus convenable, et je me résoudrais à un mariage de raison.

Satiâh me fascinait. Sa personnalité hors du commun unissait la puissance et la grâce. Impossible de l'influencer ou de l'obliger à prendre une route qu'elle n'aurait pas elle-même tracée. Grave et joyeuse, cette future maîtresse de maison aurait mérité d'être celle du pays entier. Je n'avais pas trouvé les arguments pour la convaincre.

Minmès déposa sur mon bureau une vingtaine de papyrus.

— Les rapports d'activité des chefs de province. Positifs, selon le Premier ministre.

— Et d'après toi ?

— Même opinion. Vérifie, et n'oublie pas l'urgence : le choix d'une Grande Épouse royale.

— Et si tu t'en chargeais ?

— La harpiste Satiâh ne t'a pas satisfait ?

— Satisfait... Le mot est faible.

— Toi, amoureux ?

— Mais pas elle. Et depuis la première de nos dynasties, la loi de Maât interdit les mariages forcés, en premier lieu celui du roi. Satiâh n'a pas envie de partager mon existence et ses contraintes.

— Un refus ferme et définitif ?

— Une élégante dérobade. J'attends sa réponse avant la nouvelle lune.

— Eh bien, patientons. J'interviendrai ensuite.

*
* *

Inutile de parler à ses parents, qui s'enthousiasmeraient pour cette union extraordinaire et la presseraient d'accepter l'incroyable proposition du roi. Troublée, Satiâh avait besoin de se confier et d'entendre un avis, celui de son amie Mérytrê, fille de la Supérieure des musiciennes du temple. Mérytrê, que d'aucuns prétendaient amoureuse de Thoutmosis, et qui s'était comportée comme telle lors du banquet dédié à la victoire de Megiddo.

Pourtant, Satiâh décida de lui parler à cœur ouvert et se rendit à la villa de sa mère. La jeune chanteuse ne la quitterait que pour se marier et gérer sa propre maisonnée.

Mérytrê se baignait, nue. Un corps superbe, un charme fou, une intelligence déliée. À la vue de Satiâh, elle sortit de l'eau, se vêtit d'un voile de lin translucide et entraîna la harpiste à l'abri d'un kiosque aux fines colonnettes de bois. Un serviteur s'empressa de leur offrir un jus de fruit.

— Comme tu sembles soucieuse, Satiâh !

— Jure-moi que nous resterons amies.

— Que se passe-t-il ?

— Quoi que je te dise, jure-le-moi.

— Tu as ma parole. Explique-toi !

— Le roi m'a convoquée. Il voulait réentendre la mélodie grave et lente que j'avais jouée lors du banquet. Tu imagines mon émotion. Je m'en sentais incapable.

— Et… tu as réussi ?

— Plus ou moins. Mais ce n'était qu'un prétexte.

Mérytrê fronça les sourcils.

— Que désirait vraiment le roi ?

— Me proposer de devenir Grande Épouse royale.

La chanteuse fut stupéfaite.

— Tu… tu es sérieuse ?

— Je dois lui répondre avant la nouvelle lune.

Bouleversée, Mérytrê sortit du kiosque et marcha de long en large pendant plusieurs minutes. Puis elle revint auprès de la harpiste.

— Qu'as-tu décidé ?

— Conseille-moi.

La chanteuse se mordit les lèvres.

— Tu aimes le roi, Mérytrê.

— Comme tous ses sujets, comme…

— Tu l'aimes d'amour, n'est-ce pas ?

— Il n'y aura pas d'autre homme dans ma vie. Personne, pas même ma mère, ne peut m'obliger à me marier.

— Thoutmosis connaît-il tes sentiments ?

— Je l'ignore. Mais c'est toi qu'il a choisie.

— Et s'il se trompait ?

Mérytrê fixa longuement son amie.

— Il ne se trompe pas, Satiâh ! Tu es une reine.

— 32 —

La dame Houy n'avait jamais vu sa fille si déprimée.

D'ordinaire très vive, répétant et répétant encore les airs qu'elle tenait à maîtriser dans le moindre détail, elle était la proie d'une interminable crise de larmes.

Depuis la mort de son mari, Houy recueillait les confidences de Mérytrê. Très exigeante lorsqu'il s'agissait de musique, la Supérieure était une mère compréhensive.

Satiâh l'avait saluée, d'une voix étranglée, en sortant précipitamment de la villa.

— Que t'a appris ta grande amie ?

— Rien, rien, répondit Mérytrê entre deux sanglots.

— Ce rien t'a bouleversée.

— Une fatigue passagère… Je vais déjà mieux.

— Si tu me disais la vérité ?

— Si tu me donnais le prochain texte que je chanterai ?

Mérytrê se reprit, de nouveau digne et maîtresse d'elle-même. Sa mère n'insista pas et lui procura le document, tout en songeant à l'attitude de la chanteuse pendant le banquet et aux regards énamourés qu'elle

154

adressait à un roi insensible, pourtant en quête d'une Grande Épouse royale.

Satiâh… L'heureuse élue ? Qu'elle fût d'origine modeste et sans fortune ne comptait pas. Mérytrê, dédaignée au profit de sa meilleure amie ; Mérytrê, humiliée et désespérée.

*
* *

Ni Minmès ni le Premier ministre ne bougeaient une oreille. La colère froide du roi ne tolérait pas d'objections, tant il s'était montré précis en critiquant les lacunes des rapports émis par les chefs de province. Des faiblesses que n'avaient pas soulignées les deux dignitaires.

Or, la bonne gestion des provinces, qui disposaient d'une certaine autonomie, était l'une des clés de la prospérité des Deux Terres. Dès qu'un problème surgissait ici ou là, il fallait intervenir au plus vite ; aussi le pharaon se déplaçait-il souvent afin de rencontrer les gouverneurs en difficulté et de rétablir l'équilibre en adoptant les mesures nécessaires.

Certes, les derniers rapports ne semblaient guère alarmants ; mais Thoutmosis, habitué à lire des textes difficiles, savait distinguer l'essentiel du secondaire, et repérer les sous-entendus. Et trois provinces, une en Basse-Égypte, deux en Haute-Égypte, omettaient de préciser à combien se montaient leurs réserves de grains et n'annonçaient aucune prévision pour la prochaine récolte de légumes.

Des détails, certes, mais inquiétants.

— Je rédige une demande de renseignements à l'intention des trois administrations, déclara Ouser, et j'exige une réponse rapide. Sinon, nous sévirons.

Le Premier ministre se retira ; Minmès était décomposé.

— Je te présente ma démission.

— Cesse de proférer des stupidités, et préoccupe-toi de mettre au point notre programme de constructions.

— J'ai failli, je…

— Et tu failliras encore. La situation s'aggravera, si nous manquons tous de vigilance au même moment ; les dieux nous préservent de ce malheur.

Se promettant de ne plus commettre pareil impair, Minmès se rua sur ses dossiers. Une certitude le rassurait : l'Égypte avait un roi capable de la gouverner.

*
* *

Demain, la nouvelle lune symboliserait la résurrection d'Osiris. Résidence céleste de Thot, les perpétuelles mutations de cet astre rendaient visibles les grands mystères pour qui savait voir.

Grâce à la rapidité de nos messagers, les chefs de province avaient fourni au Premier ministre les précisions réclamées. Et les comparaisons avec les résultats de l'année précédente leur donnaient toute crédibilité. Je demandai néanmoins à Ouser de se rendre sur place et de s'assurer que tout était en ordre.

Minmès m'alerta.

— Satiâh demande audience.

— Qu'elle me rejoigne au jardin.

Notre dernière entrevue en tête à tête serait brève. Ensuite, uni à une femme dont j'ignorais encore le nom, je ne reverrais la harpiste qu'au temple et lors des banquets d'État.

Le soleil du matin faisait scintiller l'eau du grand bassin. Accompagnée du chant des oiseaux, Satiâh s'avança, aérienne. Comme j'aimais sa gravité et sa lumière !

— Merci d'être revenue.

— N'exigiez-vous pas une réponse ?

— Acceptes-tu de longer à nouveau ce plan d'eau ?

— Avec joie.

Côte à côte, nous arpentâmes ce petit paradis.

— As-tu... réfléchi ?

— J'ai réfléchi.

Son léger sourire me prit au dépourvu.

— Quelle est ta décision ?

Elle saisit ma main.

— Veux-tu dire que... ?

— Je ne sollicite qu'une faveur : pouvoir continuer à jouer de la harpe pour le roi, et lui seul.

— 33 —

Je ne conduisis pas Satiâh au palais, mais à la Vallée des Rois. Puisqu'elle acceptait de régner, je désirais lui montrer ma demeure d'éternité, porte de l'au-delà, lien avec l'invisible et source des forces créatrices dont nous aurions tant besoin afin de préserver et d'incarner l'institution pharaonique, inchangée depuis l'origine.

Se conformant à mes plans, les artisans avaient avancé. Un long escalier descendant au cœur de la roche, un couloir, un second escalier, un second couloir, un puits reliant la tombe à l'océan d'énergie, avant le changement d'axe, à angle droit, menant aux deux pièces essentielles : l'antichambre à deux piliers et la salle de résurrection, elle aussi à deux piliers et en forme d'ovale symbolisant l'univers.

L'ensemble évoquait la grotte primordiale où, sous l'action des dieux, la vie se renouvelait en permanence. À travers ce parcours souterrain s'effectuait la quête de la lumière. L'asymétrie, l'irrégularité des angles, et les deux axes est-ouest et sud-nord rendaient précisément compte des pulsations de la vie en esprit.

Nous nous arrêtâmes dans l'antichambre, un quadrilatère aux parois non parallèles.

— Ici seront dévoilées les sept cent quarante et une formes divines présentes dans *Le Livre de la Chambre cachée*[1] que j'ai rédigé en m'inspirant des écrits anciens. Ainsi seront-elles perpétuellement à l'œuvre pour transformer la mort en éternité. Toute ma jeunesse, je l'ai passée dans la bibliothèque de la Maison de Vie, et j'ai été fasciné par les enseignements des premiers voyants. « Reformulez sans cesse nos révélations », recommandaient-ils. Je les ai écoutés.

Recueillie, Satiâh n'avait pas envie de quitter ce lieu secret, d'où émanait une paix surnaturelle, loin de l'agitation des humains. Entre nous, une communion profonde, un même regard.

Je dus lui infliger une première peine en reprenant le chemin du monde extérieur.

*
* *

Tout acte était sacralisé et placé sous la protection des dieux, depuis la coupe de la première gerbe jusqu'à la vêture du pharaon, en passant par la naissance. Tout, sauf le mariage, affaire de sentiments entre un homme et une femme. Aucun rite ne lui était consacré.

La rumeur se propagea à la vitesse d'un fort vent d'ouest : on avait vu la musicienne Satiâh entrer au palais et même, selon une coiffeuse, dans les appartements privés du roi. Elle n'en était pas sortie

---

1. L'*Amdouat*.

pendant la nuit de la nouvelle lune, ne réapparaissant qu'au matin, accompagnée de Thoutmosis. Ils avaient dégusté leur petit déjeuner dans le jardin, avant de se rendre au temple. Les témoignages concordants se multipliaient : le pharaon s'unissait enfin à une Grande Épouse royale !

Le scepticisme du Vieux se dissipa lorsque le héraut Antef, les nerfs à vif, poussa la porte de sa cave.

— Banquet d'État demain soir, en l'honneur du couronnement de la reine.

— C'est pas trop tôt ! En prévision de l'événement, j'avais mis de côté une cuvée fabuleuse. J'espère qu'elle boira un bon coup, ça lui donnera du tonus. Avec ce qui l'attend, vaut mieux pas se laisser aller. Régner, c'est le pire des métiers.

— Livraison immédiate, et ne traîne pas en chemin.

— Dis donc, toi ! Tu m'as déjà vu en retard ? Si mes services ne te conviennent pas, cherche quelqu'un d'autre !

— Ne te fâche pas ! J'ai mes soucis, moi aussi.

Antef rompit la joute oratoire.

« Ces hauts fonctionnaires, tous les mêmes, pensa le Vieux, ils se croient tout permis. Mais sans des gens comme moi, ils sont perdus. »

En bougonnant, il tria des jarres, datant du premier des Thoutmosis, que Vent du Nord transporterait avec délicatesse.

*
* *

Un bateau emmena le couple royal et les principaux dignitaires au petit temple de Tôd, à proximité de la capitale[1]. Demeure du dieu Montou, qui animait le bras du roi lors des combats, il appartenait à un groupe d'édifices formant une enceinte magique autour de Thèbes. En choisissant ce lieu, Thoutmosis adressait un message clair : Satiâh ne serait pas une compagne effacée, mais participerait aux multiples luttes inhérentes à l'exercice du pouvoir, nourrie de la puissance du faucon céleste.

Minmès s'essuya le front. Les sculpteurs n'avaient eu que peu de temps pour exécuter l'ordre du souverain ; le résultat le satisferait-il ? En compagnie du Premier ministre, des membres du gouvernement et du Premier Serviteur d'Amon, il pénétra dans le sanctuaire, à la suite du couple royal.

Des scènes montraient Pharaon offrant du pain, du vin et du lait aux divinités qui goûtaient le *ka* de ces nourritures, leur aspect subtil. Thoutmosis éleva une couronne qu'il posa sur la tête de Satiâh, désormais souveraine des Deux Terres. Elle se composait de deux plumes, symbole du souffle vital, et d'une étoffe évoquant le vautour, hiéroglyphe servant à écrire les mots « mère » et « mort ». Mère de son peuple, la Grande Épouse royale infligeait la mort à ses ennemis.

— Tu es celle qui voit Horus et Seth dans le même être, celui du roi, déclara Thoutmosis. Tu apaises les frères ennemis et tu les réconcilies. Sois la Grande Magicienne, celle qui orientera mon action.

---

1. Une trentaine de kilomètres au sud de Thèbes.

La dignité de Satiâh impressionna l'assistance. Elle était née reine, et sa véritable nature se révélait en cet instant solennel.

Pour Minmès, le moment crucial approchait. Le roi convia son épouse à contempler une chapelle où était exposée la barque voguant à travers le cosmos ; adossées aux murs, des statues du pharaon assis.

Parmi elles, une œuvre suscita l'étonnement. Elle ne représentait pas le monarque, mais Satiâh en majesté. Un hommage exceptionnel à la nouvelle reine d'Égypte.

— 34 —

— Crétin des crétins ! Te rends-tu compte de ton massacre ? Maladroit à ce point-là, c'est du jamais vu !

Très raide, sa pomme d'Adam exécutant de rapides allers et retours, le héraut Antef tentait de garder un semblant de dignité en essuyant les insultes du Vieux.

— Ce n'était qu'une jarre de vin.

— N'aggrave pas ton cas ! Ce grand cru parmi les grands crus est le produit d'un travail méticuleux, digne des dieux ! Tu n'imagines même pas le génie et les efforts nécessaires pour aboutir à un tel résultat. Et toi, pauvre nigaud, tu manies cette jarre stupidement, et tu la laisses tomber !

— Je te rappelle que je suis ton supérieur.

— Supérieur à quoi ? Supérieur à qui ? Un débile de ton espèce ne mérite aucun respect !

— Un accident regrettable, j'en conviens.

— Je m'en vais. Débrouille-toi.

— Je te présente mille excuses. Ça suffira ?

Le Vieux se tâta le menton.

— Ça pourrait… Mais ne touche plus à mes jarres.

Antef acquiesça. Si le banquet en l'honneur de la reine était raté, il serait renvoyé. Et le vin y jouait le premier rôle.

*
* *

Son amie Satiâh, Grande Épouse royale. Elle, chanteuse d'Amon et amoureuse d'un roi qui ne lui accordait pas le moindre regard. Le destin le voulait ainsi, Mérytrê l'acceptait.

Alors qu'elle s'habillait, sa maquilleuse lui annonça la visite de la reine.

— Un miroir, vite !

Il manquait un fard pour souligner la courbe des sourcils, mais impossible de faire attendre la souveraine.

Comment se comporter, face à celle qui avait franchi la frontière d'un autre monde ?

Satiâh donna à Mérytrê une réponse immédiate, en l'embrassant comme autrefois.

— Te souviens-tu de ton serment ?

— Oui, mais… tu es ma reine, et je suis ta servante !

— Tu es mon amie, et la porte du palais te sera toujours ouverte. Cette soirée ne m'amuse guère. Tu sais que je déteste les mondanités. Lorsque tu chanteras, les invités se tairont, et je savourerai ce moment de beauté.

— Je te souhaite… d'être heureuse.

— J'ignore si ma charge m'en laissera le loisir. Sois assurée qu'elle passera avant tout. À bientôt.

Mérytrê ne parviendrait pas à la détester. Sans avoir changé, toujours aussi simple, lumineuse et directe,

Satiâh n'était pourtant plus la même. L'imposition de la couronne avait modifié son regard, comme si elle n'appartenait plus complètement à l'espèce humaine ; transformée par le rituel, elle commençait à déployer sa propre magie. Personne ne serait l'amie de la reine, pas même Mérytrê, qui comprit à quel point ce rôle était effrayant. Bien que son amour pour Thoutmosis demeurât intense, elle n'envia pas la place de Satiâh.

*

*   *

Le héraut Antef respirait mieux. L'échanson Minmès avait goûté le vin du Vieux et s'était figé pendant d'interminables secondes, avant de prononcer son verdict : « Sublime, incomparable ! » Les cuisiniers s'étant surpassés, le banquet offert en l'honneur de la nouvelle Grande Épouse royale resterait dans les mémoires, comme celui de la victoire de Megiddo.

Écoutant les bavardages des uns et des autres, dont la langue se déliait grâce au grand cru, Minmès eut l'occasion de se réjouir : Satiâh obtenait l'unanimité. Et lui-même, si prompt à critiquer et à discerner les imperfections, restait muet. D'un contact aisé, elle avait déjà séduit le personnel du palais. Sachant trouver le ton juste avec les humbles comme avec les puissants, la Grande Épouse royale n'abuserait pas de son autorité et régnerait aussi sur les cœurs.

L'une des invitées vivait un rêve éveillé : Ipou, la mère de Satiâh. Fragile et timide, elle venait d'être élevée à la dignité de Nourrice, ce qui lui permettrait de participer à l'éducation des enfants du couple royal.

Trop émue, Ipou touchait à peine aux plats et vidait trop vite sa coupe, n'ayant d'yeux que pour sa fille.

Formé de trois femmes jouant du luth, de la lyre et du tambourin, un orchestre réduit accompagna Mérytrê, qui chanta les airs préférés de Satiâh, souvent graves et lents, sans démonstration de virtuosité.

Au terme du concert, le monarque et ses hôtes se levèrent afin de porter une santé au *ka* de la reine, gênée d'être le centre des attentions, et se demandant si cette scène était bien réelle.

Satiâh n'était pas au bout de ses surprises.

— Selon nos coutumes, notre souveraine a reçu quantité de cadeaux, déclara Thoutmosis. Voici le mien.

Deux serviteurs apportèrent une grande harpe plaquée d'or, d'argent, de turquoises et de lapis-lazuli. Une merveille, qui déclencha des exclamations plus ou moins étouffées.

— Je n'en jouerai que pour toi, murmura Satiâh à l'oreille du roi.

— 35 —

— Bande de feignants, le rythme baisse ! Vous n'êtes pas ici pour vous tourner les pouces. Si vous n'accélérez pas, oubliez tout de suite le dîner.

Quelques coups de bâton au passage, et le surveillant retourna dans sa hutte, d'où il observait les prisonniers, liant les bottes de papyrus.

Manger, c'était vital. Prenant l'avertissement au sérieux, Lousi se déchaîna, entraînant ses compagnons d'infortune. Cette réaction plut au surveillant.

— Magnifique, constata-t-il à la tombée du jour ; je toucherai une prime de rendement.

Le dos en feu, les mains tordues de fatigue, Lousi se jeta sur le poisson grillé. Certes, il avait grimpé dans la hiérarchie, mais ce n'était qu'une étape. Prochain poste à convoiter : celui de pilote de barque, qui maniait une longue perche afin de sonder le fond des marais.

La seule possibilité de s'évader. Risqué, certes, mais les gardes ne possédaient pas d'arcs. Si Lousi progressait assez vite dans le dédale de roseaux, il leur échapperait.

Difficulté majeure : la jeunesse du titulaire, un Syrien qui n'hésitait pas à dénoncer ses compatriotes épuisés afin de s'attirer les bonnes grâces des gardiens. En échange de sa veulerie, il dormait sur une natte confortable, bien au sec, et buvait de la bière.

— Ça va, toi ? demanda-t-il à Lousi.

— Je m'adapte. On n'est pas si mal traités.

— Tu étais à Megiddo ?

— Esclave du prince.

— Moi, je servais comme fantassin. Quand les Égyptiens ont attaqué, j'ai détalé et me suis réfugié dans la citadelle. Quelle débandade, nos chefs en tête ! J'ai cru qu'on n'en sortirait pas vivants. Après tout, on a eu de la chance.

— Tu n'as pas envie de liberté ?

— Du moment qu'on me nourrit et que j'ai une bonne natte... À Megiddo, je risquais ma peau pour pas grand-chose. Ici, en se débrouillant, on survit. Il y a même de petits avantages au bout d'un certain temps. Par exemple, une fille. Une Syrienne dont les gardes m'ont fait profiter. Si tu te tiens tranquille, tu y goûteras aussi.

Lousi comprit que ce lâche ne lui serait d'aucune utilité ; surtout, ne lui accorder aucune confiance, et le considérer comme un ennemi. Seule manière d'obtenir sa place : le tuer.

*
* *

Satiâh n'avait pas bénéficié du moindre délai pour prendre la mesure de sa tâche : conquérir le palais et diriger la Maison de la reine, une administration complexe, comprenant un personnel nombreux qui gérait des champs, des ateliers et des écoles.

Le sérieux et la capacité d'écoute de la Grande Épouse royale séduisirent les plus revêches. En quelques semaines, elle prouva ses compétences, et chacun eut le sentiment qu'elle régnait depuis de longues années.

Satiâh constata que le roi ne l'avait pas abusée : entre les flatteurs et les ambitieux, il n'était pas facile de naviguer. Les premiers comprirent vite que la reine détestait les compliments, les seconds qu'elle décidait en fonction de la qualité des êtres et non de leurs discours.

La jeune femme se conforma au cérémonial quotidien. Le roi célébrait le rituel de l'aube, éveillant la puissance créatrice qui renaissait hors des ténèbres et distribuait l'énergie au pays entier ; puis il recevait le Premier ministre, avant de diriger un conseil où s'exprimaient les plus hauts responsables de l'État. La reine, elle, sollicitait la bienveillance de la déesse Hathor, dans la chapelle du palais, de manière à éviter les attaques des mauvais génies, sans cesse menaçants. Cette tâche magique achevée, elle recevait solliciteurs et plaignants.

Selon les écrits des Anciens, le couple royal accomplissait ce qui lui avait été prescrit, et non ce qu'il souhaitait. Sa priorité : la lutte contre Isefet, l'adversaire irréductible de la justesse, de la vérité et de l'harmonie. Isefet, une force de destruction inépuisable, qui se nourrissait du mensonge, de la violence, de l'injustice et des innombrables turpitudes humaines.

Il n'était de déjeuner qu'officiel. À la table royale, pas de papotage, mais des débats approfondis qu'avait préparés Minmès, en fonction des renseignements fournis par tel ou tel ministère. Et jusqu'au rituel du soir, pendant lequel le pharaon refermait les portes du sanctuaire, en espérant que la nuit ne serait pas synonyme de néant, les rendez-vous se succédaient. La plupart des dîners étaient, eux aussi, officiels. Minmès et Antef sélectionnaient les invités, veillant à ne mécontenter personne.

Les moments d'intimité étaient aussi rares que précieux. En se vouant corps et âme à leur tâche, Satiâh et Thoutmosis avaient aussi appris à s'aimer, sans se préoccuper de leurs seuls sentiments, mais en sachant qu'ils étaient l'un pour l'autre un être unique et irremplaçable. Leur communion de pensée était telle qu'ils se parlaient peu, sauf en cas de désaccord, vite résolu.

Se confier sans restriction, avouer ses espoirs comme ses craintes, ne pas redouter une trahison… Un privilège incomparable, le lien miraculeux du couple royal. S'il se rompait, le pays serait brisé.

Satiâh déployait sa propre puissance, différente de celle de Thoutmosis, mais complémentaire et indispensable. En unissant leurs regards, le roi et la reine tentaient d'embrasser la totalité du paysage que leur offraient la cour, l'État et le peuple, conscients qu'il s'agissait d'une mission impossible et qu'ils n'avaient pas le droit de reculer.

Seul le service des dieux leur en donnerait le courage.

— 36 —

À Karnak, c'était l'effervescence. Le pharaon allait accomplir l'un des actes essentiels de son règne : inaugurer un sanctuaire. Tout en achevant les œuvres de son prédécesseur, Hatchepsout, Thoutmosis créait son propre temple, qui ne ressemblerait à aucun édifice antérieur.

En ce trentième jour du deuxième mois de la deuxième saison[1] de l'an vingt-quatre, une cérémonie réunissant les hauts responsables de l'État célébrait la naissance annoncée de « Celui dont les monuments rayonnent », un ensemble architectural consacré à la lumière créatrice.

Le souverain avait exigé des fondations, afin de le mettre à l'abri d'une forte crue ; assises de pierre pour les murs, les colonnes et les piliers, remblai de sable et de cailloux pour l'ensemble du sol.

Aucune chapelle n'avait été bâtie à cet endroit, appelé à devenir « la salle du Cœur » du royaume, où seraient vénérés les Ancêtres et initiés les ritualistes jugés dignes de participer aux grands mystères.

_____
1. Mi-janvier.

Le roi et la reine tendirent le cordeau entre deux piquets, vérifiant que le plan avait été tracé selon la règle ; puis le monarque creusa avec une houe la tranchée de fondation et moula la première brique.

Soudain, le matériau émit un rayonnement qui stupéfia l'assistance. Et les mains de Pharaon modelèrent la lumière d'Amon, « le Caché », se révélant ainsi aux humains et bénissant son fils.

*
* *

La cérémonie se termina par une série d'offrandes et le dépôt, dans une fosse, d'amulettes représentant des outils de constructeur, l'œil d'Horus, un pilier et d'autres figurines protectrices. Une dalle la recouvrit. En secret, ces objets animés magiquement préserveraient le temple des ondes nocives.

Embarrassé, Tjanouni attendit la fin du rituel et la dispersion des dignitaires pour s'approcher de moi.

— Je ne voudrais pas gâcher cette magnifique journée, mais impossible d'occulter la réalité.

— Des troubles à Megiddo ?

— Non, nous contrôlons la situation. En revanche…

Tjanouni hésita.

— Une nouvelle révolte ?

— Malheureusement, oui.

— À quel endroit ?

— La grande plaine du Rétènou, dans la zone syro-palestinienne.

— Le contingent local ne suffira-t-il pas ?

— Je crains que non. La rumeur prétend que vous n'oserez plus quitter l'Égypte. Si vous n'intervenez pas en personne, je redoute la propagation du soulèvement.

— Qualifierais-tu la situation de grave ?

— Selon la totalité des rapports, il y a urgence.

— Convoque mon conseil de guerre.

*
* *

Jamais je ne me lasserai de la paix imprégnant le jardin du palais, un monde à part, entre celui des hommes et l'univers des dieux. Ici, quelle que fût la rudesse du quotidien, j'éprouvais une telle sensation de plénitude qu'elle effaçait la fatigue. J'ai toujours apprécié les arbres, les fleurs et les plantes, immobiles en apparence, mais vivant à leur rythme. Je comprends leur langage, me réjouis de leur épanouissement et me soucie de leurs plaintes ; si le destin ne m'avait pas orienté vers le métier de roi, j'aurais été jardinier.

À l'issue de l'entretien de Satiâh avec les principaux gestionnaires de la Maison de la reine, je l'entraînai au jardin, et nous nous assîmes dans des fauteuils légers, à l'ombre d'un vieux sycomore, près de la pièce d'eau.

— De nouveau une révolte, cette fois de la part des Syro-Palestiniens du Réténou. À mon avis, une manœuvre du Mitanni pour éprouver notre capacité d'action.

— L'un de tes généraux ne suffira-t-il pas à régler cette affaire ?

— Je crois ma présence nécessaire. Les comploteurs constateront que je n'hésite pas à parcourir en personne les territoires qui nous sont soumis.

— Tu ne me dis pas tout.

— Jusqu'à présent, seuls mes deux amis d'enfance connaissaient l'ampleur de mon projet. Megiddo ne fut qu'une étape, voici maintenant le Rétenou. Et la guerre ne s'arrêtera pas là ; d'autres insurrections se produiront, tant que les reins du Mitanni n'auront pas été brisés. C'est lui, masqué, qui manipule ses alliés. Si je ne parviens pas à le vaincre, l'Égypte sera en danger.

— Notre armée en est-elle capable ?

— Je l'ignore. Si j'avais commis l'erreur, à Megiddo, d'écouter l'état-major, nous aurions été exterminés. Nos troupes sont encore fragiles et manquent d'expérience ; je ne me fie qu'à ma propre vision, en fonction des difficultés rencontrées sur le terrain.

— Signifies-tu que ce conflit durera plusieurs années ?

— Assurément.

— Et à chaque incident, tu risqueras ta vie !

— Comment en serait-il autrement ? Sans le roi, les soldats n'auraient pas le désir de combattre et de défier la mort. Ma présence déstabilise l'ennemi. À Megiddo, une seule attaque a suffi, les princes coalisés ont pris la fuite et se sont réfugiés dans la citadelle. Contrairement à notre adversaire de l'ombre, je ne dois pas me cacher, mais montrer que le faucon Montou anime mon bras.

La reine n'émit pas d'objection. Thoutmosis adoptait la meilleure stratégie, avec toutes les angoisses qu'elle impliquait, et peut-être un échec final. La préservation des Deux Terres passant avant tout, c'était ce chemin-là qu'il fallait suivre.

— En mon absence, ajoutai-je, tu gouverneras.

— 37 —

Quand le souverain lui annonça sa décision, le Premier ministre fut au bord du malaise. La reine, diriger l'État ! Certes, la tradition lui accordait ce pouvoir pendant que le roi se trouvait à l'étranger, mais Satiâh était à la fois jeune et inexpérimentée ! À lui, Ouser, de se montrer suffisamment habile pour tenir les rênes et la reléguer à un rôle secondaire.

Alors que le pharaon mettait au point sa deuxième campagne militaire, le Premier ministre, confronté à un problème de transport de blé par bateau, reçut la visite de la Grande Épouse royale.

Outre sa beauté, son élégance et son rayonnement, elle possédait la faculté de percer les défenses de ses interlocuteurs et de les désarmer. Le cuir tanné après de nombreuses années au service du pays, le Premier ministre résisterait.

— Je suis certaine que nous nous entendrons à merveille, Ouser.

— Moi aussi, Majesté.

— Dès que le roi aura quitté la capitale, nous aurons une entrevue chaque matin, et vous m'exposerez les difficultés, sans rien omettre.

— Beaucoup de dossiers sont très techniques, et…

— Comme celui du transport de blé ? Je viens de trouver la solution en ordonnant la construction d'une nouvelle barge et en réorganisant les cadences des livraisons. Dites-moi si cela vous semble efficace.

Satiâh remit un papyrus au Premier ministre.

— En raison de l'effort de guerre, indiqua-t-elle, nous devrons produire plus d'armes, notamment d'arcs permettant de tirer des flèches à longue portée. J'ai déjà averti l'arsenal de Memphis, et vous prie de veiller à l'exécution de cette tâche prioritaire.

Après le départ de la reine, Ouser eut besoin de boire une bière forte. La musicalité de sa voix et la douceur de son apparence dissimulaient l'autorité d'un chef d'État.

*

* *

— Comment, non ? C'est l'heure de transporter les jarres de vin au palais !

Vent du Nord maintint son refus.

— On attend quelque chose ou quelqu'un ?

L'oreille droite se dressa. Avec cette bête, inutile de négocier. Et l'attente ne fut pas longue : la voix puissante de Mahou, commandant de la garde royale, fit sursauter le Vieux.

— Il paraît que tu possèdes le plus robuste de nos ânes ?

— Je me demande parfois qui possède qui.

— En tout cas, je l'engage pour notre deuxième campagne. Et toi aussi.

— Une campagne… militaire ?

— Les tordus du Réténou défient le roi. Une très mauvaise idée. On va leur apprendre la politesse. Départ demain, à l'aube.

« Et ça recommence », grommela le Vieux, qui déboucha une jarre afin de se redonner le moral.

*
* *

Chargé de rédiger les *Annales* de Thoutmosis en consignant ses exploits, Tjanouni rassembla le matériel d'écriture. Éteindre l'incendie de la plaine du Réténou serait moins périlleux que d'attaquer la place forte de Megiddo, mais quelles étaient les véritables intentions du pharaon ?

N'accordant aucune confiance à ses généraux, le roi se révélait imprévisible et courait des risques inconsidérés. Depuis son mariage, sa seule conseillère était la reine Satiâh, dont le pouvoir de séduction s'accompagnait d'une redoutable fermeté. Avec une aisance inattendue, elle avait revêtu la fonction suprême, dominant les hauts fonctionnaires et le Premier ministre lui-même.

Le roi et la reine possédaient une qualité majeure : écouter. Ensuite, ils tranchaient. Attachant la plus grande attention aux rapports en provenance de Syro-Palestine, ils ne se montraient pas frileux face à l'adversité. Mais cette détermination ne mènerait-elle pas le couple royal à la catastrophe ? S'attaquer ainsi à la zone d'influence du Mitanni, une imprudence fatale ?

L'Égypte aimait trop les dieux pour apprécier la guerre. L'armée de métier ne formait que le petit noyau des troupes, constituées de jeunes recrues enthousiastes à l'idée de servir Pharaon et de sauver leur pays d'une invasion, mais incapables de résister à une offensive des Mitanniens, prédateurs insatiables.

La défaite de Megiddo les avait surpris. Une coalition de princes imbus de leurs privilèges, un manque de coordination, l'illusion d'une forteresse imprenable... Autant de fautes à corriger. Et d'abord, tester les véritables capacités de Thoutmosis. Un aventurier chanceux ou un authentique stratège ?

Tjanouni n'avait pas de réponse claire. Taciturne, indéchiffrable, ce roi ne dévoilait guère ses émotions. Insouciance et légèreté ne trouveraient pas grâce à ses yeux, mieux valait suivre ses directives sans sourciller.

Et s'il conduisait le pays à l'abîme, à vouloir dominer à tout prix la Syro-Palestine, voire à provoquer un conflit direct avec le Mitanni ? Une folie selon les experts militaires. Membre de cette caste, Tjanouni partageait l'avis de ses collègues. Aussi, pèseraient-ils de tout leur poids pour épargner au monarque une démarche insensée.

Un pain d'encre rouge s'effrita et tomba en poussière. Simple incident ou mauvais présage ?

Tjanouni préféra l'oublier.

*
* *

Bien qu'il n'eût rien d'un colosse, Thoutmosis assumait son statut de chef de l'armée, et les soldats étaient subjugués par l'intensité de son regard. Avant le départ, le roi avait inspecté la caserne et présidé un défilé, au rythme d'une musique martiale. Les militaires constataient que les généraux filaient doux, et que seuls comptaient les ordres du pharaon.

La présence de la reine les rassura. Discrète, Satiâh devenait pourtant aussi populaire que son époux. Sa protection magique n'était-elle pas une arme décisive ?

Des trompettes annoncèrent l'embarquement à destination du Nord.

Satiâh saisit les mains du monarque.

— Reviens-moi.

— Mon plus cher désir est de t'entendre jouer de la harpe.

— 38 —

« Au moins, constata le Vieux, on ne part pas tout nus. » Charrerie, infanterie, archers d'élite, intendance, génie, médecins et infirmiers formaient un corps expéditionnaire encore plus nombreux que pour la bataille de Megiddo. Et les vainqueurs avaient hâte de découvrir les révoltés de la plaine du Rétériou afin de leur apprendre les bonnes manières.

De Thèbes à Memphis, un agréable voyage en bateau ; et la jonction avec les troupes du Nord provoqua une franche gaieté. Lorsque la déferlante égyptienne s'engagea en Palestine, la plupart songèrent qu'ils n'apercevraient que l'arrière-train de leurs ennemis en fuite.

Tjanouni en doutait. Le mauvais présage troublait son sommeil. Trop confiant en sa supériorité, le roi ne tomberait-il pas dans un piège ?

*
* *

Tueur-né, Voti, dès son enfance, avait massacré des animaux, petits et gros, et maniait son couteau avec un plaisir sadique. Au service du prince de Kadesh, il s'était comporté en parfait exécuteur des basses œuvres, débarrassant son maître d'un certain nombre de gêneurs. Lors de la reddition de Megiddo, il avait fui aux côtés de son patron, lequel venait de lui confier une superbe mission : profiter du soulèvement des habitants de la vallée du Réténou pour assassiner Thoutmosis, si ce dernier mordait à l'appât.

Éminence grise du maire d'un hameau, il jouissait de la situation : une esclave à sa disposition, repas copieux, bière à volonté, nuits paisibles et longues siestes.

Le maire le réveilla.

— Les Égyptiens arrivent.

— Le roi ?

— Il est à la tête de son armée.

Voti en saliva. Un plan simple : parvenir, de nuit, à s'introduire dans la tente du monarque et l'égorger. Sans doute les gardes se méfieraient-ils moins d'un homme seul. Et si la sécurité du tyran était bien assurée, il trouverait le moyen de la contourner.

Le Réténou serait incapable de s'opposer à l'armée du pharaon, qui n'aurait aucune peine à terrasser les séditieux. À l'occasion d'une victoire aisée, sa vigilance se relâcherait ; et cette erreur lui serait fatale.

*
* *

— Premier village du Réténou en vue ! clama le général Djéhouty, à l'avant-garde.

Pressé d'en découdre, le bouillant officier sortit son épée du fourreau. Au signal du roi, il lancerait l'assaut.

L'assaut… Mais contre qui ? Pas ce ramassis de paysans se prosternant dans la poussière du chemin ! Sûrement un traquenard. L'ennemi attaquerait les flancs et aurait une belle surprise, car les Égyptiens avaient prévu cette manœuvre.

Une manœuvre qui ne se produisit pas.

Apeuré, un édile s'avança.

— Ne nous tuez pas ! Nous nous soumettons ! Regardez, il n'y a ici que de fidèles sujets du pharaon !

L'avant-garde se déploya et ne rencontra aucune résistance.

La scène se répéta les jours suivants. Selon de multiples témoignages, les révoltés avaient décampé à l'approche d'un adversaire trop puissant.

La plaine du Rétènou fut reconquise sans un seul combat. Le roi convoqua les maires, soulagés d'être indemnes. Le héraut Antef vanta la clémence de Thoutmosis, qui se contenterait de prélever une partie des récoltes ; en cas de nouvel incident, les bourgs seraient rasés.

*

* *

Les vins locaux n'avaient rien de sublime, mais le Vieux les jugea dignes d'être servis lors du banquet organisé en cette fin de campagne, avant le retour au pays. La seule présence du roi avait suffi à épouvanter les opposants, et les autochtones eux-mêmes chantaient les louanges d'un monarque qui, fort de l'expérience de Megiddo, avait interdit les pillages, s'attirant ainsi la sympathie de ses nouveaux sujets.

*
* *

Voti n'aurait pu rêver de meilleures circonstances.
Fêtant leur succès, les soldats égyptiens s'accordaient
une sérieuse beuverie, avec l'accord des généraux.
Ne cédant pas à cet excès compréhensible, le roi s'était
retiré sous sa tente.

Se mêlant aux convives, le Syrien avait longuement observé son objectif. Un point faible, entre deux
piquets. Il profiterait des ténèbres pour supprimer le
tyran.

*
* *

Apprenti d'un remarquable professionnel, aujourd'hui
retraité, Sabastet[1] occupait un poste envié : barbier du
roi. Le raser, le coiffer et le parfumer chaque matin
n'étaient pas des tâches faciles. Une hantise : infliger
une blessure au maître des Deux Terres. Aussi Sabastet
buvait-il modérément, de peur de se gâcher la main
aux alcools.

En cette nuit de ripaille, il vérifia ses rasoirs. L'un
d'eux méritait d'être affûté. Malgré l'heure tardive, il
se rendit à la forge installée en plein air.

Le chemin passait par le centre du camp où avait
été dressée la tente du pharaon. Moins de gardes que
d'ordinaire, et plutôt somnolents. Du coin de l'œil, le

---

1. « Le fils de Bastet (la déesse-Chatte) ».

barbier repéra un détail insolite : quelqu'un rampait. Il crut d'abord à un ivrogne incapable de se remettre debout, mais la lumière de la lune lui offrit une sinistre vision. L'homme tenait un poignard et s'apprêtait à déchirer un pan de tissu, afin de pénétrer dans la tente... du roi !

« À la garde, à la garde ! » hurla Sabastet, en se précipitant sur le meurtrier.

Équipé de son seul rasoir, il le blessa au poignet, le contraignant à lâcher son arme. D'un coup de coude, le Syrien l'écarta, puis tenta de l'étrangler. Sabastet manquait d'air, quand deux gardes, rageurs, transpercèrent de leurs piques le malfaisant.

*
* *

La colère de Mahou, commandant de la garde royale, ébranla le camp entier. Après avoir présenté, lui aussi, sa démission au monarque, qui l'avait refusée, il s'en était pris au responsable de ce fiasco, son corps réputé d'élite, chargé de la sécurité du souverain. Outre la suppression des permissions pendant plusieurs mois, l'entraînement quotidien serait durci, et Mahou ne tolérerait plus la moindre faute.

Toute honte bue, le commandant et ses hommes assistèrent à la brève cérémonie en l'honneur du barbier, qui avait sauvé la vie du pharaon. Il reçut en récompense un jeune Syrien orphelin, désireux de quitter le Réténou. En tant que prisonnier de guerre, il devenait le domestique de Sabastet, ravi de cette aubaine.

Ce fut donc une armée sûre de sa force et de celle de Thoutmosis qui s'élança vers l'Égypte, précédée de messagers heureux d'annoncer cette nouvelle victoire.

— 39 —

Vêtu d'une tunique à la dernière mode, l'élégant intendant Kenna sursauta. Du vacarme dans le palais ! Il jaillit hors de ses appartements et se heurta au rustaud Mahou, commandant de la garde royale.

— Pourquoi cette agitation ?

— Sa Majesté arrive. Inspection générale, latrines et salles de bains comprises.

— C'est… c'est…

— C'est comme ça.

— Ici, aucun danger !

— Qu'est-ce que tu en sais ? Le roi a failli être victime d'un attentat sous sa propre tente. Là où il se trouve, je veille sur sa vie. On fouille tout, à commencer par ton logement.

Outré, Kenna balbutia :

— Je suis l'intendant, je…

— Je m'en moque. On fouille tout et tout le monde.

Mahou palpa lui-même Kenna, pendant que ses hommes se répandaient dans les nombreuses pièces du palais, de la salle d'audience à la chambre à coucher du couple royal. Encore sous l'effet d'une tragédie évitée de justesse, il se comporterait désormais comme le plus zélé des chiens de garde, perpétuellement en éveil.

*
* *

— Rien à signaler, déclara Mahou, crispé.

— N'as-tu pas froissé quelques susceptibilités ? m'inquiétai-je.

— Ta sécurité d'abord.

Dès son adolescence, mon ami avait manifesté une certaine tendance à l'entêtement, décourageant ses professeurs. Ce qu'il décidait, il l'accomplissait.

— As-tu croisé la reine ?

— Tu la trouveras au jardin, sous haute protection.

J'enviai l'artisan et le paysan libres de se déplacer à leur guise, sans souci du danger ou du protocole. Pensée inutile, que chassa le son d'une harpe déployant une mélodie envoûtante.

Jamais Satiâh n'avait mieux joué. Je m'approchai lentement et en silence, de peur de l'interrompre. Elle incarnait la musique, créant une harmonie dont se nourriraient les âmes vivantes.

Ses doigts couraient sur les cordes, et l'accord final fit vibrer la harpe d'or.

— Si tu m'embrassais ?

Mes lèvres se posèrent sur son cou.

— N'as-tu pas échappé au pire ?

— Mon barbier m'a sauvé. Mahou est vexé et redouble de mesures sécuritaires.

— Il n'a pas tort. Tes ennemis ne désarmeront pas.

— Le Premier ministre a-t-il coopéré ?

— Quand on sait l'aborder, c'est un homme charmant.

— Ouser, charmant... Tu es une vraie magicienne !

— C'est un authentique serviteur de l'État, et nos entretiens ont été constructifs. Même sur les sujets délicats, nous avons trouvé un terrain d'entente et des solutions provisoires, qui ne réclament plus que ton agrément. Beaucoup de dossiers t'attendent.

Un détail me frappa.

— Pardonne ma franchise... Ton ventre ne s'est-il pas arrondi ?

Souriante, Satiâh saisit mes mains.

— Je suis enceinte. Et tu seras père avant la fin de cette année.

Il me fallut un certain temps pour comprendre le sens de ces paroles. Voilà un événement auquel je n'étais pas davantage préparé qu'à la guerre !

— D'après les examens médicaux[1], ajouta Satiâh, nous aurons un fils.

— J'aurais aimé une fille, dotée de ton regard et de ta voix... Mais je me contenterai d'un garçon.

*
* *

Satiâh n'avait pas enjolivé la réalité. Agriculture, artisanat, transport, logement, santé... Des piles et des piles s'amoncelaient sur mon bureau. Complétant celui du Premier ministre, le travail de la reine était remarquable ;

---

1. Des tests urinaires.

et j'adoptai la quasi-totalité de ses préconisations, qui allaient toujours dans le sens de l'intérêt général.

Chargé de papyrus, Minmès apparut.

— Ne t'inquiète pas, uniquement de bonnes nouvelles ! Deux obélisques sortiront bientôt des carrières de granit d'Éléphantine, et de magnifiques turquoises en provenance des mines du Sinaï viennent d'entrer dans le Trésor. Et la Nubie aura bientôt un nouveau temple.

— La Nubie…

— Calme parfait. Là-bas aussi, ton renom s'est propagé ; pas une tribu n'osera bouger.

Minmès me faisait languir, et savait que je m'amusais de sa stratégie ; aussi évitai-je de lui poser la question qu'il espérait. Il céda le premier.

— À propos de ton temple de Karnak…

— Aurais-tu progressé ?

— Menkh l'Ancien et son second, Pouyemrê, ont mis à ma disposition les artisans du temple d'Amon. Ils ont travaillé sans compter leurs heures, et j'ai versé des primes à la hauteur de leurs mérites. J'ai la joie de t'annoncer que ton sanctuaire est presque achevé.

— 40 —

— Tu me plais.

— Tu te moques de moi ? s'étonna Bak.

— Tu me plais beaucoup.

Une belle brunette, les seins nus, portant un pagne court. Plantureuse, l'œil coquin, elle n'avait pas sa pareille pour traire les vaches. Le Syrien l'avait remarquée pendant qu'il nettoyait l'écurie, mais n'osait même pas lui adresser la parole. Si un ex-prisonnier de guerre importunait une Égyptienne, il subissait une lourde condamnation.

— Non, non, tu te trompes.

— Sur les hommes, rarement.

— Tu sais d'où je viens ?

— De Megiddo, une victoire éclatante de notre roi.

— Je suis un étranger, un…

— Plus pour longtemps ; le patron est très content de toi. Demain, tu seras un homme libre. Et moi, je suis libre de te faire l'amour.

Bak serra le manche de son balai.

— Tu es folle, tu…

Elle se colla à lui si brusquement qu'il fut coincé contre la paroi de l'étable, sans possibilité de fuir.

Pas de femme depuis si longtemps, cette douce chaleur, cette main qui suscitait son désir... Bak ne résista pas.

Les amants roulèrent dans la paille, et la joie de sa compagne enflamma le Syrien. Ponctués de ses rires, leurs ébats effacèrent les mois de captivité.

— Tu me plais encore plus, s'exclama-t-elle.

Bak se figea.

— Si le patron savait...

— Mais il saura, et dès ce soir ! Viens dormir chez moi. Ainsi, nous serons mariés.

— Mariés... Toi et moi ?

— C'est ça, toi et moi.

— Tu... tu ne vas pas trop vite ?

— La vie n'est-elle pas très courte ? Donnons-nous du plaisir, et faisons de chaque jour un jour heureux !

Embrumé, Bak se demanda s'il ne rêvait pas. En franchissant le seuil de la demeure de la brunette, il songea à son ancien maître, Lousi. Avait-il autant de chance que lui ?

*
* *

— Allez, ramasse !

Lousi ne rechigna pas. Il souleva le cadavre de son camarade d'infortune, qui s'était effondré en liant une énorme botte de papyrus. Un ultime effort, fatal.

— Jette-le à l'eau. Les poissons nous en débarrasseront.

Le chef des gardes était d'une humeur massacrante ; mieux valait exécuter ses ordres sans délai.

— Maintenant, retourne au travail.

Lousi s'activa, évitant une bastonnade… Chaleur, moustiques, injures, il supportait tout grâce à son obsession : tuer Thoutmosis. C'était lui, et lui seul, le responsable de ses souffrances.

À la nuit tombante, son dos était si douloureux qu'il se sentait incapable d'un geste supplémentaire. Par bonheur, le labeur s'interrompit, et le Syrien s'allongea sur le sol, sans s'attirer de réprimande.

L'odeur du poisson grillé lui redonna un peu d'énergie.

— Ça y est, on nous fiche la paix, se félicita le cuisinier ; les gardes vont se saouler, s'empiffrer et se distraire avec la putain syrienne qui passera de main en main. Le morveux à la grande perche y aura droit en dernier. Dire que cette ordure dénonce ses propres frères qui ne triment pas assez…

Lousi dévora. Chaque bouchée le revigorait, et son instinct lui dictait la conduite à suivre.

Le bon moment.

Le ciel obscur, des nuages, la nouvelle lune, les rires gras des gardes, les piaillements de la fille de joie. Et surgit le morpion privilégié, qui se contenterait des restes.

Il amarra son esquif et y déposa sa perche servant à sonder le marais. En se dirigeant vers la rive où se tenait la petite fête, il aperçut Lousi.

— Tu dors pas encore ?

— La fille… Ça me dirait.

— Je réfléchirai, si tu m'obéis et si tu manies la perche une bonne moitié du temps… voire tout le temps.

— Je pourrais déjà te rendre un sacré service.

— Tiens donc ! Lequel ?

— En échange de la fille.

— D'accord, je partage. Alors ?

— Ta corde d'amarrage : elle est pourrie.

— Ça m'étonnerait !

— Si tu ne la changes pas immédiatement, elle se rompra, et ton bateau ira à la dérive. Les gardes te briseront les os à coups de bâton, et tu perdras ta place.

— Voyons ça.

Inquiet, il se pencha pour examiner le cordage. De toutes ses forces, Lousi le fit basculer et, malgré ses soubresauts, lui maintint la tête sous l'eau jusqu'à ce qu'il devînt inerte. Il propulsa le cadavre le plus loin possible, détacha l'amarre, s'empara de la grande perche et s'enfonça dans la forêt de papyrus.

— 41 —

Le palais entier retenait son souffle. La reine venait
d'entrer dans le pavillon d'accouchement, un kiosque
fleuri et parfumé. Quatre sages-femmes expérimentées
l'aideraient à donner naissance, debout, environnée de
vapeurs apaisantes. Toutes les précautions médicales
et magiques avaient été prises, mais ce moment restait
empreint de danger et, malgré sa force de caractère,
Satiâh avait une constitution plutôt fragile. Aucun
homme n'était admis dans le pavillon, et j'arpentais,
anxieux, le jardin dont la sérénité me calmait à peine.

La dame Nébétou vint à ma rencontre.

— J'ai choisi les meilleures accoucheuses, précisa-
t-elle, et plus de cent amulettes protègent ton épouse.

— La mort n'est-elle pas une voleuse qui agit si
vite que l'on distingue à peine son ombre ?

— Elle ne franchira pas les remparts que nous avons
érigés. Et dès sa naissance, ton enfant portera au cou
le faucon doré que tu as toi-même porté. Le dieu Bès,
au rire vivifiant, et la déesse Thouéris, l'hippopotame
au ventre fécond, écarteront les mauvais génies.

Nébétou tentait en vain de me réconforter, tant l'attente me semblait interminable. Éprouvant des difficultés à me concentrer, j'avais écourté mon audience avec le Premier ministre.

Nébétou partit s'informer, et son absence fut brève. Voilà longtemps que je ne l'avais pas vue courir, un large sourire aux lèvres.

— Un garçon… Tu as un garçon !

— Satiâh ?

— Épuisée, mais heureuse et bien portante.

*
* *

Cette fois, le héraut Antef n'annonçait pas un départ en guerre, mais la naissance d'Amenemhat[1], le fils du couple royal. Peut-être, s'il en avait les capacités, succéderait-il à son père.

Portant le titre honorifique de Nourrice, Ipou, la mère de la reine, veillait sur la petite merveille que nourrissaient au sein d'authentiques nourrices, ravies d'allaiter un bébé à l'appétit réjouissant.

Choyée, elle aussi, Satiâh se remettait assez vite ; la viande rouge, des lentilles, un peu de vin, lui redonnaient son tonus habituel. Pourtant, son visage n'exprimait qu'une joie contenue.

— Pourquoi es-tu si soucieuse ? lui demandai-je.

— Le médecin-chef ne m'a pas caché la vérité : je ne survivrai pas à une autre grossesse.

Je lui pris tendrement la main.

---

1. « Amon est en avant ».

— Puisque les dieux le veulent ainsi, acceptons leur décision et goûtons pleinement le bonheur qui nous est accordé.

— Tu… tu n'es pas déçu ?

— Nous avons un fils à éduquer et un pays à gouverner. Que désirer de plus ?

Le soulagement de Satiâh fut perceptible.

— La circulation des bateaux de transport entre Thèbes et le Sud n'est toujours pas satisfaisante. Grâce aux améliorations que tu as proposées, le Premier ministre passe de meilleures nuits, mais il se heurte à la corporation des bateliers et attend avec impatience ton complet rétablissement. À son avis, tu seras une parfaite négociatrice.

Son franc sourire me rassura. Bientôt, la reine d'Égypte serait de nouveau à l'œuvre.

*
* *

Les nombreux chantiers progressaient. Dans plusieurs provinces, on restaurait des temples anciens, et l'on érigeait une nouvelle série d'édifices, allant des simples chapelles aux vastes sanctuaires. Il revenait à Minmès de coordonner les travaux des maîtres d'œuvre locaux, en leur fournissant les effectifs nécessaires.

Chaque jour, des problèmes à résoudre ; quand les autorités provinciales n'y parvenaient pas, elles faisaient appel à Minmès, qui ne manquait pas d'intervenir au plus vite. Tout dilettantisme aboutirait à une dégradation. Et le roi, conformément à son devoir de bâtisseur, plaçait au premier plan la construction et l'entretien des demeures destinées aux divinités.

N'oubliant pas son rôle d'échanson, Minmès reçut le Vieux, qui lui présenta sa dernière cuvée. En tant qu'informateur occasionnel et bénévole, il ne transmettait que d'excellentes nouvelles : le peuple aimait son roi et sa reine, et la naissance d'un enfant avait été saluée avec enthousiasme.

Pourtant, le Vieux était grognon.

— Un vin décevant ? s'inquiéta Minmès.

— Au contraire : fruité et charpenté. Une vraie médecine.

— Alors qu'est-ce qui te contrarie ?

— Les prix. Ça ne peut plus durer ! Si le Premier ministre est un incapable, que le pharaon le remplace !

— Si tu précisais ?

— Cinq litres de vin honnête en échange de huit paires de sandales ordinaires, admettons ; mais les jarres d'huile, les petits paniers, les gâteaux et les lits sont beaucoup trop chers ! Les gens veulent bien trimer, mais pas se faire voler ! Et c'est à l'État de garantir le pouvoir d'achat, non ?

— Oui, oui, c'est certain...

— Bouge-toi et remue ton Premier ministre. Sinon, c'est le peuple qui s'agitera.

— 42 —

Le chef des gardes qui surveillaient les prisonniers travaillant dans le marais piqua une colère, jalonnée d'insultes distribuées à ses subordonnés, la tête basse.

— On a quand même le cadavre d'un noyé, le préposé à la grande perche, rappela un barbu.

— Il t'a raconté ce qui s'est passé ?

— Ben non, vu qu'il était crevé.

— Et celui qui s'est enfui, on l'a retrouvé ?

— Ben non. Mais il est forcément crevé, lui aussi. Personne ne peut traverser ce marais et en ressortir vivant.

Le chef réfléchit. Demain, il aurait des comptes à rendre au scribe contrôleur. Ce casse-pieds examinait la liste des condamnés, notait le nom des décédés et veillait au transfert de ceux qui avaient purgé leur peine.

— Si on parle d'un évadé, on en pâtira tous. Ce Lousi, il est mort. Un crocodile l'a dévoré, on n'a pas récupéré son corps.

Les gardes hochèrent la tête. Le chef n'était pas chef pour rien.

*
* *

Sur l'injonction du roi, le Premier ministre avait adopté une série de mesures freinant la hausse des prix de certaines denrées, et rétablissant un meilleur contrôle de l'État, de manière à éviter les manigances des avides. Pas question de traîner ; sous l'égide d'un souverain attentif et d'une reine revenue aux affaires, Ouser avait réuni les responsables nationaux et locaux de l'économie afin d'obtenir rapidement des résultats concrets. De l'alimentaire au mobilier en passant par les amulettes, les prix seraient passés au crible, de même que les secteurs de production.

Le discours du monarque avait été limpide : la victoire de Megiddo et la politique extérieure ne devaient pas entraîner de négligences, au détriment du bien-être de la population.

*
* *

Des crises comme celle-là s'étaient déjà produites et se produiraient encore ; il nous fallait réguler l'économie, monde mouvant, sous peine de favoriser les forts et de pénaliser les faibles. En cas de dérive, la société entière se déchirerait. Et la loi de Maât me dictait mon devoir : protéger le faible du fort.

La santé du Premier ministre se dégradait. Ouser vieillissait, sa charge devenait trop lourde. Mais je me refusais à le remplacer. Compétent, honnête et dévoué... Des qualités rares. Grâce à Satiâh et à Minmès, toujours en alerte, nous réussirions, le plus longtemps possible, à pallier les déficiences de ce vieux serviteur de l'État.

Après avoir célébré le rituel du matin, j'envoyai un ritualiste chercher la reine, surprise de cette démarche.

— Tu ne t'entretiens pas avec le Premier ministre ?

— Nous nous verrons cet après-midi.

— Quel événement grave justifie cette entorse aux habitudes ?

— Le moment est venu de parcourir ensemble mon temple de Karnak, « Celui dont les monuments rayonnent ».

En calcaire et en grès, l'édifice s'inspirait de la source spirituelle de l'Égypte, le sanctuaire de la cité du soleil[1], dédié à la lumière divine[2].

Satiâh découvrit la salle du Cœur aux piliers carrés[3] ; la chapelle des Ancêtres où étaient représentés les pharaons qui m'avaient précédé ; le domaine du dieu Sokaris, maître des espaces souterrains, dont la barque traversait l'épreuve de la mort ; les salles solaires où la lumière renaissait, victorieuse du néant.

Dans l'ultime chapelle se révélait le secret d'Amon, le Caché : sa capacité de renouveler la création à chaque instant. C'était de ce mystère que naissait l'institution

_____

1. Héliopolis.

2. Râ.

3. La *heret-ib*, aux trente-deux piliers carrés entourant deux rangées de dix colonnes.

pharaonique, c'était à ce mystère que le roi s'associait pour manier le gouvernail.

Recueillie et éblouie, Satiâh contempla la première représentation jamais sculptée de l'offrande de Maât, l'acte majeur du rituel quotidien. Maât, symbolisée par une femme assise, tenant le hiéroglyphe de la vie[1], la tête ornée d'une grande plume, la rectrice, qui permettait aux oiseaux de s'orienter.

Le temple entier était consacré aux diverses phases de la fête de régénération de la puissance royale[2] ; il agirait de lui-même, à toute heure du jour et de la nuit. De cette énergie, sans cesse renouvelée, dépendait l'existence des Deux Terres.

Satiâh n'était pas au bout de ses surprises. Je l'emmenai dans une chapelle où les sculpteurs de la Demeure de l'or avaient installé une statue la représentant debout.

— Amon ne règne pas sans son épouse Amonet, et moi, je ne règne pas sans toi. Ta magie est la sève secrète du couple royal, et tu veilleras sur l'efficience de ce sanctuaire[3].

Satiâh ferma les yeux et médita longuement. Cette œuvre incarnait sa fonction, l'au-delà d'elle-même qui préservait l'harmonie ici-bas. Cette femme, je l'aimais ; cette reine, je la vénérais. Et j'avais conscience de lui avoir proposé une tâche inhumaine, sans lui avoir dissimulé son ampleur.

---

1. L'*ânkh*.
2. La fête-*sed*.
3. « Aimée de Neit », créant la vie par le Verbe, la reine est également représentée dans une salle de Sokaris, faisant l'offrande des tissus, œuvre de cette déesse.

Elle me fixa, son regard me transperça l'âme. Elle ne voyait plus l'homme, mais le roi, unissant en lui les deux frères inconciliables, Horus et Seth, la vie et la mort.

À cet instant, Pharaon fut accompli.

— 43 —

Satiâh ne voulait pas quitter le temple, s'attardant dans chaque salle et chaque chapelle. Elle s'imprégnait des scènes d'offrande aux couleurs chaudes, vivait les étapes rituelles, communiait avec les divinités.

Elle remarqua un espace vide.

— Quatre salles composeront mon Jardin botanique, révélai-je ; sur ses murs figureront plantes et animaux, symbolisant la création qui rend sans cesse hommage à Amon. Toutes les formes, même extraordinaires, seront représentées. Pour mener à bien ce projet, un voyage s'impose.

— Comptes-tu retourner en Palestine ?

— J'y dessinerai les espèces manquant à mon encyclopédie. Et ma présence éteindra les velléités de révolte. Cette fois, je ne courrai aucun danger.

*
* *

Au prix d'un travail acharné et de nombreuses répétitions que dirigeait sa mère, la chanteuse Mérytrê ne cessait de s'améliorer. Les modulations de sa voix, de plus en plus maîtrisée, enchantaient les auditoires, au temple comme lors des fêtes ou pendant les banquets privés.

La beauté et le talent de Mérytrê attiraient de nombreux soupirants, qu'elle décourageait parfois sèchement. N'attachant d'importance qu'à son art, elle était jugée méprisante et odieuse.

Seules deux personnes connaissaient son secret : sa mère et son amie Satiâh, la reine d'Égypte. Mérytrê aimait le roi, aucun autre homme ne réussirait à la conquérir. Jusqu'à sa mort, elle lui serait fidèle.

Elle ne considérait pas son sort comme cruel, et n'éprouvait ni déception ni jalousie. Le destin ne lui avait-il pas accordé nombre de faveurs ?

Apercevoir Thoutmosis suffisait à son bonheur. C'était pour lui qu'elle chantait.

Satiâh ne la repoussait pas, au contraire, et leur amitié perdurait ; les deux femmes se rencontraient fréquemment, et Satiâh avait confié à Mérytrê une classe de l'école de musique, l'un des fleurons de la Maison de la reine.

La chanteuse admirait la Grande Épouse royale, comme l'ensemble de la cour, qu'elle avait séduit. Nul n'aurait été plus digne de cette fonction qu'elle occupait sans ostentation, mais avec une rigueur impressionnante.

Mérytrê était autorisée à pouponner le fils du couple royal ; et le bébé souriait en entendant la berceuse qu'elle lui chantait, avec une infinie douceur.

Émue, Satiâh avait retenu ses larmes.

*
* *

L'apparition de Tjanouni n'était pas synonyme de bonne nouvelle. Froideur et sérieux le caractérisaient, et sa gestion de nos informateurs, en poste à l'étranger, méritait des éloges qu'il ne recherchait pas. D'ordinaire, il m'adressait un rapport se terminant par : « Situation sous contrôle. »

— Une nouvelle révolte ?

— Terme excessif, Majesté. Quelques troubles au bord du lac de Tibériade. Une opération de police devrait suffire.

— Si je conduis mon armée, la sérénité sera-t-elle rétablie ?

— Assurément, mais un tel déploiement de forces ne me paraît pas nécessaire.

— Munis-toi de papyrus d'excellente qualité. J'aurai beaucoup à dessiner.

*
* *

Et ça recommençait ! D'après l'attitude anormale de Vent du Nord, le Vieux sentit qu'il y avait de l'expédition dans l'air.

— On repart ?

L'oreille droite se dressa.

— Bizarre… Aucune rumeur ne circule concernant des émeutes en Syro-Palestine, les prix excessifs ont baissé, la santé du rejeton royal est parfaite ; bref tout va pour le mieux, et on repart quand même !

L'âne confirma.

Intrigué, le Vieux, devenu l'un des piliers du palais, tenta d'obtenir des précisions auprès des scribes chargés de la mobilisation. Le roi commanderait bien son armée, mais aucun conflit d'envergure en perspective. Une volonté de maintenir l'ordre et de prouver à d'éventuels séditieux que Thoutmosis surveillait de près son protectorat.

Sous l'autorité d'Antef, le Vieux assurerait l'intendance. Et Vent du Nord, nommé supérieur des ânes, aurait l'insigne honneur de transporter le matériel d'écriture du pharaon.

*

* *

C'est en contemplant ma demeure d'éternité de la rive ouest de Thèbes, en compagnie de Satiâh, que j'eus une révélation, accordée par les divinités qui exprimaient les mutations de la lumière.

La chambre de résurrection, où serait installé mon sarcophage, « le maître de vie », serait celle du grand voyage vers les étoiles, résidence des « Justes de voix ». Encore fallait-il qu'elle fût équipée des formules indispensables à la réussite de cette dangereuse traversée.

Connaître la puissance mystérieuse capable de vaincre la mort ; connaître les paroles de création ; connaître les portes et les chemins ; connaître l'éternel parcours du grand dieu : voilà ce que j'avais appris en consultant, pendant d'exaltantes années de recherche, les écrits des Anciens. Je devais, à présent, couvrir les murs de ma tombe des chapitres du livre que j'avais conçu.

— Douze heures, douze étapes de voyage de la barque solaire à travers la nuit, pour aller de l'Occident à l'Orient et renaître à l'aube, dis-je à Satiâh ; n'est-ce pas la durée d'un règne, de mon règne ? Ces heures, je les tracerai de ma main et j'en révélerai le contenu, selon l'enseignement que j'ai reçu.

Les artisans m'apportèrent palette, encres et pinceaux et, sous les yeux de la reine, je commençai à dessiner les figures et les hiéroglyphes composant la première heure de la nuit.

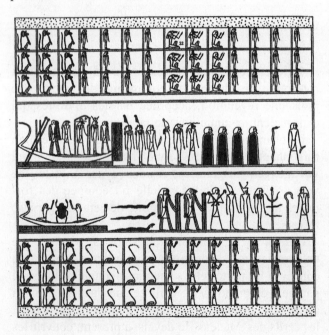

Des babouins, incarnant l'esprit de la terre, et des divinités acclamaient les deux barques du soleil, à l'orée du grand périple. Dans la première, l'astre avait l'aspect d'un vieillard à tête de bélier, et se nommait « Chair », corps mortel exposé à de multiples risques ; dans la seconde, un scarabée affirmait sa capacité de transmutation. Parmi les déesses, la maîtresse de la vie, victorieuse des ennemis et protectrice ; parmi les dieux, « Celui au bras lumineux ».

— Ouvrez-moi vos portes et conduisez-moi, leur demandai-je.

— 44 —

Dix fois, Lousi avait failli mourir, échappant de peu aux crocodiles et aux serpents. Son habileté à manier la grande perche, une arme efficace, et sa volonté farouche de survivre lui avaient permis de s'extraire de l'enfer végétal et d'atteindre l'une des extrémités du marais.

Sur un îlot, une cabane de pêcheur. Un homme âgé en sortit et assista à l'accostage.

Toucher la terre ferme fut un plaisir inouï.

— Tu viens d'où, mon gars ?

— Je me suis perdu dans cette forêt de papyrus.

— Ça ne me dit pas d'où tu viens.

— D'un village, à quelques heures d'ici.

— J'en connais pas. Tu serais pas plutôt un Syrien évadé du campement des prisonniers de guerre ?

Rageur, Lousi se jeta sur le vieillard et l'étrangla. Il n'avait pas échappé au bagne pour être dénoncé par ce pouilleux.

— Qu'est-ce qu'il se passe ? interrogea la voix chevrotante de son épouse.

Son regard croisa celui de Lousi, qui lui rompit le cou.

Dépourvu d'émotion, le Syrien jeta les cadavres dans les eaux glauques, puis explora la cabane. Une jarre de bière, des galettes d'orge, du poisson séché, des melons. Il but et mangea avec voracité, puis se vêtit d'une tunique grossière.

Surtout, ne pas traîner dans les parages. Lousi brisa la perche et coula la barque, évitant de laisser une trace de son passage. D'autres pêcheurs devaient fréquenter le coin.

Prisonnier en fuite et assassin... Si la police l'interpellait, ce serait l'exécution. Sa seule chance : gagner le nord au plus vite et se réfugier en Palestine, au sein d'une tribu hostile au pharaon.

Franchir la frontière sans être intercepté par une patrouille ne serait pas aisé. Et puis Lousi n'avait pas envie de se terrer jusqu'à la fin de ses jours. Son but ne variait pas : tuer Thoutmosis.

Une déduction modifia son plan : redoutant de lourdes sanctions, les gardes n'évoqueraient pas son évasion et mentiraient en prétendant qu'il s'était noyé. Le scribe contrôleur notifierait le décès, ne se préoccupant guère du sort d'un Syrien malchanceux.

Officiellement, Lousi était mort, et les autorités ne le rechercheraient pas. Il circulerait donc librement en Égypte. Se persuadant d'avoir vu juste, le fils du prince de Megiddo se dirigea vers le sud.

*
* *

Une promenade de santé. Ne rencontrant aucune résistance, l'armée égyptienne avait été acclamée, avec plus ou moins de sincérité, tout au long de son parcours vers le lac de Tibériade. La cité suspecte[1] avait aussitôt ouvert ses portes, et son maire s'était prosterné devant le pharaon, implorant sa clémence. Les fauteurs de troubles avaient été arrêtés et seraient présentés au tribunal compétent.

Thoutmosis ne sanctionna ni l'édile ni les habitants de la bourgade, qui chantèrent les louanges de ce protecteur bienveillant.

Le Vieux apprécia l'intelligence de son roi, un vainqueur n'utilisant la violence qu'en dernier recours. Même si la dévotion des populations conquises n'était qu'une apparence, elle valait mieux qu'un monceau de cadavres.

Grâce à la promotion de Vent du Nord, le Vieux bénéficiait désormais de l'ordinaire des officiers, nettement plus goûteux que celui du fantassin de base. Et cette vadrouille en Palestine était l'occasion de déguster des grillades en expérimentant des sauces inédites.

Et l'incident bête.

Vent du Nord avait quitté l'écurie, et le Vieux dut lui courir après jusqu'au bord du lac.

— Mais qu'est-ce que tu as dans le ciboulot ?

— Il m'apporte le matériel de dessin, répondis-je, contemplant le paysage. J'avais justement l'intention de l'utiliser.

Pétrifié, le Vieux ne s'attendait pas à rencontrer ainsi son souverain.

---

1. Kinéret, probablement l'actuelle Tel Kinrot.

— Cet animal est incontrôlable !

— Il me semble plutôt intuitif. Serais-tu son maître ?

— Parfois, j'en doute !

— C'est toi qu'on appelle le Vieux ?

— C'est comme ça depuis ma naissance, Majesté, et je m'y suis habitué. Au moins, je n'ai pas vu l'âge arriver !

— Le vin que tu fournis à ma cour est remarquable.

— Je suis né dans une vigne, et son sang irrigue mes veines. Croyez-moi, produire des grands crus, c'est un sacré turbin !

Le Vieux s'étonna de pouvoir dialoguer avec le pharaon. Certes, il éprouvait crainte et respect, mais Thoutmosis avait une attitude si simple qu'il libérait la parole.

— Vous… voulez que je décharge le matériel ?

— Volontiers.

Le Vieux s'exécuta à la hâte. Le roi s'assit sur un siège pliant, Vent du Nord repéra de délicieux chardons.

N'osant pas s'éloigner pour être prêt à servir le souverain en cas de besoin, le Vieux se tint à bonne distance et l'observa en train de dessiner des plantes d'une main très sûre.

— 45 —

Pendant cette étrange campagne privée de combat, les soldats eurent tendance à prendre du poids, et les généraux, Djéhouty en tête, les contraignirent à faire de l'exercice, sous le regard attentif de la population locale.

Le roi, lui, dessinait végétaux et animaux, protégé par une escorte. Vent du Nord assumait son rôle de porteur, et le Vieux se chargeait des repas du monarque, déclenchant la jalousie du héraut Antef, qui jugea nécessaire d'intervenir.

— Dis donc, le Vieux, tu ne prendrais pas un peu tes aises ?

— Des aises de quoi ?

— Le patron de l'intendance, c'est moi.

— Et alors ?

— Alors je devrais goûter moi-même les plats destinés à Sa Majesté et les lui servir.

— Te gêne pas, patron !

— Il paraît… qu'il t'a confié cette tâche.

— Il paraît aussi que Vent du Nord lui apporte son matériel d'écriture, que mes vins plaisent à notre souverain et qu'un pisse-froid dans ton genre n'a pas à discuter les ordres émanant du trône.

Vexé, l'élégant héraut adopta une allure outragée et vaqua à ses occupations.

*
* *

Le chemin du retour fut parcouru avec décontraction, même si Mahou, commandant de la garde royale, maintint un haut niveau de sécurité, redoutant un raid de fanatiques qui n'hésiteraient pas à mourir pour supprimer leur ennemi juré.

Mais aucun incident ne se produisit et, comme lors de ses précédents retours, le pharaon reçut un accueil triomphal à Memphis, puis à Thèbes. À la différence de Thoutmosis, les stratèges estimaient le Mitanni dompté et la Syro-Palestine définitivement pacifiée.

Ipou, nourrice en chef et mère de la reine, fut ravie de présenter au roi un fils en pleine santé qui ne pleurait que pour demander le sein, et appréciait les purées de fruits et de légumes. Au cou, il portait une amulette protectrice, un petit faucon évoquant Horus, protecteur de la royauté.

Satiâh fut la première à découvrir l'encyclopédie animale et végétale qu'avait dessinée Thoutmosis, qui demanderait aux meilleurs sculpteurs de la graver sur les murs de son Jardin botanique, au cœur de son temple de Karnak.

Le trait était précis, les représentations d'une véracité étonnante. Asphodèle, iris, centaurée, euphorbe, mélisse, renoncule, myrte, sauge, chrysanthème, laurier, lotus, mandragore… Le catalogue ne comprenait pas moins de 382 plantes. Parmi les animaux, outre les quadrupèdes comme les bovins et les gazelles, beaucoup d'oiseaux : huppe, oie, colombe, faucon, passereau, grue, caille, tourterelle, pigeon, sterne, perdrix, vanneau, pintade, aigrette, ibis, hirondelle, canard…

Satiâh s'étonna de certaines anomalies, voire de monstruosités, affectant quelques sujets, animaux et végétaux, la plupart étrangers au territoire égyptien, celui de Maât et de l'harmonie. Le roi avait introduit ces formes marginales et inquiétantes afin que leur dangerosité soit contenue par la magie du temple et ne se répande pas au-dehors. Le Mal devait être connu, combattu et maîtrisé. En étant intégrés à un univers d'ordre et de beauté, les déviants ne nuiraient pas. Toute la nature, sous tous ses aspects, serait sacralisée et offerte à Amon, son Créateur. Dans le secret du Jardin botanique, en pierre inaltérable, il la régénérerait en permanence.

La contemplation des dessins aurait duré longtemps si Minmès, au bord de l'enthousiasme, n'était pas intervenu.

— Les deux grandes barges en provenance d'Éléphantine sont arrivées, annonça-t-il ; et les obélisques sont intacts !

Une nouvelle occasion de faire la fête et de décréter un jour de congé général. La population se massa au débarcadère, afin d'admirer les aiguilles de pierre géantes, dont chacun connaissait les vertus. Rayons de lumière pétrifiés, elles perçaient le ciel, dispersaient les orages et protégeaient Karnak de toute atteinte. Puisqu'il était sauvegardé, le peuple le serait aussi.

Les deux premiers Thoutmosis avaient érigé leurs obélisques afin d'écarter les périls, le troisième représentant de la lignée agissait de même.

Ô combien délicats, le débarquement et le transport des monolithes jusqu'au temple furent exempts de fausses manœuvres. Érigés devant le quatrième pylône, ils reçurent une offrande de pain et de bière, qui serait renouvelée chaque jour, de manière à leur fournir l'énergie nécessaire.

Le roi continuait à imprimer sa marque au gigantesque Karnak, en agrandissant ses monuments et en développant sa puissance. Le Premier Serviteur d'Amon, Menkh l'Ancien, lui en sut gré. Âgé et souffrant, il se réjouit de l'œuvre d'un monarque maintenant la tradition.

— Un autre rite requiert ta présence, murmura Satiâh à l'oreille du roi.

Intrigué, il suivit son épouse.

Dans l'une des salles du Jardin botanique, où les sculpteurs avaient commencé à représenter des plantes, se trouvait la harpe plaquée or et ornée de turquoises et de lapis-lazuli.

Les doigts de la reine coururent sur les cordes, créant une mélodie dont la magie animerait les sculptures et les rendrait vivantes à jamais.

— 46 —

Bak vivait un rêve éveillé. Lui, qui croyait connaître l'enfer en Égypte, y avait trouvé le bonheur. Une épouse, une maison, un travail… Pour fêter sa libération et la fin de sa peine, le propriétaire de la ferme avait organisé un banquet dûment arrosé. Le scribe contrôleur ayant rayé son nom de la liste des prisonniers de guerre, Bak serait désormais un Égyptien comme les autres. Et son existence antérieure s'effaçait.

De son passé, rien ne subsisterait ; Bak préférait l'oublier, à l'exception de Lousi, envers lequel il éprouvait de l'affection.

S'informer de son sort ne serait pas facile, Bak devait se montrer prudent. Trop s'intéresser à un condamné risquait de lui attirer des ennuis ; il faudrait procéder par petites touches, en fonction des circonstances.

À l'issue des réjouissances, son patron l'invita à une promenade digestive. Ensemble, ils parcoururent le domaine.

— J'aime cette terre, riche et généreuse, lui confiat-il ; c'est elle qui nous fait vivre, traitons-la avec

218

respect. Maintenant, tu sais manier l'araire et creuser des sillons sans infliger de blessure. Je t'apprendrai d'autres secrets, afin que les champs continuent à nous offrir des épis d'or.

Le bougon n'avait jamais tant parlé. Il s'immobilisa, admira sa propriété et reprit son souffle.

— En raison de mes résultats, le temple de Karnak m'attribue une nouvelle parcelle et une vingtaine de vaches. Une fortune. Et je vais peut-être refuser.

— Pourquoi ? s'étonna Bak.

— L'âge et la fatigue. Et je n'ai pas de successeurs. Mes fils sont cordonniers à Thèbes et jouissent des plaisirs de la capitale. Toi, en revanche… Accepterais-tu de gérer cette parcelle ? Ce sera un labeur harassant. Même les jours de fête, il faut traire les vaches et les soigner. Au début, tu n'auras que deux employés, et je surveillerai ton rendement de près. Si tu échoues, dehors !

Le bougon ne plaisantait pas. Conscient de la difficulté du pari, Bak accepta.

*
* *

Lousi avait échappé au pire, mais le chemin menant au pharaon serait long et parsemé d'obstacles, probablement infranchissables. La haine ne renversait-elle pas des montagnes ? C'est elle qui lui avait permis d'échapper au bagne ; jour après jour, elle grandissait, confortant sa détermination.

Première difficulté : s'intégrer au monde égyptien, dénicher un emploi et se fondre dans la population.

Vu sa robustesse, Lousi ne rechignerait pas devant les tâches les plus pénibles. Encore fallait-il convaincre un employeur.

La gorge serrée, il approchait d'un village niché au sein d'une palmeraie. Comment y serait-il accueilli ? Si on se méfiait de lui au point d'appeler la police, il s'enfuirait. Mais pour aller où ?

La chance le servit.

Sur le sentier menant au bourg, un vieillard peinait sous le poids d'un gros sac de blé.

— Tu veux un coup de main ?

— C'est pas de refus, mon gars ; mon dos est usé.

— Tu n'as pas d'âne ?

— Il est malade. Alors, je le remplace.

— Il y a d'autres sacs ?

— Une dizaine. Un scribe les comptera demain matin, ils seront expédiés aux greniers de la province, au titre de réserves. En cas de mauvaise crue, personne ne mourra de faim.

— Moi, j'ai l'estomac vide ! En échange d'un repas, je porte tes sacs.

— Tope là !

Le vieillard habitait une petite maison, proche de l'entrée du village.

— Ma femme est décédée l'année dernière, et nos enfants se sont établis ailleurs. Ici, il n'y a que quelques familles de paysans. Tu as soif ?

Avant d'accomplir son pensum, Lousi vida une jarre d'eau.

— Grignote déjà une galette, proposa son hôte ; pendant tes allées et venues, je prépare le déjeuner.

Lousi ne traîna pas en route. Il apprécia le poisson fumé et la bouillie de fèves.

— T'as pas l'accent du coin, mon gars.

— Je viens de l'oasis de l'Ouest, il m'est arrivé une sale aventure, confessa Lousi, vêtu d'une tunique dont la manche couvrait la marque d'indignité imprimée sur son épaule.

— Raconte !

— Je livrais du sel, avec mes ânes. Une nuit, j'ai fait halte près d'un point d'eau. Quand je me suis réveillé, plus d'ânes, plus de sel, plus de vivres.

— Les coureurs des sables ! Une vraie pourriture. T'as de la veine qu'ils t'aient pas égorgé. La police du désert les pourchasse, mais ces bandits sévissent encore. Note bien, depuis qu'on a un nouveau pharaon, ils en prennent plein la tronche ! Il a donné l'ordre de sécuriser les pistes caravanières, et ça fonctionne. Ce n'est pas le vainqueur de Megiddo pour rien. Les Palestiniens et les Syriens meurent de trouille et se tiennent tranquilles.

Lousi contint sa fureur.

— Tu vas où, mon gars ?

— À la ville, chercher du travail et déclarer le vol que j'ai subi.

— Si ça te plaît, tu pourrais continuer à m'aider. Logé, nourri, vêtu, en attendant mieux.

Lousi feignit d'hésiter.

— Ça me permettra de récupérer. Crois-tu qu'on m'indemnisera ?

— Après enquête, sûrement. Faudra être patient.

— Merci de ton accueil.

— Bah ! Faut aider les jeunes.

Le Syrien passa une excellente nuit, rêvant qu'il étranglait ce vieillard et lui dérobait ses biens.

— 47 —

Les reflets fascinèrent le petit Amenemhat, qui battit des pieds et des mains, s'amusant des jeux du soleil à travers la fenêtre de verre que les artisans venaient de poser. Un atelier maîtrisait la fabrication de ce produit nouveau, dont le palais et les grandes villas seraient équipés.

Et le premier surpris fut le Vieux. Boire du vin dans une coupe en verre lui procura une émotion inédite. Certes, l'albâtre et d'autres minéraux resteraient en usage, mais contempler longuement la couleur d'un grand cru, avant de l'absorber, ajoutait au plaisir.

La guerre terminée, le roi au summum de sa puissance et de sa popularité, le calendrier des fêtes se déroulait à la satisfaction de la population. On travaillait dur, mais les jours de congé étaient nombreux, et la plus appréciée des réjouissances approchait : la fête d'Opet, célébrant la fécondité spirituelle et matérielle de l'Égypte.

Partant de Memphis, au nord, pour se rendre à Thèbes, au sud, le couple royal observerait plusieurs étapes afin d'associer les divinités à la pérennité de la monarchie. Dans les villes, les bourgs et les campagnes, on profiterait de onze journées de liesse et de détente.

Du côté du grand intendant Kenna et du Vieux, en revanche, surmenage et angoisse. Thèbes, la capitale, devait se montrer à la hauteur de son rang.

Kenna examina sa liste.

— Bœufs gras, jarres de vin, cruches de bière, volailles, corbeilles de fruits, légumes variés, coupes de miel… Qu'est-ce qui manque ?

— Les pains et les pâtisseries, dit le Vieux ; le confiseur et le boulanger-chef de Karnak sont des professionnels sérieux, ne te tourmente pas.

— Facile à dire ! S'il y a un pépin, ça retombera sur qui ?

— Sur toi, et tu l'auras mérité. Au lieu de t'énerver bêtement, continue à vérifier.

*
* *

Mon fils grandissait à vue d'œil. Un bel enfant, éveillé, rieur, choyé par ma belle-mère, soucieuse et attentive. Je n'avais qu'une hâte : échanger des paroles avec lui. D'une douceur infinie, Satiâh le consolait en cas de gros chagrin, et le sourire revenait vite.

Et puis un nouveau membre de la famille enchantait l'enfant : Geb, un chiot noir haut sur pattes, aux yeux vifs, qui explora toutes les salles du palais et prit possession de son domaine.

Le bonheur, tout simplement. Une réalité fragile, si fragile que je n'oubliais pas les forces de destruction. Aussi convoquai-je Tjanouni.

— Tes derniers rapports sont d'une remarquable
brièveté : « Situation sous contrôle. »

— C'est la vérité, Majesté.

— Le Mitanni demeurerait-il inerte ?

— Votre victoire de Megiddo a été un choc inattendu, et vos campagnes suivantes ont prouvé que vous
ne relâcherez pas la pression sur votre protectorat.
Nos espions ne signalent aucune tentative de reformer
une coalition. Vous avez frappé fort et juste.

Que de paroles réconfortantes ! Pourtant, je demeu-
rai sceptique. Les Mitanniens ne pratiquaient-ils pas
l'art de la dissimulation et du mensonge au plus haut
degré ?

Tjanouni ressentit mon doute.

— L'ennemi ne prévoyait ni la rapidité de votre
intervention, ni l'ampleur et l'efficacité de votre armée.
Megiddo reste une plaie ouverte.

— Elle se refermera.

— Quelles sont vos instructions ?

— Que le général Djéhouty fasse une tournée d'inspection, avec un contingent capable d'écraser un début
de révolte.

*

* *

À Memphis, malgré le début de la fête d'Opet, je
maintins la caserne principale en état d'alerte. Informé
de nos coutumes, l'ennemi ne profiterait-il pas de cette
période festive pour fomenter des troubles en Syro-
Palestine ?

Mon ami Mahou partageait mes craintes. D'après lui, le Mitanni cesserait de nuire lorsqu'il serait rayé de la carte. Mais j'étais comptable de la vie de mes soldats ; et tant qu'il serait possible d'éviter un affrontement sanglant, je m'en tiendrais à cette ligne de conduite.

Avant les dîners officiels, un bref moment d'intimité avec Satiâh et notre fils, dans le jardin du palais. Pendant cette trêve, nous ne parlions que de lui, de sa croissance et de son éducation. Satiâh jouait de la harpe, j'oubliais les soucis du lendemain.

La reine s'entendait à merveille avec ma confidente, la dame Nébétou, qui veillait avec une franche sévérité sur le personnel. Obsédée par la propreté, elle ne tolérait pas le moindre grain de poussière et choisissait les parfums qui régnaient en permanence, de notre chambre à la salle d'audience. Nébétou écoutait les ragots, recueillait plaintes et rumeurs et résolvait quantité de petits conflits risquant d'empoisonner l'atmosphère.

Alors que Satiâh essayait une robe, en vue du banquet d'État devant réunir plusieurs gouverneurs de province, Nébétou m'interpella.

— Je me réjouis de ton bonheur ; les dieux t'ont accordé l'épouse idéale. Pourtant, tu es soucieux.

— Megiddo n'était qu'une victoire, pas *la* victoire, comme le pays entier le suppose.

— Puisque tu es vigilant, qu'aurions-nous à redouter ? En revanche, un danger imminent nous menace. Et j'ignore si tu en as pris conscience.

— Éclaire-moi.

— Ton Premier ministre est malade, gravement malade. Devant toi, il n'en montre rien. Mais ses jours sont comptés.

— Et les courtisans avancent déjà le nom de son successeur...

— Bien entendu, avec un favori : Minmès, ton ami d'enfance. Il n'a jamais reçu autant de compliments, et chacun lui trouve une myriade de qualités. Les filles de bonne famille n'ont qu'un rêve : l'épouser.

— Ouser accomplit encore un travail remarquable.

— C'est ce qui le maintient en vie ; mais prépare-toi à sa disparition.

— La nomination de Minmès semble te déplaire.

— Un pharaon n'a pas d'ami ; ne songe qu'à l'intérêt du pays que les dieux t'ont confié.

— 48 —

Minmès me présenta l'état d'avancement des travaux dans de nombreuses provinces d'Égypte ; quantité d'édifices étaient restaurés, et de nouveaux temples offriraient des demeures aux puissances divines. À la tête des équipes de bâtisseurs, il prouvait ses capacités d'organisateur.

— Le Premier ministre a vérifié tes comptes et ne trouve rien à redire, lui révélai-je.

— J'en suis heureux.

— Votre entente s'est-elle améliorée ?

— On se supporte.

— À son sujet, n'as-tu rien remarqué ?

Minmès parut gêné.

— Sa santé décline, mais il est encore vaillant.

— Tu me sembles trop optimiste. En dépit de son courage, Ouser est à bout de forces. Bientôt, je devrai choisir son successeur. Et j'aimerais ton avis.

— Bien sûr, bien sûr...

— N'es-tu pas l'objet de multiples attentions bienveillantes, ces derniers temps ?

228

— Chacun sait que je suis ton ami d'enfance, et l'on me courtise beaucoup, en effet. Sans succès, je te l'affirme.

— Ne ferais-tu pas un bon Premier ministre ?

Minmès blêmit.

— Non, Majesté, oh non ! Les tâches que tu m'as confiées, maître d'œuvre et échanson, me comblent. Je désire rester dans ton ombre et garder ton amitié, pas gouverner.

— Accepterais-tu quand même cette nomination ?

— Tu es le roi, et j'obéirai. Mais je suis certain qu'elle me détruira.

*
* *

À intervalles réguliers, je me rendis dans ma demeure d'éternité avec mon matériel d'écriture et de dessin que transportait Vent du Nord, qui adoptait d'instinct la bonne direction.

Éclairé par des dizaines de lampes à huile, dont les mèches spéciales ne produisaient pas de fumée, je traçai les figures composant la première heure de la nuit, correspondant à mon réel début de règne[1]. Les dieux avaient entendu mes prières, me donnant la force nécessaire pour terrasser l'ennemi à Megiddo et augmenter la prospérité des Deux Terres, en compagnie de Satiâh. Infatigable, elle développait la Maison de la reine et présidait de nombreuses cérémonies auxquelles

---

1. Si l'on se réfère au premier couronnement de Thoutmosis III enfant, il est alors dans sa vingt-sixième année de règne.

participaient les chanteuses d'Amon, dont la merveilleuse Mérytrê, à la voix incomparable.

Mon temple, « Celui dont les monuments rayonnent »,
avec son Jardin botanique aux pierres vivantes, déploya
sa pleine efficacité au cœur de Karnak, grâce aux ritualistes que j'avais désignés. À l'occasion de leur prise de
fonction, un concert fut organisé dans la salle du Cœur,
en présence des initiés aux mystères. La reine accepta
de jouer de sa harpe d'or et accompagna Mérytrê, qui
chanta la chanson des quatre vents, conférant ainsi tous
les souffles de vie à l'édifice.

C'est ici, désormais, que les hauts dignitaires de
Karnak seraient élevés à la connaissance des dieux.
Et la première initiation fut celle de Menkh le Jeune,
fils du Premier Serviteur. Ce dignitaire, éduqué par
les savants de la Maison de Vie, fut purifié et recréé
alchimiquement ; sa pensée s'ouvrit à la lumière de
l'origine, et il jura de remplir ses devoirs de ritualiste.
Un banquet, rappelant que la vie se situait au-delà du
cycle de l'existence et de la mort, célébra cette nouvelle naissance.

— Puis-je vous parler en particulier ? demanda
Menkh l'Ancien.

La nuit était douce, nous parcourûmes lentement
l'une des allées du jardin.

— Je suis très âgé, la gestion de ce temple immense
et de ses richesses outrepasse mes forces. Mes collaborateurs se taisent, mais j'ai conscience de mes défail-
lances. Je risque de commettre de graves erreurs et
de mal vous servir. Si vous consentez à désigner mon
successeur, je me consacrerai à sa formation.

— Songerais-tu à ton fils, Menkh le Jeune ?

— Le nommer ne serait pas lui accorder un privilège, tant le labeur est écrasant. J'ai observé les serviteurs d'Amon, en oubliant que j'étais le père de celui-là, et je crois qu'il possède les qualités requises.

— Est-il informé de ta démarche ?

— Non, Majesté. Et il n'a pas à la connaître.

Menkh l'Ancien se comportait-il en habile manipulateur ? Difficile à croire, sa voix trahissait une usure certaine, il peinait à marcher. Pendant l'initiation de son fils, j'étais parvenu à la même conclusion que lui.

— Forme-le, ordonnai-je.

— Un autre problème me préoccupe. Ouser et moi sommes très liés, depuis longtemps ; il ne vous l'avouera pas, mais sa maladie gagne du terrain chaque jour.

— Te préoccuperais-tu du choix de mon prochain Premier ministre ?

— Oui, Majesté. C'est un personnage majeur de l'État. S'il est médiocre, le pays vacillera.

— Aurais-tu un nom à me proposer ?

— Ouser et moi sommes à la veille de rejoindre le Bel Occident, notre carrière s'achève, et votre règne se poursuit. Nous ne pensons qu'à son succès et au bonheur de notre peuple.

— Ce nom ?

— Rekhmirê[1], le maire de Thèbes, un spécialiste de l'économie, et neveu d'Ouser. Ce dernier juge ses propres fils incompétents.

---

1. « Celui qui connaît comme la lumière ».

— 49 —

La crue du Nil était une clé majeure de notre prospérité. Lorsque Isis versait des larmes sur Osiris afin de le ressusciter, la saison sèche s'achevait, le fleuve renaissait, le flot gonflait, son débit s'accélérait, et le limon se déposait sur les rives, fertilisant la terre.

Deux catastrophes à redouter : une crue trop basse, synonyme de manque d'eau ; trop haute, dévastatrice. Des nilomètres permettaient de prévoir le niveau et de s'y adapter. Et les réserves de céréales étaient prévues pour sept mauvaises années.

Grâce à la célébration des rituels, la malchance m'épargna, et je bénéficiai de crues parfaites, à la grande satisfaction des paysans. La fête du nouvel an, correspondant à la montée des eaux, fut l'occasion de grandes réjouissances ; conformément à la coutume, Satiâh et moi reçûmes des cadeaux de la part de toutes les catégories sociales, cadeaux que nous restituâmes à la population. Mon fils, sous la surveillance de ma belle-mère et de ses nourrices, apprécia la gaieté ambiante.

Dès le retour du général Djéhouty de sa tournée d'inspection en Syro-Palestine, quatrième campagne militaire, sans incident, je le convoquai dans la petite salle d'audience du palais.

— Rien à signaler, Majesté.

— En ce cas, pourquoi ce visage fermé ?

— C'est trop beau, je n'y crois pas.

— Nos espions ne nous signalent rien d'inquiétant.

— On les enfume.

— Des faits précis justifient-ils ton inquiétude ?

— Aucun, mais le feu couve sous la braise. Croyez-en mon flair.

— Que préconises-tu ?

— Restons sur nos gardes.

*
* *

Quand le héraut Antef, coiffé d'une perruque de luxe et vêtu d'une robe blanche de lin royal au plissé du dernier raffinement, s'adressa à la cour, elle s'attendit à un événement majeur. Et personne ne fut déçu.

— Pharaon crée son temple des millions d'années[1] sur la rive ouest de Thèbes. Il sera relié à sa demeure d'éternité de la Vallée des Rois, et des ritualistes y feront vivre son *ka*, sa puissance créatrice.

Le maître d'œuvre Minmès se réjouissait d'incarner le plan que j'avais conçu ; un mur de briques entourait le sanctuaire sur deux étages, au pied de la montagne.

---

1. L'édifice a été totalement détruit. L'ensemble architectural mesurait environ 100 m de long sur 80 de large.

Il faudrait plusieurs années de travaux pour compléter le dispositif magique que composaient mon temple de Karnak et ma demeure d'éternité.

*
* *

— Je veux l'épouser, affirma la nièce du barbier. Sabastet fut affolé.

— Tu n'y penses pas !

— Je ne pense qu'à ça.

— Tu es jeune, tu…

— Lui aussi.

— Oublies-tu qu'il est un prisonnier de guerre syrien ?

— Dans une semaine, il aura purgé sa peine et deviendra un homme libre.

— Entendu, mais…

— Mais quoi ? Dans ce pays, un homme libre et une femme libre peuvent se marier, non ?

— Certes, certes, mais…

— Tu l'as engagé comme assistant, et il te donne toute satisfaction.

— Je l'admets. Néanmoins…

— Procure-lui un emploi correctement rémunéré. Nous aurons une maison et fonderons une famille.

— Tu lui en as parlé ?

— Il n'attend que ton accord et ton aide.

— Tu me prends au dépourvu, tu…

— Surtout, remue-toi.

Incapable de contenir cette furie, Sabastet perdait pied. À qui demander de l'aide, sinon au maître des Deux Terres ?

*
* *

— Alors ?

Sabastet sourit, sa nièce se méfia.

Le barbier lui montra le document juridique noti-
fiant l'attribution à son futur mari, ex-prisonnier syrien
naturalisé égyptien et prenant donc un nouveau nom,
d'un poste de barbier au temple de Bubastis[1].

La nièce le lut avec attention et remarqua le sceau.

— C'est... c'est...

— C'est celui du roi. Je lui ai raconté ton histoire,
il a jugé bon d'accéder à tes désirs.

*
* *

Le surveillant général de l'arsenal de Memphis examinait ses stocks, lorsqu'un planton l'alerta.

— Le roi... le roi arrive !

— Tu divagues ? On ne m'a pas prévenu !

— Il arrive !

Scribes et militaires se rassemblèrent à la hâte afin
d'accueillir le souverain, qui se rendit à l'atelier de
fabrication des arcs, des flèches et des frondes.

Il voulait s'assurer des progrès techniques qu'il avait
recommandés, après avoir scruté les armes syriennes,
plus perfectionnées que les égyptiennes.

―――――――

1. Dans le Delta. Ce barbier naturalisé s'appelait Imeniyou.

Le monarque fut satisfait. Le surveillant général, lui, ne se réjouit pas. Cette visite ne présageait rien de bon.

— 50 —

Tenant compte des informations transmises par ma confidente, la dame Nébétou, j'avais ordonné de préparer deux tombes pour le Premier ministre Ouser. Couronnée d'une pyramide, la première[1] retraçait ses activités quotidiennes au service de l'État ; la seconde[2] était consacrée à son voyage dans l'au-delà, bénéficiant d'un privilège que d'aucuns jugèrent excessif : sur ses parois, des extraits du *Livre de la chambre cachée* que j'avais composé, et qui serait inscrit dans ma propre demeure d'éternité.

— Pourquoi te montrer si généreux ? s'étonna Minmès.

— Parce que Ouser ne m'a pas trahi au moment où mon pouvoir était encore fragile. Et son dévouement fut exemplaire.

— Un tacticien de premier ordre ! Ne te laisse pas abuser ; sans doute vivra-t-il encore longtemps.

Mon ami d'enfance se trompait.

---

1. Tombe thébaine 131. La pyramide était haute d'une dizaine de mètres.

2. Tombe thébaine 61.

Au lendemain d'un bref entretien que nous eûmes lui et moi en privé, Ouser s'éteignit. Accompagné de Satiâh, je dirigeai ses funérailles.

Une question obsédait la cour : qui serait son successeur ? Et la réponse s'imposait : Minmès.

*
* *

On accédait au palais en empruntant une rampe, précédée de cuves de pierre emplies d'eau où les visiteurs, quel que fût leur rang, se lavaient les pieds et les mains. Convoqué par le roi, le maire de Thèbes, Rekhmirê, se plia aux exigences de l'hygiène, valeur prônée depuis les premières dynasties.

Âgé de trente ans, le neveu du Premier ministre défunt était un bel homme, doté d'une autorité naturelle. Travailleur, parfois pointilleux, aimable mais ferme, mari et père comblé, il éprouvait un profond amour pour sa ville qu'il gérait avec une rigueur appréciée de tous.

Rekhmirê admirait son oncle et mentor. Éducateur sévère, expert en économie, attaché à la grandeur du pays, il s'était comporté en guide irremplaçable. Sa disparition avait bouleversé son disciple, lui infligeant la première épreuve d'une existence jusqu'à présent jalonnée de bonheurs.

Invité aux banquets officiels, le jeune maire de Thèbes ne connaissait le roi que de loin. Il le jugeait rigide, distant et peu communicatif. Comme de nombreux notables, il avait redouté une défaite en Syro-Palestine, et s'était étonné de la victoire de Megiddo.

238

Contrairement aux prévisions, Thoutmosis semblait taillé pour la fonction.

Préoccupation majeure de Rekhmirê : se tenir à l'écart du pharaon, du palais et des intrigues de la cour. Aussi cette convocation lui déplaisait-elle au plus haut point.

*
* *

Minmès introduisit Rekhmirê dans mon bureau et s'éclipsa. Je rédigeais un ordre de mission concernant l'entretien des canaux et pris le temps de le terminer, pendant que mon hôte, debout et immobile, osait à peine scruter un lieu auquel peu de dignitaires avaient accès.

Couché à mes pieds, le chien Geb ne manifesta pas d'hostilité et poursuivit sa sieste.

— Assieds-toi, recommandai-je à Rekhmirê, mal à l'aise.

Les mains sur les genoux, il garda les yeux baissés.

— Ton oncle fut un grand Premier ministre. Aujourd'hui, je dois lui choisir un successeur. Et j'ai pensé à toi.

— Sauf votre respect, Majesté, ce serait une erreur. Ma tâche actuelle me convient, et je n'ai pas envie d'en changer.

Une voix ferme, sans arrogance.

— Que penses-tu de la gestion des greniers ?

Une hésitation.

— Satisfaisante.

— Sois sincère, Rekhmirê.

Nouvelle et longue hésitation.

— Des améliorations seraient souhaitables.

— Le curage des canaux et les réserves d'eau ?

— Nous pourrions mieux faire.

— La redistribution des richesses ?

— Également.

— La justice ?

— Un souci permanent. Ces derniers temps, quelques dérapages.

— Les aurais-tu évités ?

— Difficile à dire, je…

— Sois sincère.

— Ce… ce n'est pas impossible.

— As-tu envisagé une meilleure gouvernance économique ?

Rekhmirê regarda ailleurs.

— Sur certains points, peut-être.

De la fenêtre en verre de mon bureau, je contemplai la capitale aux maisons blanches.

— Qu'est-ce qu'exercer le pouvoir, sinon rendre la population heureuse en lui transmettant l'énergie des dieux ? Qui gouverne pour lui-même est un démon issu des ténèbres et promis au néant. Tu as embelli cette ville et prouvé tes capacités. Ce n'était qu'une étape. En toi est née une autre aspiration que tu ne parvenais pas à cerner ; à moi de la mettre en lumière.

— Majesté…

— Je te nomme Premier ministre. La cérémonie d'investiture aura lieu demain.

— 51 —

La bourgade ne comptait qu'une vingtaine de familles d'agriculteurs, qui vivaient plutôt bien de leurs exploitations. Élu maire, le protecteur de Lousi avait le don d'aplanir les conflits. Il présenta le nouveau venu comme un cousin éloigné, désireux de rendre un maximum de services afin de s'intégrer à la petite communauté.

Prévenant, toujours disponible, le Syrien conquit les cœurs, notamment celui d'une veuve molle et grasse. Privé de femme depuis longtemps, Lousi la traita avec une brutalité qui ne la rebuta pas. Et quand il s'installa chez elle, la mégère apprivoisée lui légua sa maison et sa parcelle de champ cultivable.

Devenu un paysan honorable, Lousi redoublait d'attentions auprès du vieillard qui l'avait accueilli. Et lui aussi céda à son tour au charme d'un si gentil garçon, en lui transmettant ses avoirs.

Jusqu'à un soir d'orage.

Lousi avait grillé une perche du Nil, et préparé une salade de laitue et de concombres.

— Tu cherches quoi, mon gars ?

— À mener une existence tranquille.

— Tu ne serais pas plutôt en train de nous dépouiller ?

— Moi, je ne demande rien à personne ! Ce qu'on me donne, je ne le refuse pas.

— Comme par hasard, une deuxième veuve te reçoit dans son lit, et tu deviens propriétaire de ses vaches.

— Des ragots !

— Il paraît que tu as une drôle de marque sur l'épaule. Je me suis trompé sur ton compte… Il y a du mauvais en toi. Beaucoup de mauvais.

— Tu divagues, l'ancien !

— Je vais réunir les habitants et leur confier mon sentiment. Tu restitueras ce que tu as volé et tu partiras.

— Ça m'étonnerait.

— Je suis têtu, mon gars. Et toi, tu rendras gorge.

— Ça m'étonnerait, parce que tu seras mort.

De ses mains puissantes, aux pouces carrés, le Syrien étrangla le vieillard.

Le rêve de Lousi se réalisait.

*
* *

La capitale entière était en émoi, à l'annonce de l'investiture du nouveau Premier ministre. Surprise de la nomination de Rekhmirê, la cour supposa que Minmès serait bientôt déchu de son poste et rabaissé à un rang subalterne, voire définitivement écarté du premier cercle du pouvoir.

Mon ami d'enfance ne cachait pas son soulagement. Loin d'être contrarié ou amer, il approuvait mon choix.

Et les témoignages recueillis sur Rekhmirê le rassuraient.

Avant le début de la cérémonie, qu'aucun notable ne manquerait, j'emmenai ce dernier devant une chapelle de mon temple de Karnak, récemment achevée.

— Elle porte le nom de « Place véritable de l'oreille qui écoute ». Ne sois pas seulement celui qui entend, mais sache écouter. Et recueille-toi souvent à cet endroit, où les dieux te parleront.

Bien que le Premier ministre eût un homologue au Nord, à Memphis, en raison de la lourdeur de la tâche, Rekhmirê serait le plus proche de moi et aurait la prééminence.

Vêtu d'une robe droite montant jusqu'à la poitrine et maintenue autour du cou par une cordelette, il dirigerait la Maison du roi, les Maisons de l'or et de l'argent, veillerait à la perception des impôts, répartirait les richesses, régirait le cadastre, se préoccuperait des travaux agricoles et de l'entretien des canaux, collaborerait étroitement avec le maître d'œuvre Minmès, assurerait la sécurité quotidienne en déployant les forces de l'ordre nécessaires, ouvrirait et scellerait les entrepôts, garantirait le bon état des forteresses et des arsenaux.

Au premier plan de ses devoirs, la justice. À lui de nommer les magistrats, de rectifier les sentences injustes et infondées, de manière que le faible ne soit pas lésé au profit du fort. Toute plainte sérieuse remonterait à son bureau, et il devrait la traiter.

Quand je m'assis sur le trône des vivants, face à Rekhmirê debout, les regards convergèrent vers lui.

À l'heure de prêter serment, ne s'effondrerait-il pas en prenant conscience d'une mission qui le dépassait ?

— Sois le soutien du pays entier, déclarai-je ; ta fonction ne sera pas douce, mais amère comme le fiel, et seule une vigilance de chaque instant te permettra de l'exercer. Sois le cuivre qui entoure l'or, n'incline pas la tête devant les puissants, agis toujours en justesse et selon la justice. Comporte-toi de la même façon envers celui que tu connais qu'envers celui que tu ne connais pas. Prête attention aux reproches, ne cède jamais à la colère, mais agis en sorte que l'on te craigne et que l'on te respecte. Traque le mensonge, ne le pardonne pas. Que ta règle de vie soit la pratique de Maât ; ainsi, seule la vérité sera ton guide, et c'est elle qui te rendra efficace. Sur le nom du roi, t'engages-tu à respecter cette règle ?

Cette fois, la voix trembla légèrement, mais chacun entendit le nouveau Premier ministre prononcer son engagement.

— Approche, Rekhmirê.

Je lui remis les trois symboles caractérisant sa dignité : un sceptre, une longue canne et une amulette représentant la déesse Maât qu'il porterait en permanence à son cou afin de ne pas oublier ses devoirs, quelles que soient les circonstances.

Une procession se dirigea vers le temple de Karnak, où le Premier ministre rendrait hommage à Amon, avant de présider son premier banquet.

— 52 —

Dans le sanctuaire de mon temple de Karnak, la partie la plus obscure du temple, la lumière venait de renaître. Une fois encore, elle avait vaincu les ténèbres et nourrirait mon peuple. Sans elle, tous nos efforts auraient été vains.

M'étais-je trompé en désignant Rekhmirê ? Pendant l'investiture, sa dignité avait séduit Satiâh et Minmès ; mais je doutais encore. Seule l'épreuve des faits dissiperait l'incertitude.

À l'issue du rituel du matin, je regagnai le palais afin de m'entretenir pour la première fois avec mon nouveau Premier ministre, lorsque Minmès accourut.

— Viens vite… Menkh l'Ancien se meurt.

En dépit de son rang, le Premier Serviteur d'Amon occupait une modeste demeure au sein de l'immense Karnak, dont il ne sortait plus depuis plusieurs mois.

Allongé sur un lit en sycomore, il respirait à peine.

— Majesté… Je souhaitais vous voir avant le grand voyage. J'ai tenté de vous servir au mieux. Surtout, prenez soin de ce lieu sacré… Qu'Amon vous protège.

Je recueillis son dernier soupir.

Ouser et Menkh l'Ancien disparaissaient presque en même temps, eux qui avaient été les principaux personnages de l'État pendant une période faste qu'ils avaient contribué à façonner, sous le règne d'Hatchepsout.

À Menkh l'Ancien succéda son fils, Menkh le Jeune, qui fut initié à sa fonction le jour même et célébra les funérailles de son père. À lui, désormais, d'administrer le domaine d'Amon.

*
* *

Le Vieux n'avait jamais vu une créature pareille. Quatre pattes, une peau tachetée, un cou interminable, une petite tête, et une drôle de démarche. Aussi intrigué que lui, un petit singe grimpa le long du cou de la girafe, l'un des cadeaux des Nubiens, à l'occasion d'une cérémonie des tributs présentés au couple royal par ses vassaux.

Des ambassadeurs palestiniens et syriens s'inclinèrent, leurs serviteurs déposèrent au pied du trône des meubles précieux, des jarres de vin, des coffrets remplis de bijoux, des armes.

L'or extrait des mines de Nubie éblouit l'assistance. Offert aux dieux, il ornerait les portes des temples et le sommet des obélisques. Ne symbolisait-il pas la splendeur de l'Égypte à l'apogée de sa puissance ?

Le léger sourire de Satiâh combla d'aise les courtisans ; les élégantes et les charmeuses la jalousaient, désespérant de l'égaler.

Cette journée de jeux diplomatiques, expression d'une paix durable, me parut interminable. Pourtant, j'aurais dû me réjouir de ce succès retentissant ; pourquoi le scepticisme me rongeait-il ?

Des déclarations d'allégeance, des acclamations, une liesse populaire, la confiance émouvante de tout un peuple... Qu'espérer de plus ? N'étais-je pas l'ingrat des ingrats ? Non, je rendais grâce aux dieux de tant de faveurs, mais je sentais les démons rôder.

Enfin seuls, dans notre chambre ; rompu, je m'allongeai. Satiâh s'assit contre moi et apposa un linge parfumé sur mon front.

— Pourquoi es-tu si préoccupé ?

— Je l'ignore.

— D'habitude, tu ne me caches rien.

— Je l'ignore vraiment. Une sourde angoisse, sans raison.

— Manquerais-je de magie pour la dissiper ?

— Tant d'hypocrites, de médiocres et de courtisans autour de nous... Voilà sans doute la raison !

— Ni toi, ni tes successeurs n'y changerez rien. Ressens cette réalité non comme une entrave, mais comme un aiguillon. Quand nous célébrons les rites, l'humain s'efface et le divin apparaît ; dès qu'ils s'achèvent, l'humain et sa cohorte de mesquineries reprennent le dessus.

— Cette lucidité n'est-elle pas terrifiante ?

— Sans elle, impossible de gouverner ; à nous de la transformer en force, et non en faiblesse.

— N'as-tu pas envie, parfois, de quitter ce palais et de mener une existence tranquille, dans la campagne thébaine ?

Un franc sourire illumina le visage de Satiâh.

— Chaque jour, matin, midi et soir. Un rêve inutile, ne crois-tu pas ? Sachons apprécier les êtres de qualité que nous avons la chance de connaître, et qui nous resteront fidèles.

— Par exemple ?

— Par exemple le chien Geb, ton barbier, ma mère…

Je la pris dans mes bras et l'embrassai avec passion. Non, sa magie ne s'était pas amoindrie, au contraire. Satiâh ne se contentait pas du bonheur, elle le créait.

*
* *

Rekhmirê livrait des rapports détaillés sur ses activités que Minmès lisait attentivement, s'attardant sur les donations au temple et le personnel engagé, qu'il s'agisse de ritualistes ou d'artisans. Je les passais au crible à mon tour. Lorsqu'un problème se posait, je l'abordais dans l'entretien du matin « derrière le rideau », et le Premier ministre me fournissait les explications indispensables.

Rekhmirê ne se dérobait pas, reconnaissant ses insuffisances et ses erreurs, qu'il réparait au plus vite, sans chercher de vaines excuses. Administrateur rigoureux, il profita de son expérience de maire et de ses compétences en matière de finances publiques pour maîtriser rapidement l'appareil d'État. À l'exception de petits esprits et d'imbéciles incurables, personne ne contesta son autorité, et beaucoup apprirent à redouter son honnêteté foncière, qui rendait impossibles prévarication et arrangements illicites au sein de la double Maison de l'or et de l'argent.

En tant que chef de la magistrature, il prononça sa première condamnation à l'encontre d'un scribe comptable qui avait détourné des denrées alimentaires destinées au temple d'Amon. Et la leçon fut retenue.

Je fus heureux de diriger son initiation aux grands mystères dans mon sanctuaire de Karnak, en présence de Satiâh et des rares ritualistes reconnus dignes d'y accéder. Rekhmirê découvrit l'ampleur de la création dans le Jardin botanique, traversa les ténèbres et la mort dans les salles de Sokaris, naquit à nouveau dans les salles solaires, et contempla l'énergie lumineuse jaillissant du Saint des saints.

Se reposer, au moins en partie, sur un tel serviteur du royaume me permit de retourner à la bibliothèque de la Maison de Vie, d'y relire des textes anciens et de parachever la première heure de la nuit sur la paroi de ma demeure d'éternité. Écrire et dessiner… Le plaisir suprême.

Et ma main commença la deuxième heure.

La barque solaire y traverserait des champs aux grands épis verts, qui garantiraient la prospérité des Deux Terres. La présence de la lune, symbolisant les phases de la résurrection d'Osiris, assurerait la croissance des végétaux. « Justes de voix » et divinités se placeraient sous la protection de Maât, clé de toute harmonie, ici-bas et dans l'au-delà. Quand la barque circulerait au-dessus de corps que l'on croyait inanimés, ils se redresseraient. Aux génies armés de couteaux, protecteurs du navire céleste, j'adressai une prière : « Donnez-moi les saisons et les années pour triompher, brûlez les ennemis de la lumière. »

— 53 —

— Il marche ! Votre enfant marche !

Ipou, la nourrice en chef, s'émerveillait des premiers pas de notre fils, au bord de la grande pièce d'eau du jardin. Les bras écartés, tapant des pieds en cadence, le bambin avançait avec une belle assurance.

— Attention ! cria Satiâh.

La reine et sa mère le rattrapèrent avant la chute. Mécontent, le petit Amenemhat nous gratifia de larmes de désespoir.

Des jouets en bois, représentant un hippopotame, un faucon et un crocodile, le déridèrent. Le claquement des mâchoires du reptile déclencha son hilarité, et une purée de fruits acheva de le calmer avant une longue sieste.

L'apparition de Tjanouni, froid et sinistre, brisa ce tableau familial.

À l'évidence, il n'était pas porteur de bonnes nouvelles. Nous nous assîmes à l'abri d'un kiosque, des serviteurs nous apportèrent de la bière fraîche. Le visage de Satiâh se teinta d'inquiétude.

— Pardon de vous importuner, mais les derniers rapports me semblent alarmants.

— D'où proviennent-ils ?

— Des ports du Liban.

Je ne fus pas étonné. Constatant que je contrôlais la Palestine, le Mitanni recherchait un autre angle d'attaque.

— Des troupes syriennes occupent la ville d'Oulazza[1]. La garnison égyptienne a été massacrée, et ce n'est probablement que le début d'une offensive visant à nous priver de notre protectorat libanais.

Les démons sortaient des ténèbres.

— Convoque le conseil de guerre.

Tjanouni s'empressa d'obéir.

Satiâh parut consternée.

— Quand ce conflit s'arrêtera-t-il ?

— Pas avant que le Mitanni ne soit terrassé. Il agit par alliés interposés, et nous ne pouvons pas renoncer aux ports du Liban.

— Une cinquième campagne…

— Ce ne sera certainement pas la dernière.

— Au moins, ne cours pas de risques inconsidérés !

— Mon ami Mahou veillera sur moi.

*
* *

— C'était un brave homme, estima l'épouse de Bak en sanglotant, alors qu'on enterrait le patron de l'exploitation agricole, décédé d'une crise cardiaque. Sans lui, qu'allons-nous devenir ?

---

1. Au nord de Tripoli.

— Le temple de Karnak nommera un gérant, et nous tâcherons de le satisfaire.

Bak tentait de se rassurer lui-même. Voulant imprimer sa marque, le nouveau patron imposerait son personnel. Le couple serait obligé de chercher du travail ailleurs.

Un scribe revêche l'aborda.

— C'est toi, Bak ?

L'ex-Syrien hocha la tête.

— Le propriétaire de cette ferme a rédigé un testament en ta faveur. Une moitié de ses biens pour ses fils, l'autre pour toi. Et la gestion de ses terres te revient.

Bak fut sur le point de défaillir.

— Tu... tu es sûr ?

— Le document est parfaitement clair. Il porte le sceau du Premier Serviteur d'Amon, et je viens de l'enregistrer. Surtout, n'oublie pas de payer tes impôts.

*
* *

Le conseil de guerre se tint dans la petite salle d'audience du palais. Étaient présents le Premier ministre, Minmès, Tjanouni, Mahou et les généraux.

— Deux abcès de fixation, indiqua Tjanouni : le port d'Oulazza et la riche province de Djahy, aujourd'hui aux mains des Syriens. Byblos résiste encore, mais nous devons intervenir rapidement. C'est pourquoi je propose d'embarquer nos troupes sur des navires de guerre et de rejoindre au plus vite la côte libanaise. Nous débarquerons à Byblos après un voyage d'environ douze jours et attaquerons aussitôt.

Le conseil approuva.

Pas moi.

— Douze jours, dis-tu.

— C'est une estimation raisonnable, Majesté, en partant de l'embouchure de la branche pélusiaque du Nil. Nous aurons l'avantage de la surprise.

— Tu oublies un élément majeur : la mer. Si les conditions climatiques se dégradent et provoquent une tempête, notre armée finira au fond de l'eau, et l'Égypte sera sans défense.

Cette sinistre prédiction glaça les membres du conseil. Depuis ma vision de Megiddo et mon choix de la voie du milieu, ils attendaient de leur roi la bonne stratégie.

Je perçus des flots déchaînés, des bateaux désemparés, de vains appels au secours.

— Par la voie de la terre, sommes-nous capables d'atteindre notre objectif en moins d'un mois ?

— Nous le serons, promit le général Djéhouty ; nos soldats ne sont pas des mauviettes ! Et je m'occuperai personnellement des traînards.

Persuadé d'éviter un naufrage, je décrétai la mobilisation et un départ immédiat.

Amer, Tjanouni rédigea le texte que le héraut Antef rendrait public.

— 54 —

Avec un art consommé, Lousi se frappa la poitrine et versa de fausses larmes devant les villageois rassemblés pour déplorer le décès de leur maire.

— Il m'avait accueilli avec tant de bonté, je lui dois tout ! Quand je lui ai apporté une jarre de lait, au petit matin, je l'ai trouvé mort. Au moins, il s'est éteint dans son sommeil, sans souffrir. Je l'ai enveloppé dans une natte et je l'enterrerai moi-même.

Chacun approuva le dévouement de l'homme aux gros sourcils et aux pouces carrés. Le vieillard avait eu raison de lui léguer ses biens.

Les funérailles furent rapides, et l'on but de la bière forte à la mémoire du défunt. La récente maîtresse de Lousi osa aborder le sujet brûlant auquel tous pensaient.

— Il faut élire un nouveau maire qui discutera avec le scribe des champs, envoyé par l'administration. Quelqu'un de ferme, capable de lui tenir tête et de défendre nos intérêts.

— Et tu vois qui, toi ? l'interrogea le doyen de la petite communauté.

— Pourquoi pas Lousi ? C'est un garçon vigoureux, il ne se laissera pas marcher sur les pieds !

Le Syrien joua les modestes.

— C'est beaucoup d'honneur, je n'en suis pas digne.

— Bonne idée, lança un cultivateur. Moi, j'approuve.

Une deuxième voix favorable, une troisième, puis les autres. Et personne ne s'opposa à la nomination de Lousi, ravi d'acquérir un pouvoir, si mince fût-il, qui lui permettait de s'implanter en territoire ennemi.

*
* *

— Encore, tu es certain ? s'irrita le Vieux.

L'oreille droite de Vent du Nord se dressa.

— Mais qu'est-ce qu'ils ont dans les veines, ces Syriens ! Comment préférer la guerre à la paix ? Et nous voilà repartis… D'accord, on se croit les plus forts. Mais un jour, ça tournera mal.

L'annonce du héraut Antef dissipa les rumeurs. Le protectorat libanais et ses ports étant en danger, le roi devait voler à leur secours. Une nouvelle provocation, qui serait sévèrement réprimée. Et le peuple applaudit.

*
* *

La reine Satiâh incarnerait l'institution pharaonique, le Premier ministre Rekhmirê tiendrait les rênes du gouvernement, Menkh le Jeune conforterait sa première place au sommet de la hiérarchie du domaine d'Amon. Et, dans l'ombre, Minmès serait un observateur vigilant.

Grâce à ce quatuor, et surtout à la Grande Épouse royale, je repartais en campagne sans inquiétude pour les Deux Terres.

Reconquérir, et de façon durable, le Liban et sa zone côtière, si utiles à notre économie, étaient une étape majeure de mon plan de pacification. Avisé de l'instabilité de la région et de la corruption de ses notables, le Mitanni avait porté le fer dans ce ventre mou en y envoyant ses commandos syriens.

Le port d'Oulazza se trouvait à l'embouchure d'un fleuve[1] et ne possédait pas les fortifications de Megiddo. Néanmoins, d'après les informateurs de Tjanouni, il comptait une garnison non négligeable, qui refuserait de capituler.

Dès notre arrivée sur le site, au terme d'un voyage dépourvu d'incident, nous installâmes notre camp.

*

* *

Le déploiement des forces égyptiennes impressionna le Vieux, désormais à la tête d'une équipe vouée à l'intendance. Étant donné son caractère impossible, le héraut Antef lui accordait le champ libre et se contentait de surveiller les résultats. Estimant qu'un soldat devait bien manger et bien boire pour être courageux, le Vieux jouissait d'une popularité certaine. Avec lui, les grandes gueules étaient vite remises au pas. Quant aux ânes que commandait Vent du Nord, honorant son

---

1. L'actuel Nahr el-Bared.

grade d'officier, ils avaient transporté des nourritures abondantes. Et les réserves s'étaient reconstituées au cours de l'itinéraire traversant des régions soumises.

Face à l'armée de Thoutmosis, Oulazza paraissait frêle. Lorsque le héraut Antef transmit l'ordre d'attaquer, le Vieux ne donna pas cher de la peau des révoltés.

De fait, les volées de flèches abattirent un maximum de défenseurs. Les nouveaux arcs à longue portée, récemment sortis de l'arsenal de Memphis, se révélèrent d'une redoutable efficacité. La riposte étant presque dérisoire, les fantassins n'eurent aucune peine à enfoncer la porte de la cité.

À cause de la mort de deux soldats, les Égyptiens se déchaînèrent et massacrèrent ceux qui tentaient de résister ; affolé, le commandant de la garnison déposa les armes et implora la clémence du pharaon.

Thoutmosis leur accorda le statut de prisonniers de guerre. Une caravane les conduirait en Égypte, où elle ramènerait les corps embaumés des deux braves.

Oulazza tombée, Byblos jura allégeance au roi, et les ports de la côte libanaise furent à nouveau sous contrôle. Des bateaux de commerce, chargés de richesses prélevées au titre de l'impôt, partirent pour le Delta.

Conscient qu'il serait impossible d'éradiquer la corruption endémique des notables libanais, le pharaon ne les destitua pas, mais les plaça sous l'autorité de scribes contrôleurs qu'appuierait un régiment entier. Vassalité, tranquillité de la région, refus d'alliance avec le Mitanni et versement régulier des taxes : à ces conditions, les potentats locaux mèneraient une existence douillette.

La campagne n'était pas terminée. Restait à reprendre la province de Djahy où il faudrait affronter les chars syriens.

— 55 —

Les relations amoureuses n'intéressaient guère Minmès. D'abord, il se méfiait des femmes ; ensuite, il avait trop de travail. Malgré son physique ingrat, des filles de bonne famille ne cessaient de le courtiser, sachant qu'il était l'éminence grise du roi et jouissait donc d'une influence considérable. Minmès en profitait parfois, mais ses liaisons ne duraient pas ; il évitait toute confidence sur l'oreiller, ne répondant à aucune question indiscrète.

La rigueur du Premier ministre le surprenait ; prendre Rekhmirê en défaut serait difficile. Menkh le Jeune, lui, ne maîtrisait pas encore les subtilités de Karnak. Comme il sollicitait l'aide de Minmès, ce dernier le conseillait au mieux.

Et le trio éprouvait une vive admiration envers la reine qui, en l'absence de Thoutmosis, incarnait l'autorité suprême avec une aisance stupéfiante. Nul défaut n'entachait sa pratique rituelle, et sa connaissance des dossiers rendait ses décisions pertinentes. Au terme de discussions approfondies, le scrupuleux Rekhmirê cédait souvent aux arguments de la souveraine.

Minmès pensa que le roi avait beaucoup de chance. Avoir une pareille épouse à ses côtés était inestimable.

Le soir tombait, le soleil aborderait bientôt le monde inférieur pour affronter les épreuves de la nuit. Des airs de flûte annonçaient aux paysans la fin du travail, des lampes s'allumaient ici et là. C'était le moment où Minmès s'accordait un doigt de rosé, avant de lire les rapports des architectes provenant des provinces.

Décomposé, en larmes, l'intendant Kenna fit irruption dans son bureau.

— Venez, venez vite ! C'est… c'est effroyable !

*

* *

Après l'étude des cartes, une stratégie s'imposait : répartir mes chars en trois groupes. Celui du milieu foncerait vers la principale agglomération de la province de Djahy, devant laquelle s'étaient massés les Syriens. Confiants en leur supériorité numérique, ils engageraient la totalité de leurs forces. Et cette erreur leur serait fatale, car mes deux autres groupes perceraient leurs flancs.

Nul ne doutait du succès final, mais il ne serait pas obtenu sans perte d'hommes et de chevaux. Certes, les archers décimeraient les rangs adverses et nettoieraient ainsi le terrain ; néanmoins, un choc frontal serait inévitable.

Nerveux, Mahou insista pour que je ne fusse pas à la tête de la première vague ; et les généraux se joignirent à lui. À contrecœur, j'acceptai d'être protégé par deux lignes de chars, mais cependant visible afin d'impressionner l'ennemi.

Nous entrâmes à l'aube dans la province de Djahy. Les visages étaient graves.

Des champs de blé à perte de vue, des vergers plantés de centaines d'arbres, des vignobles, de gros bourgs endormis.

Et pas un seul char syrien à l'horizon.

Le général Djéhouty m'amena un édile qui tremblait de tous ses membres.

— Où sont les Syriens ?

— Ils se sont enfuis. Nous, nous sommes vos fidèles sujets !

*
* *

Le Vieux n'en revenait pas. Les pressoirs de cette luxuriante région valaient ceux de l'Égypte, et certains vins étaient aussi gouleyants ! Les craintes d'un violent affrontement dissipées, le roi avait accordé à son armée plusieurs jours de détente.

De dégustation en dégustation, une bonne partie des soldats étaient ivres. Buvant de superbes crus, mangeant des grillades et se gavant de fruits gorgés de soleil, ils se faisaient masser par de jeunes délurées utilisant de l'huile de moringa.

L'intendance rapporterait en Égypte six mille quatre cent vingt-huit jarres de vin, du bétail, des céréales, des lapis-lazuli, du cuivre et de l'étain. Une juste rétribution de la part d'une contrée qui avait accueilli l'ennemi, et serait désormais soumise à des taxes, contribuant ainsi à la richesse des Deux Terres. Après avoir vu le déploiement de la charrerie de Pharaon, les habitants de Djahy n'avaient aucune envie de se révolter.

L'armée emprunta presque à regret le chemin du retour, tant cette pause l'avait requinquée ; décidément, Thoutmosis était un fabuleux chef de guerre !

Tandis que ses soldats prenaient du bon temps, le roi avait dessiné des plantes ; trois espèces rares compléteraient son Jardin botanique.

*

* *

D'ordinaire, l'arrivée des vainqueurs à Thèbes était acclamée par une population fière de ses héros. Cette fois, à l'exception des dockers, des quais déserts.

Le navire amiral accosta.

Intrigués, les soldats se demandèrent pourquoi il n'y avait ni musique, ni fleurs, ni bière. Quel malheur frappait la capitale, pour la rendre ainsi muette ?

On mit en place une passerelle, je fus le premier à la dévaler.

Minmès m'attendait.

Les yeux rougis, les joues creusées, hirsute, il avait vieilli de plusieurs années.

Ses lèvres palpitèrent.

— Ton fils… ton fils est mort.

— 56 —

Une succession de malchances. Le chien Geb, protecteur de mon fils, recevait des soins chez le vétérinaire
du palais, en raison d'une blessure à la patte. Ma belle-
mère avait ôté l'amulette du bambin afin qu'un orfèvre
la redore. Après le déjeuner, elle et le petit Amenemhat
faisaient la sieste au jardin. Il se réveilla le premier et
marcha en direction de la grande pièce d'eau, attiré par
les jeux de lumière sur les lotus.

Quand elle sortit du sommeil, la nourrice Ipou
constata la disparition de l'enfant. Affolée, elle courut
en tous sens avant de découvrir le cadavre, flottant
entre deux eaux. Et le cœur d'Ipou, coupable d'une
fatale imprudence, ne résista pas.

Le même jour, la reine perdit sa mère et son fils.

Lorsque Satiâh et moi contemplâmes le petit corps
momifié, nous refusâmes de pleurer. En dépit de la
souffrance qui nous déchirait, nous étions le couple
royal et, en présence des dignitaires assistant aux funérailles, devions assumer notre fonction.

Satiâh brisa sa harpe ; jamais plus elle ne jouerait
de la musique.

Avant mon retour, une seule personne lui avait apporté un peu de réconfort : son amie Mérytrê, en permanence à ses côtés, silencieuse et discrète. Sans elle, mon épouse aurait renoncé à vivre.

Parler avec mon fils, le voir grandir, lui transmettre ce que j'avais appris, lui insuffler le sens de la royauté... Le destin me refusait ces joies-là.

Quand les ritualistes descendirent le sarcophage dans le caveau où reposerait cet être tant chéri, mon cœur changea.

Au terme d'un long processus entamé au début de mon règne effectif, le roi, en moi, acheva de dévorer l'homme.

La violence de ce drame aurait dû m'abattre. La digue qu'il détruisit, ce fut celle de l'apitoiement sur moi-même. Mon peuple, lui aussi, subissait la mort et comptait sur Pharaon afin de le faire vivre.

*
* *

Bak nageait dans le bonheur. Une épouse délicieuse, un fils qui venait de naître, des récoltes abondantes, de superbes troupeaux, un personnel consciencieux qui respectait ses consignes et le considérait comme un excellent métayer... Que demander de plus au destin ? La Syrie lui paraissait si lointaine qu'il n'y retournerait jamais. L'Égypte était désormais son pays.

De son passé, il voulait tout oublier, à l'exception de son ancien maître, Lousi. Pourtant, il ne lui devait pas sa bonne fortune ; mais il avait envie de savoir si ce fils de prince, qui le fascinait, s'en sortait aussi bien que lui.

Puisque les Égyptiens possédaient une administration efficace, peut-être Bak retrouverait-il la trace de Lousi, à condition de frapper à la bonne porte, et d'agir avec finesse. Surtout, ne pas attirer sur lui l'attention de la justice ou de la police.

Quand l'un des contrôleurs du temple de Karnak examina l'exploitation agricole et les comptes de Bak, une occasion se présenta. Plutôt sévère, le fonctionnaire fut satisfait des résultats.

— Belle adaptation, reconnut-il. Efficacité remarquable. Les autorités seront agréablement surprises. Certains Syriens ne se comportent pas ainsi.

— Je dois beaucoup au patron qui m'a formé et à mon épouse. Tous les étrangers ne sont pas logés à la même enseigne.

— Et tous ne le méritent pas ! Toi, tu as saisi la main tendue.

— Le sort d'un de mes ex-compatriotes me cause du souci.

— Un parent, un ami ?

— Un ami très proche.

— Prisonnier de guerre, comme toi ?

— En effet.

— Enregistré à Thèbes ?

— Je l'ignore.

— Il faudrait t'adresser au bureau spécialisé.

— Je ne souhaite importuner personne.

— Je vais t'indiquer la marche à suivre.

*
* *

La noblesse de la reine me bouleversa. Moi seul savais à quel point elle était atteinte par la perte de notre enfant, mais les dignitaires, les employés du palais et de sa Maison ne constatèrent aucun changement dans son attitude. D'une élégance souveraine, affable, attentive aux problèmes d'autrui, tranchante si nécessaire, Satiâh remplit ses devoirs et ne refusa pas ses obligations, aussi lourdes que les miennes.

Tous les dix jours, elle se rendit dans un sanctuaire des Ancêtres, sur la rive ouest[1] ; là résidaient les quatre couples primordiaux, incarnés dans des grenouilles et des reptiles, qui avaient organisé le monde. À leur tête, Amon présidait au cycle incessant du périssable et de l'impérissable. Satiâh obtint auprès de lui un profond réconfort. Puisque la mort était née, elle mourrait ; liée à l'éternité, la vie en esprit n'en était pas affectée et se transmettait par la lumière présente dans nos temples.

En dépit des apparences, Satiâh s'éloignait peu à peu du monde des humains. Elle restreignit les réceptions officielles pour lire les enseignements des sages et les textes consacrés aux mutations de l'âme dans l'au-delà, que j'avais étudiés afin de rédiger le *Livre de la chambre secrète*. Et la souffrance s'apaisait lorsque la reine célébrait des rites en compagnie des initiés de Karnak.

C'est alors que j'écrivis et dessinai la troisième heure sur la paroi de ma tombe.

---

1. À Medinet Habou.

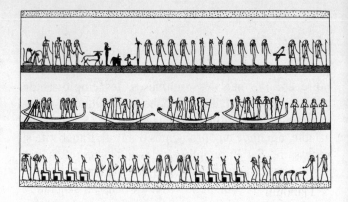

Le voyage de la barque solaire devenait difficile et dangereux. Plus de plaines fertiles, mais un territoire hostile et désertique où les plantes ne poussaient pas. La nuit s'assombrissait, les mauvais génies rôdaient. Et si la barque s'immobilisait, incapable de poursuivre son voyage, ce serait bientôt le règne du néant.

Seule la magie de la lumière, animant les couronnes royales, éviterait ce désastre. Et j'inscrivis ma prière : « Abattre le rebelle, faire renaître le flot fécondateur, déclencher la tempête, détruire les morts vivants, allumer des feux, réduire mes ennemis en cendres. »

— 57 —

Tjanouni avait-il des sentiments ? Ressemblant de plus en plus à un rapace, le chef de mes services de renseignement et rédacteur de mes *Annales* était d'une froideur presque effrayante. Vu son rang, il avait été associé aux rites de deuil, indispensables pour permettre à l'âme de mon fils d'accomplir un heureux voyage.

Mes deux amis d'enfance étaient effondrés, Rekhmirê et plusieurs dignitaires semblaient sincèrement émus, Tjanouni paraissait indifférent. Je ne devais pas condamner ses défauts, mais utiliser ses qualités, tout en constatant qu'il surgissait toujours comme un oiseau de malheur.

— Navré de vous importuner, Majesté, mais impossible de vous dissimuler les nouvelles en provenance des ports du Liban.

— Mauvaises, je présume ?

— Mauvaises et inquiétantes. Votre dernière campagne fut inutile. Les Libanais vous ont abusé et se sont placés sous l'autorité du prince de Kadesh, qui veut garder l'accès à la mer et le contrôle des voies commerciales.

— La situation ?

— Nos forces de sécurité sont débordées. Nous sommes en train de perdre le Liban au bénéfice du Mitanni et de ses exécutants syriens.

— Le prince de Kadesh est-il localisé ?

— Il s'est enfermé dans sa forteresse et l'a fait savoir. Selon moi, un piège pour vous attirer. Le fauteur de troubles a retenu la leçon de Megiddo. Lancer un assaut vous serait fatal. Quels sont vos ordres ?

— Tu les connaîtras demain.

*

* *

Je ne cachai pas à Satiâh la gravité des événements et lui décrivis le caractère sinistre de la troisième heure de la nuit, correspondant aux malheurs qui nous frappaient. Le hasard n'existait pas, l'humain avait inventé cette notion afin de s'exonérer de son manque de lucidité.

— Le prince de Kadesh nous agresse au pire moment, persuadé que nous ne riposterons pas.

— Ne pas riposter ? s'indigna Satiâh ; que veux-tu dire ?

— M'imagines-tu entreprendre une sixième campagne et te laisser seule ?

— Nous ne sommes pas des parents comme les autres. Tu es le roi, je suis la reine, et l'un de nos devoirs majeurs consiste à défendre notre pays et notre peuple, quels que soient les coups du destin. Notre existence individuelle n'a aucune importance. Ensemble, nous formons Pharaon, « La Grande Demeure » où tous nos sujets sont accueillis.

En Satiâh, la reine avait dévoré la femme.

— Séparés, nous resterons ensemble. Ni la distance, ni le temps, ni même la mort ne briseront notre union, parce que les dieux l'ont voulu ainsi. Ce qui a été lié sur cette terre par les rites sera assemblé au ciel par l'éternité. Va, mon amour, commande ton armée et sauve l'Égypte. Même si j'étais à la veille de mon dernier souffle, mes paroles seraient identiques.

*

* *

— C'est toi, le nouveau maire ? demanda le fonctionnaire venu de la grande cité de Memphis.

— C'est moi, répondit Lousi.

— Qu'est-il arrivé au précédent ?

— Il est mort de vieillesse pendant son sommeil.

Le scribe prit note.

— Ce vieillard perdait un peu pied. Lors de ma dernière inspection, il s'embrouillait dans ses comptes et dans ses propos. J'ai eu du mal à fixer le montant des taxes ! J'espère que tu seras honnête et précis. Sinon, gare au bâton ! Je déteste les tricheurs. Avec moi, ça ne pardonne pas. Où as-tu entreposé les sacs de céréales ?

— Suis-moi.

Lousi emmena le fonctionnaire à l'une des extrémités du village. Estomaqué, le contrôleur mit les poings sur ses hanches.

— Pas possible… C'est toi qui as bâti ça ?

Un grenier neuf, solide et fonctionnel. Une merveille dans ce coin perdu.

— Eh oui, se vanta Lousi, qui s'était contenté de diriger les travaux de manière autoritaire.

À la première contestation, il avait utilisé son gourdin. Apeurés, les villageois s'étaient inclinés, et lui obéissaient au doigt et à l'œil, d'autant qu'il avait nommé deux adjoints, des rusés ravis de trahir les leurs et de servir leur nouveau chef, en échange de petits privilèges : meilleure nourriture, meilleur logement et des femelles dociles.

Connaisseur, le scribe examina le grenier sous toutes ses coutures.

— Ce n'est pas parfait, mais quel progrès pour ce village !

— Et voici les sacs.

Ils étaient alignés, à l'ombre des palmiers.

— Faciles à compter ! Mais, mais… ils sont beaucoup plus nombreux que d'habitude !

— On n'a pas chômé.

Hommes, femmes et enfants avaient trimé dur, redoutant le gourdin de Lousi.

Le contrôleur s'en lécha les babines. Un bel impôt en perspective, au moins dix pour cent de la production. Ce maire-là lui plaisait ; il parlerait de lui à ses collègues de Memphis. Un tel gaillard ne méritait-il pas mieux ?

— 58 —

À l'attitude de Vent du Nord, le Vieux avait compris : on repartait. D'après l'annonce du héraut Antef, le prince de Kadesh, plus têtu qu'un âne, ne tenait pas compte de ses échecs et continuait à défier l'Égypte, avec la complicité des Libanais.

Beaucoup craignaient que Thoutmosis, sous le poids d'un deuil cruel, demeurât inerte ; au contraire, le roi engageait la totalité de ses troupes, et nul ne doutait que l'objectif était la prise de la forteresse de Kadesh, plus robuste que celle de Megiddo.

Cette fois, un siège ne suffirait pas. Ravitaillée par l'arrière-pays, la cité aux grandes murailles semblait imprenable. L'armée égyptienne ne s'aventurait-elle pas dans un traquenard sans issue ?

En servant le roi, le Vieux constata qu'il avait vieilli. À trente-sept ans, toute trace de jeunesse effacée, il s'était endurci.

Combien de soldats avaient redouté que le lettré, adepte des bibliothèques, fût incapable de commander et de se battre ? Depuis Megiddo, nul ne contestait ses dons de stratège. Et son courage face au malheur renforçait l'admiration d'hommes rudes, prêts à donner leur vie pour leur pays.

Antef et Tjanouni se déchargeant de plus en plus sur le Vieux, ce dernier s'occupait à présent de la tente du roi. À lui de garantir confort et propreté, à laquelle tenait particulièrement le souverain. Et tout commençait par la qualité de la toile… usée à plusieurs endroits !

Le Vieux convoqua le fabricant, un grand mou mal peigné.

— Tu as vu ça ?

— Je sais, je sais…

— Comment, tu sais ?

— Ben ouais, j'aurais dû réparer, mais j'ai pas eu le temps. On n'est pas arrivés qu'on repart ! Et puis je subis des tas d'ennuis. Mes gosses ont de mauvaises notes à l'école, ma femme veut divorcer, et moi, je suis malade.

— Tu as quoi ?

— Une faiblesse respiratoire.

— Tiens donc ! Et ça t'empêche de travailler ?

— Ben… Ça me ralentit.

— Je vais te souffler dans les bronches ! Tu verras, c'est la meilleure des médecines. Tu me fournis très vite une tente, ou tu seras muté dans un village de pêcheurs du Delta.

*
* *

En cette trentième année du règne du troisième des Thoutmosis, les participants à sa sixième campagne faisaient grise mine. L'adversaire serait de taille, et la prise de Kadesh, à supposer qu'elle fût envisageable, exigerait de nombreuses victimes. Entre l'enthousiasme du départ et la réalité du terrain, l'atmosphère avait changé.

Malgré l'inquiétude, la confiance envers le roi demeurait intacte. Sa tente neuve, plus confortable, avait valu au Vieux des félicitations qui déplurent à Tjanouni.

À la surprise générale, le premier objectif ne fut pas Kadesh, mais le port de Sumur[1], principal débouché de l'ennemi. La modeste garnison ne résista que quelques heures, et cette victoire aisée, sans pertes égyptiennes, remonta le moral des troupes.

Le monarque accorda une soirée de détente aux vainqueurs. Le Vieux vida les caves de la cité, tandis que Tjanouni présentait les rapports des éclaireurs à Thoutmosis.

À l'abri de ses remparts, le prince de Kadesh attendait l'armée égyptienne.

*

* *

Pas un instant, je n'avais supposé qu'une seule campagne suffirait à stabiliser la côte libanaise, zone stratégique.

Les potentats locaux se soumettaient tantôt à l'Égypte, tantôt au Mitanni, tantôt aux deux. Aussi longtemps qu'ils jugeraient égales les deux puissances, ils louvoieraient. Or, nous avions besoin du bois de

---

1. Tell Kazel.

cèdre, matériau des mâts à oriflammes dressés devant la façade des temples, et de produits divers, transportés par bateau. Abandonner le Liban appauvrirait l'Égypte et fournirait une base de départ aux envahisseurs.

Tjanouni était déprimé et déprimant.

— La citadelle de Kadesh est imprenable. Même si nos archers abattent des dizaines de défenseurs, l'assaut sera meurtrier et son issue catastrophique.

— Que proposes-tu ?

— Négocier.

— Avec qui ?

— Le prince de Kadesh n'est que le porte-parole du Mitanni, mais sera un intermédiaire crédible.

— Les termes de la négociation ?

— Chacun chez soi, et le Liban entre nous deux, avec maintien de nos relations commerciales. Ainsi, beaucoup de vies seront épargnées.

— Un détail me trouble : des menteurs peuvent-ils cesser de mentir ?

— Peu probable, Majesté.

Tandis que mes hommes festoyaient, je m'allongeai sur mon lit de camp, et mes pensées s'orientèrent vers Satiâh.

Elle ne tarda pas à me répondre.

La reine ne se trompait pas : l'amour nous rendait si proches qu'il abolissait les distances.

Satiâh me dicta la conduite à suivre.

— 59 —

Kadesh.

Le nom de la forteresse glaçait le sang des soldats. La charrerie ? Inutile. Les archers ? Indispensables, mais insuffisants. Les fantassins ? Ils mourraient en grand nombre lors des assauts.

— On est mal, dit le Vieux à Vent du Nord.

L'oreille gauche se dressa.

— Comment, non ? Ta vue baisse, ou quoi ? La première vague sera exterminée, la deuxième aussi, et la troisième battra en retraite. Et toi, tu es optimiste ?

L'oreille droite se dressa.

« Cette bête perd la tête », pensa le Vieux.

Quand le roi sortit de sa tente, les soldats étaient prêts à combattre.

Le général Djéhouty s'avança.

— Vos ordres ?

— Combien avons-nous de haches ?

— Des centaines.

— Couteaux, épées ?

— Innombrables !

— Que tous les hommes s'équipent d'un objet tranchant.

— Tranchant…

— Ajoute des faucilles prélevées chez les paysans.

— Et… nous fonçons vers Kadesh ?

— La citadelle ne se situe-t-elle pas au centre d'une plaine magnifique, couverte de champs de blé et plantée d'arbres fruitiers ?

— Un lieu splendide, en effet.

— Le prince de Kadesh ne mérite pas ce petit paradis. Nous allons couper les arbres, faucher les blés et brûler cette contrée.

— Et… la forteresse ?

— Que personne ne soit à portée de tir.

— À vos ordres.

La surprise passée, les troupes se déployèrent et accomplirent leur tâche avec un bel entrain, sous le regard du prince de Kadesh et de ses alliés, à l'abri dans leur réduit imprenable.

Imprenable… sauf par les nuages de fumée que poussèrent des vents favorables.

Face à la destruction systématique des champs et des vergers, les habitants de la place forte furent horrifiés ; la taille de l'incendie, la retombée des cendres, l'obscurcissement du ciel, et des difficultés à respirer provoquèrent une réaction qui dépassa mes espérances.

Les portes de la ville s'ouvrirent, une délégation de notables désarmés demanda grâce.

Leur porte-parole était un vieil homme, à la barbe blanche taillée en pointe et à la voix chevrotante.

Il se prosterna devant moi.

— Pitié, Majesté ! Nous nous rendons.

— Qu'on m'amène le prince de Kadesh.

— Il a quitté la citadelle. Certains de ses alliés sont restés.

Le lâche s'était enfui, une fois de plus, et préparerait une nouvelle révolte !

Refrénant des envies de pillage, je m'emparai d'une partie des richesses de la cité, notamment des armes des rebelles, qui seraient répartis comme prisonniers de guerre dans les provinces d'Égypte.

Mais une autre idée avait germé.

— Les enfants des princes coalisés se trouvent-ils ici ?

— Oui, Majesté.

— Rassemble-les.

— Vous voulez… les massacrer ?

— Non, les éduquer.

Désormais, fils et filles des princes séditieux seraient conduits à Memphis et à Thèbes, où des enseignants leur apprendraient nos valeurs. Dûment formés, ils seraient renvoyés dans leurs contrées d'origine, où ils gouverneraient à la place de leurs pères félons. Préservant leurs coutumes, ils seraient pétris de culture égyptienne et renonceraient au combat, lui préférant une bonne entente, garante de prospérité. Extirper de leur cœur la haine et le désir de guerroyer, tout en leur inculquant, si peu que ce fût, le sens de Maât : tel était mon but. Et je plaçai cette démarche sous la protection de mon fils défunt.

*

* *

La prise de Kadesh ne donna lieu qu'à des réjouissances modérées. Son prince en liberté, la région n'était pas encore pacifiée ; et chacun savait que cette campagne ne serait pas la dernière.

J'avais hâte de revoir Satiâh.

Satiâh, toujours aussi belle, empreinte de cette dignité qui l'aidait à surmonter le chagrin. Mais la plaie ne se refermait pas, et une lassitude inquiétante la gagnait, malgré les remèdes que lui prescrivait le médecin-chef de la cour.

Elle refusait de retourner au jardin et travaillait à l'amélioration incessante de sa Maison, jusqu'à l'épuisement ; les ateliers de tissage et l'école de musique fleurissaient, les bâtiments avaient été rénovés, et les exploitations agricoles produisaient autant que celles de Karnak.

Quant à son entente avec le Premier ministre, elle touchait à la perfection. Rekhmirê remplissait sa fonction avec une rigueur et une efficacité si exemplaires que Minmès n'avait aucune critique à formuler ; ce dernier mettait toute son énergie à concrétiser mon programme de rénovation et de construction des temples.

— Voici ta trentième année de règne officiel, me rappela-t-il. Dois-je faire le nécessaire, et sur quel site ?

Au terme de trente ans, et même si je n'exerçais pas réellement le pouvoir depuis si longtemps, la magie du roi était considérée comme épuisée. Aussi devait-il vivre une fête de régénération[1], qui lui insufflerait une puissance indispensable.

— Organise la cérémonie à Abydos.

---

1. La fête-*sed*.

*
* *

Abydos, la ville sainte d'Osiris, où l'on célébrait les mystères de sa mort et de sa résurrection. Tout « Juste de voix » devenait un Osiris et triomphait de l'ultime épreuve, celle du trépas.

Prévoyant, Minmès avait veillé à la construction d'un petit sanctuaire à mon nom[1]. Un pylône, un mur d'enceinte, une cour, une salle en longueur qui débouchait sur une salle large, deux chapelles, un sol composé de blocs de calcaire, un plafond représentant le ciel étoilé, des statues du dieu auquel Pharaon était assimilé.

Conformément à la tradition, la reine participait à ce rite de vivification de la fonction royale, auquel était convié l'ensemble des divinités. Et chaque année, une statue de mon *ka*, la force vitale, ressusciterait en compagnie d'Osiris.

Sur les parois, peintres et sculpteurs avaient créé des scènes d'une rare beauté, figurant les épisodes du rituel et les offrandes à Osiris.

Satiâh et moi vécûmes des moments intenses, au-delà du malheur et du bonheur.

---

1. Environ 13 × 28 mètres.

— 60 —

Aigri et furieux, Merkal cracha le jus noir de la plante hallucinogène qu'il avait mâchée pendant des heures, sans obtenir l'apaisement espéré. Petit, trapu, les cheveux tressés, le chef d'une des plus importantes tribus nubiennes ne supportait pas la domination égyptienne.

S'inspirant de son glorieux ancêtre, Sésostris III, Thoutmosis considérait la Nubie comme une province de son royaume. Un gouverneur, paré du titre de « fils royal », des forteresses, des temples, des taxes, et une population qui s'égyptianisait chaque jour davantage.

Jadis, les guerriers noirs tenaient tête à l'envahisseur ; aujourd'hui, ils mangeaient à leur faim et vénéraient le pharaon.

Une déchéance insupportable.

Grâce au va-et-vient des bateaux de commerce, les uns fournissant aux Nubiens des produits alimentaires, les autres livrant à l'Égypte de l'or, de l'ivoire, des peaux de bête, des pigments et d'autres produits du Sud profond, Merkal était informé des difficultés auxquelles se heurtait le roi. Palestiniens et Syriens lui menaient la vie dure. Pendant qu'il se battait au-delà de la frontière nord de l'Égypte, la Nubie ne devait-elle pas en profiter pour se révolter et conquérir son indépendance ?

Merkal ne pouvait agir seul. L'appui d'une autre tribu, celle d'Allanda, lui était indispensable. Dès les premières victoires, les hésitants se rallieraient.

Les deux chefs se rencontrèrent, en grand secret, dans un hameau au bord du Nil.

Bedonnant, l'œil vague, Allanda semblait mal à l'aise.

— Tu es sûr que nous sommes tranquilles ?

— Sûr de sûr.

— On n'est pas vraiment amis. Tu as ta tribu, j'ai la mienne, on ne manque de rien... Tu souhaites quoi, au juste ?

— Chasser les Égyptiens.

— Holà, holà ! Mais nous sommes égyptiens, à présent. Le roi nous protège et nous nourrit.

— Il nous étouffe !

— Ce n'est pas l'avis dominant.

— Nous sommes soumis depuis trop longtemps. Révoltons-nous et reprenons notre territoire.

— Tu as vu la taille des forteresses égyptiennes ?

— Et si elles étaient vides ?

Le regard vague d'Allanda vacilla.

— Pourquoi le seraient-elles ?

— Parce que Thoutmosis se heurte à une forte résistance en Syrie et qu'il aura besoin des soldats casernés en Nubie. Ils le rejoindront, et nous aurons le champ libre. Une occasion à exploiter, ne crois-tu pas ?

— Faudra voir.

*
* *

— C'est toi, Bak ?

— Oui, oui…

— Le responsable accepte de te recevoir.

Le planton conduisit l'ex-Syrien au bureau du scribe chargé de la gestion des prisonniers de guerre répartis dans les provinces du sud de l'Égypte.

Plus désagréable, impossible. Une sorte de rat installé au centre d'un bureau surchargé d'étagères croulant sous les papyrus.

La peur au ventre, Bak regrettait déjà sa démarche.

— Tu es métayer ?

— En effet.

Le scribe consulta un dossier.

— Plutôt bien noté… et recommandé. Que désires-tu ?

— Savoir si un proche a purgé sa peine, s'il est resté en Égypte et si je peux le revoir.

— Un proche… de quel genre ?

— Un ami.

— C'est beau, l'amitié. Il s'appelle comment ?

— Lousi.

— Syrien, comme toi ?

— D'origine. Moi, je suis égyptien, maintenant.

Le fonctionnaire grommela des mots incompréhensibles, se leva et sélectionna un papyrus. Son classement alphabétique, tenu à jour, lui assurait une remarquable efficacité.

284

— Lousi, Lousi… Pas de Lousi à Thèbes et dans les provinces du Sud. Sans doute a-t-il été enregistré à Memphis.

— Comment en être certain ?

— Il faudra te rendre là-bas.

— Me recevra-t-on ?

— Tu tiens beaucoup à cet ami ?

— J'aimerais qu'il s'intègre, comme moi.

— Je te fournis un formulaire pour mon homologue de Memphis. Il te renseignera.

Bak se confondit en remerciements et s'empressa de quitter le bureau. Il lui restait une chance de retrouver Lousi.

Perplexe, le fonctionnaire mâchonna sa gourmandise préférée, un morceau de jonc sucré.

D'une part, il se méfiait des ex-Syriens naturalisés ; d'autre part, il remplaçait le terme « amitié » par « complicité ». Ces gens-là ne formeraient-ils pas des réseaux revanchards et dangereux ?

Une enquête dépassait son domaine de compétences. C'est pourquoi il rédigea un rapport circonstancié à l'intention des services de police placés sous l'autorité du Premier ministre.

— 61 —

Menkh le Jeune fut émerveillé. Au Trésor de Thoutmosis Ier et à la Double Maison de l'or et de l'argent, où étaient préservées de considérables richesses, s'ajouterait désormais le « temple de l'or d'Amon », comprenant neuf salles.

Fleuron de ce nouveau sanctuaire : une grande barque, considérée comme un être vivant, dont j'ouvris moi-même la bouche afin qu'elle nous transmette, par l'intermédiaire de la tête de bélier sculptée à sa proue, les paroles divines. En bois de cèdre du Liban recouvert d'or, elle serait portée en procession lors de certaines fêtes.

L'inauguration achevée, en présence de Satiâh, je m'isolai « derrière le rideau » du palais, en compagnie du Premier ministre, désireux d'établir un premier bilan de son action.

La veille, j'avais lu la pile de rapports en provenance des ministères et la synthèse de Rekhmirê, aussi concise que précise. Avant tout, la répartition des biens apportés aux temples, sacralisés, comptabilisés, puis redistribués. Et le Premier ministre devait se montrer particulièrement rigoureux à propos des dotations d'État aux institutions et aux particuliers. Des fondations, approvisionnées en bétail, en terres agricoles et en nourriture, étaient strictement contrôlées. En cas d'erreur ou d'injustice, un juge intervenait. En effet, les bévues ne manquaient pas, contraignant Rekhmirê à une vigilance constante.

Les rapports ne maquillaient pas ses échecs. Le dernier en date : une mauvaise distribution de lait frais dans trois provinces. Identifiés, les responsables avaient été sanctionnés.

— Comment se déroule l'intégration des prisonniers de guerre ?

— Leur peine purgée, une partie retourne en Syrie ; la majorité reste chez nous, et l'administration leur fournit du travail. Des emplois pénibles, afin de les mettre à l'épreuve. S'ils s'adaptent, aucun poste ne leur sera interdit.

— Et les enfants des princes ?

— Leur formation a débuté. Nos éducateurs m'ont adressé une proposition : admettre les plus doués à notre grande école[1], celle dont vous êtes issu.

— Pourquoi pas ? Ce seront nos alliés de demain.

*
* *

Fils du prince de Tounip, une cité syrienne, le jeune Paheq, âgé de dix-sept ans, enrageait. Son père s'était enfui en compagnie du prince de Kadesh, sans même

---

1. Le *kap*.

combattre ! Des lâches et des menteurs. N'avaient-ils pas promis à leurs sujets qu'ils écraseraient l'armée de Pharaon ?

Paheq était le nom égyptien qu'on lui avait attribué, en raison de son niveau d'éducation. Paheq, « le magicien », autrement dit celui qui avait pratiqué des rites, savait lire et écrire, et respectait les dieux. Verdict des examinateurs : apte à suivre les cours de l'école supérieure.

D'abord, l'envie de cracher au visage de ses professeurs ; ensuite, une réflexion : pourquoi ne pas prendre ce qu'on lui offrait et s'en servir contre ses oppresseurs ?

La fine fleur de l'éducation égyptienne accueillait des étudiants de toutes origines, auxquels on demandait une vertu majeure : le sens du travail. Quantité de matières : maîtrise de la langue et de l'écriture, géographie, astronomie, botanique, minéralogie, économie, stratégie militaire… Et chacun devait connaître les impératifs de l'agriculture et de l'artisanat.

Comment profiter au maximum de la situation, sinon en feignant de s'adapter à ce monde qu'il détestait, avec une envie chevillée au corps : le détruire ?

En découvrant son fonctionnement et en se mêlant aux élites, Paheq utiliserait les armes qu'on lui procurait. Aussi étudia-t-il avec voracité, se signalant par ses qualités : mémoire, concentration, capacité à résoudre des problèmes complexes… L'ex-prince syrien étonna ses maîtres, qui envisagèrent une carrière dans la haute administration.

À ses camarades, Paheq vanta la qualité de vie en Égypte, ses valeurs spirituelles et morales, la cohérence de sa société, la splendeur de son architecture. Il ne manqua pas de célébrer les vertus de l'institution pharaonique et proclama son bonheur de recevoir pareil enseignement.

Paheq devenait le parfait exemple d'un opposant reconverti et de la réussite de la politique d'intégration que préconisait le roi.

Ce despote, le Syrien le haïssait chaque jour davantage.

*
* *

Satiâh et Mérytrê se voyaient au moins une fois par jour. Elles parlaient un peu du passé, beaucoup de musique, et préparaient les rituels et les fêtes où intervenaient les chanteuses d'Amon. Cette précieuse amitié était le meilleur des réconforts.

Et le miracle se produisit.

À la tombée du jour, j'entendis les sons d'une harpe provenant du jardin du palais. Intrigué, je quittai mon bureau.

Un air doux et grave, joué avec un art inimitable.

À l'ombre d'un sycomore, l'arbre de la déesse du ciel, Satiâh, les yeux fermés, laissait courir ses longs doigts fins sur les cordes, déployant une mélodie sereine qui apaisait l'âme.

Elle nous unissait au-delà des mots, au-delà des sentiments, au-delà de ces instants qui s'égrenaient si vite, trop vite.

— 62 —

Lousi découvrit Memphis, la capitale économique de l'Égypte, à la jonction des Deux Terres, la Basse-Égypte et son delta, la Haute-Égypte et sa vallée du Nil. Le Syrien fut impressionné par la taille des temples, notamment celui de Ptah, dieu des bâtisseurs et maître du Verbe créateur ; l'activité incessante du port, Bon-Voyage, le laissa pantois. C'était la première fois qu'il voyait une cité de cette importance, aux nombreuses rues bordées d'immeubles à deux étages.

— J'ai plaidé ta cause auprès de mon supérieur, indiqua le scribe contrôleur qui avait amené Lousi à Memphis. Je te préviens : c'est un coriace. Ne te fie pas à son gros ventre et à son triple menton ; il n'est bon vivant qu'en apparence. En réalité, il se montre aussi tranchant qu'une lame de couteau. Si tu lui déplais, inutile d'insister : pas de promotion.

Les bureaux de l'administration memphite n'avaient rien à envier à ceux de Thèbes. Des cohortes de scribes vaquaient à leurs multiples tâches, avec une consigne majeure : l'efficacité. Nul n'était fonctionnaire à vie, et mieux valait ne pas s'endormir sur ses papyrus. Depuis la nomination de Rekhmirê, dont la réputation et les méthodes avaient gagné le Nord, tricheurs et truqueurs risquaient gros.

Des gardes, une fouille au corps, un long couloir, un grand bureau fleuri, et un personnage impressionnant, assis sur un siège en bois capable de supporter son poids. Ses petits yeux noirs mettaient mal à l'aise n'importe quel interlocuteur.

— Voici donc notre Lousi… J'ai étudié ton dossier. Exploiter si bien ce village de bouseux, beau succès. Tu viens d'où ?

— De la frange côtière du Delta.

— Famille de pêcheurs ?

— Exact. À la mort de mes parents, décédés la même année, j'ai pris mon baluchon. Les poissons, je n'en pouvais plus. Travailler aux champs, ça me plaisait.

— Tu ne t'es pas arrêté là… Gérer un village, ce n'est pas si simple.

— Le bonheur d'autrui me préoccupe. Être heureux ensemble, c'est préférable, non ?

Le triple menton approuva.

— L'homme est mauvais par nature, déclara-t-il ; si on ne l'encadre pas, tout va de travers. Ma mission, c'est de faire marcher droit des centaines de paresseux et d'opportunistes. Et tu es l'un d'eux.

Lousi aurait dû protester, mais l'attaque le figea.

— Au moins, tu l'admets. Une seule question : es-tu moins mauvais que les autres, auras-tu assez d'autorité pour redonner de la vigueur à un atelier de menuisiers en pleine déliquescence ?

— J'ai bâti un grenier, parce qu'on m'obéissait. Cet atelier courbera-t-il la tête ?

291

— Ça dépendra de toi.
— Aurai-je un statut officiel ?
— Il ne suffira peut-être pas.
— Essayons. Et mon village ?
— Je lui envoie un jeune contrôleur qui le dirigera en ton absence. Si tu échoues, tu y retourneras ; si tu réussis, les paysans éliront un nouveau maire.

*
* *

Dans le silence de ma tombe, éclairée à profusion, je dessinai les figures peuplant la quatrième heure de la nuit de mon grand livre, et traçai les hiéroglyphes composant les légendes et les paroles à prononcer.

La traversée de la troisième heure avait été rude, et celle de la suivante ne serait pas plus aisée.

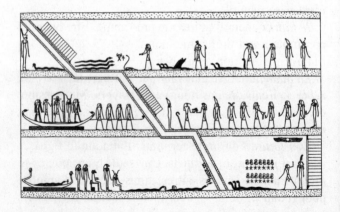

La barque solaire devait achever son périple sur le mur situé à l'occident, en parcourant le royaume de

dessous terre[1] ; après avoir soumis des serpents gardiens et forcé trois portes, elle empruntait des chemins mystérieux, ondulés et en pente.

Le soleil faiblissait, et cette obscure région manquait d'eau. Des haleurs tiraient la barque sur un sol aride et sablonneux, la clarté de l'origine menaçait de disparaître, et les espèces vivantes avec elle. Des étoiles à la pierre, en passant par l'humanité, rien ne subsisterait.

À la proue et à la poupe du navire en perdition, des cobras protecteurs dissuadaient des tueurs tapis dans l'ombre de se jeter sur lui et de le démanteler. D'autres serpents, ailés et pourvus de jambes, les aideraient à combattre si nécessaire.

Un dieu veillait à la préservation de l'œil sacré, contenant toutes les mesures de la création : Thot, mon bon génie, le maître de l'écriture et des formules de puissance. Sans sa présence, les démons des ténèbres l'auraient déchiqueté.

Il fallait descendre au plus profond et se contenter d'une faible lueur pour avancer, au prix d'efforts intenses, en redoutant des pièges fatals.

La quatrième heure m'annonçait une destinée redoutable ; en supporterais-je le poids, parviendrais-je à orienter la barque de l'État vers des contrées plus riantes ?

Des luttes intenses se profilaient.

C'est pourquoi j'adressai une prière aux divinités : « Ouvrez-moi ces chemins mystérieux, que la flamme dégage ma route. »

_____
1. Celui de Ro-setaou, « La bouche du chemin en pente (vers les profondeurs) ».

— 63 —

Une grande fête en l'honneur d'Amon, associant toute la population, sembla dissiper les nuées ; mais les sombres prédictions de la quatrième heure de la nuit ne tardèrent pas à se concrétiser.

La dernière journée de réjouissances s'achevait, lorsque Tjanouni s'approcha de moi, encore plus sinistre qu'à l'ordinaire.

— Serais-tu souffrant ?

— Des problèmes gastriques, Majesté ; le médecin-chef m'a prescrit des remèdes efficaces.

— De mauvaises nouvelles seraient-elles la cause de ces troubles ?

— Très mauvaises. Désolé de gâcher ces bons moments, mais l'affaire est urgente. La ville d'Oulazza, que nous estimions soumise, s'est révoltée. Nos administrateurs ont été tués.

— Toujours le même instigateur ?

— Le prince de Kadesh exulte. D'après nos services de renseignement, une attaque d'envergure se prépare. Les troupes syriennes comptent s'emparer des ports et interrompre le commerce entre l'Égypte et le Liban.

— Une attaque d'envergure…

— Les rapports sont formels.

— Eh bien, la riposte sera à sa mesure. Puisque la clémence est inopérante, nous appliquerons la rigueur.

Tjanouni recula d'un pas.

Mes colères étaient rares, mais semblables à celles d'un taureau furieux.

Déléguant la direction du banquet à la reine, je convoquai aussitôt mon conseil de guerre.

*
* *

Minmès exprima son inquiétude.

— Ne faudrait-il pas d'autres informations, plus détaillées ?

— L'urgence est extrême.

— Le prince de Kadesh et ses alliés nous ont forcément tendu un piège !

— Forcément.

— Et tu ne le redoutes pas ?

— Pas un instant.

— Et si les événements ne tournaient pas en ta faveur, comme à Megiddo ?

— Il ne s'agit pas de Megiddo, et ma stratégie sera très différente.

— Au point de tout écraser sur ton passage ?

— Sans aucun doute.

— Thoutmosis…

— Tu penses que je cède à la fureur et à la vanité ? Détrompe-toi. Thot m'a enseigné l'art du calcul. Et je t'emmène.

— Moi ? Ma mission à la cour…

— N'as-tu pas confiance en Rekhmirê ? La reine et le Premier ministre géreront le pays en mon absence. J'ai besoin de toi, du Liban. Finies, les mesures temporaires et inefficaces. La victoire acquise, tu organiseras une administration digne de ce nom.

*
* *

Les élèves de l'école supérieure du palais avaient la boule au ventre.

Le moment des résultats.

Les meilleurs seraient appelés à de hautes fonctions, les moyens deviendraient des scribes aisés, les mauvais continueraient à se former.

Le verdict n'étonna personne. Paheq était premier partout, sauf en stratégie militaire. Ce succès exceptionnel lui ouvrait toutes les portes.

Modeste, bon camarade, plus patriote qu'un Égyptien de souche, il reçut des félicitations unanimes.

D'ordinaire, un écart de conduite, de l'impolitesse à l'abus d'alcool, était passible de sanctions sévères, allant jusqu'à l'exclusion ; vu les circonstances, les professeurs autorisèrent un dîner copieusement arrosé, au cours duquel les jeunes gens échangèrent, avec force rires, des propos indignes de leur rang.

Au terme de ces agapes débridées, Paheq fut convoqué dans le bureau du directeur, un sexagénaire à la voix lente.

— As-tu réfléchi à ton avenir ?

— J'avoue que non. J'ai encore beaucoup à apprendre.

— Même si l'on apprend sa vie durant, il est un temps pour étudier et un autre pour agir. Tu es jeune, certes, mais ton tempérament est affirmé. Si tu retournes en Syrie, tu participeras au gouvernement d'une région, afin de garantir sa fidélité.

— Est-ce un ordre ?

— Non, une proposition.

— Un autre choix possible ?

— Rester dans ton pays d'adoption.

— Et poursuivre mes études ?

— D'une autre manière, et en te confrontant à des difficultés quotidiennes. L'un des assistants du maître d'œuvre Minmès vient de partir à la retraite. Il cherche un remplaçant.

— Et… vous me jugez apte ?

— Sinon, t'en parlerais-je ? Autant te prévenir : Minmès n'est pas commode. Ami d'enfance du roi, scrupuleux à l'extrême, il déteste l'amateurisme. Je t'accorde quelques jours de réflexion.

— Ce ne sera pas nécessaire. La Syrie ne m'intéresse plus, je suis égyptien. Je tenterai de me montrer à la hauteur.

Le parcours de Paheq était fulgurant. Déjà dans la sphère du pouvoir… Mais assouvir sa vengeance ne serait pas facile. Il n'abattrait pas Thoutmosis en claquant des doigts. Néanmoins, à lui de tirer parti de ce poste inespéré.

— 64 —

Quand le héraut Antef annonça la septième campagne et la volonté du roi de frapper un coup décisif, les réactions furent diverses. La majorité approuva, certains redoutèrent un échec qui plongerait l'Égypte dans le chaos. Les optimistes rappelèrent la victoire de Megiddo et le succès, même relatif, des expéditions suivantes.

À l'attitude de Vent du Nord, le Vieux avait appris la nouvelle avant les militaires et la population. Résigné, il se prépara au voyage, avec le désir de servir au mieux son souverain.

Le général Djéhouty était tellement heureux de lancer un énorme assaut et de briser les reins des séditieux libanais qu'il dopa les troupes. Sûres de leur puissance, charrerie et infanterie bénéficieraient de l'appui d'une marine de guerre rénovée et augmentée.

C'est en quittant le Delta que Thoutmosis révéla son plan : attaquer Oulazza par la mer et non par la route, où s'étaient massées les troupes syriennes.

Peu habitués au transport maritime, les soldats égyptiens apprécièrent modérément le tangage et le roulis ;

heureusement, les flots demeurèrent calmes et les vents furent favorables. La magie royale n'avait-elle pas dompté les mauvais génies de l'eau et de l'air ?

*
* *

Les habitants d'Oulazza, port prospère de nouveau sous la domination du prince de Tounip, allié de celui de Kadesh, dormaient sur leurs deux oreilles. Leur gouverneur avait bien berné le pharaon en lui jurant fidélité ! Et son armée aurait une désagréable surprise à l'approche de la cité révoltée.

En prenant son tour de garde, le guetteur était guilleret. Quels naïfs, ces Égyptiens ! À cause de leur stupide croyance en la parole donnée, liée à la loi de Maât, ils gobaient n'importe quel racontar.

Thoutmosis paradait, mais n'agissait que de manière sporadique. Le manipulant à leur guise, les Libanais n'avaient rien à craindre de ce fier-à-bras.

Comme d'habitude, les heures de garde seraient ennuyeuses. Du haut de la tour dominant le port, le guetteur observerait une mer vide. Lui, il se remplirait d'un vin liquoreux, remède à la monotonie.

En cette belle matinée, une faible brise ne rafraîchissait pas l'atmosphère chaude et humide, incitant à la somnolence.

Soudain, il écarquilla les yeux.

À l'horizon, du bizarre. Il aurait juré des voiles, des bateaux, toute une flotte… Impossible ! Et pourtant, cette flotte-là grossissait. Les Égyptiens, attaquer par la mer… Impensable ! Le guetteur se frotta plusieurs fois les paupières, et donna enfin l'alerte.

*
* *

Sous le commandement d'un des fils du prince de Tounip, qui n'avait jamais livré bataille, la garnison d'Oulazza céda à la panique dès que le premier navire de guerre entra dans le port. Les archers égyptiens abattirent les imprudents qui essayaient de résister, et l'armée de Thoutmosis débarqua sans subir la moindre perte. Syriens et Libanais rendirent les armes, et Tjanouni eut rapidement un compte exact : cinq cents prisonniers.

À la tête de la charrerie, le général Djéhouty s'enthousiasmait à l'idée de prendre à revers les Syriens embusqués près de la ville. Amère déception : prévenu de l'attaque de Thoutmosis, le prince de Kadesh avait ordonné la retraite générale.

*
* *

La nouvelle de la prise d'Oulazza se répandit à la vitesse du vent, et les gouverneurs des ports libanais accoururent pour m'assurer, une fois de plus, de leur entière et absolue fidélité.

Je les écoutai, l'un après l'autre, sans prononcer un mot, puis ordonnai de les rassembler sur le port.

Des fantassins encadrèrent les notables, formant un groupe compact, à l'angoisse perceptible. Et je laissai d'interminables minutes s'écouler. Personne, pas même Minmès, ne connaissait mes intentions. Beaucoup pariaient sur une exécution sommaire, à titre d'exemple.

— Vous tous, vous êtes des menteurs et des traîtres. Votre parole n'a aucune valeur. Quels que soient vos engagements, vous mentirez et vous trahirez. À partir d'aujourd'hui, l'Égypte gérera vos ports et fixera les taxes que vous lui verserez. À la première agression de votre part, à la moindre insoumission, vous serez arrêtés et condamnés. Je raserai vos villes, vos campagnes et vos vergers. Et plus une seule famille n'habitera cette contrée.

Dans un touchant mouvement d'ensemble, les gouverneurs se prosternèrent.

*
* *

Assisté d'un bataillon de scribes comptables, Minmès établit une liste véridique des marchandises transitant par les ports libanais ou accumulées dans leurs entrepôts. Quiconque s'opposait à leurs investigations était immédiatement incarcéré. La méthode se révéla efficace, et il ne lui fallut pas longtemps pour concevoir un mode de gestion réduisant les possibilités de corruption. Sous peine de destitution et d'emprisonnement, les gouverneurs libanais seraient tenus de le respecter. Formées de soldats expérimentés, des garnisons protégeraient les scribes chargés d'administrer les ports où étaient livrés les sacs de céréales que produisaient le Liban, la Syrie et la Palestine, et dont une bonne partie serait exportée vers l'Égypte, au titre de l'impôt.

S'y ajouteraient fruits, vins, huiles et encens. Et désormais, on parlerait des « embarcadères du roi ».

Rédacteur des *Annales*, Tjanouni fut débordé, tant le butin recueilli était considérable ! À chaque étape, la population accueillait Thoutmosis avec joie, offrant des gâteaux et des crus plus ou moins satisfaisants selon le Vieux, qui ne rechigna pas à son devoir de goûteur ; et Tjanouni inventoria les richesses rapportées au pays, chars, chevaux, armes, cuivre, denrées alimentaires, étoffes, sans omettre des plantes intéressant le monarque. Face à cette abondance, le rédacteur indiqua qu'il ne fournirait pas de précisions, afin de ne pas surcharger les archives[1].

---

1. Authentique, comme tous les détails provenant des *Annales* de Thoutmosis III.

— 65 —

Une franche gaieté imprégna le voyage de retour.
À Memphis, puis à Thèbes, l'accueil fut chaleureux ;
la population considérait que j'avais obtenu un succès
décisif. L'Égypte continuait à s'enrichir, son prestige
à croître.

Je ne partageais qu'à moitié la satisfaction générale. Certes, la Palestine, les ports libanais et une partie
de la Syrie étaient à présent sous contrôle réel, et de
nouvelles révoltes semblaient exclues, en raison du
dispositif militaire et administratif. Mon plan d'œuvre
se déroulait.

Mais la tête du monstre restait intacte. Jamais le
Mitanni, utilisant des bras armés comme le prince de
Kadesh, ne renoncerait à nuire. Possédant des bases
solides loin des Deux Terres, je pouvais envisager
l'ultime étape : écraser enfin l'adversaire et tarir la
source du danger.

Cette victoire-là n'était pas acquise d'avance, d'autant que les prédictions de la quatrième heure me hantaient. Une septième campagne, si facile... Baisser la

garde serait fatal. Cachés dans les ténèbres, les ennemis attendaient leur heure, et le malheur rôdait. Quelle
forme prendrait-il ?

*

* *

Grâce à quelques notes, la fatigue de la journée
s'envolait. Quand Satiâh jouait de la harpe au crépus-
cule, dans le jardin du palais, j'avais la sensation d'un
bonheur retrouvé. L'âme de notre fils était présente
auprès de nous, les mélodies nous unissaient.

Lorsque la musique cessait, le monde extérieur ressurgissait, avec ses contraintes. Dîners d'État, réceptions d'ambassadeurs, savoir écouter les doléances,
décider sans blesser, utiliser les qualités de chacun en
restant conscient des défauts et des insuffisances, pri-
vilégier la cohérence des Deux Terres, nous conformer
en permanence aux exigences de notre fonction...

Deux êtres recevaient mes confidences : Satiâh et
le chien Geb, qui accompagnait partout sa maîtresse
et veillait sur elle.

*

* *

Bien qu'il eût développé l'exploitation, augmenté
le personnel et payé ses impôts avec une ponctualité
exemplaire, Bak éprouvait toujours un certain malaise
à la vue d'un scribe contrôleur.

Et celui-là, jeune, grand, bien rasé et parfumé, il ne
le connaissait pas.

— C'est toi, Bak ?

— C'est moi.

Le scribe consulta son dossier.

— Marié, deux enfants, métayer… Tu confirmes ?

— Je confirme.

— Pas de problèmes ces derniers temps ?

— Aucun.

— Tu as récemment engagé deux ouvriers agricoles ?

— En effet.

— Et ton troupeau de vaches a augmenté de deux têtes ?

— Exact.

— Depuis un mois, tu as huit porcs ?

— Neuf.

— Ah… Je dois modifier mes écritures. Un instant.

Bak se demandait où ce raffiné voulait en venir ; à première vue, il ne fréquentait guère la campagne. Il prit son temps pour effacer le chiffre incorrect et lui substituer le bon.

— Tout est en ordre. Je peux donc te remettre l'avis émanant du bureau du Premier ministre.

Bak se statufia. Que lui reprochait-on, au point d'être monté si haut ?

Le raffiné lui tendit un papyrus.

— Eh bien, prends-le !

— Ça… ça dit quoi ?

— En raison de tes excellents résultats, l'ensemble de l'exploitation t'est accordé en pleine propriété.

— Propriétaire… Je deviens propriétaire ?

— Le sceau du Premier ministre en fait foi. Conserve précieusement ce document. Si tu l'égarais, nous avons un double aux archives et nous te remettrions une copie. À tes frais, bien entendu.

— Propriétaire…

— Je te rappelle le règlement : le Trésor a fixé un forfait fiscal, en raison de la taille de ton exploitation. Ce que tu produiras en plus des quantités prévues t'appartiendra, et tu n'auras pas à le déclarer.

— Propriétaire…

— Voilà, c'est le mot juste. Bon, je te laisse.

Après une longue immobilité, Bak courut vers sa maison pour annoncer la fabuleuse nouvelle à son épouse.

Le soir même, tout le personnel fut invité à une beuverie mémorable.

En s'endormant, Bak songea à Lousi. Pendant la prochaine crue, synonyme de congés, il se rendrait à Memphis et tenterait de retrouver sa trace.

*
* *

Discrète, presque invisible, et pourtant indispensable au palais, la dame Nébétou m'aborda au sortir d'un entretien avec le Premier ministre. Elle était l'unique dignitaire de la cour à ne pas m'avoir félicité pour mon éclatant succès au Liban.

— Quelles qualités préconisait ton modèle, Sésostris III, pour être un bon pharaon ?

— Vigilance et persévérance.

— Tu as retenu la leçon, mais tu ne l'appliques pas.

— Que me reproches-tu ?

— De ne pas prêter suffisamment attention à la personne qui te chérit le plus.

— La reine ?

— Sans elle, qu'aurais-tu accompli ? Les Grandes Épouses royales ont toujours été les piliers de ce pays. Et Satiâh ne déroge pas à la règle.

— Qu'as-tu à m'apprendre ?

— Cette semaine, elle a consulté trois fois le médecin-chef.

— 66 —

Dans la force de l'âge, le médecin-chef du palais était un praticien pondéré et rassurant. Doté de magnétisme, il se dévouait aux malades jour et nuit, et remettait sur pied quantité de courtisans. Moi-même, je n'avais qu'à me féliciter de ses soins.

Alors que Satiâh préparait un rituel avec son amie Mérytrê, je le convoquai au jardin.

— La reine t'a fréquemment consulté, ces derniers temps ?

— En effet.

— Pour quelles raisons ?

— Votre question me prouve qu'elle est restée muette.

— Je dois savoir !

— Son accord ne serait-il pas nécessaire ? Parler à sa place serait la trahir.

J'appréciai cette attitude et me rendis à la Maison de la reine, où l'école et les ateliers étaient en pleine activité. Son entretien avec la souveraine venant de se terminer, Mérytrê me salua.

Satiâh apposait son sceau sur des documents administratifs.

— Que me caches-tu ?

Elle sursauta.

— T'ai-je jamais rien caché ?

— Ta santé.

— Ah… Tu as appris ?

— Quel est le diagnostic du médecin-chef ?

— Une maladie qu'il ne connaît pas et dont je ne guérirai pas.

La violence du choc me pétrifia.

Elle me prit tendrement par le bras et m'emmena sur une terrasse, d'où nous dominions une palmeraie.

— Mon organisme est usé, les canaux permettant à l'énergie de circuler sont altérés. Il n'existe pas de remède. Bientôt, mon souffle s'éteindra.

Je la serrai contre moi, pour ne jamais la perdre. Et si le médecin-chef s'était trompé ? Si notre magie triomphait de la maladie ?

— Pardonne-moi, je n'ai pas su me remettre de la mort de notre fils. Le grand voyage ne m'effraie pas, mais j'aurais tant aimé continuer de lutter auprès de toi ! Les dieux en décident autrement.

— Non, protestai-je, la décision n'est pas prise ! Nous allons célébrer une fête de régénération en ton honneur, et nos rites te sauveront.

*
* *

Étant donné son ascension sociale et son grand projet, Lousi ne pouvait s'autoriser le moindre handicap. Aussi franchit-il le seuil d'une forge, à l'écart des habitations. Selon la rumeur, son propriétaire n'était pas un modèle d'honnêteté.

Le forgeron dévisagea Lousi.

— Tu veux quoi ?

— Une amulette, des sandales et un pagne neufs, une jarre de bière, ça t'intéresse ?

Le Syrien déposa les objets sur le sol.

— Je répète : tu veux quoi ?

— Effacer une marque que j'ai sur l'épaule.

— Montre.

Lousi s'exécuta.

— Prisonnier de guerre et condamné... Le prix me convient. Mais tu vas déguster.

— Vas-y.

Brûler la marque avec un fer à bestiaux, créer une cicatrice comparable à celle d'une blessure. Un travail de précision.

Lousi hurla.

L'opération terminée, le forgeron lui offrit de l'alcool de datte.

— Mets du miel sur la plaie. Ça évitera l'infection. Décampe, je ne t'ai jamais vu.

*
* *

Lousi n'avait que de modestes connaissances en menuiserie, et les artisans lui réservèrent un accueil glacial. Pourtant, son apparence ne leur déplut pas ; tête carrée, front bas, gros sourcils, pouces carrés, trapu, il ne ressemblait pas au scribe élégant qui avait tenté, en vain, de rétablir l'ordre et de leur imposer de trop rudes conditions de travail.

— On fabrique quoi, ici ?

— Surtout des lits, répondit un moustachu agressif.

— Du tout-venant ou du luxe ?

— Que des belles pièces.

— Et ça prend du temps ?

— Qu'est-ce que tu crois ?

— Si tu m'expliquais ?

Lousi saisit le moustachu par les épaules et l'entraîna au-dehors, jusqu'à la taverne voisine.

— Écoute, mon gars ; tu m'as l'air futé, pas comme tes camarades, une bande de butés. Si cet atelier ne revient pas rapidement sur le droit chemin, je le fermerai et m'arrangerai pour que vous ayez les pires ennuis, surtout toi. Ça pourrait même se terminer très mal.

— Tu… tu me menaces ?

— Et pas qu'un peu. Ou tu m'aides, et tu t'enrichiras ; ou tu grognes, et je t'écraserai. À toi de choisir. Maintenant.

— T'aider, t'aider… Comment ?

— En me parlant des points faibles de tes collègues. Qui trompe sa femme, qui est endetté, qui perd au jeu, qui vole des outils, qui triche sur ses heures d'atelier, qui ment en se prétendant malade… Et j'en oublie.

— Tu me demandes de jouer les cafards ?

— Tu acceptes ou tu refuses ?

Le moustachu mordilla ses poils.

— C'est quoi, cette histoire d'enrichissement ?

— Les rétifs seront renvoyés, tu deviendras le patron avec une belle prime à la clé et un contrat juteux.

Conquis, le cafard hocha la tête.

*
* *

Proche de Thèbes, le temple de Tôd était entouré d'acacias et de sycomores. Minmès avait eu recours aux meilleurs sculpteurs pour qu'ils représentent Satiâh en longue robe blanche, caractéristique de la fête de régénération de Pharaon. Pour la première fois, une Grande Épouse portait cet habit rituel, linceul transformant la mort en vie.

Face à sa figure de pierre, inaltérable, je revêtis moi-même Satiâh de cette tunique immaculée, viatique contre le néant.

— 67 —

Les sinistres prédictions de la quatrième heure de la nuit s'accomplissaient.

Depuis une semaine, Satiâh était alitée. Le médecin-chef lui donnait des calmants qui empêchaient la souffrance, mais hâteraient sa fin.

Quand Geb, perpétuellement auprès de sa maîtresse, vint me chercher, le regard désespéré, je me précipitai jusqu'à la chambre de la reine.

Les larmes aux yeux, Mérytrê en sortait, incapable de prononcer un seul mot.

Au terme de son existence, la Grande Épouse royale avait gardé sa lumière et sa dignité. Elle réussissait même à m'offrir un sourire au charme magique, soleil irremplaçable.

— Je suis lasse de vivre, mon amour. Je vais rejoindre notre fils, et nous te protégerons. Surtout, préserve l'unité des Deux Terres et remplis tes devoirs, quoi qu'il t'en coûte. Souviens-toi, à chaque instant, que tu es le jonc et l'abeille[1]. Le jonc, si humble et

_____

1. Pharaon est *ni-sout-bity*, « Celui du Jonc et de l'Abeille », expression que l'on se contente de traduire par « Roi de Haute et Basse-Égypte », en perdant sa valeur symbolique.

si répandu, que l'on peut consommer et qui sert à fabriquer tant d'objets modestes, mais indispensables. L'abeille, qui crée l'or liquide, le remède par excellence, et bâtit la demeure où prospère la communauté. Soucie-toi de la ruche, continue à bâtir ton pays et ton peuple.

J'embrassai son front, lui caressai les cheveux et la serrai doucement dans mes bras.

Et Geb hurla à la mort.

*
* *

Je m'étais isolé dans mon temple de Karnak, interdisant à quiconque de m'approcher. Personne n'avait à observer la souffrance d'un roi, personne n'était capable d'en imaginer l'ampleur. Je passai des heures à contempler les bas-reliefs représentant Satiâh, dotée d'une vie éternelle. Également présente dans mon temple des millions d'années, elle allait y recevoir un culte quotidien ; ainsi les rites triompheraient-ils du trépas.

Nous étions seuls ensemble, au sommet de l'État, premiers serviteurs des dieux, et cette communion nous conférait une force incomparable. Je me souvins de chaque moment vécu avec elle, de chaque facette de cet amour immense, aussi vaste que le ciel.

Un homme ordinaire aurait eu le droit à l'affection de ses proches, sa douleur aurait été partagée, voire allégée. Mais j'étais le roi et ne devais pas m'apitoyer sur moi-même. Les dieux ne m'avaient-ils pas ôté ma femme et mon enfant, m'infligeant la solitude absolue, pour que je me consacre entièrement à ma tâche, dépouillé de tout bonheur humain ?

D'abord monarque sans gouverner, puis jeune souverain goûtant à de multiples joies, et maintenant porteur d'une charge écrasante, face à la règle de Maât et à mon peuple. Être le jonc et l'abeille, servir sans cesse, ne plus connaître le repos, ne plus échanger ses pensées secrètes avec une épouse assumant les mêmes épreuves, ne plus avancer main dans la main.

Un vide glacial m'envahit. La mort m'accorderait-elle la grâce de m'appeler, moi aussi ?

Le visage sculpté de Satiâh me contempla, le froid se dissipa. Elle ne m'autorisait pas à la rejoindre. Pas encore.

*
* *

Le deuil national dura soixante-dix jours, le temps de la momification, qui transforma la dépouille mortelle de Satiâh en corps osirien, inaltérable.

Les ritualistes formèrent une procession et déposèrent dans sa tombe l'équipement nécessaire au grand voyage : des sandales blanches pour parcourir les chemins de l'au-delà, des miroirs captant la clarté du soleil, une voile de barque enveloppant sa momie qui voguerait dans les espaces célestes, un scarabée de turquoise remplaçant son cœur de chair et lui assurant d'incessantes mutations, un papyrus contenant les paroles de la sortie au jour après la traversée des ténèbres, des coffrets préservant onguents, parfums, bijoux, vêtements, des coupes en faïence bleue, des jarres de vin et d'huile.

Sur le sarcophage, je procédai à l'ouverture de la bouche, des yeux et des oreilles, tandis que Minmès énonçait les formules rituelles. À cet instant, je sus que Satiâh avait été proclamée « Juste de voix » par le tribunal d'Osiris et qu'elle résidait dans le paradis où était célébré un éternel banquet.

Le sarcophage fut descendu au fond du caveau, et le puits d'accès scellé avec des pierres. La chapelle, en revanche, demeurerait accessible aux vivants. Je nommai des ritualistes qui, chaque jour, déposeraient des offrandes sur l'autel dédié à Satiâh et prononceraient son nom.

Chacun m'observait.

Comment réagirais-je après une telle épreuve, serais-je apte à régner, ne déléguerais-je pas ma charge à une caste de courtisans en m'enfermant dans le chagrin ?

Mes deux amis d'enfance, le subtil Minmès et le rugueux Mahou, étaient effondrés. Ils admiraient la reine, qui louait leur dévouement. Mérytrê, l'amie indéfectible, avait tant pleuré qu'il ne lui restait plus aucune larme à verser. La noblesse du Premier ministre Rekhmirê, soucieux du parfait déroulement du rite, contraignit chacun à se comporter dignement.

Que signifierait la vie sans Satiâh ? Uniquement la fonction, impitoyable et dévorante. Dépourvu de sentiments, ne deviendrais-je pas semblable au granit, indifférent à la condition humaine, à ses misères et à ses bassesses ? Peu m'importaient, à présent, les petits plaisirs et les futilités. Étranger à ce monde,

316

j'avais pourtant à le réguler, afin qu'il ne dérive pas vers l'injustice, la violence et le chaos.

En tant qu'homme, j'avais tout perdu. En tant que roi, j'étais à la tête d'un pays riche et puissant, mais menacé. Sa sauvegarde serait mon unique préoccupation.

— 68 —

Triple Menton invita Lousi à déjeuner.

Côtes de porc, haricots verts, lentilles, fromage de chèvre, gâteau nappé de jus de caroube, vin rouge millésimé à la robe rouge foncé, charpenté et long en bouche : un repas digne d'un notable.

— Excellent résultat, Lousi ; l'atelier de menuisiers s'est remis au travail, et les riches habitants de Memphis recevront enfin les lits qu'ils ont commandés. Tu sais manier les hommes !

— J'ai analysé la situation et préconisé la meilleure solution.

Le Syrien ne précisa pas qu'il avait utilisé le chantage et la corruption.

— Tu n'as pas un peu secoué ces braves artisans ?

— Pas un peu, beaucoup.

— Le résultat est là, c'est l'essentiel ! Oublie ton minable village, j'ai d'autres projets pour toi. On me confie la gestion des stocks de métaux provenant des campagnes du roi ; une partie attribuée au temple de Karnak, à Thèbes, l'autre aux sanctuaires de Memphis. Une belle quantité, crois-moi ! J'ai besoin d'un homme

318

de confiance qui gérera ce trésor et le répartira selon mes instructions. Attention, pas le moindre faux pas ! Sinon, direction la grande prison. Avantages : logement de fonction et servante. Ça te tente ?

— Je ne suis pas certain d'en être capable.

— J'en jugerai.

Lousi jouait les humbles avec un talent inégalable. Décidément, les démons le favorisaient. Il imaginait déjà les avantages à tirer d'un tel poste. Encore douloureuse, sa cicatrice avait effacé toute trace d'infâmie.

*
* *

La mort continuait à frapper. Quelques jours après l'inhumation de Satiâh, la dame Houy, Supérieure des musiciennes de Karnak, m'appela à son chevet.

Les traits creusés, les cheveux blancs, elle ne s'alimentait plus.

— Avant de quitter cette terre, Majesté, je désirais vous revoir une dernière fois. Et moi seule pouvais vous parler en toute franchise, dans l'intérêt de notre pays. Mes propos vous blesseront et vous indigneront sans doute, et vous ne les auriez acceptés d'aucun de vos proches. Une mourante n'a plus rien à redouter.

La dame Houy reprit son souffle.

— Satiâh était un être exceptionnel, aucune femme ne l'égalera. Mais l'institution pharaonique vous interdit de rester seul sur le trône des vivants. Vous devez donc choisir une nouvelle Grande Épouse royale.

Houy ne se trompait pas : quiconque eût osé violer ainsi mon deuil aurait subi la pire de mes colères. Son état me l'interdisait.

Pourtant, elle avait raison. Tôt ou tard, le Premier ministre, Minmès et d'autres auraient rappelé cette règle.

— Vous ne connaîtrez plus de grand amour, poursuivit la Supérieure des musiciennes, et celle qui succédera à Satiâh souffrira sa vie durant de la comparaison. Elle devra n'avoir aucune ambition, vous servir fidèlement, vous donner des enfants et ne pas troubler votre solitude. Une seule personne possède ces qualités : l'amie intime de Satiâh, ma fille Mérytrê, qui vous aime depuis toujours. Je ne pense qu'au couple royal, ni à vous, ni à elle, incapable de remplacer Satiâh dans votre cœur, mais qui acceptera votre inguérissable souffrance. J'ai une certitude : elle tiendra son rang et vous fera honneur.

*
* *

La dame Houy décéda le soir même, avant que je lui communique ma décision. Sa disparition attrista profondément la cour et le personnel du temple de Karnak ; crainte et admirée, la Supérieure des musiciennes n'avait mérité que des éloges tout au long de sa carrière.

Au Premier Serviteur d'Amon, Menkh le Jeune, de désigner la nouvelle titulaire de ce poste important. Il me proposa la propre fille de la défunte, Mérytrê, appréciée et compétente ; il ne restait qu'à valider cette nomination, et je reçus l'intéressée dans la petite salle d'audience du palais.

Il s'agissait d'une entrevue officielle et en tête à tête, privilège rare qui impressionna la jeune femme. Je l'observai : brune, très jolie, les traits fins, bien proportionnée, vêtue d'une élégante robe plissée. Portant un collier et des bracelets de cornaline, elle avait beaucoup de charme, mais n'essayait pas d'en jouer. À cet instant, Mérytrê comparaissait devant son souverain, qui tenait son destin entre ses mains.

— Désires-tu diriger les musiciennes, les chanteuses et les danseuses d'Amon ?

Elle s'inclina.

— Ce serait un grand honneur, et je vous promets de remplir au mieux cette tâche difficile.

— Ta mère t'a-t-elle révélé ses dernières volontés ?

— Oui, Majesté.

— Et que t'a-t-elle dit ?

— Je n'ose... je n'ose le répéter. Ses paroles resteront un secret entre elle et moi.

— Ce secret, elle me l'a communiqué.

— Ne faut-il pas l'oublier ?

— Dédaignerais-tu le vœu ultime d'une défunte et, qui plus est, de ta mère ?

Mérytrê vacilla.

— Pardonnez-lui et pardonnez-moi. Elle n'avait nullement l'intention de vous offenser et...

— Refuserais-tu de devenir Grande Épouse royale ?

La jeune femme se figea, au bord du malaise.

— J'aimais Satiâh, elle est irremplaçable. Je ne t'aime pas, Mérytrê, et ne t'aimerai jamais. Mais la règle de l'institution pharaonique m'impose d'associer au trône une Grande Épouse. Satiâh était une reine, une dirigeante et une conseillère qui avait toute ma confiance. Ce ne sera pas ton cas. Ton rôle se restreindra à figurer aux cérémonies officielles et aux banquets d'État. Nous nous verrons le moins possible, ne t'attends à aucune confidence de ma part. Ta mère était persuadée que tu saurais tenir ton rang. Si les dieux le désirent, tu mettras au monde des enfants, peut-être le futur roi. Tu dirigeras la Maison de la reine, sous le contrôle étroit du Premier ministre, et la corporation des musiciennes d'Amon, sous celui de Menkh le Jeune. Tes journées seront chargées et fatigantes, tu paraîtras sereine, à l'écoute d'autrui et non de toi-même. Telles seront les conditions de ta charge. Tu es libre de refuser.

Mérytrê était perdue. D'un côté, un rêve presque oublié se concrétisait ; de l'autre, il se transformait déjà en cauchemar. Serait-elle capable d'aimer pour deux, d'adoucir ce roi fidèle à la mémoire de Satiâh, de le servir sans commettre de faute grave, de lui offrir une descendance ?

La déclaration de Thoutmosis avait été un coup de poignard, qui aurait dû la tuer. Mais son avenir pouvait se dérouler auprès du seul homme qu'elle avait toujours aimé. Même si sa froideur perdurait, même si leurs rencontres étaient brèves, elle grappillerait des bribes de bonheur.

— J'accepte, Majesté.

— 69 —

Le mariage officiel ne fit l'objet que d'un banquet restreint. Tous furent soulagés par ma décision.
Le Premier ministre et Minmès, parce qu'ils étaient
sur le point d'aborder ce sujet délicat et redoutaient
ma réaction ; les courtisans, parce qu'ils jugèrent mon
choix convenable ; le peuple, parce qu'il avait une
reine, conformément à nos institutions.

Une soirée sinistre. Je ne pensais qu'à Satiâh, indifférent à la femme qui se tenait à ma gauche. Les convives
parlèrent de la crue, de mes victoires militaires, des
richesses provenant des protectorats, de la prochaine
fête en l'honneur d'Amon.

Mérytrê fut parfaite. D'une sobre élégance, aimable
et réservée, elle remplit ses obligations sans provoquer
de critiques.

Prétextant un travail urgent, je l'abandonnai à nos
invités, qui savouraient une dernière coupe dans le
jardin. J'avais besoin d'être seul et de rejoindre l'âme
de Satiâh.

*
* *

Un refuge : ma tombe de la Vallée des Rois. Dans la chambre de la résurrection, sur le pilier proche de l'entrée, deux femmes. La première, ma mère. S'appelant Isis, elle était assimilée à la grande déesse, qui donnait le sein à Pharaon et le nourrissait du lait des étoiles. La seconde, Satiâh, mon épouse pour l'éternité, vivante et présente dans cette demeure de l'au-delà.

Après la terrifiante quatrième heure de la nuit, que me réservait la cinquième ? Sous la dictée du dieu Thot, je traçai les colonnes de hiéroglyphes et dessinai les scènes relatives à cette nouvelle étape de la barque du soleil, et de mon règne.

Elle se déroulait sur le mur sud et présentait encore de nombreuses difficultés, presque insurmontables.

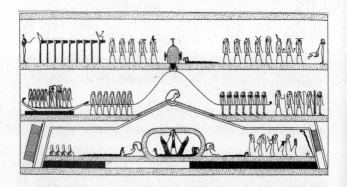

Progressant avec peine sur du sable, la barque, sous la protection d'un serpent, atteignait le tombeau d'Osiris. Isis la guidait, utilisant les pouvoirs

du scarabée, symbole des mutations triomphant de la mort.

Le soleil avait-il assez de puissance pour ressusciter le dieu assassiné ? Il puisa de l'énergie dans un lac de feu et parvint à déclencher le processus de régénération, en dépit des multiples adversaires grouillant au sein des ténèbres et ne réussissant pas à s'en extraire.

Osiris s'éveilla, vainqueur du trépas.

Et la prière me monta aux lèvres : « Puissé-je cheminer librement, que mes ennemis soient massacrés et brûlés dans ce lac de feu, que je vive du souffle brûlant. »

*

* *

— Ce conseil de guerre est exceptionnel. Je vous impose le secret absolu.

Rekhmirê, Premier ministre, et mes deux amis, Minmès et Mahou, acquiescèrent.

— J'observe une stratégie précise, découlant d'un plan à long terme. La Palestine est soumise, nous contrôlons les ports libanais. Nous réjouir de ce succès, et croire qu'il sera durable, nous conduirait à une grave désillusion. Tant que la racine du mal ne sera pas arrachée, l'Égypte courra un grave danger.

— La paix n'est-elle pas acquise ? m'objecta Minmès.

— Loin de là ! Le prince de Kadesh ne songe qu'à fomenter des insurrections, mandaté par un Mitanni hors d'atteinte. Du moins le suppose-t-il. Vous serez deux à commander mon armée, sous mes ordres : Djéhouty, le seul de mes généraux apte à se battre, et toi, son adjoint direct. Votre nomination ne sera annoncée qu'au moment opportun. Minmès et moi séjournerons à Byblos, le principal port du Liban, afin de préparer un assaut qui surprendra l'adversaire, si sûr de son impunité. Djéhouty et Mahou encadreront nos troupes, et j'enverrai Tjanouni en Nubie afin d'y recruter des archers. Toi, Rekhmirê, tu gouverneras le pays en mon absence et ne diffuseras que des informations rassurantes. Officiellement, je parcours la Palestine à la recherche de plantes rares.

— La reine…

— Satiâh est morte. Mérytrê n'a aucun ordre à te donner.

— En cas de difficultés…

— Il n'y aura pas de difficultés.

Depuis le rituel de son installation, Rekhmirê savait que sa fonction serait amère comme le fiel. Il vérifiait le bien-fondé de cette maxime.

— As-tu envisagé d'éventuelles conséquences négatives ? s'inquiéta Minmès.

— Tu sous-entends que la mort de Satiâh me désoriente au point de me faire perdre toute prudence ? D'une certaine manière, tu n'as pas tort. Périr sur un champ de bataille ne m'inquiète plus. Mais si Satiâh était encore vivante, mon plan aurait été accompli comme prévu, car il vise à sauvegarder les Deux Terres. La violence est haïssable, la mollesse également. Face à nous, des comploteurs veulent piétiner la loi de Maât. Mais c'est moi qui les piétinerai.

*

* *

— Je pars pour une longue période, en compagnie de Minmès. Le Premier ministre réglera les affaires courantes.

— Un voyage… dangereux ? s'alarma Mérytrê.

— Pas dans l'immédiat.

— Et… ensuite ?

— S'attaquer à des forces de destruction n'est jamais une partie de plaisir.

— Inutile, je suppose, de vous recommander une extrême prudence ?

— Inutile, en effet.

— Satiâh est irremplaçable, je le sais et ne l'oublierai pas. Vous ne m'aimerez jamais, je l'ai entendu et accepté. N'ayant aucun goût pour le pouvoir, je n'interviendrai en rien dans la gestion des affaires publiques, qui m'est tout à fait étrangère. Je ne sollicite qu'un privilège : votre respect. Et puisque vous vous engagez dans une guerre dont vous ne reviendrez peut-être pas, j'ai besoin de votre aide afin de concevoir votre descendance.

Les bretelles de sa robe de lin royal glissèrent sur ses épaules.

— 70 —

Tjanouni détestait la Nubie, sa chaleur et ses paysages, souvent désolés. Même si son bateau était confortable, il avait hâte d'exécuter sa mission et de retourner à Thèbes, peuplée de jardins ombragés.

Chargé de recruter des archers d'élite, le chef des services secrets déplorait d'ignorer l'objectif fixé à ces renforts.

Depuis la mort de Satiâh, le roi s'isolait souvent et ne se confiait à personne. La rumeur prédisait nominations et promotions, mais nul décret officiel ne les confirmait. Et le héraut Antef n'avait pas annoncé de nouvelle campagne, d'ailleurs inutile, puisque la Palestine et les ports libanais, sous le joug, se tenaient tranquilles.

Alors, pourquoi enrôler des Nubiens ? Opération ponctuelle en Syrie ou formation d'une garde spéciale, à cause des menaces qui pesaient sur la vie du monarque ? En intervenant à plusieurs reprises dans des contrées en perpétuelle ébullition, Thoutmosis avait multiplié ses ennemis. D'ex-prisonniers de guerre, devenus égyptiens, ne simulaient-ils pas leur fidélité au pharaon afin de mieux préparer un attentat ?

On accusait souvent Tjanouni d'être un pessimiste invétéré et de voir le Mal partout. Le Bien, lui, se trouvait souvent nulle part ! Aussi n'avait-il jamais regretté sa méfiance chronique.

Le bateau accosta le quai de l'énorme forteresse de Bouhen ; un temple, de hautes murailles crénelées, une puissante garnison régulièrement renouvelée. Voilà longtemps que les tribus ne se révoltaient plus, chacune redoutant une réaction vigoureuse de la part des autorités. Néanmoins, même si la Nubie était égyptianisée, il convenait de demeurer vigilant et de ne tolérer aucun trublion. L'administrateur de cette vaste région, portant le titre prestigieux de « Fils royal », se préoccupait de la qualité de vie des habitants et de l'exploitation des mines d'or, cette « chair des dieux », envoyée aux sanctuaires égyptiens.

Bourru et autoritaire, le commandant de la forteresse de Bouhen n'appréciait guère la visite du chef des services secrets, dont la seule présence rafraîchissait l'atmosphère. Lui déplaire devait engendrer des conséquences fâcheuses.

— Bienvenue. Voulez-vous inspecter les lieux ?

— La région est calme ?

— Rien à signaler. Sans nous, les Nubiens mourraient de faim ou vivoteraient dans des conditions misérables. Rassurez-vous, nous ne baissons pas la garde, et le moindre acte de délinquance est sévèrement châtié.

Anxieux, le commandant attendait avec impatience que le haut dignitaire lui révélât le motif de son voyage inattendu, en espérant éviter une sanction.

— Je dois recruter les meilleurs archers nubiens et les transférer à Thèbes, révéla Tjanouni.

L'officier supérieur se détendit. Il n'était donc pas visé !

— Aucun problème. Nous les rassemblerons à Bouhen et vous choisirez.

— C'est urgent.

— Je m'en occupe sur-le-champ.

*
* *

En apprenant le triomphe du pharaon au Liban, les deux chefs de tribu Merkal et Allanda avaient réagi de manière opposée. Selon Allanda, le roi d'Égypte était invincible, et il fallait oublier toute idée de rébellion ; Merkal, en revanche, prônait un soulève-ment de la Nubie entière, qui prendrait l'occupant au dépourvu.

Un incident mit fin à leurs débats acharnés : une convocation à Bouhen, avec leurs jeunes archers qu'encadraient des militaires égyptiens.

S'enfuir ? Trop tard. Un navire de guerre les attendait.

*
* *

Le commandant de Bouhen expliqua aux chefs de tribu qu'un certain nombre de guerriers auraient l'honneur de servir dans les troupes d'élite du pharaon et toucheraient une belle solde.

Des cibles avaient été disposées à l'extérieur.

Et les archers tirèrent, chacun plusieurs flèches, sous l'œil attentif de Tjanouni, lequel ne se contenterait pas d'une indispensable précision. À ce critère de base s'ajoutaient l'âge, un physique puissant, la qualité du regard et de l'allure. Possédant le flair d'un chien de chasse, il sélectionna ses proies d'un simple geste de la main. Et leur comportement était l'ultime épreuve ; ceux qui manifestèrent hésitation ou irritation furent écartés.

Tjanouni fournirait à son roi un régiment de première force.

À peine quittait-il Bouhen que le commandant vida deux coupes d'alcool de datte ; jusqu'au départ de cet inquiétant personnage, il avait craint le coup de pied de l'âne. La forteresse retrouvait sa routine.

Du côté des chefs de tribu, la consternation. Certes, on les avait traités avec une relative considération, mais sans solliciter leur avis ! Et pas question de protester, sous peine d'être accusés d'insubordination.

— Tu vois, murmura Allanda à l'oreille de Merkal, on a eu raison de ne pas s'agiter.

— Nos meilleurs jeunes risquent de mourir pour la gloire d'un tyran !

— C'est comme ça, on n'y peut rien. Et puis on n'est pas si malheureux.

— Moi, je n'accepte pas notre sort. Je suis persuadé qu'une occasion de reconquérir notre territoire se présentera. Et nous la saisirons.

— 71 —

Débordé, Minmès courait d'un service à l'autre afin de régler mille et un problèmes avant son départ pour le Liban, en compagnie du pharaon.

L'un de ses secrétaires l'intercepta.

— Votre visiteur est arrivé.

— Qui ça ?

— Paheq.

— Pas le temps.

— Un rendez-vous prévu de longue date… Ce jeune homme vous est recommandé, et vous devez l'engager ou non.

— Amène-le-moi.

Prévoyant un entretien austère dans le bureau du chef des travaux du roi, Paheq fut surpris de découvrir un petit scribe au physique quelconque et fort soucieux.

— Porte cette écritoire et lis-moi la quatrième ligne du document.

— Service du cadastre.

— Allons-y.

Suivre Minmès exigeait une forte condition physique. Avec lui, impossible de traîner des pieds.

— C'est toi, le brillant sujet de notre grande école ?

— J'ai étudié de mon mieux.

— Dans mon administration, ça ne suffit pas. Gérer la construction des temples exige l'impeccabilité. Possèdes-tu cette qualité-là ?

— Honnêtement, je l'ignore.

« Seule réponse possible, estima Minmès ; ce gamin me plaît. »

Sans le cadastre, le chaos. Chaque propriété était délimitée par des bornes, que déplaçaient les trop fortes crues. Des arpenteurs les remettaient en place, afin d'éviter les contestations. Et les temples veillaient jalousement sur leur territoire.

Minmès réclama une carte au spécialiste, qui s'empressa de la lui apporter.

— D'après tes professeurs, tu as des dons d'administrateur. L'un de mes adjoints venant de partir à la retraite, il me faut quelqu'un de rigoureux et de travailleur.

— J'aimerais vous donner satisfaction.

— Tu n'en es pas certain ?

— Comment le serais-je, avant d'être confronté à une réalité que j'ignore ?

« Ce garçon continue à me plaire », pensa Minmès en vérifiant des détails sur la carte de la région thébaine.

— Nous bâtissons dans toute l'Égypte, révéla-t-il, et nous employons des architectes, des tailleurs de pierre, des sculpteurs, des peintres, des manœuvres… Et leur répartition réclame de la minutie ! Je l'ai programmée sur une année. En mon absence, à toi de la faire respecter.

— Je m'y efforcerai.

— Si tu échoues, tu iras exercer tes talents ailleurs !
Ne crois pas qu'il s'agisse d'une mission aisée. Râleurs,
mécontents, malades, accidentés, incompétents… C'est
ça, le matériau humain ! On s'en accommode, on résout
les problèmes un à un, on n'élève la voix qu'à l'extrême limite, et l'on reste responsable de toutes les
erreurs. Ça te convient ?

— Ça m'effraie.

— Bon début. Eh bien, essayons ! Rassure-toi, je
ne t'abandonne pas dans le désert. Un scribe expérimenté t'assistera, mais c'est toi qui assumeras les
décisions à prendre. Et les pépins ne manqueront
pas !

*
* *

De nouveau, une crue excellente, ni trop haute ni
trop basse. Le fleuve avait recouvert la plupart des
terres cultivables, déposant un limon fertile. Pour les
paysans, la période des congés. Certains se reposaient,
d'autres voyageaient, d'autres encore s'engageaient sur
des chantiers et arrondissaient leur pécule.

Confiant la ferme à son épouse, Bak s'embarqua à
destination de Memphis. Il n'avait qu'un vague souvenir de la grande cité, entraperçue du bateau convoyant
les prisonniers de guerre jusqu'à Thèbes. Une période
douloureuse, aujourd'hui oubliée. Chaque jour davantage, Bak se sentait égyptien.

De forts courants, bien maîtrisés par les marins, faci-
litèrent le trajet. À bord, bière, poisson frais et séché,

légumes et fruits variés. Contempler les rives du Nil, les palmeraies, les villages aux maisons blanches, s'accorder siestes et longues nuits, bavarder avec les passagers, se féliciter de la prospérité des Deux Terres... Bak savourait des moments délicieux.

Et la vraie découverte de Memphis l'éblouit. Depuis l'époque des grandes pyramides, la ville n'avait cessé de croître et de s'embellir. Et comme il se rendait au centre administratif, il admira les temples de Ptah, le maître des artisans, et de Sekhmet, la lionne terrifiante, patronne des médecins.

Tous les bâtiments officiels étaient gardés. Bak fut fouillé et donna son nom. Un scribe le conduisit au bon bureau, qu'occupaient plusieurs fonctionnaires. L'un d'eux, un jeune au nez pointu, lui fit signe d'approcher. Le visiteur lui présenta le document qu'avait rédigé son collègue de Thèbes.

Après une lecture attentive, le jeune se leva et consulta des tablettes en bois.

— Le sort du prisonnier de guerre syrien Lousi ne concerne pas mon service. Tu dois t'adresser au bureau voisin, qui s'occupe des condamnés toujours en détention.

Une nouvelle, certes, mais pas excellente ; ainsi, le fils de prince ne s'était pas intégré à la société égyptienne et subissait une longue peine.

Bak dut patienter. Une nuée de scribes ne cessaient d'aller et de venir, portant des palettes, du matériel d'écriture, des messages, des rapports et des jarres d'eau. Ici, on ne flemmardait pas.

Enfin, l'employé adéquat le reçut. À son tour, il consulta le document en provenance de Thèbes.

— Pourquoi recherches-tu ce Lousi ?

— Il était mon meilleur ami.

— Et toi, tu es devenu fermier à Thèbes.

— Propriétaire.

— Ah… Tu as travaillé dur. Voyons ça.

Le fonctionnaire plongea dans ses archives et sembla dépité. Pas trace de Lousi chez les longues peines. Ne subsistait qu'une possibilité. Il appela l'un de ses subordonnés, qui lui apporta un lourd coffret rempli de tablettes.

— Lousi, Lousi… Voilà, je l'ai.

Bak n'avait pas voyagé pour rien ! Les précisions obtenues, il aiderait son ancien maître, d'une façon ou d'une autre.

— Lousi a été condamné aux travaux d'utilité publique dans une exploitation de papyrus du Delta. Il y est mort noyé, voilà plus de deux ans.

— Mort… Vous êtes sûr ?

— Certain. J'ai le témoignage des gardes recueilli par le contrôleur. Ce n'est pas un incident rare. Comme souvent, le corps n'a pas été repêché. Crocodiles et autres poissons[1] s'en sont nourris.

_____

1. Pour les anciens Égyptiens, le crocodile était un grand poisson.

— 72 —

Le gouverneur de Byblos, principal port du Liban, savait que la population le surnommait « l'Adipeux », mais ce qualificatif ne le gênait pas. Manger, le bonheur suprême ! Les femmes étaient des créatures dangereuses et inconstantes, les courtisans aussi, et seul un bon repas ne mentait pas. Condition majeure : les sauces. Le cuisinier du palais maniait huiles, fines herbes et aromates avec un talent inégalable.

Dès son réveil, le gouverneur songeait aux plats qu'il dégusterait pendant la journée. Depuis sa soumission à l'Égypte, aucun problème de digestion. Mieux valait le pharaon que les Syriens, aussi cruels qu'imprévisibles. En échange de taxes versées à Thoutmosis, tranquillité et sécurité.

L'Adipeux avait dormi d'un sommeil de nourrisson. Sur sa terrasse dominant la mer, un petit déjeuner composé de lait frais, de pâtisseries et de charcuterie. Ensuite, une heure de détente entre les mains de sa coiffeuse, de sa parfumeuse, de sa manucure et de sa pédicure. Selon son humeur, il se montrait parfois caressant.

— Seigneur, seigneur, il arrive ! s'exclama son intendant.

— Qui, *il* ?

— Le pharaon.

— Tu délires ?

— Dix navires entrent dans le port.

Le gouverneur écarta la coiffeuse d'un coup de coude et débboula sur sa terrasse.

L'intendant n'avait pas été victime d'une hallucination. Pourquoi cette intrusion, alors que le climat était au beau fixe ?

— Mes vêtements d'apparat, vite !

Une crainte : les Syriens n'avaient-ils pas calomnié le gouverneur de Byblos, en l'accusant de duplicité ? Le châtiment annoncé par Thoutmosis pour ce genre de traîtrise était clair : la ville devait être rasée.

Malgré son poids, l'Adipeux courut au débarcadère. Un silence angoissé y régnait.

Mise en place de la passerelle, haie d'honneur formée de fantassins égyptiens, apparition du pharaon.

Le gouverneur se plia en deux.

— Majesté ! Qu'est-ce qui me vaut l'honneur…

— Nous en parlerons au palais.

Ses chairs tremblantes, l'Adipeux conduisit le souverain à son domaine réservé. Des serviteurs s'empressèrent d'apporter des linges parfumés et des boissons.

« Que ce roi est froid et désagréable ! » pensa le gouverneur.

— Aucun incident à signaler, Majesté ; cette fois, les Syriens ont compris qu'il fallait cesser de vous importuner.

— L'état de tes réserves de bois ?

— Excellent, excellent ! Nos cargos vous les livreront bientôt.

— Une armée de charpentiers m'accompagne. Leur mission doit rester secrète, et je résiderai ici jusqu'à ce qu'elle soit terminée. Si l'ennemi était informé, je te considérerais comme délateur.

— Personne ne saura rien ! Bien entendu, ce palais est le vôtre.

*

* *

Décrété zone interdite et surveillé en conséquence, le chantier naval de Byblos se transforma en fourmilière. Utilisant le bois de cèdre, les charpentiers égyptiens construisirent de solides bateaux, capables d'affronter une tempête. Thoutmosis l'inspectait chaque jour, soucieux de l'avancement rapide des travaux. Sensibles à la présence royale, les artisans ne ménageaient pas leur peine.

Le gouverneur, lui, tentait de satisfaire son hôte, ô combien redoutable ! Les meilleurs vins, les meilleurs mets, un service impeccable, et surtout pas d'impair, comme l'envoi d'une prostituée de luxe. En revanche, un botaniste local offrit au roi des fleurs rares, qui compléteraient sa collection.

La cohabitation fut idyllique ; hélas, un drame força le gouverneur à intervenir.

— Majesté, je suis contraint de vous alerter.

— À quel propos ?

— C'est assez délicat.

— Eh bien, parle !

— J'ai peur de vous mécontenter…

— La vérité ne m'importune jamais.

Tremblotant, l'Adipeux s'exprima.

*
* *

Depuis la mort de Satiâh, c'était mon premier instant de franche gaieté. Elle aussi aurait beaucoup ri.

À la nuit tombante, Minmès me délivrait son rapport quotidien.

— Déjà cinq bateaux prêts à naviguer. Et le rythme ne ralentit pas. Nos charpentiers sont fabuleux, cette nouvelle flotte sera prête plus tôt que prévu.

— Bien, bien…

— Pourtant, tu as l'air contrarié !

— Un incident diplomatique qui pourrait mal tourner. Et tu en es l'auteur.

— Moi ?

— Ta dernière nuit n'a-t-elle pas été… particulière ?

Minmès parut gêné.

— Particulière… Oui, un peu. Sous prétexte de me parler des splendeurs du Liban, une espèce de folle s'est jetée à mon cou. Dans un premier temps, j'ai essayé de la repousser.

— Et dans le second ?

— J'ai échoué, elle était trop déchaînée.

— Jolie ?

— Assez.

— Tu ne l'as donc pas convaincue de s'éloigner ?

— Nous… Disons que nous nous sommes plutôt rapprochés.

— A-t-elle fini par se calmer ?

— Il a fallu un certain temps. Mais en quoi cette amourette serait-elle un incident diplomatique ?

— Ta séductrice est l'une des filles du gouverneur de Byblos. Il me menace de porter plainte pour viol.

Minmès blêmit.

— C'est… c'est faux, complètement faux ! Et s'il y a une victime, c'est moi !

— Difficile à plaider devant un tribunal. Vu ta position à la cour, tu ne saurais être considéré comme un faible sans défense. Si je ne m'abuse, cette jeune personne ne te déplaît pas ?

— Pas vraiment… On devait même se revoir.

— En ce cas, la solution est simple : tu l'épouses.

— Moi, marié ?

— Cette décision t'évitera de graves ennuis. De plus, elle nouera des liens étroits entre l'Égypte et le Liban. Félicitations, mon ami ; le sens de l'État t'a guidé.

— 73 —

Alors que le Vieux peinait à se réveiller, à la suite d'une soirée de dégustation de nouveaux grands crus provenant de ses vignes et dignes de la table royale, Vent du Nord le contraignit à se lever et l'emmena au palais.

— Pas bon signe, ça... Que se passe-t-il encore ?

Dans les couloirs, beaucoup d'agitation. Le Vieux apostropha le héraut Antef, parfaitement rasé, élégant et stressé.

— Des soucis ?

— En masse ! Un ordre du roi : départ immédiat de l'armée. Tu imagines les préparatifs ?

— Tu annonces une nouvelle campagne ?

— Justement pas ! Silence absolu. Officiellement, de simples manœuvres. Si tu veux mon avis, on ne s'embarque pas pour une promenade de santé.

Quand le Vieux posa la question à son âne, ce dernier approuva le héraut.

*
* *

— Seigneur, seigneur, ils arrivent ! s'exclama l'intendant.

— Qui, *ils* ? interrogea le gouverneur de Byblos, interrompu, encore une fois, en plein déjeuner.

— Les soldats égyptiens… Des milliers !

L'Adipeux demanda aussitôt audience au pharaon. Pourquoi cette invasion, puisque leurs relations étaient d'une absolue cordialité ? Minmès avait épousé sa fille et promis la construction d'un temple.

L'entrevue rassura le gouverneur. Byblos ne servirait que de point de jonction et de base de départ. Soulagé, l'Adipeux ne désirait pas en savoir davantage et se jeta sur un agneau rôti.

*
* *

Les officiers supérieurs, Tjanouni et le général Djéhouty en tête, attendaient avec impatience ce conseil de guerre où je dévoilerais mon plan.

— Cette fois, déclarai-je, nous frapperons à la tête. Objectif : le Mitanni. Puisque notre ennemi majeur ne cesse de se cacher derrière ses alliés, nous le combattrons sur son propre territoire.

— Majesté, m'objecta le général, une frontière infranchissable protège le Mitanni : l'Euphrate.

— C'est pourquoi j'ai fait construire ici, à Byblos, une flotte qui nous permettra de traverser le fleuve et de surprendre l'adversaire au nid. Les bateaux ont été prévus pour cette tâche spécifique. Des chariots, tirés par des bœufs, les transporteront à travers la Syrie, et nous écraserons au passage d'éventuels fauteurs de troubles. Cette huitième campagne sera décisive.

Tous restèrent bouche bée, tant la manœuvre paraissait audacieuse, voire périlleuse. En engageant la totalité de mes forces et en appliquant une stratégie inédite, je courais un risque énorme.

Chaque nuit, Satiâh me donnait son assentiment.

*

* *

Pointilleux, le Vieux vérifiait tout. D'abord, assurer le confort du roi : tente impeccable, matériel de toilette, vêtements. Ensuite, repas consistants et de qualité, arrosés d'un rouge gouleyant et léger, adapté au voyage.

— Tu n'en fais pas trop ? s'offusqua Antef.

— Toi, tu as tendance à t'endormir ! Distribuer des consignes, c'est bien joli, encore faut-il qu'elles soient appliquées. Et là, tu roupilles ! Méfie-toi, d'autres que moi s'en apercevront, et tu glisseras sur la pente fatale.

L'élégant Antef détestait ce grincheux et s'en approchait le moins possible. Néanmoins, il ne négligerait pas cet avertissement et mettrait en valeur ses propres activités.

Avertis de leur destination, les soldats avaient la mine sombre. Beaucoup pensaient que, malgré les bateaux, l'Euphrate demeurerait un obstacle mortel. Combien seraient coulés par l'ennemi ? Et les survivants qui atteindraient l'autre rive ne seraient-ils pas exterminés ? Jusqu'à présent, Thoutmosis n'avait commis aucune erreur ; un excès de confiance n'aboutirait-il pas à un désastre ?

Deux généraux, Djéhouty et Mahou, remontaient le moral des troupes. Depuis Megiddo, le monarque n'avait-il pas prouvé ses capacités de tacticien ? D'aucuns jugeaient que, privé de l'influence modératrice de Satiâh, il surestimait ses forces.

Djéhouty et Mahou étaient deux maniaques du contrôle des armes. Le moment venu, elles ne devaient présenter aucun défaut. Aussi examinaient-ils fréquemment épées, poignards, haches, frondes, arcs, flèches, boucliers et casques. Même exigence quant aux chars ; et chevaux bichonnés.

Les nombreux médecins s'occupaient des malades et des blessés, à la suite d'inévitables accidents. Ils réussissaient à les remettre sur pied, et aucun décès n'avait endeuillé la progression rapide de l'armée vers le fleuve tant redouté.

Les éclaireurs n'avaient encore signalé aucun danger. Et pas la moindre escarmouche. Au contraire, les villages, impressionnés par la masse de ces guerriers, leur offraient de la nourriture.

Le roi n'oubliait pas de récolter des plantes rares, et sa sérénité rassurait un peu ses hommes. Au fur et à mesure que l'on approchait de l'objectif, les nerfs se tendaient. De nombreux braves mourraient et ne reverraient l'Égypte qu'à l'état de cadavres. Au moins les embaumeurs ne les laisseraient-ils pas pourrir en terre étrangère.

— 74 —

Le chef des services de renseignement du Mitanni était un manipulateur-né, chargé par son souverain d'utiliser des alliés belliqueux, tel le prince de Kadesh, pour empêcher l'Égypte de contrôler la Syrie, chaudron en perpétuelle ébullition. La défaite de Megiddo avait été un coup dur, mais sans graves conséquences. Le pharaon souffrait d'une obsession : préserver son pays. Au lieu de pousser son avantage, il s'était retiré. Et il en serait toujours ainsi.

Certes, Thoutmosis venait de reprendre les ports du Liban. Un avantage provisoire et de courte durée ; à la première occasion, les gouverneurs le trahiraient.

Au terme de sept campagnes, plus démonstratives qu'efficaces, le pharaon n'avait réussi qu'à repousser l'échéance. Bientôt, le Mitanni soulèverait la totalité de la Syro-Palestine, et une déferlante s'abattrait sur le Delta. Une nouvelle invasion, comparable à celle de Hyksôs ; cette fois, les Deux Terres ne s'en remettraient pas et deviendraient une province mitannienne.

Plusieurs rapports concordaient : à la tête de son armée, Thoutmosis parcourait la province du Réténou. Destination probable : la ville d'Alep. Encore l'un de ces défilés militaires, destinés à impressionner les populations. Après avoir paradé, le pharaon rentrerait chez lui afin d'y être acclamé.

Aucun danger en perspective.

*

* *

Face à moi, l'Euphrate[1].

Au-delà, le Mitanni, la tête du monstre tenant entre ses griffes la Syrie, la Cilicie, l'Assyrie, la Babylonie et le Hatti[2]. Le pays des fleuves avait un rêve : s'emparer de l'Égypte et la réduire en esclavage.

Avancer masqué, à petits pas, user mes défenses, m'endormir, et attaquer par surprise : telle était la stratégie mitannienne.

À moi, avec l'aide des dieux, de la déjouer. Et me voici sur le point d'y parvenir.

— Pas d'ennemi en vue, annonça Djéhouty.

— Calme plat à l'arrière, renchérit Mahou.

— Déchargeons les bateaux et mettons-les à l'eau.

La manœuvre fut exécutée avec promptitude. Le Vieux aurait préféré naviguer sur le Nil, mais l'heure n'était pas à la nostalgie.

Un fleuve large et tumultueux, aux courants traîtres. Ciel plombé, humidité pesante.

---

1. Le Naharin, d'où le nom de Naharina donné à l'un des territoires du Mitanni.

2. Le pays des Hittites, ancêtres des Turcs.

D'abord les archers, prêts à riposter en cas d'agression ; ensuite, les fantassins ; enfin, la charrerie. Je fermais le convoi avec le service médical. Minmès, Djéhouty, Mahou et Tjanouni me supplièrent de ne pas embarquer sur le navire de tête. Si j'étais tué, ce serait la débandade. À contrecœur, je me rangeai à leurs arguments, sans cesser de fixer la rive orientale.

Quand le conflit se déclencherait-il ? Au milieu de la traversée, à l'accostage ?

Rien ne se produisit.

Comme je l'avais espéré, les Mitanniens n'avaient pas supposé un instant que j'oserais franchir l'Euphrate.

Méfiants, les archers se mirent cependant en position, pendant que les fantassins se déployaient. Et mes chars roulèrent en territoire ennemi.

— Où sont-ils ? s'inquiéta Mahou.

— Ils sont tellement sûrs de leur frontière naturelle qu'ils n'éprouvent pas le besoin de la surveiller.

— Une telle faute… Impensable !

— Assure-toi que les alentours sont tranquilles.

Minmès accourut.

— Viens voir, vite !

Il me conduisit à une butte où se dressait une stèle qu'avait érigée mon ancêtre, le premier des Thoutmosis. Elle proclamait la nouvelle limite de l'Égypte.

Après m'être recueilli en lisant le texte, je convoquai les officiers.

— Cette pierre sacrée nous a protégés. Que Minmès fasse graver une seconde stèle qui confirmera l'exploit de mon prédécesseur, et qu'elle perdure à côté de la première.

*
* *

Le roi du Mitanni céda à une violente colère.

— Que racontes-tu, misérable ? Les Égyptiens, franchir l'Euphrate ? Impossible !

— Les témoignages de mes agents sont formels, déplora le chef des services de renseignement.

— Un modeste détachement, je suppose ?

— Non, une armée.

— Avec Thoutmosis à sa tête ?

— En effet.

— Et tu n'as rien pressenti ?

— À l'évidence, il se dirigeait vers Alep.

— À l'évidence… Et maintenant ?

— Il progresse et a déjà dévasté un village, sans rencontrer de résistance.

Furieux, le souverain convoqua ses généraux et leur ordonna de stopper les envahisseurs.

Puis il se tourna vers le chef des services de renseignement, agenouillé.

— Que cet incapable soit empalé.

— 75 —

L'armée égyptienne s'aventura en territoire hostile et appliqua les ordres du roi : incendier les villages, abattre les insoumis, couper les arbres, brûler les cultures. Priorité absolue : terroriser les Mitanniens et leur faire comprendre que Pharaon pouvait les anéantir. Débusqué, le prédateur n'était plus en sécurité.

Déjà cinq cent treize prisonniers et deux cent soixante chevaux pris à l'adversaire, sans compter les bovins, les jarres de vin et d'huile, la vaisselle et d'autres richesses.

Le Mitanni n'était plus inviolable, et les échos de la victoire de Thoutmosis résonneraient dans les pays voisins.

« Victoire, victoire, maugréait le Vieux, on n'en est pas encore là ! Surprise, c'est sûr, mais l'ennemi ne tardera pas à riposter. Et le choc frontal sera féroce. »

La majorité des soldats partageait ces pensées.

*
* *

Tenir le gouvernail, orienter la navigation, préserver l'équipage, arriver à bon port… Telle était ma mission, et je n'avais pas le droit de faiblir face à qui voulait nous détruire. Négocier, se perdre en bavardages inutiles, laisser les ténèbres progresser… Je m'y refusais.

Devant le tribunal de l'au-delà, j'aurais à rendre compte de mes actes. Et les juges décideraient de leur conformité avec la règle de Maât. Je serais responsable de chaque soldat tué au combat et j'assumerais cette guerre, destinée à contrecarrer la barbarie.

Les dieux m'avaient confié le destin d'une civilisation incomparable. Depuis la première dynastie, elle bâtissait des temples et une société, et maintenait en cohérence spiritualité, économie et quotidien.

Grâce à son initiation aux grands mystères, Pharaon devenait un passeur entre l'invisible et le visible. Sans la connaissance du premier, le second n'avait aucun sens. Et si le roi s'écartait de la rectitude, son peuple divaguait.

Satiâh n'était pas morte. Souvent, je ressentais sa présence et je l'interrogeais. Quel que fût le délai, elle me répondait. Et je suivais son avis.

À la veille d'un affrontement meurtrier, je ne regrettais pas d'avoir entrepris cette huitième campagne. Ma force et ma détermination, je les transmettrai à mon armée.

*
* *

Un soleil voilé se levait lorsque Tjanouni pénétra dans ma tente. À son air sinistre, je n'espérai pas une bonne nouvelle.

— D'après l'un de mes espions, le souverain du Mitanni a opéré une purge parmi ses dignitaires. Et ses troupes marchent dans notre direction.

— Combien de temps avant le choc ?

— Une journée.

En compagnie de Mahou et de Djéhouty, je parcourus le site sur lequel nous avions établi le campement. À l'ouest de la vaste plaine, des dunes de faible hauteur ; à l'est, le fleuve. Les Mitanniens surgiraient du nord.

— Que préconisez-vous ?

Les deux généraux s'exprimèrent sans réserve. Je retins une partie de leurs propositions et décidai.

— Les archers sur les bateaux. L'infanterie derrière les dunes. Et la charrerie au centre, sur toute la largeur. Nous laisserons les Mitanniens s'enfoncer, et l'étau se refermera sur eux. Je donnerai le signal.

Mahou protesta.

— Reste en retrait, j'exécuterai ton ordre.

— Hors de question. L'ennemi doit me voir de loin.

*
* *

L'information de Tjanouni était exacte. Au milieu de la matinée suivante, un vent violent s'accompagna de bruits insolites. Des multitudes d'oiseaux se dispersèrent, et l'horizon se garnit de fantassins et de chars.

Le Vieux avait la gorge sèche. La confrontation serait sanglante, son issue incertaine. En cette journée grise, l'Égypte allait-elle sombrer ?

Difficile de savoir qui avait l'avantage du nombre. Seule certitude : la férocité de l'engagement, d'un côté comme de l'autre, tant l'enjeu était vital.

Coiffé de la couronne bleue, vêtu d'une cuirasse composée de lamelles de cuivre, le pharaon se tenait, seul, à une trentaine de pieds devant sa charrerie.

Un rayon de soleil fit étinceler le métal, transformant le roi en foyer de lumière.

Il n'était pas qu'un guerrier ; une puissance surnaturelle l'animait. Et chacun de ses soldats s'en sentit investi.

Chez l'adversaire, on s'agita. Les archers égyptiens attendraient que l'ennemi fût à portée de tir, afin de briser son élan ; et l'infanterie percerait ses flancs.

Le Vieux se mordit les lèvres.

Puis il écarquilla les yeux. Non, il ne se trompait pas. Au lieu de lancer l'assaut, les Mitanniens tournaient le dos. La fuite… Ils prenaient la fuite !

— 76 —

Intégré à l'équipe de scribes qui inventoriaient les métaux précieux et les répartissaient selon les directives de Triple Menton, Lousi savoura sa chance. S'il parvenait à en détourner une partie à son profit, il pourrait acheter des Syriens exilés, comme lui, et former une cohorte secrète, rêvant de se venger des affronts et des maltraitances, avec un objectif suprême : assassiner Thoutmosis et semer le chaos.

L'entreprise s'annonçait difficile, mais la haine fournissait à Lousi une patience inépuisable. Surtout, ne rien précipiter, avancer pas à pas et monter une organisation solide en supprimant les gêneurs, à commencer par son supérieur direct, un sexagénaire qui rédigeait le document final à l'issue de chaque livraison de métal et le remettait à Triple Menton.

Le bonhomme paraissait incorruptible. Tatillon, il vérifiait et revérifiait ses comptes, accumulant des brouillons écrits sur les éclats de calcaire que Lousi portait à la décharge. Entre eux, « service service », pas un mot de trop.

En manipulant des lingots d'or provenant de Nubie, le Syrien sut comment procéder pour éliminer ce médiocre, avec l'espoir de prendre sa place.

D'abord, en subtiliser un et le dissimuler dans l'un des coffres du bureau de son supérieur, sous une pile de papyrus vierges ; ensuite, garder le brouillon sur lequel il avait noté le nombre de pièces avant de rédiger le document final, et en falsifier un autre en modifiant le chiffre initial.

En possession de ces deux éclats de calcaire, Lousi sollicita une entrevue avec Triple Menton.

— Alors, garçon, satisfait de ton emploi ?

— Une tâche exaltante !

— Ton patron est content de toi. Bientôt, tu seras augmenté.

Le Syrien baissa les yeux et se dandina.

— Quelque chose ne va pas ?

— C'est affreux, si affreux... J'hésite à vous en parler.

— Un problème personnel ?

— Non, professionnel ; mais je ferais mieux de me taire.

— Un conflit avec tes collègues ?

— Non, non, on s'entend à merveille ! Plutôt un... un cas de conscience.

— Explique-toi !

— Je dois me tromper.

— Laisse-m'en juge. Je t'écoute.

— Si vous saviez...

— Je vais savoir. Et tout de suite.

D'une main hésitante, le Syrien sortit de la poche de sa tunique les deux brouillons.

— J'aurais dû les jeter, mais c'est grave, si grave…
Je me trompe forcément.

Triple Menton examina les morceaux de calcaire portant des écritures relatives au comptage de la dernière livraison de lingots d'or, avec deux totaux différents. Consultant le document final et officiel, il constata qu'il en manquait un.

— Toi, tu ne bouges pas d'ici.

Triple Menton emmena deux policiers chez le sexagénaire afin de procéder à un interrogatoire et à une fouille en règle. L'opération fut rondement menée.

Le haut fonctionnaire réapparut avec un lingot.

— Félicitations, mon garçon ! Vol qualifié. Le coupable nie, mais les preuves sont accablantes. Il finira ses jours à la grande prison.

Lousi joua les dépités.

— Voler l'or des dieux… Comment est-ce possible ?

— L'homme est mauvais par nature. Si on ne jugule pas ses instincts, il est capable du pire.

Le pire, Triple Menton venait de le frôler. En cas de disparition d'un seul lingot, il aurait été considéré comme responsable et sévèrement sanctionné. Grâce au sens de l'observation et à l'honnêteté de son jeune employé, il sortait indemne de cette péripétie et ne se montrerait pas ingrat.

— Le poste de ce bandit-là est vacant. À toi de l'occuper avec la rigueur nécessaire.

*
* *

La reine Mérytrê affrontait une rude épreuve : la solitude. Sa mère disparue, le roi guerroyant au loin, les courtisans observant ses attitudes et mesurant les différences avec Satiâh, le Premier ministre la tenant à distance avec courtoisie et fermeté, les administrateurs de sa Maison épluchant chacune de ses propositions, et n'hésitant pas à les remettre en cause pour démontrer son incompétence... Et personne à qui se confier. Le moindre faux pas lui vaudrait critiques et reproches. Sans l'appui du pharaon, elle ne disposait que d'un pouvoir illusoire et n'avait pas envie de lutter contre une cour hostile, voire méprisante.

Elle n'éprouvait aucun ressentiment envers Satiâh ; au contraire, elle priait l'âme de son amie défunte de lui venir en aide et d'alléger sa détresse.

— Vous m'avez mandé, Majesté ? l'interrogea le médecin-chef.

— Je ressens certains troubles.

— Décrivez-les-moi.

Le thérapeute écouta avec attention, puis examina son illustre patiente, visiblement inquiète.

— Le diagnostic est facile à poser : vous ne souffrez d'aucune maladie grave. Vous êtes enceinte.

— 77 —

Plusieurs jours de chasse à l'homme, en pure perte. Les Mitanniens fuyaient à vive allure, et nous ne parvenions pas à les rattraper, en raison d'une progression mesurée. D'abord la prudence, afin de ne pas tomber dans un piège ; ensuite, la nécessité de semer la terreur sur notre passage en dévastant les agglomérations et les cultures. Abandonnés par leur souverain et ses troupes, les habitants du Mitanni en concevraient une profonde amertume. Un chef que détestait son peuple finissait forcément mal.

Disposant d'un nouveau rapport d'éclaireurs, je réunis mon conseil de guerre. En dépit du triomphe, les mines étaient sombres.

— Quelle bande de lâches ! s'exclama le général Djéhouty ; donnez-moi un détachement, Majesté, et je vous jure que nous leur piquerons les fesses avant de leur couper les mains !

— La leçon est suffisante ; ne transformons pas notre victoire en défaite. S'engager plus avant serait périlleux.

— Je redoute le chemin du retour, avoua Mahou ; pendant qu'une partie de nos ennemis détalait, une autre n'a-t-elle pas préparé des guets-apens sur nos arrières ? Je pense surtout au prince de Kadesh.

J'eus la certitude que mon ami avait vu juste. Nous étions encore loin d'avoir regagné l'Égypte sains et saufs.

*

* *

Lorsque Vent du Nord s'immobilisa, l'armée approchait de la « mer de Niya[1] », en réalité une vaste plaine marécageuse, site inquiétant de la vallée de l'Oronte.

— Danger ? le questionna le Vieux.

L'oreille droite se dressa, très raide, et l'âne gratta le sol de son sabot.

« Mauvais, ça, très mauvais ! » marmonna le Vieux qui courut prévenir le général Mahou, lequel prit l'avertissement au sérieux.

Si l'armée traversait ce terrain spongieux, parsemé de rochers, ne s'exposerait-elle pas à une attaque éclair, lancée depuis de proches collines ? Incapables de manœuvrer, les Égyptiens seraient décimés.

Alors que Mahou se dirigeait vers le char de Thoutmosis pour recueillir ses ordres, le cri d'un fantassin fusa.

— Là-bas, des monstres !

Surgissant de la mer de Niya, un troupeau d'éléphants en furie se ruait vers les soldats.

---

1. L'Apamée gréco-romaine, aujourd'hui Qala'at el-Madhîq, en Syrie.

Leur quasi-totalité n'avait jamais été confrontée à ces animaux ; les archers nubiens, eux, les connaissaient bien. Sous la conduite du général Djéhouty, qui avait eu l'occasion de les affronter lors d'un séjour en Nubie, une stratégie de chasseurs fut aussitôt déployée.

Aiguillonnés par des Syriens déjà en fuite, les pachydermes, affolés, se débandèrent et n'opposèrent qu'une faible résistance aux flèches, aux lances et aux haches de traqueurs habitués à les abattre pour prélever leurs défenses et recueillir le précieux ivoire. Seuls deux Nubiens furent piétinés.

Le massacre se terminait : cent dix-neuf éléphants tués. Du coin de l'œil, Mahou aperçut un rescapé qui avait contourné les troupes et, sans bruit, s'approchait du pharaon.

Mahou se cala entre deux rochers, sur la trajectoire de la bête, avec un objectif : lui trancher la trompe d'un coup d'épée.

*
* *

La cérémonie fut à la fois joyeuse et solennelle. Une fois encore, le roi incarnait l'ordre juste et maîtrisait les pulsions destructrices.

Au péril de sa vie, son ami Mahou avait réussi l'impossible et sauvé le pharaon d'une fin atroce. Aussi méritait-il « l'or de la récompense », sous la forme d'un collier qui valait tous les trophées.

« On a quand même eu très chaud », constata le Vieux en remplissant les coupes des officiers supérieurs, afin qu'ils se remettent de leurs émotions.

Les témoins de la scène restaient sidérés par l'attitude du monarque. Impassible, il avait regardé en face l'animal furieux, comme s'il était persuadé de ne courir aucun risque. À moins qu'après le décès de Satiâh il n'eût absorbé la mort et ne la redoutât plus. Lui qui devait donner la vie à son peuple, n'avait-il pas franchi une porte fermée aux autres humains ?

Les deux Nubiens piétinés furent embaumés et seraient inhumés dans leur province d'origine ; et l'État verserait une pension à leur famille.

Minmès, désormais affligé d'une épouse libanaise à la tendresse débordante, tremblait encore à l'idée du désastre évité de justesse.

— Tu as gravé une stèle magnifique, le félicita Thoutmosis ; dressée à côté de celle de mon aïeul, elle marque notre frontière et maintiendra les Mitanniens sur leurs terres.

— 78 —

Peu rassuré, quoique Vent du Nord n'émît aucun signal d'alarme, le Vieux traversa la plaine marécageuse de Niya en compagnie de soldats crispés, redoutant une nouvelle apparition d'éléphants ou d'autres créatures hostiles.

Élément rassurant : le roi marchait en tête, encadré de Mahou et de Djéhouty.

À l'approche de l'Oronte, une halte.

Des éclaireurs présentèrent un rapport favorable : pas d'ennemi en vue, et passage à gué sans difficulté.

— C'est trop beau, jugea Mahou. Ils nous attendent là.

— J'avance, proposa Djéhouty.

Le roi acquiesça.

Le fougueux général éclairerait le terrain, afin d'éviter au roi toute mauvaise surprise. Les récents événements imposaient une extrême prudence.

De fait, franchir le fleuve semblait aisé. Les premiers fantassins furent heureux de se rafraîchir les pieds, mais leur plaisir se brisa net lorsqu'une volée de flèches les contraignit à reculer.

— La butte, à l'ouest ! hurla Djéhouty, qui avait repéré l'origine des tirs.

La riposte égyptienne fut dévastatrice. Couverte par les archers, l'infanterie se rua à l'assaut de la position adverse et ne fit pas de quartier.

*
* *

Cinq morts, dix hommes blessés grièvement, vingt autres légèrement. Le corps médical ne chôma pas, les embaumeurs non plus. Originaires du Nord, les braves reposeraient dans leur patrie. Combien de pièges semblables attendaient mon armée sur le chemin du retour ?

Minmès déroula des cartes, de manière à choisir le chemin le plus sûr. Et les membres du conseil de guerre émirent leur avis.

— Nous avons tari la première source du Mal. Préoccupons-nous à présent de la seconde, recommandai-je. Sinon, nous ne serons que du gibier.

— Que décidez-vous ? m'interrogea Djéhouty, interloqué.

— Nous emparer de Kadesh et nous débarrasser de son prince. C'est lui qui nous attaque dans le dos.

Un large sourire anima le visage de Djéhouty. Mahou et Minmès m'approuvèrent d'un signe de tête.

— D'après une observation récente, signala Tjanouni d'une voix sinistre, les murailles de la forteresse de Kadesh ont été reconstruites.

— Tant mieux, jugea Mahou ; notre exploit n'en sera que plus retentissant.

*
* *

Le Vieux avait mal au dos. Un baume concocté par le médecin-chef du palais effaça la douleur, et Vent du Nord eut droit, lui aussi, à un massage fort apprécié.

— On n'est pas au bout de nos peines ! Et revoilà cette satanée Kadesh ! Si on pouvait la raser… Mais les mauvaises herbes repoussent sans cesse. Pourvu qu'il y ait du vin correct dans ses caves ! Je commence à manquer de jarres.

Une sonnerie de trompette interrompit la discussion : alerte générale, chacun à son poste, affrontement imminent.

Prévenu de la progression des Égyptiens, le prince de Kadesh avait envoyé le gros de ses troupes, afin de les stopper à bonne distance de la citadelle.

Méfiants, les deux généraux n'avaient pas baissé la garde, et l'assaut des chars syriens ne les surprit pas. Les archers se mirent promptement en position. Dès que l'adversaire fut à portée de tir, ils visèrent les chevaux avec une précision remarquable, et la ruée se transforma en chaos. Les fantassins anéantirent les équipages qui avaient survécu à leur chute, puis les chars du pharaon percèrent les rangs syriens.

En moins d'une heure, les forces du prince de Kadesh furent exterminées. Au prix de faibles pertes du côté égyptien, la route de la forteresse était dégagée.

Le pharaon fut le premier à l'emprunter.

*
* *

— Observe bien les murailles, me recommanda Minmès ; ne notes-tu rien d'anormal ?

— Une différence de couleur, de part et d'autre de la porte centrale.

— Travail hâtif et médiocre. À mon avis, nous saperons aisément les fondations.

— Ne les laissons pas respirer, préconisa Djéhouty ; ils sont démoralisés.

Le campement fut installé de façon sommaire, tandis que les spécialistes du génie s'équipaient ; les archers protégeraient leur progression en abattant les défenseurs postés aux créneaux.

Une dernière démarche, cependant, avec l'espoir d'éviter de nouvelles victimes.

— Accompagnez-moi, ordonnai-je à Mahou et à Djéhouty.

Nos trois chars roulèrent lentement et s'immobilisèrent au cœur de l'esplanade précédant la forteresse.

— Rends-toi, prince de Kadesh, sauve la vie des habitants de ta cité ! Dépose les armes, et je te promets que vous serez épargnés.

Un long silence.

Et la porte principale s'ouvrit.

Qui allait apparaître ? Le prince lui-même, un dignitaire, des femmes et des enfants ?

Ce fut une jument folle, la bave aux lèvres, lancée au grand galop pour semer la panique parmi mes hommes en m'écrasant au passage.

Utilisant son épée comme une lance, Mahou transperça le poitrail de la cavale en chaleur, qui poussa des cris de douleur. Il l'acheva au poignard, lui coupa la queue, et la déposa au pied de mon char.

Sous le commandement de Mahou, les sapeurs s'élancèrent en direction de la muraille neuve. Deux d'entre eux s'effondrèrent, transpercés, mais le gros du contingent atteignit son but et commença à creuser.

Minmès avait raison : un mur de mauvaise qualité. En peu de temps, une belle brèche. Un flot de soldats s'y engouffra.

— 79 —

Le cadavre du prince de Kadesh gisait sur le dallage de sa chambre.

— Comment a-t-il été tué ? demandai-je à Minmès.

— Son chambellan l'a égorgé. Il implore notre pitié.

— Aucun traître ne la mérite.

Avec un bel entrain, les sapeurs démantelaient la forteresse ; la population serait répartie dans les villages voisins, les soldats emmenés en Égypte comme prisonniers de guerre.

— Brûlez ce rebelle, ordonnai-je.

Le sort réservé aux condamnés à mort, après qu'ils eurent bu la potion létale. Réduits en cendres, ils étaient anéantis.

Conçu lors de ma réelle montée sur le trône, mon plan s'accomplissait. La Palestine et le Liban soumis, le Mitanni tenu à distance, le prince de Kadesh éliminé, j'aurais dû m'enivrer de mon triomphe.

Mais je ne ressentais que doute et amertume. Certes, le franchissement de l'Euphrate impressionnerait quantité de pays, et chacun saurait que, désormais, je n'hésiterais pas à intervenir en cas de révolte ou de menace.

Pourtant, je n'avais pas réussi à terrasser les Mitanniens. En fuyant, ils s'étaient préservés, refusant une confrontation directe. Par bonheur, je n'avais perdu que peu de braves ; et leur sacrifice avait repoussé une invasion.

Néanmoins, d'autres soubresauts se produiraient. Les émules du prince de Kadesh ne renonceraient pas ; demain, quelle forme prendrait leur hargne ?

Tous, même Minmès d'ordinaire si réservé, se réjouissaient sans retenue de l'instant présent et de notre succès éclatant ; parce que j'étais détenteur du pouvoir suprême, je n'en avais pas le loisir. Il me fallait déjà envisager le lendemain et contrecarrer les ambitions des revanchards.

*
*   *

Le Vieux n'était pas trop mécontent ; dans les caves du palais de Kadesh, il avait déniché quelques jarres dignes d'être servies à la table du roi ; les soldats se contenteraient du tout-venant, une piquette syrienne qui montait vite à la tête.

Se réapprovisionner fut aisé, car les localités traversées par l'armée égyptienne lui offrirent quantité de cadeaux. Le Mitanni assommé, la nouvelle frontière des protectorats fixée à l'Euphrate, Kadesh détruite, son prince tué, personne n'avait envie de s'opposer à la formidable machine de guerre de Thoutmosis.

À la surprise générale, Tjanouni se déridait un peu ; ses agents ne lui signalant pas le moindre incident, il s'adonnait à un brin d'optimisme que partageaient les soldats, les généraux Djéhouty et Mahou en tête. Décoré d'un nouveau collier d'or pour avoir intercepté la jument folle, ce dernier était à présent considéré comme un héros.

À l'exception de la garde rapprochée du roi, formée de vétérans dont Mahou se portait garant, la discipline, avec l'assentiment des officiers supérieurs, s'était relâchée. Les spectres du combat et de la mort s'éloignaient, on retournait au pays où des réjouissances attendaient les vainqueurs.

*
* *

Dès que les lourds bateaux de commerce en provenance des ports du Liban accostèrent les quais de Memphis, dockers et scribes s'affairèrent, les premiers déchargeant le bois, les métaux, les tissus et les denrées alimentaires, les seconds les inventoriant.

À la vue du navire royal, l'enthousiasme s'empara de la foule. Le bouche à oreille fonctionnait à la vitesse du vent, pas une bourgade n'ignorait le triomphe de Thoutmosis, des milliers de badauds voulaient l'acclamer.

Parmi eux, Lousi. La lâcheté des Mitanniens l'écœurait, mais la mort du prince de Kadesh, un fuyard, le réjouissait. D'autres reprendraient le flambeau, à commencer par lui. Devenu un homme important, responsable d'un service gérant des richesses considérables, le Syrien ne tarderait pas à façonner son propre réseau.

Le pharaon croyait avoir écarté le danger majeur en jugulant ses ennemis de l'extérieur. Il oubliait ceux de l'intérieur. Parmi les prisonniers de guerre, la plupart des naturalisés s'intégraient à la société égyptienne ; certains se contentaient de subir et supportaient mal leur nouvelle condition. C'étaient ceux-ci que recruterait Lousi, en leur apprenant à jouer un double jeu. Tâche délicate, qui exigeait doigté et patience. À terme, une capacité de nuisance au cœur des Deux Terres, à l'insu d'autorités aveugles.

Quand les premiers soldats foulèrent le quai, ils furent couverts de fleurs et éventés avec des palmes. Sous les hourras, on leur donna des gâteaux et de la bière. Un chant s'éleva en l'honneur de Thoutmosis, le protégé d'Amon et le protecteur de l'Égypte.

À l'apparition du roi, les clameurs redoublèrent. La cité entière saluait son retour.

Lousi le voyait pour la première fois. Il le jugea froid, distant, impitoyable.

Un homme difficile à abattre.

Mais un homme qu'il abattrait.

L'accueil des Thébains ne fut pas moins chaleureux que celui des Memphites. Festivités d'une semaine, congés exceptionnels, joutes sur le Nil, banquets en plein air aux frais de l'État, rituels de remerciements aux dieux Amon et Montou : le Premier ministre, Rekhmirê, et le Premier Serviteur d'Amon, Menkh le Jeune, avaient organisé les célébrations.

Ma première audience fut réservée à Rekhmirê. Connaissant mon peu de goût pour la flatterie, il ne se répandit pas en compliments sucrés.

— S'agit-il d'une victoire définitive, Majesté ?

— Le combat contre les Syriens et leur âme damnée, le Mitanni, n'est pas terminé. Ils sont affaiblis, certes, mais pas écrasés. Et je n'ai aucune confiance en la parole des Libanais. C'est pourquoi j'ai doublé l'effectif des garnisons, qui réagiront avec une extrême sévérité à la première insoumission. Si notre poigne n'est pas ferme, celle de l'adversaire nous étouffera.

— Nous aurons les moyens de votre politique, affirma Rekhmirê ; les Deux Terres n'ont jamais été aussi riches. Et la dernière crue fut excellente.

— Le bonheur est fragile. Demeurons vigilants.

Après avoir lu la pile de rapports transmis par mon Premier ministre et sa note de synthèse, sans y discerner un motif de mécontentement, je quittai mon bureau et regagnai mes appartements.

L'intendant Kenna avait rassemblé le personnel.

— Majesté, nous souhaitions vous témoigner notre gratitude.

Ils s'inclinèrent à mon passage.

Que la reine ne m'eût point accueilli ne me choquait pas. Qu'avions-nous à nous dire ? J'exigerais seulement sa présence aux cérémonies officielles.

Sa femme de chambre vint à ma rencontre.

— Majesté, la Grande Épouse est très lasse ; le médecin-chef lui a recommandé de se reposer. Elle souhaite cependant vous parler.

Je me rendis dans sa chambre, parfumée et fleurie. Mérytrê se leva. Vêtue d'une longue robe verte, ses longs cheveux tombant en cascade sur ses épaules, elle n'avait rien perdu de sa beauté. Au contraire, son charme naturel s'était accentué.

— J'ai eu peur, j'ai espéré et prié. Et vous voici, indemne et triomphant !

— Le mérite en revient à mon armée, qui n'a reculé devant aucun obstacle.

— C'est vous qui la commandiez.

— Les dieux m'ont guidé.

— Est-ce vraiment… la paix ?

— Pour le moment.

— Conformément à ma parole, j'ai laissé Rekhmirê gérer le pays, me préoccupant uniquement de la Maison de la reine. Est-il satisfait de mon travail ?

— Pas de reproche à vous adresser.

— Ma fatigue n'est pas une maladie, mais une conséquence de ma grossesse. Je vais vous donner une fille.

— La nouvelle sera rendue publique. Elle justifiera votre absence lors des impératifs liés à votre charge. Observez strictement les recommandations du médecin-chef. Pardonnez-moi, j'ai beaucoup à faire.

*
* *

Pendant le voyage de retour, Thot s'était exprimé. La joie animait le cœur de mes hommes et moi, j'entendais les paroles de mon maître divin, que j'inscrirais sur la paroi de ma demeure d'éternité.

C'était là, et là uniquement, en dessinant et en écrivant, que je puisais les forces nécessaires pour continuer à remplir ma fonction ; silence et solitude me réconfortaient.

Que révélait la sixième heure de la nuit ?

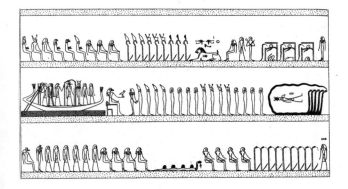

Enfin, la barque sortait des contrées arides, mais la grande lueur d'un nouveau jour était encore lointaine. À présent s'accomplissait une descente au plus profond de la terre, jusqu'à toucher le Noun, l'océan d'énergie primordiale où baignaient planètes et autres corps célestes. De ce milieu régénérateur naissait toute forme d'abondance.

Et le premier miracle se produisait : l'âme-oiseau rejoignait le corps d'Osiris, apparemment inerte, appelé à se transformer en lumière. Le processus de transmutation débutait. Encore faudrait-il assembler les trois parties du soleil démembré, conservées dans des sarcophages.

Les ténèbres ne s'avouaient pas vaincues, et les ennemis seraient d'autant plus redoutables qu'ils se sentiraient menacés. Mes victoires n'étaient que des étapes.

Et ma prière s'éleva : « Que mes couteaux soient acérés, qu'ils découpent les ombres, que je sois un taureau à la voix puissante, celui dont la flamme est haute ; que les visages vivent, que les gorges respirent. »

— 81 —

En ma trente-troisième année de règne, âgé de quarante ans, j'embellis Karnak en dressant un septième pylône sur l'axe des processions et en érigeant deux obélisques qui commémoreraient la victoire sur le Mitanni et la fête de régénération célébrée dans mon temple, « Celui dont les monuments rayonnent ».

Le Premier Serviteur d'Amon, Menkh le Jeune, n'avait aucune ambition personnelle et se contentait d'assumer ses lourdes responsabilités spirituelles et matérielles, tout en goûtant la splendeur de l'immense domaine sacré qu'il avait à gérer. Au décès de son adjoint Pouyemrê, un sage, je nommai à son poste un érudit qui lui ressemblait, Ahmès, et dirigeai son rituel d'initiation aux grands mystères. Je ressentis la présence de Satiâh, perpétuant sa magie au-delà de la mort.

Ces moments, où il était possible de vivre l'essentiel, étaient d'une intensité inégalable, et nous reliaient aux Ancêtres, dont le rayonnement nourrissait nos esprits.

Mais le Premier ministre me rappela vite à des réalités terrestres.

— Les ambassadeurs sont arrivés, les derniers détails de la cérémonie réglés. Elle aura lieu demain, comme prévu.

La nuit précédant cet événement majeur, qui avait exigé de longs préparatifs sous l'étroite surveillance de Rekhmirê, je lus le rapport de Tjanouni sur ma huitième campagne. Une relation complète et fidèle.

*
* *

Les exploits militaires auraient été presque inutiles, s'ils n'avaient été suivis d'une diplomatie active. D'ordinaire, l'Égypte tentait d'entretenir des relations positives avec les pays proches de la Syrie, afin d'éviter d'inquiétantes alliances. Après la traversée de l'Euphrate, changement brutal de climat : les souverains étrangers se félicitaient de mon action et envoyaient leurs ambassadeurs pour signifier leur allégeance.

Aucun ne voulait être soupçonné de complicité avec le Mitanni, sous peine de l'intervention dévastatrice de mes troupes, dont l'incursion au-delà du grand fleuve avait eu un énorme retentissement.

Le déferlement des délégations étrangères n'enchantait pas mon ami Mahou, le plus décoré de mes guerriers, et chef de ma garde rapprochée.

— Je suis inquiet.

— Pourquoi ?

— Ces braves gens te feront mille risettes et se plieront en quatre pour te vénérer, avec une seule idée en tête : quel bonheur, si tu mourais brutalement et si un faible te remplaçait !

— Craindrais-tu un attentat ?

— Plutôt deux fois qu'une !

— Des indices ?

— Seulement mon intuition.

— Quelles mesures de sécurité préconises-tu ?

— C'est là que le bât blesse ! Impossible de fouiller les ambassadeurs et leurs proches sans causer un incident grave. Il suffira d'un assassin déterminé, qui aura dissimulé un poignard et saura le lancer avec précision. Tu n'imagines pas le chaos que causerait ta disparition. Et si tu annulais cette cérémonie à haut risque ?

— Trop tard, Mahou.

— Un cadre plus restreint ne serait-il pas préférable ?

— Il convient qu'un grand nombre de mes sujets assistent à cet hommage.

— Et si tu portais une cuirasse ?

— Un vêtement peu approprié à la célébration de la paix.

Mahou se résigna. Lui et ses soldats d'élite n'auraient qu'à réagir avec promptitude, avant qu'un geste criminel ne fût commis.

*
* *

Une foule avide de spectacle emplissait la grande cour de Karnak, pas un courtisan ne manquait. Sur une estrade avaient été installés deux trônes qu'un dais protégeait du soleil, car la reine avait décidé d'être présente.

— Avez-vous eu l'autorisation du médecin-chef ?

— Je me sens au mieux. De plus, mes devoirs ne passent-ils pas avant ma santé ? Puisque Pharaon est un couple royal, mon absence aurait été critiquée, et je ne sais quelles rumeurs se seraient propagées.

Rekhmirê et Minmès introduisirent le premier ambassadeur, celui du Mitanni, qui se cassa en deux. Ses serviteurs déposèrent des coffrets remplis de métaux précieux.

Un frisson parcourut l'assistance. Notre ennemi majeur écartait la guerre et acceptait de verser à l'Égypte un tribut annuel.

Mahou et son unité d'élite étaient sur les nerfs. L'un de ses acolytes ne profiterait-il pas de ces instants exceptionnels pour commettre une agression ?

L'ambassadeur débita un discours creux où il reconnaissait une sorte de vassalité, sans l'admettre vraiment et définitivement. En clair, les Mitanniens renonçaient à nous envahir, mais ne se priveraient pas de fomenter des troubles afin de m'éprouver.

En dépit de ces sous-entendus, la soumission était réelle, et les Mitanniens préféraient une forme de paix au conflit. Quand leur délégation se retira, Mahou ressentit un profond soulagement, mais sa vigilance ne se relâcherait pas jusqu'au terme de ces grandioses effusions diplomatiques, consacrant l'Égypte comme puissance dominante du Proche-Orient.

Se présentant tour à tour, les ambassadeurs de Babylonie, d'Assyrie et du Hatti, pays disposant d'une armée non négligeable mais redoutant la mienne, produisirent des gages de bonne entente.

Louanges et paroles fleuries accompagnèrent des cadeaux variés.

La présence de l'ambassadeur de Chypre n'avait rien d'anecdotique. En offrant du cuivre de grande qualité, produit indispensable notamment pour la fabrication d'outils et d'armes, il plaçait son île sous ma protection, de même que les voies commerciales qui nous reliaient.

Le Liban, protectorat dompté, et la Nubie, province du Grand Sud, ne furent pas absents de la fête. Une masse impressionnante de tributs s'accumula au pied des trônes. En ce jour, la domination des Deux Terres était éclatante.

Épuisée, Mérytrê se retira dès la clôture de la cérémonie. Pour Mahou et ses hommes, la tension retombait enfin.

Minmès s'approcha.

— L'ambassadeur du Hatti désire te voir en privé. Une affaire grave.

— 82 —

Je reçus l'ambassadeur du Hatti dans la petite salle d'audience du palais. Jeune, grand, maigre, il portait une courte barbe et avait une voix sourde.

— Merci de cet honneur, Majesté.

— Mon conseiller Minmès a évoqué une affaire grave.

— Le terme n'est pas excessif, et l'Égypte peut contribuer de manière décisive à la résoudre, au bénéfice de nos deux peuples.

Le diplomate ne s'était pas déplacé uniquement pour déposer des tributs. Quel piège comptait-il me tendre ?

— Précisons d'abord un point, reprit-il : vous avez écarté militairement la menace du Mitanni, mais ce n'est pas suffisant. Il conviendrait, à présent, de l'isoler diplomatiquement et de réduire, voire d'anéantir, son influence. Le Hatti y serait disposé.

— À quelles conditions ?

— Au nord de notre capitale, une région turbulente se vante d'avoir l'appui du Mitanni et souhaite nous déstabiliser.

— Seriez-vous incapables de la ramener à la raison ?

— Nous souhaitions éviter un conflit hasardeux. Et votre traversée de l'Euphrate a modifié les rapports de force.

— Vous voulez briser les reins des partisans du Mitanni, avec ma promesse de ne pas intervenir.

— En effet, Majesté ; mais nous désirons davantage.

L'ambassadeur pesa ses mots.

— Nous réglerons les problèmes chez nous, et nous aimerions exporter les rebelles chez vous, en échange d'un traité de non-belligérance entre le Hatti et l'Égypte. Ainsi notre dieu de l'orage ne se déchaînera-t-il pas. Et si le Mitanni souffrait de convulsions, nous les mettrions à profit.

— Nous signerons ce traité[1], décidai-je.

*

* *

Comme tous les jeunes dignitaires issus de l'école supérieure du *kap*, Paheq avait assisté au triomphe de Thoutmosis recevant les tributs étrangers. Ses collègues enthousiastes, lui la rage au cœur. En franchissant l'Euphrate et en obligeant les Mitanniens à s'enfuir, Thoutmosis avait étalé sa toute-puissance. Qui, désormais, oserait s'opposer à lui ? Après la mort du prince de Kadesh, personne ne reprendrait la tête de ses réseaux, en grande partie démantelés.

Pourtant, que de rancœur chez les vaincus et les opprimés ! Si Paheq parvenait à les rassembler, ne deviendrait-il pas leur nouveau prince ? Nouer des

_____
1. Connu sous le nom de « traité de Kouroushtama ».

contacts, exiger un silence absolu, susciter de l'espoir, agir de l'intérieur sans attirer les soupçons... Tâche gigantesque et risquée, mais pas utopique.

— J'ai examiné ton travail, déclara Minmès, ce petit scribe fouineur et exigeant que Paheq détestait. Tu es un garçon sérieux et méthodique, le *kap* t'a bien formé.

— J'ai sûrement commis des erreurs !

— Tu as omis de vérifier des rapports d'architectes ! Ils sont toujours contents d'eux et dépassent les délais prévus à cause d'impondérables. À les entendre, on croirait que leur fonction est plus lourde que celle du pharaon ! Oublie leurs récriminations et rappelle-leur les impératifs qu'a fixés le roi.

Pendant que Minmès pointait du doigt les insuffisances du jeune homme, celui-ci pensait à sa prochaine entrevue nocturne avec un prisonnier de guerre qui venait d'être libéré. Un exilé pas comme les autres, puisqu'il s'agissait de l'ex-chef des services de renseignement du prince de Kadesh.

*
* *

L'ambassadeur du Hatti était reparti avec un traité en bonne et due forme. Nos sceaux respectifs concrétisaient la parole donnée devant les dieux, donc inviolable. Ni le Premier ministre ni Minmès ne s'étaient autorisés à formuler des réticences, pourtant perceptibles. N'avais-je pas accordé trop de privilèges aux Hittites ? Je jugeais prioritaire d'enfermer le Mitanni dans une nasse. Et ses adversaires servaient notre cause, en garantissant notre sécurité. Demain peut-être, le Hatti serait-il notre ennemi[1] ; dans les circonstances présentes, rien à redouter.

*
* *

Avant de dormir quelques heures, je lisais des passages des *Textes des Pyramides*, cet immense recueil de paroles de connaissance transmises par les sages de la cité du pilier[2], lieu d'élection de la lumière divine. Certaines traitaient des mutations de l'âme royale à travers l'éternité, d'autres du voyage céleste, d'autres encore de la lutte incessante contre les ténèbres.

Alors que je me retirais dans ma chambre, la dame Nébétou m'aborda. Elle vieillissait doucement, continuant à veiller sur le personnel du palais, avec efficacité et discrétion.

— Tu sembles fatigué.

— Ces derniers jours furent éprouvants, mais les résultats ne me paraissent pas négligeables.

— Ils sont même inattendus, et ton peuple en a conscience. Ton nom ne s'effacera pas de sa mémoire.

— Te voilà bien élogieuse, Nébétou !

— Et toi bien cruel, mon roi !

— Que me reproches-tu ?

— De traiter ta reine avec une indifférence coupable. Mérytrê t'aime et te vénère.

— Ses sentiments ne sont pas partagés. Puisqu'elle remplit ses devoirs, je la respecte. Il n'y a qu'une seule femme dans mon cœur : Satiâh.

---

1. Ce sera le cas sous Séthi Ier et son fils, Ramsès II.
2. Héliopolis.

383

— Nous le savons tous, et je connais ton obstination. Pourquoi exclurait-elle un peu de tendresse ?

— Mérytrê n'était pas obligée de devenir reine. Je ne lui ai rien caché de ce qu'elle subirait.

— Te déçoit-elle ?

— Elle ne manque ni de courage ni de prestance.

— De belles qualités ! Les dieux auraient pu t'affliger d'une idiote, doublée d'une prétentieuse. Sans faire oublier Satiâh, Mérytrê conquiert peu à peu la cour et le palais.

— Grâce à ton appui et à tes conseils…

— Ton sage préféré, Ptah-Hotep, n'a-t-il pas écrit : « Écouter est meilleur que tout » ? Aide-la, toi aussi. Elle te donnera bientôt une fille et ne vivra que pour toi. Au moins, sois reconnaissant.

— 83 —

L'épouse de Bak, de retour à Thèbes, lui sauta au cou.

— Je suis enceinte.

— Merveilleux ! Notre famille s'agrandit.

— Et je t'ai préparé un repas de fête, avec des côtes de bœuf et du vin.

— Ça tombe bien, je meurs de faim !

— Tu as fait bon voyage ?

— Ce pays est splendide, Memphis fascinante. Je t'y emmènerai.

— Des nouvelles de ton ami ?

— Il est mort, sa disparition m'afflige.

— Le sort est parfois cruel.

— Pas trop de soucis à la ferme ?

— Les petits ennuis habituels. Le vétérinaire a soigné une vache malade, elle va mieux.

Le lendemain, Bak reçut un haut fonctionnaire du temple d'Amon. En raison de ses excellents résultats, le récent propriétaire endosserait une responsabilité supplémentaire : s'occuper d'un grand champ appartenant à la Maison de la reine. Et Bak était autorisé à embaucher des ouvriers agricoles.

385

Aussitôt, il songea aux ex-prisonniers de guerre syriens intégrés et désireux de travailler dur afin de gommer leur passé. Ce serait un hommage indirect au malheureux Lousi.

*
* *

— Votre fille et votre épouse se portent bien, Majesté, annonça la nourrice en chef ; l'accouchement s'est déroulé sans difficulté, mais la reine a besoin de repos. Le bébé est vigoureux et pèse son poids.

Aérée et fleurie, la chambre de Mérytrê était un enchantement. Ses fenêtres donnaient sur le jardin.

À son chevet, le médecin-chef.

— La Grande Épouse royale est en parfaite santé, affirma-t-il ; la viande rouge sera son meilleur forti-fiant. Des massages quotidiens, à l'aide d'une pom-made spécifique, tonifieront sa peau.

Il se retira, Mérytrê me regarda.

— N'avez-vous pas trop souffert ?

— Non, répondit-elle en souriant ; les calmants ont été efficaces, et votre fille avait envie de venir au monde.

— Quel nom avez-vous choisi ?

— Mérytamon, « L'Aimée d'Amon ». Notre grand dieu la protégera, et l'amour imprégnera son être. Si je me fie à son premier cri, elle devrait avoir une voix puissante !

— Merci de votre présence lors de la cérémonie des tributs. D'après les échos, les ambassadeurs l'ont beaucoup appréciée ; et je sais que votre effort ne fut pas mince.

— J'ai simplement rempli mes devoirs.

La nourrice me présenta Mérytamon.

— Elle a tété avec joie et sera aussi belle que sa mère !

Elle remit délicatement le bébé à la reine, qui le cajola.

— Quand elle se réveillera, je l'entendrai, assura la nourrice, et je viendrai à votre secours.

À mon tour, je quittai la chambre.

La fille de Mérytrê bénéficierait des meilleurs soins et, si elle était douée pour les études, entrerait tôt à l'école de la Maison de la reine, où étaient formées les élites féminines du pays.

La fille de Mérytrê. Pas celle de Satiâh.

*
* *

Le jeune Paheq n'avait jamais été aussi tendu. L'homme qui souhaitait lui parler pouvait le compromettre et lui faire perdre sa précieuse place d'adjoint de Minmès ; mais ce serait peut-être un pas décisif vers son grand dessein.

Sur un petit morceau de papyrus, un plan précis. Paheq n'eut aucune peine à trouver une maison blanche à deux étages, à proximité du centre de Thèbes.

Un portier barbu lui ouvrit.

— Tu veux quoi ?

— Voir l'ours.

Dans les parties montagneuses de la Syrie, ce redoutable animal ne manquait pas.

— Et tu es qui ?

— L'épée de Megiddo.

Code correct.

— Monte au premier, ordonna le gardien, se hâtant de refermer la porte.

Un autre barbu fouilla Paheq. D'un signe de tête, il lui permit d'entrer dans une petite pièce.

Volets fermés, deux sièges.

— Assieds-toi, exigea une voix éraillée.

Dans la pénombre, Paheq ne distinguait pas les traits de son interlocuteur, un personnage massif.

— Content de toi, jeune transfuge ?

— À quel propos ?

— N'es-tu pas l'assistant de l'influent Minmès ?

— Exact.

— L'Égypte te plaît, non ?

— Je la hais ! Elle m'a volé ma patrie et mon âme ! Je n'ai qu'un but : la détruire.

Paheq regretta son emportement. Si son interlocuteur était un policier, sa carrière se fracassait.

— Des paroles audacieuses… Supposons que je ne sois pas de ton côté ?

— Eh bien, arrête-moi et amène-moi devant un tribunal !

De pénibles secondes s'écoulèrent.

— Je suis de ton côté. Et je compte sur toi pour venger la Syrie.

Paheq éprouva un plaisir intense. Enfin, sa destinée reprenait un sens !

— J'ai fidèlement servi le prince de Kadesh en lui fournissant des renseignements sur l'armée égyptienne. Il ne m'a pas écouté, croyant qu'il saperait les fondations de l'empire bâti par Thoutmosis. Le Mitanni est terrorisé, Kadesh détruite, son prince tué. Mais la guerre continue. Une lutte souterraine, dont tu peux devenir le principal animateur. Toi, au cœur de la hiérarchie égyptienne.

— C'est mon désir le plus ardent !

— Que patience et prudence soient tes guides. Ne mésestime surtout pas Tjanouni, le patron des services secrets égyptiens. Il a le flair d'un fauve. Au moindre faux pas, il te repérera. Tu es jeune, impulsif, dépourvu d'expérience, mais déterminé ; si tu souhaites tenter une aventure à haut risque, j'ai une arme à ta disposition.

— Fournis-la-moi.

— Ensuite, impossible de reculer.

— Ce n'est pas mon intention.

— As-tu longuement réfléchi ?

— Tu l'as constaté toi-même, je suis déterminé.

— J'ai été libéré, mais Tjanouni ne croit pas à mon intégration. À la première occasion, il me renverra en prison. Seule option : regagner la Syrie. Nos partisans y sont nombreux, et j'organiserai l'insurrection de la petite ville d'Iniougasa[1], afin de prouver au pharaon que son triomphe est illusoire. Et ce ne sera que le début d'une révolte générale.

— Ta confiance m'honore… Mais de quelle arme disposerai-je ?

---

1. Appellation égyptienne pour Noukhassé.

— Des centaines de prisonniers syriens ont été affectés aux travaux les plus pénibles, notamment chez les artisans. Certains sont résignés, d'autres non. Et je possède la liste des partisans de la révolte. Tu es leur patron, en tant qu'adjoint au maître d'œuvre du pharaon, Minmès. Les contacter et les fédérer te sera facile, sans que Tjanouni te soupçonne, puisque tu agiras dans le cadre de ta fonction. Pendant que je fomenterai des troubles à l'extérieur, toi, tu agiras de l'intérieur. Et quand nos forces se rejoindront, l'Égypte s'effondrera.

— Donne-moi cette liste.

— Tu es sûr de toi ?

— Donne-la-moi.

L'ex-serviteur du prince de Kadesh s'exécuta.

Une prise de risque obligatoire. Soit le jeune Paheq était sincère, et la reconquête débutait ; soit il jouait la comédie, et le dénoncerait à la police.

En ce cas, le délateur ne resterait pas impuni. Des Syriens lui trancheraient la gorge.

— 84 —

Lousi jubilait. Face aux trésors qu'il avait à gérer et à répartir, il éprouvait une revigorante sensation de puissance. Or, argent, bronze, cuivre, lapis-lazuli, turquoises et autres pierres semi-précieuses… Thoutmosis avait rapporté de ses campagnes des monceaux de richesses, auxquelles s'ajouteraient désormais les tributs annuels envoyés par de grands pays qui souhaitaient préserver la paix avec l'Égypte.

Humiliée, exploitée, la Syrie était mise en coupe réglée, sous le joug de ce maudit pharaon, même si le Mitanni conservait un semblant d'indépendance. Tôt ou tard, les Hittites, avec l'autorisation des Égyptiens, l'envahiraient.

Lousi abattrait Thoutmosis avant que ce désastre ne se produise. Grâce à son emploi, inespéré, il détournerait de petits lingots lui permettant d'acheter des Syriens et de monter un réseau.

Seuls des jeunes, vigoureux, dépités et haineux, l'intéressaient. Leur peine purgée, ils restaient condamnés à des tâches pénibles et médiocres. Beaucoup acceptaient leur sort, satisfaits d'être nourris et logés, et de pouvoir épouser une Égyptienne, à condition de changer de nom et d'adopter les coutumes des Deux Terres. Une minorité, cependant, fulminait et souffrait en silence.

Lousi avait repéré deux gaillards, qui portaient les coffres les plus lourds, et ne parlaient qu'entre eux. À la fin de leur service, alors qu'ils balayaient un entrepôt, il les interpella :

— Satisfaits de votre salaire ?

Ils hochèrent la tête.

— D'où êtes-vous originaires ?

Mutisme gêné.

— J'ai consulté vos dossiers. Vous êtes nés dans le même village de Syrie du Nord. Miliciens du prince de Megiddo, vous avez rendu les armes lors de la prise de la ville. Déportés en Égypte, vous avez accompli des travaux forcés dans une pêcherie du Delta. Après votre libération, l'administration vous a imposé ce labeur exténuant.

Nouveau hochement de tête.

— Et si je vous proposais mieux ?

Les deux costauds se regardèrent.

— Aimez-vous votre pays, votre véritable pays ?

Ils acquiescèrent.

— Savez-vous qui je suis ?

— Notre supérieur, répondirent-ils ensemble.

— Pas seulement. Mon père était le prince de Megiddo, et je n'ai pas oublié mes origines.

Stupéfaction.

— J'occupe un poste important, mais je suis un déraciné, comme vous. Ceux qui sont opprimés doivent se rassembler. Si vous en connaissez d'autres qui partagent cette oppression, mettez-les en contact avec moi. Je les aiderai.

*

* *

Qu'il était doux de vivre à Thèbes ! Les vendanges avaient été somptueuses, ce serait une année de grands crus, et le Vieux s'enrichissait. Même s'il supportait mal l'intendant Kenna, aussi rigide qu'un balai, il continuait à fournir la table royale, et ses vins animaient les grands banquets.

Alors qu'il livrait des jarres délicatement transportées par Vent du Nord, le Vieux croisa Tjanouni, la mine sombre et les traits tirés. Le chef des services secrets omit de le saluer.

— Quel éteignoir, ce revêche ! Mais ça ne présage rien de bon... On ne va quand même pas repartir en guerre ?

Désespérante, l'oreille droite de l'âne se dressa.

*

* *

L'entretien des greniers était un tracas permanent. Rekhmirê y veillait en permanence, n'hésitant pas à en construire de nouveaux. Il se souciait aussi du curage des canaux, vite envahis d'une végétation indésirable. Les gouverneurs de province qui n'observaient pas strictement leurs obligations étaient vivement rappelés à l'ordre.

Au sortir de mon entrevue quotidienne avec le Premier ministre, apparut Tjanouni le sinistre.

— Urgent et inquiétant, Majesté.

Il pénétra dans mon bureau d'un pas lourd.

— J'espérais que nous en avions fini avec les Syriens. Je me trompais. Un rapport circonstancié me signale la rébellion de la petite ville d'Iniougasa.

— Nos pertes ?

— Aucune. Nous n'avions pas de garnison dans cette bourgade. Des meneurs y prêchent la libération de la région.

— Une intervention des forces de sécurité locales ne suffirait-elle pas ?

— Si, mais je préconise une action radicale : votre présence et celle de notre armée. Une démonstration de force s'impose. Et elle s'imposera jusqu'à ce que les séditieux comprennent qu'ils n'ont aucune chance de réussir. Ne leur cédons pas un pouce de terrain.

— Demande au héraut Antef d'annoncer notre neuvième campagne.

*

* *

Prévenu le premier grâce à Vent du Nord, le Vieux avait rassemblé le nécessaire, du mobilier aux conserves de viande, afin d'assurer le confort du souverain. Pendant ce temps, Antef paradait à la cour, comme s'il était le commandant en chef.

Au moment où il se reparfumait, le Vieux, les poings sur les hanches, l'apostropha.

— Dis donc, l'élégant, la parlote c'est bien beau, mais faudrait te secouer. En premier lieu, garantir le bien-être du roi partout où il résidera. Or ça, c'est moi qui m'en charge, et toi qui t'en vantes !

— Plus bas, plus bas, recommanda le héraut ; je reconnais tes mérites, tu seras récompensé.

— 85 —

Deux nouvelles vignes, un champ de blé, un taureau et dix vaches… Le Vieux n'était pas mécontent. Avec l'approbation du Premier ministre, Antef avait décrété une donation appréciable avant le départ pour la Syrie. Le Vieux était irremplaçable, mieux valait le ménager.

Le moral de l'armée restait au beau fixe. Objectif précis, campagne de courte durée. Les pessimistes redoutaient un piège, mais les Égyptiens disposaient de tant d'alliés et d'informateurs que les généraux ne craignaient pas de mauvaise surprise.

Djéhouty et Mahou distribuèrent les consignes : pas de quartier et mise à sac de la bourgade rebelle. Tant que la leçon ne serait pas apprise, il faudrait la répéter.

*
* *

Paheq exultait : le serviteur du défunt prince de Kadesh avait tenu parole ! En s'insurgeant, la courageuse cité d'Iniougasa défiait le tyran, et les agglomérations voisines, dont l'importante Alep, se joindraient à elle afin de lancer la reconquête.

Enivré de ses succès, Thoutmosis ne prévoyait pas la férocité de ses opposants. Une défaite, une première défaite, et les troupes égyptiennes seraient déstabilisées !

Paheq avait étudié la liste des artisans syriens favorables à sa cause. Un petit nombre de révoltés, certes, mais un noyau sûr ; il prendrait le temps de les rencontrer un à un. Nouer des liens solides entre les exilés serait le premier pas.

*
* *

Entre l'Oronte et des collines bordant, au sud, la région d'Alep, s'étendait une steppe où avait été bâtie la cité d'Iniougasa, aux modestes fortifications.

Un excellent terrain pour le déploiement de la charrerie égyptienne. Contrairement à ce qu'espéraient les insurgés, aucune autre ville ne s'était ralliée, redoutant des représailles.

L'apparition de l'armée égyptienne, au grand complet, terrorisa guerriers et habitants de l'agglomération rebelle, qui ne s'attendait pas à une telle démonstration de force.

Ni les agents de Tjanouni ni les éclaireurs n'avaient signalé d'éventuel guet-apens ; Iniougasa était abandonnée à elle-même, pas de renfort en vue.

Nul ne volerait à son secours.

— C'est trop beau, jugea Mahou.

— On rase ce nid de guêpes, promit Djéhouty. D'abord, saccager leurs défenses avec nos archers ; ensuite, si leur charrerie attaque, la nôtre l'exterminera ; enfin, l'infanterie foncera. Nos braves se régaleront.

— Je propose ta tactique au roi. À son signal, en avant.

Les soldats piaffaient d'impatience. Thoutmosis donna son accord.

Les portes de la cité rebelle s'ouvrirent à deux battants. Quelques chars en sortirent.

Djéhouty sourit.

— Du gâteau, murmura-t-il. Je les massacre.

Au moment de s'élancer, la déception. Les charriers ennemis avancèrent… à pied, bras ballants et désarmés !

Ils se rendaient.

*
* *

Un butin non négligeable : quinze chars, quarante chevaux, de la vaisselle d'or, des vases d'argent, cent bœufs, quatre cents moutons, cinq cents chèvres, sept cents ânes, du bois, de l'étain, de la myrrhe.

Les militaires furent séparés des civils.

Et le maire s'allongea sur le sol, en pleurs, à mes pieds.

— Épargne-nous, grand roi, nous sommes innocents !

— Vous êtes des rebelles.

— Nous avons été manipulés et nous implorons ton pardon.

— N'es-tu pas le responsable ?

— Non, non… C'est un démon, un fidèle du prince de Kadesh, qui nous a trompés !

— Où est-il ?

— Je l'ignore, il s'est enfui.

— Aussi lâche que son maître ! L'avoir écouté est une faute grave. Ta ville sera rasée et ses habitants dispersés.

Heureux d'avoir la vie sauve, le maire se répandit en remerciements interminables.

Restait le cas des soldats insurgés, rassemblés dans l'enclos aux bestiaux.

— Prisonniers de guerre ? m'interrogea Mahou.

— Non.

— Nous… nous les abattons ?

— Tu leur offres un choix : la mort immédiate ou combattre pour nous.

— Mais… ils nous trahiront !

— Djéhouty formera un régiment auxiliaire, soumis à une discipline impitoyable.

*
* *

Le retour à Thèbes fut triomphal, comme d'habitude.

L'habitude se transformait parfois en un somnifère nocif. Chaque victoire, à l'issue de dangers différents, devait être considérée comme la première, une sorte de miracle savamment préparé.

Dès la fin des festivités, auxquelles la reine participa avec dignité, je me rendis dans la Vallée des Rois afin d'y dialoguer avec Satiâh, représentée sur l'un des piliers de ma demeure d'éternité, et y recueillir les paroles de Thot, qui me dicterait ma septième heure.

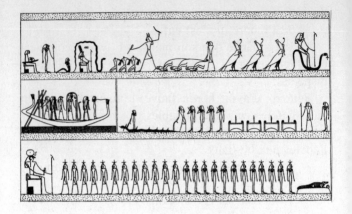

Le pire des mauvais génies se dévoila : Apophis, un gigantesque serpent tapi au sein des ténèbres, et s'attaquant à la barque du soleil avec ses complices. L'intervention de déesses, armées de couteaux, évitait le désastre. Condamnés par le tribunal divin, les conjurés étaient châtiés et jetés à terre ; cloué au sol, mais toujours vivant, Apophis avait échoué. Et le voyage se poursuivait sous la protection des étoiles.

En dessinant cette scène, une certitude : un complot se tramait. J'aurais besoin de l'aide du bon reptile, celui qui jaillissait de ma couronne, pour éclairer mon chemin.

Et je formulai l'invocation : « Que le feu du serpent aux flammes vivantes détruise les ennemis, que leurs bras soient ligotés, que les bienheureux s'accomplissent en tant qu'étoiles, et que la cité céleste soit protégée. »

— 86 —

— Des catastrophes pendant mon absence ?
demanda Minmès à son adjoint.

— L'architecte du temple d'Éléphantine a fait irrup-
tion dans mon bureau et m'a traité de tous les noms.
Il ne supporte pas les critiques concernant son retard.
Je ne me suis pas permis de rétorquer.

« Décidément, pensa Minmès, ce jeune homme est
pétri de qualités ; modeste, se tenant à sa place, et ne
prenant pas d'initiatives inconsidérées. »

— C'est un brave homme et un bon professionnel,
mais grognon et soupe au lait. Je m'occuperai de son
cas. Pas d'autres problèmes ?

— Voici mes rapports.

Bien qu'il fût satisfait de ce brillant élève du *kap*,
Minmès demeurait méfiant et lut les textes avec une
extrême attention.

Du travail soigné, des interventions pertinentes, un
respect du protocole. Rien à redire.

Paheq rêvait d'étrangler ce scribe qui, fidèle à son
roi, ne songeait qu'à couvrir l'Égypte de temples où

résidaient les divinités, fournissant aux Deux Terres une énergie incommensurable.

— Je t'accorde deux jours de repos, décréta Minmès.

Pendant ce congé, le Syrien rencontra un menuisier employé au chantier naval de Thèbes. Ex-défenseur de la citadelle de Megiddo, il broyait du noir à la suite de la neuvième campagne victorieuse de Thoutmosis.

Paheq le réconforta.

— Jamais la Syrie ne se soumettra. Et je suis persuadé que le Mitanni prépare sa revanche.

— Pharaon est invincible.

— Ne crois pas ça ! Sa chance tournera.

— Sa police nous épie.

— As-tu été inquiété ?

— Moi, comme tous nos compatriotes, ex-prisonniers de guerre. Les contrôles sont renforcés.

Paheq ne prit pas la nouvelle à la légère. Ainsi, à juste titre, le monarque se méfiait des Syriens, fussent-ils intégrés et paisibles. Miser sur sa naïveté eût été une erreur fatale. À la longue, cette surveillance s'éroderait ; pour le moment, il était exclu de bouger un orteil.

*
* *

La fille de Mérytrê se portait au mieux ; ses nourrices et le médecin-chef du palais lui dispensaient des soins attentifs, redoutant les dangers de la petite enfance, où la mort ravisseuse guettait la moindre occasion.

— La Maison de la reine est remarquablement tenue, indiqua Rekhmirê.

Le Premier ministre n'osa pas ajouter : « Aussi bien que par Satiâh. »

En revanche, il apporta une précision :

— La Grande Épouse royale m'a adressé quelques suggestions concernant l'amélioration de notre système éducatif.

— Intéressantes ?

— Justifiées. Les adopter me semble nécessaire.

— Tu as mon accord.

— Et puis...

— Quoi encore ?

— La reine estime que le cadastre agricole est parfois injuste et que certains exploitants, aux mérites indéniables, devraient bénéficier d'un allègement d'impôts.

— Ton avis ?

— Favorable.

— Alors, agis.

Venant de partout, des éloges de la reine. Par petites touches, Minmès me soulignait son sens de l'État ; l'intendant Kenna appréciait ses interventions discrètes ; le personnel du palais se réjouissait de son comportement, sans suffisance ni rigidité. Peu à peu se dissipait le souvenir de Satiâh. Mérytrê s'imposait avec douceur et délicatesse tout en évitant les familiarités, conformément à son rang. Lors des rituels et des banquets officiels, nous formions un authentique couple royal, remplissant ses devoirs.

Et c'était l'essentiel. Peu importaient les sentiments ; nous étions responsables devant les divinités et notre peuple, notre condition d'humains ne comptait pas. J'étais le roi, Mérytrê la reine, et seule cette réalité nous guidait. Aussi notre entente ne souffrait-elle d'aucun faux pas, et je lui en savais gré.

Le chien Geb veillait jalousement sur la petite Mérytamon, autorisée à lui tirer les oreilles, à lui saisir les pattes ou à lui embrasser la truffe ; et le guetteur ne laissait pénétrer dans sa chambre que des personnes bienveillantes.

Sa mère lui chantait des berceuses, qui l'aidaient à s'endormir ; intacte, la voix de Mérytrê aurait enchanté et apaisé le plus agité des guerriers.

Chaque soir, je lui annonçais nos obligations du lendemain, et la reine, quelles que fussent les siennes propres, ne protestait jamais. Parfois, elle sollicitait des précisions afin de mieux se préparer, soit en relisant des rituels, soit en s'informant sur nos invités et nos interlocuteurs.

Mérytrê me surprenait ; elle paraissait sereine, comme si un bonheur parfait régulait ses jours et ses nuits. Devenir mère l'avait encore embellie.

— Puis-je vous demander de l'aide ? m'interrogea-t-elle en ôtant son collier de lapis-lazuli.

— Serai-je capable de vous la procurer ?

— Vous, et vous seul.

— Une affaire d'État ?

— D'une certaine manière.

Elle me saisit les poignets et me regarda droit dans les yeux.

— Je suis heureuse de vous avoir donné une fille, mais un seul enfant ne me suffit pas.

— 87 —

Nakhtmin[1] venait d'être nommé directeur du double grenier de Haute et de Basse-Égypte, et n'en menait pas large. Non seulement la fonction était écrasante, mais encore le Premier ministre tenait-il à ce qu'elle fût exercée de manière impeccable. D'abord, superviser l'arrivée des céréales, puis leur sortie ; ensuite, s'assurer de leur distribution aux temples et aux ouvriers agricoles, en fixant leur salaire ; enfin, gérer les employés en calculant leur juste nombre. La dernière récolte ayant été particulièrement abondante, la tâche s'annonçait complexe.

Doté d'une formation de scribe comptable et d'administrateur de biens, Nakhtmin avait eu une belle carrière au sein du temple d'Amon, s'occupant avec succès des ateliers. Mais il n'était pas expert en agriculture et avait l'urgent besoin d'un homme de terrain, compétent, travailleur, et qui ne lui ferait pas d'ombre.

---

1. Son nom signifie : « Le dieu Min est puissant » (tombe thébaine n° 87).

C'est pourquoi il se rendit chez Bak, devenu un important fermier de la campagne thébaine. Ce dernier donnait des consignes à ses métayers, lorsqu'il aperçut le haut fonctionnaire qu'il reconnut aussitôt : son premier contrôleur ! Que présageait ce retour ?

Bak se hâta de terminer son discours, et invita son hôte à boire une bière légère, à l'abri d'une tonnelle.

— Sois sans inquiétude, s'empressa de préciser Nakhtmin, ton exploitation demeure un modèle, et la hiérarchie s'en réjouit. Les ennuis sont de mon côté.

— Pas la santé ?

— Non, une promotion.

— Ne serait-ce pas plutôt… une satisfaction ?

— Titre ronflant, charge angoissante : veiller sur tous les greniers d'Égypte.

— Pfff… Je n'aimerais pas être à votre place !

— Entretenir les greniers, en construire de nouveaux, assurer leur parfait fonctionnement… Une obsession du Premier ministre ! Ne tournons pas autour du pot : j'ai besoin d'un adjoint supervisant la région thébaine, l'une des plus riches. Je devrai beaucoup voyager, examiner les résultats de chaque province ; en mon absence, un homme de confiance me remplacera ici. Cet homme, c'est toi.

Bak avait entendu dire que des piliers soutenaient le ciel, l'empêchant de s'écrouler sur la terre et d'étouffer ainsi toute forme de vie. Il eut pourtant l'impression qu'une masse énorme lui tombait sur la tête.

— Mais, mais… mais je ne suis pas scribe ! D'autres…

— J'ai bien réfléchi, le coupa Nakhtmin ; je n'ai pas besoin d'un bureaucrate, mais d'un agriculteur au contact des paysans. Je t'enseignerai moi-même les notions comptables qui te seront utiles ; pour le reste, tu en sais plus que moi et tu me l'apprendras. Pas une minute à perdre et surmenage prévisible.

— Je... je...

— Merci de ton accord. Embrasse ton épouse et tes enfants, je t'emmène à Thèbes ; nous y officialiserons ta nouvelle situation. Ensuite, première tournée d'inspection.

*
* *

Minmès était épuisé. La nuit, son ardente et ravissante épouse libanaise ne le laissait pas en paix, malgré sa grossesse ; lui, marié et père de famille ! Exactement ce qu'il avait toujours redouté. N'était-il pas l'innocente victime des campagnes militaires de son roi ? La Libanaise appréciait tellement l'existence à Thèbes qu'elle n'avait nulle envie de retourner dans son pays et devenait plus égyptienne que les Égyptiennes.

Épuisé ou pas, il lui fallait surveiller tôt le matin l'avancement des travaux au temple des millions d'années de Thoutmosis, sur la rive ouest de Thèbes, qui serait désormais le point d'aboutissement d'une grande procession, celle de la Belle fête de la Vallée, en hommage aux ancêtres et aux « Justes de voix ».

La cour s'y préparait avec impatience. Grand admirateur de la beauté de la reine, au comportement irréprochable, l'intendant Kenna, arbitre des élégances, traquerait la moindre faute de goût.

Le général et commandant de la garde royale, Mahou, avait d'autres préoccupations. Assurer la sécurité du souverain n'était pas une partie de plaisir. D'après les rapports de police, l'intégration des ex-prisonniers de guerre syriens ne se déroulait pas aussi aisément qu'espéré. À la fin de leur peine, certains commettaient des délits. La plupart du temps, le tribunal les renvoyait dans leur pays. Mais combien de naturalisés, en majorité occupés à des tâches pénibles, nourrissaient une profonde rancœur contre le pharaon ? À côté de réussites éclatantes comme celle du jeune Paheq, combien d'échecs cuisants ?

Un cauchemar avait troublé la dernière nuit de Mahou : des Syriens s'apprêtaient à assassiner le roi. Impossible de distinguer leur visage. Il s'était réveillé en sursaut, le cœur battant, et avait couru au palais.

Tranquillité parfaite.

Grâce à un dispositif rigoureux, les appartements royaux étaient inaccessibles. Lors des cérémonies officielles et publiques, des soldats d'élite interviendraient avec la rapidité maximale, en cas d'incident. Mais une longue et interminable procession exigeait des précautions spécifiques. Et Mahou n'avait pas droit à l'erreur.

*
* *

— Comment me trouves-tu ?

Vêtu d'une tunique neuve brun clair, de bonne coupe, coiffé et rasé, chaussé de sandales de cuir, le Vieux réclama le jugement de Vent du Nord. Ne ressemblait-il pas à un bellâtre trop bien habillé pour être honnête ?

Par bonheur, accompagnant un regard rieur, l'oreille droite se dressa. L'âne n'étant ni diplomate ni menteur, le Vieux fut rassuré, lui qui n'avait pas coutume de jouer les gravures de mode.

Au palais, Antef continuait à se mettre en valeur, pendant que le Vieux assurait ses arrières. Ça ne le dérangeait pas, dans la mesure où il éprouvait une admiration sans bornes pour le pharaon. Celui qu'on dépeignait comme un stratège génial, protecteur intraitable des Deux Terres, passait la moitié de ses journées à célébrer des rituels et l'autre à se préoccuper du bien-être de sa population, assisté d'un Premier ministre qui ne supportait ni le laxisme ni la paresse. Une période bénie, un bonheur fragile.

— Bon, on y va.

En raison de son comportement exemplaire pendant les campagnes en Syrie, Vent du Nord avait été nommé officier supérieur ; aussi prendrait-il la tête des ânes portant les objets rituels destinés à la Belle fête de la Vallée.

— 88 —

Cette procession-là marquerait les mémoires. Pour la première fois, la Belle fête de la Vallée aboutirait à mon temple des millions d'années, et non à celui de la souveraine qui m'avait précédé, Hatchepsout. Le monument était inachevé, mais je n'adressai pas de reproche à Minmès, car je l'avais pris de court.

Au pied de la montagne thébaine, disposé sur deux niveaux, l'édifice, dédié au *ka* royal qui m'animait, accueillit la barque d'Amon. À son passage, comme à celui de la barque solaire, les morts sortaient de leur torpeur et nos ancêtres, vainqueurs du trépas, nous parlaient.

Des statues me figurant furent déposées dans des chapelles. Non ma personne humaine, mais la fonction dont j'avais hérité et que je transmettrais à mon successeur. Ici, après mon décès, serait vénérée l'âme royale.

Accompagné de la reine, je présentai des offrandes à Amon, la puissance secrète faisant jaillir la création, et à Hathor, la maîtresse de l'amour céleste et des étoiles, lumières de l'au-delà.

Et je m'attardai longuement devant la représentation de Satiâh, disparue et pourtant si présente. C'était elle qui couronnait cette fête et donnait vie à ce temple.

La reine, elle aussi, se recueillit.

*
*　*

Furieux, Lousi se grisa à l'alcool de datte. Les deux imbéciles qu'il avait tenté de recruter s'étaient enfuis, craignant une provocation, voire une manipulation de la police.

Celle-ci était fort active ces derniers temps dans les milieux d'ex-Syriens, comme si elle recherchait des comploteurs. Lousi éprouvait une rude déconvenue : monter un réseau d'opposants n'était pas aussi simple qu'il l'avait imaginé. En dépit de sa position et de la petite fortune qu'il amassait de manière illégale, rassembler des hommes déterminés à renverser le trône du pharaon ne serait pas aisé. Et les investigations des forces de l'ordre incitaient à la prudence.

Après une nuit agitée, Lousi rencontra son supérieur. Chaque fin de mois, il remettait à Triple Menton un état des stocks.

— Tout va bien, mon garçon ?

— On ne peut mieux.

— Satisfait de tes employés ?

— Je les serre de près.

— Continue. Moi, j'éprouve un soupçon.

— De quel ordre ?

— À ton propos.

— Une négligence ?

— J'espère que ce n'est pas plus grave. Vois-tu, je me méfie de tous mes subordonnés, toi compris. Quand on manie des métaux précieux, des tentations peuvent survenir. Aussi ai-je placé un mouchard parmi ton équipe de scribes, afin d'établir un double contrôle. Et ses comptes ne correspondent pas aux tiens. Il manque trois lingots d'or, un d'argent et trois sacs de paillettes.

— Une erreur, c'est évident !

— Je le souhaite. Demain, toi et moi nous examinerons tes stocks. Si mon mouchard ne s'est pas trompé, un voleur sévit parmi ton personnel.

— Je n'y crois guère ! Si tel est le cas, je l'identifierai.

— Impératif prioritaire, en effet. Bonne nuit.

*
* *

Lousi devait agir vite, très vite. La vérification mettrait en évidence le détournement, il ne fournirait aucune explication plausible, Triple Menton l'accuserait de vol, le tribunal le condamnerait à une lourde peine. Jamais il n'accomplirait sa vengeance.

La situation n'était pas désespérée, à condition d'être efficace. Au milieu de la nuit, le Syrien quitta son domicile et, à plusieurs reprises, s'assura que personne ne le suivait. Triple Menton était assez tordu pour avoir ordonné une filature.

Rassuré, il se dirigea vers le nord de la ville, où son supérieur habitait une confortable villa, entourée d'un petit jardin. De part et d'autre, des maisons à deux étages.

Lousi risquait gros, mais n'avait pas le choix. Triple Menton avait-il un chien, dormait-il dans la même pièce que son épouse, sa demeure abritait-elle des enfants et des serviteurs ? Tout cela, il l'ignorait et n'avait pas le temps de se renseigner. S'il n'intervenait pas immédiatement, ce serait le bagne.

Certain qu'il n'était pas observé, le Syrien franchit le muret clôturant la propriété de Triple Menton.

Pas d'aboiement.

Courbé, il se rua vers l'entrée de la maison et poussa la porte de bois.

Pas de grincement.

Au rez-de-chaussée, une cuisine, un cellier, un bureau, une salle à manger, un salon et une chambrette. En provenait un ronflement, celui d'un domestique âgé.

Lousi grimpa à l'étage. Trois chambres. La porte de la première était entrebâillée : deux adolescents endormis. Dans la deuxième, une femme corpulente, couchée sur le ventre.

Dans la troisième, Triple Menton, sur le dos, la bouche ouverte. Un lit solide, une table de nuit, des coffres de rangement.

Et beaucoup de coussins. Les uns sous la tête du gros lard, les autres éparpillés.

Lousi s'empara de l'un d'eux et le plaqua sur le visage de Triple Menton avec violence et fermeté. Ses mains, aux pouces carrés, se transformèrent, une fois encore, en armes mortelles.

Sa victime eut quelques convulsions, battit des bras et des jambes, puis se raidit. Lousi avait déployé tant d'agressivité que la mort fut rapide.

La maison resta silencieuse.

Et l'assassin regagna son domicile.

— 89 —

Le Vieux venait de s'entretenir avec Minmès, à la suite d'une livraison de vin, lorsqu'il aperçut Tjanouni se diriger à pas pressés vers la petite salle d'audience du palais. Comment s'y prenait-il pour avoir l'air toujours plus sinistre ?

« Pas bon, ça », grommela le Vieux, qui obtiendrait confirmation de Vent du Nord ; pressentant la réponse, il alla secouer le héraut Antef afin de s'assurer que la tente royale et le mobilier de voyage étaient en parfait état.

*
* *

— D'après mes informations, Majesté, c'est très grave.

— Encore une cité révoltée ?

— Pas une, plusieurs, et ce n'est pas le pire ; cette fois, c'est l'armée du Mitanni qui entreprend une contre-attaque et reconquiert les positions perdues.

L'affrontement direct me semble inévitable, et nous devons briser cette offensive au plus vite.

— Qu'Antef annonce ma dixième campagne et mobilise la totalité de nos forces.

Cette nouvelle n'était mauvaise qu'en apparence ; en réalité, je l'attendais et je m'en réjouissais. Enfin, la vraie confrontation ! Obligé de sortir de l'immobilisme après une série de revers, le Mitanni voulait manifester sa puissance et prouver que ma traversée de l'Euphrate n'avait été qu'un faux exploit, sans conséquences sérieuses.

Depuis ma première offensive, je savais que ce moment surviendrait et que je devais m'y préparer en engageant des troupes bien formées, bien rémunérées et bien nourries.

C'était en Syrie, loin des Deux Terres, que l'avenir de l'Égypte se jouerait.

*
* *

La grossesse de la reine devenait visible, et le médecin-chef du palais l'examinait chaque jour, en compagnie de la plus expérimentée des sages-femmes. Alimentation adaptée, massages, remèdes indispensables… La souveraine serait choyée. Détestant l'oisiveté, elle continuait à gérer sa Maison, tout en réduisant ses déplacements.

Thèbes sentait que cette campagne-là serait décisive et que nombre de soldats ne reviendraient pas vivants. Mais chacun approuvait ma démarche.

À l'heure du départ, Mérytrê tint à me saluer.

— Inutile de vous recommander, cette fois encore, la prudence.

— Elle n'est pas toujours bonne conseillère.

— Les Mitanniens nous sont-ils supérieurs ?

— Leur armement est excellent, et j'ignore la quantité exacte de leurs guerriers. Une différence majeure : eux sont des pourrisseurs, rêvant de nous envahir ; nous, nous défendons notre pays et voulons le préserver de la barbarie. Suivez les conseils du médecin-chef et ne vous surmenez pas.

Le visage de la reine se teinta d'inquiétude.

— Si...

— Si je suis tué au combat ? Le Premier ministre appliquera la règle de Maât. Vous serez régente du royaume et réunirez un conseil de neuf Sages qui, avec votre approbation, élira le nouveau pharaon, sans tenir compte ni de son âge ni de ses origines. N'ayez qu'une préoccupation : la sauvegarde de l'Égypte et de ses valeurs.

*
* *

Ce voyage-là ne fut pas d'agrément. Tendus, les soldats parlaient peu. À chaque étape, Tjanouni me communiquait les rapports de ses agents. Je redoutais escarmouches et embuscades qui nous auraient affaiblis, en ralentissant notre progression.

Rien de tel ne se produisit. Survint l'information capitale : l'ennemi s'était massé près de la petite cité d'Arana, non loin d'Alep, dont les habitants, terrorisés, se calfeutraient derrière leurs murs.

La Syrie entière savait que la bataille d'Arana désignerait un vainqueur, mais lequel ? Avant de se prosterner devant lui, la neutralité s'imposait.

Le conseil de guerre examina les cartes précises, établies au fur et à mesure des campagnes.

— Terrain magnifique, jugea Djéhouty ; un régal pour nos chars.

— Pour ceux des Mitanniens aussi, déplora Minmès ; de plus, leurs archers sont redoutables.

— Les nôtres également, rappela Mahou ; nous les décimerons avant de lancer l'attaque.

— Le matériel a été vérifié et revérifié, ajouta Tjanouni.

— Et nos braves sont prêts à se battre ! s'enflamma Djéhouty. Ils sont conscients de l'importance de leur mission.

Disposer nos troupes semblait simple, et je ne distinguai pas de piège possible. À moins qu'un bataillon adverse ne serve de leurre, et que d'autres nous prennent à revers. Aux éclaireurs de lever cette incertitude.

*
* *

Une matinée brumeuse, un vent frais, pas de tempête de sable à l'horizon. Les soldats avaient dégusté un copieux petit déjeuner, les officiers les rassemblaient.

Sains et saufs, les vingt éclaireurs furent formels : seule l'armée du Mitanni nous faisait face. Pas de secours dissimulés. J'ordonnai donc aux généraux de déployer nos régiments selon le plan prévu. Aux archers d'éliminer un maximum de leurs homologues syriens, avant que nos chars ne s'élancent.

Nerveux, les chevaux avaient besoin de caresses et de paroles réconfortantes. Tous les regards se tournèrent vers moi. Vêtu d'une cuirasse aux lamelles de cuivre, coiffé de la couronne bleue, je me tenais à côté de Mahou qui venait d'empoigner les rênes du char royal, recouvert de feuilles d'or.

J'avais quarante-deux ans, et les *Annales* me gratifiaient de ma trente-cinquième année de règne officiel. Un long chemin parcouru, mais ne parvenait-il pas à son terme ? Un terme tragique, qui verrait la violence ravager l'Égypte.

Le doute m'assaillit. Ne fallait-il pas rebrousser chemin, épargner des centaines de vies, et se contenter de fortifier nos frontières ?

L'homme chancelait, pas le roi. Construit par les dieux, Pharaon était une muraille inébranlable.

Hommes et chevaux s'impatientaient, Mahou se demandait pourquoi je tardais tant à donner le signal du combat, et beaucoup commençaient à partager son étonnement.

Thot me rappela la septième heure de la nuit.

Et je levai le bras.

— 90 —

Depuis la prise de pouvoir effective de Thoutmosis et la victoire de Megiddo, la vie dans les casernes de Memphis et de Thèbes ne ressemblait pas à une longue sieste. Respectant les consignes du monarque, les officiers supérieurs imposaient des entraînements rigoureux. Tir à l'arc et à la fronde, lutte, maniement de l'épée et du poignard, course... sans oublier la charrerie. Le dîner avalé, les soldats s'écroulaient sur leur natte.

Aujourd'hui, ils se félicitaient d'avoir subi une préparation aussi rude. Organisés et disciplinés, les régiments égyptiens surmontaient la peur grâce à la confiance envers eux-mêmes, leur équipement, leurs supérieurs et, surtout, envers le pharaon.

À son signal, les énergies se libérèrent, mais sans désordre ; connaissant son rôle précis, chacun le respecta.

Sous la protection des boucliers des fantassins, les archers se postèrent à bonne distance de l'ennemi, bandèrent leurs arcs et visèrent les premiers rangs.

420

Le résultat dépassa les espoirs du général Djéhouty. La plupart des flèches touchèrent leurs cibles et semèrent un début de panique chez l'adversaire.

— Fonçons ! préconisa-t-il.

Le roi donnant son approbation, Mahou secoua les rênes, et les deux chevaux s'élancèrent, entraînant l'ensemble du corps d'élite de l'armée égyptienne, suivi de la totalité des fantassins.

Une vague.

Une vague gigantesque, implacable.

Les Mitanniens réagirent en se dispersant. Quelques chars contre-attaquèrent, des archers ripostèrent, des combattants à pied brandirent leur lance.

Le manque de cohérence leur fut fatal. La charge égyptienne déchira les lignes adverses, cadavres et blessés furent piétinés.

*

* *

Ses forces anéanties, le roi du Mitanni s'était enfui. Peu de prisonniers, quatre-vingts chars intacts, des dizaines d'arcs, des cuirasses et des casques de bronze ; de longues acclamations saluèrent le butin.

Nos pertes étaient légères, et la satisfaction d'avoir survécu à une épreuve tant redoutée s'exprimait avec une intensité ô combien compréhensible. Le Vieux distribuait ses jarres de vin à tout va, officiers et soldats s'étreignaient.

— Tu ne sembles pas joyeux, s'étonna Mahou, me dévisageant.

— Au milieu de cette liesse, quelqu'un doit garder la tête froide.

— N'avons-nous pas terrassé le Mitanni ?

— Si, et pour longtemps.

— Alors, que redoutes-tu ?

— Des soulèvements ponctuels et limités. Les Syriens ne se soumettront qu'en apparence. Grâce à une juste administration, nous améliorerons leurs conditions d'existence, et ils s'habitueront à notre présence. La guerre s'éloigne de l'Égypte : voilà notre plus grande victoire.

Mahou et Djéhouty ne furent pas les derniers à vider leur coupe. Bien que j'eusse atteint le but impossible fixé au début de mon véritable règne, je n'éprouvais pas la même ivresse qu'à Megiddo. L'absence de Satiâh me pesait trop, la solitude ne s'accompagnait pas d'euphorie.

J'admirais ces hommes qui avaient risqué leur vie pour préserver leur pays. Sans leur courage et leur obéissance, le plus habile des stratèges aurait échoué.

*
* *

— C'est l'occasion, dit le chef de tribu nubien Merkal à son homologue Allanda, bedonnant et coincé.

— L'occasion de quoi ?

— Le pharaon se trouve loin, très loin, et son armée sera massacrée par celle du Mitanni. Si nous voulons libérer la Nubie, c'est maintenant.

— Avec nos deux tribus ? s'inquiéta Allanda.

Merkal tapa du poing sur la table basse, couverte de friandises à base de figues.

— Justement pas ! Depuis l'enrôlement de force de nos meilleurs archers, je n'ai cessé de prendre des contacts et de stimuler un sentiment de révolte.

— Résultat ?

— Dix tribus à nos côtés, et pas des moindres ! L'humiliation est le meilleur des aiguillons.

— Révolte, révolte… Nous risquons gros.

— Pas si nous sommes unis ! Et ton accord suscitera d'autres vocations.

— Que proposes-tu ?

— D'abord, contrôler un maximum de villages ; ensuite, nous emparer de la forteresse de Bouhen et proclamer l'indépendance de la Nubie. Exsangue, l'Égypte sera placée devant le fait accompli et ne réagira pas, sous le coup de sa déroute au nord.

Adepte des demi-mesures, Allanda tremblota.

— L'enthousiasme ne doit pas nous égarer. Si nous échouons…

— Nous n'échouerons pas, à condition que ta tribu se joigne à nous ; sans elle, nous ne serions pas assez nombreux.

— C'est une lourde responsabilité.

— Nous avons une chance unique, saisissons-la. Tu acceptes ?

À contrecœur, Allanda acquiesça.

— 91 —

Le retour fut retardé, car je voulais m'assurer de la mise en place du système de contrôle militaire et administratif qui jugulerait les velléités de sédition. Après sa lourde défaite, le Mitanni renoncerait à un nouveau choc frontal, mais pas à des tentatives de déstabilisation, menées par des infiltrés.

Un spécialiste resserra les mailles du filet : Minmès. Méfiant, pointilleux, il nomma des scribes compétents ; et les agents de Tjanouni m'informeraient des moindres dérapages. Villes syriennes et libanaises verseraient à l'Égypte un tribut annuel, en échange de leur sécurité, condition majeure de leur prospérité.

Cette fois, le Mitanni n'était plus qu'un État isolé, appauvri et condamné à une disparition plus ou moins rapide. Nos protectorats s'étendaient à présent jusqu'à l'Euphrate.

*
* *

Du nord au sud de l'Égypte, les fêtes durèrent plusieurs jours. Dix campagnes avaient été nécessaires pour venir à bout du Mitanni, et le pays entier savourait son bonheur.

Dès mon arrivée à Thèbes, je me rendis au temple d'Amon et m'inclinai devant le dieu des victoires, dans le secret du sanctuaire que j'avais érigé, où Satiâh vivrait éternellement. Je n'avais été que le bras concrétisant sa pensée, en quête de cette paix à construire chaque jour, sous peine de voir déferler le Mal, inhérent à l'espèce humaine.

Un chef d'État ne s'attachant qu'au visible et au matériel ne tenait pas le gouvernail et entraînait son bateau au naufrage. C'est dans l'invisible et la communion avec les puissances créatrices, cachées au ciel comme sur terre, qu'il puisait sa capacité à déchiffrer les événements et la force de détourner les mauvais coups du destin.

Premier serviteur des divinités, Pharaon recueillait leurs énergies afin de servir son peuple. Sans elles, il n'aurait été qu'un despote.

*
* *

L'intendant Kenna semblait bouleversé.

— Majesté, Majesté... Un bonheur, un si grand bonheur ! Je... Comment dire ?...

— Je t'écoute.

— Un fils... Vous avez un fils ! Un magnifique bébé. Et la reine se porte à merveille.

Le palais bruissait d'émotions diverses. Le triomphe de l'armée, la paix acquise, une naissance… J'étais à l'apogée de ma gloire et n'y attribuais guère d'importance, songeant déjà à bâtir le lendemain.

La nourrice en chef accourut.

— Venez le voir, il est splendide !

La reine tenait son fils dans ses bras ; au pied du lit, la petite Mérytamon et son fidèle gardien, le chien Geb.

Un tableau charmant.

— Quand il a su que vous étiez indemne, déclarat-elle, cet enfant a voulu naître.

Timide, presque apeurée, la petite se colla à son chien. Elle me connaissait à peine, et je ne la rassurais pas.

— Votre santé ?

— Selon le médecin-chef, l'accouchement n'aura pas de séquelles. Ce repos forcé commence à m'ennuyer, je reprendrai bientôt mes fonctions. Tous vos sujets et moi vous savons gré de l'exploit que vous avez accompli. Grâce à vous, les cœurs se dilatent, l'inquiétude est dissipée.

— Quel nom préconisez-vous ?

— Notre fils sera le deuxième de la lignée des Amenhotep. Amon, le Principe caché, le maître de Karnak, sera son protecteur ; *hotep*, « en paix ». Amenhotep, « Amon est en paix, en plénitude ». Ce nom vous convient-il ?

— Excellent choix. J'espère qu'il en sera digne.

*

* *

Conformément à une habitude que j'appréciais, le Premier ministre ne se répandit pas en félicitations sirupeuses, et souligna les difficultés auxquelles il se heurtait, attendant mes décisions.

La précision des dossiers de Rekhmirê me permit de trancher rapidement, avant de prendre la direction de la Vallée des Rois. J'avais besoin de silence afin d'écouter les paroles de Thot.

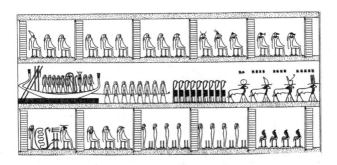

La huitième heure marquait la fin des ténèbres épaisses, menaçant d'étouffer le soleil renaissant ; de grandes torches dispensaient une lumière suffisante pour éloigner les démons. Leur présence facilitait la progression de la barque, qui avait échappé à de nombreux périls.

Guidant ma main, Thot me fit écrire un texte révélant que ces images, ces symboles et ces scènes décrivaient la réalité de l'au-delà et du processus alchimique, victorieux de la mort.

Au passage de la barque solaire s'ouvraient les portes des chapelles abritant des divinités ; protégeant son voyage, elles lui offraient une puissance telle que nul obstacle n'interrompait sa remontée vers l'orient.

Une musique particulière accompagnait ce moment du grand voyage, semblable au bourdonnement des abeilles ; c'était l'heure des vibrations, célestes et terrestres, qui provoquaient la jubilation des âmes.

« Qu'on ne me repousse pas devant les portes mystérieuses, implorai-je ; puissé-je entendre la voix des dieux, que la lumière divine me donne ses flèches, que ma voix soit celle du faucon divin. »

Un nouvel envol m'était prédit... Vers quelle contrée ?

— 92 —

Les gardes saluèrent Tjanouni, à la mine sombre et au pas pressé. En ce milieu d'après-midi, le palais aurait dû ressembler à une ruche. Pas de bourdonnement, un silence pesant.

On aurait cru une maison en deuil, où personne n'osait troubler le recueillement d'une famille éplorée.

Tjanouni se figea. Quelles que fussent les circonstances, il devait transmettre au roi une information inquiétante.

Minmès vint à sa rencontre.

— Que se passe-t-il ici ?

— Le roi a eu un malaise.

— Grave ?

— Le médecin-chef l'examine.

— Puis-je lui parler ?

— C'est urgent ?

— Très urgent.

— Attendons le diagnostic.

*
*   *

— Vous êtes épuisé, Majesté. Plusieurs de vos canaux d'énergie sont bouchés.

— Les lumières de la huitième heure me protègent.

— Pardon ?

— Une parole de Thot.

— Je ne la mets pas en doute, mais moi, j'ai le devoir de vous soigner ! C'est peut-être difficile à entendre, mais vous n'êtes plus un jeune homme. Ce malaise est un avertissement à prendre au sérieux. Vous avez la chance d'avoir un organisme solide ; néanmoins, vos voyages l'ont usé. Selon l'expression des bateliers, vous avez trop tiré sur la corde. Faites-moi la faveur d'absorber les remèdes que je vous prescris et d'alléger votre programme de travail pendant un bon mois.

Détestant le mensonge, l'un des pires ennemis de Maât, je me gardai de formuler une promesse. Mieux valait aborder un autre sujet.

— La santé des deux enfants de la reine est-elle satisfaisante ?

— Vous leur avez transmis votre robuste constitution. Voici des pilules, destinées à drainer vos canaux ; j'insiste : traitement impératif. Je vous réexaminerai dans trois jours.

Le médecin-chef attendit que j'aie avalé ce médicament avant de sortir de ma chambre.

Lui succéda Minmès.

— Diagnostic rassurant ?

— Aucun souci.

— Tjanouni, lui, en a un, et un gros ! Acceptes-tu de le recevoir ?

— Qu'il m'attende dans la petite salle d'audience.

Une tunique longue, du parfum, des bracelets dorés aux poignets, je rejoignis le chef des services de renseignement, dont la physionomie aurait conduit au désespoir le champion des optimistes.

— Ne me dis pas qu'une cité syrienne s'est révoltée !

— Non, tout est tranquille de ce côté-là.

— Alors, de quoi s'agit-il ?

— De la Nubie.

— Cette province est soumise et paisible depuis des décennies !

— Une coalition de tribus a détroussé une caravane, et les rebelles ont proclamé l'indépendance de la région de Miou, près de la quatrième cataracte. Le vice-roi de Nubie réclame vos instructions.

— En route.

*
* *

Les protestations du médecin-chef furent inutiles ; j'acceptai cependant, à bord de mon bateau, la présence d'un de ses assistants, qui veillerait sur ma santé. Celle de la Nubie me préoccupait davantage, une intervention rapide s'imposait. Mon modèle, Sésostris III, avait tracé le chemin en gérant le Grand Sud d'une poigne inflexible, s'attirant cependant la vénération des Nubiens.

Les dix campagnes du Nord m'avaient entraîné à négliger cette contrée peu peuplée ; grâce au « Fils royal », chargé de l'administration des forteresses et du bien-être de la population locale, personne n'y mourait de faim. Et les mines d'or fournissaient à l'Égypte

« la chair des dieux », nécessaire à la splendeur des temples.

Les rapports précisant que les révoltés n'étaient qu'un petit nombre, à l'armement sommaire, je ne convoquai que la moitié de mon armée. Djéhouty et Mahou se méfiaient de l'habileté des archers nubiens et de leur férocité au combat, souvent sous l'effet de drogues ; mais nous bénéficierions de l'expérience des garnisons, notamment de celle de Bouhen, réputée imprenable en raison de sa taille et de la hauteur de ses murs crénelés.

Cette période de navigation fut une excellente occasion de goûter le repos que préconisait le médecin-chef. Prévenus de mon arrivée, le vice-roi et ses subordonnés ne cachèrent pas leur satisfaction ; l'annonce de ma venue avait déjà calmé d'éventuels dissidents, et les factieux n'osaient plus sortir de leur réduit. Sans doute avaient-ils misé sur la victoire du Mitanni, ma mort et un chaos qui aurait favorisé leurs desseins.

À Bouhen régnait l'une des formes du faucon Horus ; la huitième heure ne privilégiait-elle pas le regard du rapace ? Je lui offris une barque portative et une statue, désormais utilisées lors du rituel du matin, dans son sanctuaire de la forteresse. Animée magiquement par les artisans de la demeure de l'or, l'effigie d'Horus veillerait sur la Nubie. Et de nouveaux temples verraient bientôt le jour, afin de sacraliser ce territoire.

*
* *

Des nuits relativement fraîches, mais des journées torrides ; difficile de nier les effets de la fatigue, mais l'assistant du médecin-chef, qui avait presque autant de magnétisme que son patron, parvenait à les effacer.

— On approche, annonça le général Mahou ; accostage, une journée de marche, et on atteindra la poche de Miou.

À l'étude de la carte, une conclusion s'imposait : encerclement et attaque générale.

La chaise à porteurs ne manquait ni de confort ni de volontaires, heureux de transporter leur roi et de recevoir une prime.

En plein midi, un scintillement et un bruit sourd.

Le soleil s'était reflété sur la corne d'un énorme quadrupède fonçant vers moi.

Un rhinocéros.

Je connaissais son existence par des dessins, mais en voyais un pour la première fois.

Affolés, les porteurs posèrent la chaise sur le sol. Personne n'arrêterait la charge du monstre. Personne, sauf Mahou.

Une première lance se ficha dans la tête de l'animal, une seconde dans son flanc ; perturbé, il changea de direction, et fut percé de flèches avant d'être achevé à l'épée.

Je donnai l'accolade à mon ami.

— Tu m'as encore sauvé la vie.

— C'est ma spécialité, et j'en suis fier.

— 93 —

— Les voilà ! hurla un Nubien.

Le chef de tribu Allanda frissonna.

— Ils sont nombreux ?

— Ils viennent de partout !

— Nous les repousserons, assura Merkal ; nos guerriers sont invincibles.

— Le qualificatif s'applique plutôt aux soldats égyptiens ; ils ont vaincu les Mitanniens, et Thoutmosis est indemne ! Tu sais ce qu'on raconte ? Il aurait terrassé un rhinocéros à mains nues !

— Balivernes !

Un guetteur accourut.

— Nous sommes encerclés. Aucune possibilité de fuite.

— Nous briserons leurs lignes, promit Merkal, et nous les prendrons à revers.

— Pas à un contre dix, lui objecta le guetteur. Et le roi en personne est à la tête de ses troupes. Nous serons exterminés.

— Attaquons les premiers !

— Ça suffit, trancha Allanda ; je n'ai pas envie de mourir. Seule solution : déposer les armes et implorer la clémence du pharaon.

*
* *

Puisqu'ils s'étaient rendus, les rebelles comparurent devant le tribunal de Bouhen et furent condamnés à des travaux d'utilité publique, à l'exception de leurs deux chefs, qui subiraient vingt ans de prison.

Près de la quatrième cataracte, j'implantai une stèle, indiquant qu'ici se situait la frontière sud de l'Égypte, et rappelant que celle du nord était l'Euphrate.

Les bornes du royaume, au-delà des Deux Terres, garantiraient leur sécurité. Syriens et Nubiens sauraient que je n'hésiterais pas à étouffer dans l'œuf toute tentative de sédition.

Le voyage de retour fut éprouvant. Navigation difficile, en raison de vents violents, de courants dangereux et de troupeaux d'hippopotames colériques.

Huit grandes heures s'étaient écoulées, tracées et révélées dans ma demeure d'éternité. Thot m'en dicterait quatre autres, avant de me rappeler à lui, devant le tribunal des dieux.

*
* *

Revoir Thèbes fut un soulagement. Et le Premier ministre, accompagné de Menkh le Jeune, m'avait réservé une surprise : l'inauguration, à Karnak, de la

Double Maison de l'or et de l'argent, un bel édifice à la façade en forme de pylône, où seraient rassemblées les richesses amassées en l'honneur du dieu Amon. Des ritualistes y consacreraient les offrandes, ensuite répertoriées et préservées dans des réserves au toit voûté, puis distribuées en fonction des besoins.

Il me revint d'ouvrir la porte principale et d'y apposer mon sceau ; chacun des porteurs s'inclina et déposa son précieux fardeau devant un autel. De l'or en lingots et en paillettes, des plaquettes d'argent, des vases contenant de l'encens, des lapis-lazuli, des turquoises et d'autres pierres semi-précieuses : les premiers apports à ce nouveau Trésor étaient de grande valeur et témoignaient de la prospérité des Deux Terres.

Le défilé dura plus de deux heures, et la fatigue commençait à me peser ; nul ne s'en aperçut et, le Trésor dûment refermé et surveillé, j'entraînai Menkh le Jeune et Minmès vers un espace vide, au cœur de l'immense Karnak.

— Amon accueille tous les dieux, rappelai-je, et c'est ici que seront célébrés les prochains mystères d'Osiris.

Menkh le Jeune fut étonné.

— Pour la partie la plus secrète, votre sanctuaire conviendra ; mais la fin du rituel exige un lac sur lequel vogue la barque d'Osiris triomphant.

— Je ne l'ignore pas.

Minmès comprit.

— Tu veux… que nous creusions ici un lac sacré ?

— Le plus grand d'Égypte. Ce chantier est prioritaire.

*
* *

Tjanouni ne se contentait pas de rédiger les *Annales* de Thoutmosis, qui les relisait avant de les approuver comme document officiel. Il recevait aussi les rapports de ses agents implantés au Liban, en Palestine et en Syrie, les analysait, les classait et en extrayait l'essentiel afin d'informer son roi.

Son roi... Oui, servir Thoutmosis était l'unique but de son existence. Ce souverain le fascinait, il incarnait l'institution pharaonique avec une rigueur et une détermination qui assuraient la cohérence du pays. Et le destin avait permis à Tjanouni d'être l'un de ses proches et de participer activement à son règne.

Un règne qui ne menaçait pas seulement des ennemis extérieurs, aujourd'hui jugulés, au moins pour un temps ; ceux de l'intérieur étaient aussi redoutables. Tjanouni devait les identifier, en brisant toute tentative de complot contre le pharaon.

Un impératif : se méfier du proche entourage. Le Premier ministre, Rekhmirê, n'était-il pas trop parfait, ne nourrissait-il pas des ambitions bien cachées ? Minmès, si influent, ne profiterait-il pas de sa position en formant sa propre caste ? Mahou, l'autre ami d'enfance, responsable de la sécurité du monarque, ne deviendrait-il pas l'instrument d'un manipulateur ? Et que penser du héraut Antef ?

Tjanouni veillait.

— 94 —

— Félicitations, Majesté ; vous avez respecté mes prescriptions, le résultat est satisfaisant. Néanmoins, vos reins resteront fragiles, et vous devrez observer un traitement à long terme. Surtout, n'omettez pas de vous hydrater. Si vous ne buvez pas assez d'eau, de graves ennuis vous guettent. N'attendez pas d'avoir soif pour boire.

À peine le médecin-chef sortait-il de mes appartements que le chien Geb y pénétra, l'œil implorant. Agité, il me regardait, me montrait la porte, puis me regardait à nouveau.

— Conduis-moi.

Il m'emmena au jardin où, sous un kiosque ombragé, la reine et sa fille espéraient ma venue ; n'avaient-elles pas choisi le meilleur des ambassadeurs ?

Dès qu'elle m'aperçut, la petite laissa courir ses doigts sur une harpe miniature et joua une mélodie que j'écoutais, les bras croisés. Geb s'était couché à ses pieds.

Le concert terminé, ma musicienne en herbe, inquiète, se réfugia auprès de sa mère.

438

— Notre fille est d'une précocité extraordinaire, déclara Mérytrê, émue ; elle voulait vous offrir ce cadeau.

— À l'évidence, elle a hérité de vos dons.

Pour la première fois, je pris le bambin dans mes bras, sous la surveillance de Geb. D'abord, elle eut peur et faillit pleurer ; ensuite, elle se détendit, toucha mes bras de ses doigts minuscules et ferma les yeux.

*

* *

Les rapports de Tjanouni ne signalaient rien de suspect. L'administration mise en place par Minmès, que secondaient des militaires ayant l'ordre d'intervenir à la moindre tentative de rébellion, fonctionnait à merveille. Voilà longtemps que la Palestine se satisfaisait de sa condition de protectorat, et la plus grande partie de la Syrie apprendrait à l'apprécier.

Néanmoins, je convoquai mon conseil de guerre.

— Héraut Antef, tu annonceras ma prochaine campagne.

— De nouveaux troubles ?

— Non, une opération préventive. Envoie des messages aux maires pour les informer d'une tournée d'inspection de notre armée. Le général Djéhouty la commandera.

Amateur de grandes manœuvres, le rude guerrier fut ravi.

— Si nous nous endormons, ajoutai-je, les démons se réveilleront. À intervalles réguliers, une démonstration de force les écartera. Ils comprendront que nous nous préoccupons en permanence de cette région et ne tolérons aucune sédition.

*
* *

Bougon, Minmès pénétra dans le bureau de son adjoint, Paheq.

— Sauf votre respect, nota le jeune homme, vous avez mauvaise mine.

— Mon fils me réveille plusieurs fois par nuit.

— Être père, quel bonheur !

— C'est ce qu'on dit... Bon, parlons de choses sérieuses. Le roi a décrété une onzième campagne en Syro-Palestine ; elle ne concerne pas que les militaires. Vu l'étendue du territoire à contrôler, j'ai reçu l'ordre de nommer de nouveaux administrateurs. Un travail délicat, exigeant doigté et fermeté. Toi, tu connais bien le terrain.

Paheq se raidit.

N'était-ce pas un piège ?

— Aujourd'hui, je suis égyptien. Je déteste ces contrées barbares et mes ex-compatriotes, des lâches et des corrompus, qui ne songent qu'à comploter.

— Justement, si tu décelais un complot, comment agirais-tu ?

— J'avertirais la police et l'armée, afin de provoquer des arrestations immédiates. Et si j'étais appelé à juger, je condamnerais les coupables au bagne à perpétuité.

Exactement ce que Minmès souhaitait entendre, lui qui admirait les talents de Paheq.

— Seule une bonne gestion de notre nouveau protectorat consolidera la paix ; et tu as été formé à bonne école. Je te nomme chef des administrateurs chargés de renforcer le contingent déjà sur place. J'insiste, ce sera difficile et souvent pénible. Acceptes-tu cette mission ?

— Implique-t-elle de quitter l'Égypte définitivement ?

— Non, rassure-toi ; tu y reviendras souvent, et nous examinerons ensemble le bilan de ton action avant de le soumettre au roi.

— Si ç'avait été l'exil, j'aurais refusé ; dans ces conditions, je tenterai de vous donner satisfaction. Mais sachez que je serai inflexible.

« Décidément, pensa Minmès, ce garçon est épatant. »

*

* *

Accompagné de ma garde rapprochée, je me rendis seul à Nékhen[1], l'une des plus anciennes cités du pays, où avaient été couronnés les premiers rois d'Égypte, recevant ainsi leur vision créatrice, accordée par les puissances divines.

Le temple d'Horus menaçait ruine. Horus, le faucon aux ailes aussi vastes que l'univers, qui se posait sur la nuque de Pharaon et inspirait sa pensée. Horus, le fils d'Isis, qui ressuscitait Osiris, assassiné par son frère

---

1. En Haute-Égypte ; Hiérakonpolis selon les Grecs, et l'actuel Kom el-Akhmar.

Seth. Horus, dont chaque souverain était l'incarnation temporaire.

Mon maître d'œuvre Minmès restaurerait ce sanctuaire, lui redonnerait force et vigueur. Sans la puissance et le regard d'Horus, impossible de gouverner.

Notre pays ne ressemblait à aucun autre. Nos fondateurs avaient perçu que l'humain n'était qu'un élément de la vie, un prédateur à maîtriser, si l'on voulait éviter le règne de la violence et de l'injustice.

Et telle serait ma ligne de conduite jusqu'à mon dernier souffle.

— 95 —

Lousi avait vécu des moments angoissants. Et si la mort de Triple Menton n'était pas considérée comme naturelle ? Et si un ou plusieurs témoins l'avaient identifié, la nuit du drame ?

Son supérieur hiérarchique fut inhumé dans son caveau de famille, nul ne soupçonna un assassinat. Triple Menton occupant un poste important, sa disparition entraîna une relative désorganisation des services ; une question se posait : qui lui succéderait ?

Lousi se prit à rêver. Ne figurait-il pas parmi les candidats potentiels ? Une promotion ultrarapide, certes, mais ne vantait-on pas ses mérites ?

Quand un haut fonctionnaire le convoqua au siège central de l'administration memphite, le Syrien avait les nerfs à vif.

Proche du Premier ministre, le scribe, un quadragénaire au visage anguleux, était rien moins qu'aimable.

Pendant d'interminables minutes, il consulta le dossier de Lousi, debout face à lui.

— À la suite de ce décès, nous procédons à des mutations. Un nouveau Trésor vient d'être fondé, à Thèbes, et tu appartiendras au personnel de gestion.

— Thèbes…

— Cette destination te déplaît ?

— Au contraire !

— Départ demain. Tu auras un logement de fonction et un domestique.

*
* *

Durant neuf journées, au cœur de l'hiver, j'avais dirigé la célébration des mystères d'Osiris, dans mon temple de Karnak. Par la magie des rites et la préparation du Grand Œuvre alchimique, sous la forme d'une statuette en or, le dieu ressuscitait sous les yeux des initiés. Depuis l'apogée des pyramides, ce rituel nous reliait à la Vie originelle, au-delà de l'existence et de la mort. Tout pharaon était un Horus, fils d'Osiris vainqueur du trépas ; et lors de son décès et de son retour vers les étoiles, il devenait à son tour un Osiris, donnant naissance à son successeur, le nouvel Horus. Lorsque ce processus s'interrompait, le monde ne serait plus que chaos, soumis aux assassins, aux voleurs et à la loi du plus fort.

Pour clore les mystères, la barque d'Osiris, à la lumière de nombreuses torches, voguait sur l'océan des origines et parcourait l'univers des dieux, perpétuellement recréé.

En quelques mois, Minmès, Menkh le Jeune et les bâtisseurs du temple d'Amon avaient accompli le prodige que j'imaginais : un immense lac sacré[1], le plus imposant du pays.

---

1. Mesurant 120 × 77 m.

Alors que le soleil se couchait, une centaine d'hirondelles jouaient au-dessus de l'eau. L'hirondelle, l'une des incarnations de l'âme royale. Une paix profonde imprégnait ce lieu, d'où émanait une énergie sans égale.

Menkh le Jeune me présenta la barque d'Osiris en bois de cèdre, porteuse du trône d'Isis, la grande magicienne, détentrice des paroles d'immortalité.

Des ritualistes descendirent les marches d'un escalier de pierre et la posèrent sur l'eau.

Une émotion plus intense qu'à l'occasion de la plus éclatante des victoires. À cet instant, la terre devenait céleste, l'eau du lac sacré source de toute vie, et ma fonction prenait tout son sens.

*

* *

Paheq vivait un rêve éveillé. Après son échec, à Thèbes, pour former un groupe de résistants, l'un des intimes du roi, Minmès, lui offrait une opportunité relevant du miracle. Lui, Syrien et fils d'un prince rebelle, revenait sur ses terres comme administrateur égyptien, issu de la grande école où était éduquée l'élite du pays !

Thoutmosis se trompait lourdement en croyant que les prisonniers de guerre libérés et les enfants de notables étrangers s'intégreraient à la société égyptienne et adopteraient ses règles. Il n'avait pas supposé qu'un noyau dur résisterait et déjouerait ses plans.

Conformément à la stratégie qui lui réussissait, Paheq simula l'humilité auprès du chef de l'expédition, le général Djéhouty. Il se comporta en parfait scribe, recueillant les exigences d'un supérieur aguerri et les concrétisant à la lettre. Il s'attira ainsi sa sympathie, et obtint des confidences qui lui permirent d'avoir une vision assez juste de la situation.

Le Mitanni ? En état de choc, il peinait à se remettre de sa défaite, mais n'était pas anéanti. En s'enfuyant, ses troupes n'avaient perdu que peu de soldats. Elles ne s'étaient pas mutinées contre leur souverain et envisageaient une revanche.

Les grandes cités, telles Tounip et Kadesh ? Tétanisées, en apparence. En réalité, des chaudrons, dont Paheq avait une envie folle de soulever le couvercle. Le quadrillage égyptien empêchait les opprimés de se réunir, la désespérance les rongeait.

Et s'il parvenait à les rassembler ? En usant de ses prérogatives, en feignant d'appliquer les consignes du pharaon, il deviendrait l'âme de la révolte.

Une utopie ? Non, s'il se faufilait comme un serpent et plantait ses crochets à l'improviste. À Thèbes, impossible d'être efficace ; ici, dans son ancien domaine, les appuis ne manqueraient pas. À lui de ne pas commettre une erreur fatale, qui lui vaudrait la foudre du côté égyptien ou syrien.

Paheq marcherait sur le fil d'une épée, et l'équilibre ne serait pas facile à préserver ; mais il se sentait investi d'une mission que la chance lui donnait la possibilité d'accomplir.

— 96 —

Le comportement de la Grande Épouse royale était impeccable. La direction de sa Maison n'était l'objet d'aucune critique ; le Premier ministre appréciait ses suggestions, discrètes et pertinentes. Excellente mère, Mérytrê veillait sur ses enfants, secondée par une escouade de domestiques aux petits soins. Neuf nourrices se relayaient afin de satisfaire le vorace Amenhotep, à la croissance si rapide qu'elle étonna le médecin-chef, lequel prédit une constitution de colosse. Quant à la petite Mérytamon, elle montrait jour après jour des dons éclatants pour la musique ; sans nul doute, au terme d'une formation exigeante, elle deviendrait ritualiste à Karnak et, à l'instar de sa mère, chanterait pendant les cérémonies.

Les interlocuteurs de la reine, de l'intendant Kenna aux ambassadeurs étrangers, ne cessaient de vanter son intelligence, sa beauté et son élégance, qui dictait la mode, lors des réceptions et des banquets.

Ce matin-là, avant que nous inaugurions la fête de la moisson, Mérytrê ne parvint pas à masquer sa tristesse.

— Seriez-vous souffrante ?

— Je ne suis pas seule en cause.

— L'un des enfants ?

— Rassurez-vous, ils sont en pleine santé.

— Quel souci vous accable ?

Elle se détourna, comme si la vérité était presque impossible à dire. Avait-elle commis une erreur grave ? Je ne la pressai pas de questions, lui laissant le temps de passer aux aveux.

— Le médecin-chef m'a fortement recommandé de ne plus avoir d'enfants. Une troisième grossesse serait à haut risque. Si vous l'exigez, je suis prête à le courir.

— Une fille et un fils suffisent amplement.

— Me garderez-vous néanmoins auprès de vous ?

— Si vous n'aviez pas rempli votre fonction, vous auriez quitté le palais depuis longtemps. Je n'ai aucun reproche à vous adresser. Notre existence se poursuivra comme auparavant, étant entendu que vous prendrez les précautions nécessaires, afin de vous préserver. En tenant votre rang, vous maintenez l'harmonie. Et c'est l'essentiel.

*
* *

Revoir sa ville, Tounip, procura un plaisir infini à Paheq, en dépit de son occupation par des administrateurs et des militaires égyptiens. Comme il remplaçait un vieux contrôleur, heureux de retourner dans sa province thébaine, le jeune homme eut les honneurs d'un dîner officiel où il rencontra les autorités locales et ses subordonnés.

Son discours célébra la bonne entente entre Syriens et Égyptiens. Paheq se félicita des bienfaits du protectorat, promit de gommer ses imperfections et porta une santé à Thoutmosis, souverain bienfaisant.

Son appartement de fonction se trouvait dans l'ancien palais de son père, qu'avaient transformé un architecte et des peintres au service de Minmès, de manière à effacer la mémoire syrienne et à imposer le goût égyptien.

Paheq en pleurait de rage, quand on frappa à sa porte.

Il s'essuya les joues et ouvrit.

Une belle femme d'une trentaine d'années, portant un plateau sur lequel figuraient des dattes, des gâteaux, une coupe de vin et une cruche d'eau.

— Pour votre soirée, seigneur.

— Pose ça sur la table basse.

Elle traversa lentement la grande pièce et s'exécuta. Au lieu de sortir, la brune aux longs cheveux s'immobilisa devant Paheq, surpris.

— Je sais qui tu es.

— Je suis le nouvel administrateur égyptien de Tounip.

— Non, tu es un Syrien, et pas n'importe lequel. Le fils du prince de cette ville, un lâche qui nous a abandonnés.

— Tu te trompes, tu…

— Je ne me trompe pas. Et tu es pire que ton père. Toi, lâche entre les lâches, au service de l'ennemi !

Il la gifla, elle tomba, se releva et le gifla à son tour.

— N'hésite pas à me tuer, pourriture ! Morte, je serai libre.

La prenant par les épaules, il la plaqua sur son lit.

— Je suis bien le fils d'un ignoble fuyard, mais tu ignores mes intentions. Je n'ai qu'un seul désir : chasser l'occupant et redonner son indépendance à Tounip, comme à toute la Syrie !

— Tu te moques de moi !

— Je te prouverai le contraire.

La brune cessa de se débattre et planta son regard dans celui de Paheq.

Déjà, il regrettait ses confidences. Cette femelle n'était-elle pas une provocatrice, ne venait-il pas de se poignarder lui-même ?

— Si tu dis vrai, comment t'y prendras-tu ?

Trop tard pour reculer.

— En fomentant des complots, à Tounip, à Kadesh et dans d'autres villes. Lorsque nous serons assez nombreux, nous entrerons en contact avec le Mitanni et solliciterons son appui. Un long et difficile travail de sape que ma position privilégiée me permettra de mener à terme.

Les yeux de la brune vacillèrent.

— Tu ne mens pas…

— Non, je ne mens pas ! Et si tu étais capable de mesurer ma haine envers le pharaon, tu ne douterais pas de moi.

Elle l'observa longuement, attentive à son souffle.

— De quoi as-tu besoin ?

— De renseignements sur le réel état d'esprit des habitants de Tounip et de noms d'hommes sûrs, capables de préparer une insurrection.

— Ces renseignements, je les possède ; et ces noms, je les connais, mais pourquoi te ferais-je confiance ?

— Parce que moi, je t'ai fait confiance.

— Alors, écarte-toi !

La brune s'assit sur le lit et ôta sa tunique. Elle avait des seins superbes, une peau mate et une toison d'un noir brillant.

— Aime-moi. Je saurai si tu es sincère.

— 97 —

Ivre de bonheur, Bak peinait à garder les pieds sur terre. Rêvait-il, ou lui, l'ex-prisonnier de guerre syrien, avait-il vraiment suivi une trajectoire invraisemblable ? Marié, père de famille, propriétaire terrien, riche, et maintenant adjoint du directeur du double grenier de Haute et de Basse-Égypte !

Il allait se réveiller et se retrouver dans un champ, occupé à bêcher ou à couper des épis mûrs, sans que ce labeur lui déplût.

Pourtant, il franchit le seuil du bâtiment administratif abritant les services du Premier ministre, à côté de son supérieur, Nakhtmin.

— Tu es tout pâle ! Un coup de fatigue ?

— Non, non…

— Ne te tracasse pas, Rekhmirê est un homme aimable. Il veut te connaître, comme tous ceux qui occupent un poste important.

Le ventre noué, souffrant de vertiges, Bak tira sur les pans de sa tunique neuve. Défaillir devant le Premier ministre ruinerait sa carrière. Se reprenant, il se jura de faire bonne figure et de ne pas gâcher sa chance.

Rekhmirê semblait moins aimable qu'annoncé. Et son regard impressionna tellement Bak qu'il eut envie de s'enfuir et de se réfugier dans sa ferme.

— Les derniers rapports concernant les greniers paraissent satisfaisants, déclara le Premier ministre, mais un relâchement serait inexcusable. J'exige des réserves suffisantes pour affronter plusieurs mauvaises crues consécutives.

— Nous les aurons, promit Nakhtmin.

— Voici donc ton nouvel adjoint.

— Un parcours remarquable, celui d'un travailleur infatigable !

— J'ai étudié son dossier.

Bak crut que ses jambes se dérobaient. La réplique avait été si sèche qu'elle ne présageait pas une opinion positive.

— Les sacs de grains doivent être acheminés de manière régulière et soigneusement inventoriés. T'y engages-tu, Bak ?

Il fallait répondre. Et répondre impliquait de parler, donc d'avoir une voix.

— T'y engages-tu ?

Incapable de s'exprimer, Bak s'inclina, son front touchant presque ses genoux.

*
* *

Ayant jugé son amant digne de confiance, la jolie brune le présenta à des notables syriens, qui courbaient la tête afin de ne pas mécontenter les autorités égyptiennes.

— Toi, le fils de notre prince, devenu scribe égyptien ! s'exclama un sexagénaire barbu ; j'aimerais t'étrangler de mes mains !

— Et tu commettrais une effroyable erreur ! Ne comprends-tu pas que j'ai revêtu les habits de l'adversaire afin de mieux le combattre ? Ici, vous n'êtes que des moutons, promis à l'abattoir. Moi, je peux m'imposer comme l'un des principaux administrateurs de la région et rassembler, en grand secret, les véritables opposants à la tyrannie. Vous, à part bavarder et gémir, restez inertes et mourrez à petit feu. Sans moi, aucune chance de mener une révolte à son terme.

La diatribe enflammée du jeune homme impressionna son auditoire.

— Qu'envisages-tu ? l'interrogea le barbu.

— Il faut nous organiser et progresser avec une extrême prudence. D'abord, informer les irréductibles que l'espoir renaît ; ensuite, coordonner nos efforts et amasser des armes en lieu sûr, dans chaque ville importante.

— Les espions de Tjanouni sont partout et nous observent en permanence.

— Les avez-vous identifiés ?

— La plupart.

— Donnons à manger aux prédateurs ! Dénoncez quelques collaborateurs proégyptiens, commerçants et artisans, en les accusant d'être de dangereux comploteurs.

— Il existe une autre possibilité de diversion, estima la jolie brune : les bandes de Bédouins[1] qui écument les routes des caravanes.

— Des pillards incontrôlables ! protesta le barbu.

---

1. Les Shasous.

— Justement, ils seront la nouvelle préoccupation des forces de l'ordre, et nous serons moins surveillés.

— Excellente idée, jugea Paheq ; je sais comment l'utiliser. Il suffira d'un messager qui communiquera aux Bédouins une liste de caravanes et leur itinéraire. Je dispose de ces informations.

Les notables commencèrent à se détendre et à croire que les projets de cet agitateur n'étaient pas utopiques.

*

* *

Exaltée comme jamais, persuadée d'avoir rencontré le vengeur de son peuple, la jolie brune lui faisait l'amour toutes les nuits, parcourant les mille et une voies du plaisir. Ces ébats entretenaient l'énergie de Paheq, dont les contrôles pointilleux se transformaient en tournée de recrutement, sous les yeux aveugles des espions de Tjanouni. Car l'administrateur délégué ne manquait pas de taxer, de pénaliser et de signaler des cas douteux – toujours des proégyptiens – à la police. Arrêtés et condamnés sur la foi de documents produits par Paheq, ils cédaient la place à des prosyriens réputés fiables.

Alors que le soleil se levait à peine, des bruits inhabituels provinrent de la cour du palais de Tounip. Repoussant le corps nu de sa compagne, Paheq se posta à la fenêtre.

Les préparatifs de départ de l'armée ! Il se lava et s'habilla en hâte. Une catastrophe, alors que les factions s'assemblaient ; sans lui, contraint de retourner en Égypte, l'élan serait brisé.

— Où est Djéhouty ? demanda Paheq à un officier.

— À la cantine.

Viande et poisson séché, fromage frais, tranches de lard, haricots cuits à la graisse d'oie, confiture de figues, miche de pain à la croûte dorée, lait de vache et bière digestive : le petit déjeuner du général expliquait son tonus.

— Nous regagnons notre pays ? questionna Paheq, le sourire aux lèvres.

— Moi, j'en ai terminé ; aucun trouble à signaler. Nos amis syriens ont enfin compris que se tenir tranquilles leur garantirait des jours heureux. Toi, en revanche, tu restes.

Le scribe joua les désespérés.

— Aurais-je… ? Aurais-je failli ?

— Au contraire, mon gars, au contraire ! Tu te débrouilles comme un vieux briscard, mais tu n'en as pas fini avec les contrôles. Je te laisse une escouade qui assurera ta protection.

Excellent comédien, Paheq parut effondré.

— À vos ordres. Mais combien de temps devrai-je séjourner ici, loin de chez moi ?

— Au moins jusqu'au retour de l'armée. Rassure-toi, ce ne sera pas long, car le roi tient à manifester notre présence avec une fréquence suffisante, pour décourager les malfaisants.

— À bientôt, général.

— À bientôt, mon gars.

Paheq avait envie de bondir de joie. Gardant un air contrit, il sortit lentement de la cantine, songeant au festin qu'il allait s'offrir en compagnie de sa jolie brune.

— 98 —

Sous ses dehors rugueux, et malgré son caractère fonceur, Djéhouty était un remarquable général, aussi futé qu'un renard. Aussi écoutai-je avec attention son rapport détaillé sur la douzième campagne en Syrie et les conclusions qu'il en tirait.

— Impossible de croire que tous les habitants de notre nouveau protectorat vénèrent l'Égypte ; pleins de rancœurs, des meutes d'hypocrites célèbrent votre renommée afin de conserver leur poste et leurs privilèges. S'ils disposaient des troupes nécessaires, ils repartiraient au combat. Mais ils sont exsangues, et n'ont d'autre issue que de courber le dos. Grâce à une équipe de scribes efficaces, notre nouvelle administration se met en place, et la population est plutôt satisfaite. Comme nous ne touchons ni à ses croyances, ni à ses coutumes, ni à sa langue, elle se réjouit de voir son niveau de vie et ses conditions d'existence s'améliorer. Le feu couve encore sous la braise, mais elle s'éteint peu à peu. C'est pourquoi j'approuve votre stratégie : montrer votre puissance à intervalles réguliers et prouver que nous restons vigilants.

Le général Djéhouty se retira, et je reçus Tjanouni, dont les rides s'accentuaient. Sa bile perpétuelle le vieillissait, mais nul ne modifierait sa nature. Observant les faits d'un autre point de vue, il me fournissait un témoignage indispensable.

— Mes espions n'ont rien signalé d'anormal, affirma-t-il.

— Rassurant.

— Pas forcément. Peut-être ont-ils été abusés ou négligents. Un comploteur habile sait se dissimuler.

— As-tu des soupçons ?

— Pour le moment, aucun. Nous avons arrêté quelques dissidents, mais sans envergure.

— Les Syriens auraient-ils renoncé à se révolter ?

— Je suis convaincu du contraire. Ils espèrent que le Mitanni se requinquera.

Le pessimisme de Tjanouni était un signal d'alarme, que je ne négligerais pas.

*
* *

— Bienvenue, dit le domestique ; vous êtes ici chez vous. J'ai nettoyé votre maison et préparé le déjeuner.

Lousi détesta ce bonhomme trop prévenant, qui aurait toujours un œil sur lui. Une urgence : s'en débarrasser, et lui substituer un Syrien, au pis aveugle et muet, au mieux rongé de haine à l'encontre de l'Égypte.

Une maison à un étage, au centre de Thèbes, proche du quartier administratif. Au rez-de-chaussée, une salle d'hôte, des toilettes, une cuisine d'où partait un escalier donnant accès à une cave, un bureau et la chambre du domestique. À l'étage, celle du maître des lieux, une pièce de rangement et une salle de bains. Un confort digne de la nouvelle position de Lousi.

— Je suis heureux de vous accueillir dans notre belle capitale ; si vous avez besoin de quoi que ce soit, je suis à votre entière disposition.

— Parfait, parfait.

Ce cafard était un spécialiste des grillades ; Lousi apprécia sa côte de bœuf aux fines herbes, accompagnée d'un vin rouge « deux fois bon », cadeau de sa hiérarchie.

*
* *

Premier rendez-vous au temple de Karnak.

Après une purification, Lousi fut autorisé à pénétrer dans l'immense domaine du dieu Amon. Un scribe le conduisit au nouveau Trésor, récemment inauguré par le roi.

Il se joignit à une trentaine de collègues, qui écoutèrent le discours de Menkh le Jeune.

— Pharaon m'a confié la gestion de ce temple, de ses ateliers et de ses annexes, dont ce Trésor où parviennent les richesses à sacraliser avant leur redistribution. Le roi et le Premier ministre m'accordent leur confiance pour l'accomplissement de cette tâche, et je vous accorde la mienne. Étant donné l'importance de vos fonctions, aucun impair ne sera toléré.

Lousi était consterné. Encadré de scribes scrupuleux, formés à Karnak, il ne disposerait d'aucune liberté d'action.

*
* *

Le petit Amenhotep stupéfiait son entourage. Gros mangeur, encore allaité, bon dormeur, il marchait et même courait une bonne partie de la journée, épuisant ses nourrices, heureuses de se relayer. Balbutiant un langage qui s'améliorait vite, il dessinait déjà des hiéroglyphes, sous le regard attentif de sa sœur aînée.

— J'ai choisi son précepteur, annonçai-je à la reine.

— Ne serait-ce pas prématuré ? s'inquiéta-t-elle ; notre fils n'est qu'un garçonnet !

— Son comportement justifie ma décision.

— Qui avez-vous désigné ?

— Min, gouverneur des oasis.

Mérytrê blêmit.

— C'est un colosse, un homme très rude, un...

— Il formera Amenhotep et en fera un guerrier.

— Un guerrier...

— Amenhotep est fils du couple royal et doit être éduqué comme tel. Si c'est la volonté des dieux, il régnera demain sur l'Égypte et aura une lourde responsabilité, celle de préserver notre pays contre les ennemis extérieurs et intérieurs. Quand je fus couronné, je n'étais qu'un enfant ; Hatchepsout gouverna à ma place. Lorsque je dus exercer le pouvoir, moi qui avais passé le plus clair de mon temps au temple et dans les bibliothèques, je n'étais pas préparé à livrer bataille et à repousser des envahisseurs. Amenhotep ne souffrira pas de ce handicap, car son éducation sera celle d'un futur chef.

— N'êtes-vous pas trop exigeant ?

— Vous savez bien que non. Et je suis persuadé que vous m'approuvez, car vous n'êtes ni une femme ni une mère ordinaire. Quels que soient vos sentiments, vous êtes la Grande Épouse royale, et votre fils ne vous appartient plus.

Mérytrê prit brutalement conscience que l'enfance d'Amenhotep serait brève, très brève. Elle faillit pleurer, mais admit la vérité : Pharaon avait raison.

— 99 —

Même si la situation évoluait de façon plutôt favorable, Paheq devait refréner son impatience. Ces derniers mois, il avait parcouru les territoires occupés et noué des contacts avec des mécontents, désireux de se battre à nouveau, mais sans prendre de risques, et à condition d'être appuyés par l'armée mitannienne. D'où d'interminables palabres, la nécessité de ménager la susceptibilité des notables et de se montrer convaincant, tout en exigeant le secret absolu, sous peine d'entraîner des condamnations en cascade.

L'émissaire envoyé auprès des Bédouins conduisait un dialogue difficile, tant ils redoutaient un piège ou une manipulation ; la police du désert les pourchassait, et la plupart des caravanes étaient surveillées.

Enfin, Paheq était sur le point d'aboutir ! L'une d'elles, transportant des jarres d'huile et des tissus, adopterait un itinéraire propice à une embuscade.

Il s'apprêtait à fêter cette bonne nouvelle avec la jolie brune, toujours gourmande de son amant et confiante en son avenir, lorsqu'un de ses adjoints, surexcité, l'apostropha :

— Le roi arrive, à la tête de son armée !

— Rumeur ou certitude ?

— Certitude ! Il faut que chaque ville soit en fête et lui présente ses tributs. Pas une seconde à perdre.

L'intervention des Bédouins était remise à plus tard, et Paheq se soucia des premières caches d'armes. Cette visite inattendue retardait le développement des réseaux.

Une question angoissante se posait : le monarque avait-il été informé de l'insurrection qui se préparait ? En ce cas, la répression serait féroce, et le jeune Syrien n'y échapperait pas.

*
* *

La décision de Thoutmosis avait pris les responsables de court, et la treizième campagne en Syro-Palestine, organisée à la hâte mais avec le sérieux habituel, s'annonçait comme une simple tournée d'inspection, qui prouverait au protectorat l'attention que lui portait Thoutmosis.

Le général Djéhouty se réjouissait de ces grandes manœuvres, maintenant les troupes à leur meilleur niveau ; soucieux de la sécurité du pharaon en des contrées à la fidélité fragile, Mahou appréciait beaucoup moins le voyage.

Vent du Nord portait le matériel d'écriture du roi ; lorsque ce dernier s'accordait le temps de dessiner une plante manquant à sa collection, l'âne était son premier garde du corps et signalerait le moindre danger.

Quant au Vieux, il ne manquait pas d'aiguillonner le héraut Antef pour que le confort du monarque, très regardant sur l'hygiène, soit pleinement assuré.

Au cours des haltes dans les bourgs et les villes, le Vieux testait les vins et les nourritures solides qu'il sélectionnait avec sévérité avant de les servir à la table du roi ; certes, on n'atteignait pas la qualité égyptienne, mais la fraîcheur des produits méritait considération.

À chaque étape, les maires se prosternaient devant leur hôte illustre et lui présentaient des tributs correspondant au montant des taxes fixé par l'administration, sous la coupe de Paheq, qui s'était gardé de le minorer. L'armée rentrerait au pays avec une masse considérable de denrées, d'objets divers et de métaux précieux, qui enrichiraient le Trésor.

Plusieurs potentats locaux tinrent à organiser un grand banquet en l'honneur de leur puissant bienfaiteur ; à cette occasion, les scribes qui appliquaient les consignes de Minmès furent réunis, et Paheq eut l'occasion de voir de près le pharaon.

S'il avait eu un poignard, il se serait jeté sur lui pour l'égorger. Mais sa garde rapprochée n'aurait-elle pas interrompu son geste ? Et la Syrie entière, jugée coupable de complicité, n'aurait-elle pas été dévastée ?

La seule solution restait une révolte générale, aboutissant à la défaite de l'armée égyptienne et à l'humiliation de Thoutmosis. Et l'occasion de le supprimer surviendrait.

Se rongeant les sangs, Paheq fut contraint d'écouter le bref discours du tyran, qui félicita les scribes, dont le travail contribuait, de manière décisive, au nouvel équilibre de la région. Chaque notable manifesta son contentement avec ostentation, sous le regard dubitatif du souverain.

Au terme des festivités, le général Djéhouty tapa sur l'épaule de Paheq.

— Alors, mon gars, en pleine forme ?

— Les problèmes sont nombreux, j'essaie de les résoudre.
— Tu es un veinard ! Ce coup-ci, on te ramène en Égypte. Au moins deux mois de repos après ta longue mission.
— Merveilleux ! s'exclama le Syrien, s'efforçant de sourire.

Un retour qui tombait à un mauvais moment. Si Paheq n'était pas réintégré à un poste-clé de l'administration du protectorat, ses efforts auraient été vains. Toute protestation de sa part devant forcément paraître suspecte, il n'avait plus qu'à afficher sa joie de revoir la capitale.

*
* *

Cette treizième campagne n'avait été qu'une promenade de santé, la Syrie semblait pacifiée et, pourtant, la voix impérieuse de Thot me guida vers la Vallée des Rois, afin d'inscrire dans ma tombe la neuvième heure de la nuit.

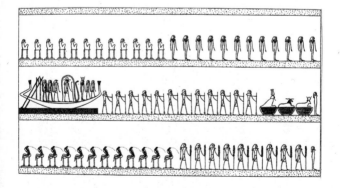

Déjà cette neuvième heure, déjà ma trente-neuvième année de règne... Et la scène qui naquit de mes mains évoqua le tribunal d'Osiris, vainqueur de ses ennemis. Néanmoins, un serpent protecteur continuait à cracher des flammes pour repousser les ténèbres, et des alliés maniaient des épieux, prévoyant de nouveaux combats.

Au sein d'une cité céleste, que protégeaient des rives élevées, le scarabée divin, Khépri, principe de toutes les transformations, façonnait le futur soleil, tandis que l'œil complet d'Horus était remis à sa juste place.

Et ma prière s'éleva : « Que brillent les étoiles, que la déesse nommée Terrifiante[1] massacre les rebelles, que l'œil du faucon Horus me soit accordé. »

_____

1. La lionne Sekhmet.

— 100 —

Les nerfs à vif, Lousi abusait de la bière. Pour lui, le temple de Karnak était une prison. Il prenait son service tôt le matin, inspectait les stocks avec deux collègues incorruptibles, rédigeait des bons de sortie vérifiés et revérifiés. Impossible de voler et de tricher. Un labeur assommant et sans risque.

Quant à son serviteur, une véritable sangsue ! Sous prétexte de lui faciliter l'existence, il l'espionnait. La rage au ventre, Lousi ne supportait plus ce carcan ; en priorité, se débarrasser de cette vermine.

Si l'on désirait croiser d'ex-prisonniers de guerre syriens, un endroit idéal : les quais de Thèbes. Ils accueillaient la majorité des dockers, employés au déchargement et au chargement des marchandises. Travail pénible, mais bien rémunéré. Lesquels, parmi eux, songeaient à la revanche ?

À la nuit tombante, plusieurs soirs de suite, Lousi se promena au bord du Nil, échangeant quelques mots avec ses compatriotes et tentant de les sonder. Peu de mécontents, pas de hargne, une acceptation de leur sort, en échange d'un logement, de nourriture et de soins. La stratégie de Thoutmosis se révélait efficace.

Deux semaines d'échec, et une lueur d'espoir. Assis sur des cordages, un grand type au nez cassé et au menton en galoche mastiquait une galette.

— Tu es docker ?

— Ça te regarde ?

— Ça se pourrait.

— La police... J'ai purgé ma peine, je suis un homme libre. Tu veux quoi ?

— Causer.

— Causer de quoi ?

— De la Syrie, par exemple.

— Parce que tu es syrien ?

— De Megiddo.

— Ça alors, moi aussi ! Tu faisais quoi, là-bas ?

— Je me battais contre les Égyptiens.

— On n'était pas si nombreux... Y avait tellement de trouillards ! Et tu fais quoi, maintenant ?

— Scribe du Trésor.

Sifflement admiratif.

— Ben dis donc, tu t'es sacrément recasé ! C'est mieux que de porter des colis et de s'abîmer le dos.

— Je cherche un domestique.

— Pour faire quoi ?

— Balayer, laver, cuisiner, garder ma maison.

— Et c'est payé combien ?

— Une chambre, les repas, vêtements, sandales et onguents. Huit jours de travail, deux de repos, plus les fêtes nationales et locales.

— C'est trop beau ! Y a pas une condition tordue ?

— Si.

— Dis quand même.

— Une place comme celle-là se mérite, surtout quand elle est occupée par un cloporte dont je souhaite me débarrasser.

— Débarrasser, débarrasser… Ça signifie quoi ?

— Un accident qui le rendrait impotent. Ce triste événement provoquerait ton embauche ; à toi d'être suffisamment habile.

Le grand type se gratta le menton.

— Ça m'intéresse. Tu me montres la cible ?

*

* *

Tjanouni souffrait de remontées acides et de maux d'estomac, dus à sa nervosité croissante. En apparence, rien ne la justifiait ; la dernière campagne n'avait donné lieu à aucun combat, et ses espions ne lui signalaient pas le moindre incident. Et c'était précisément ce calme plat qui l'empêchait de dormir et de digérer. Impossible de croire à un tel mirage. Ses agents avaient été repérés, un complot se tramait en silence et dans l'ombre. Serait-il assez dévastateur pour tailler en pièces l'administration égyptienne en Syro-Palestine et aboutir à un soulèvement général ?

Si un tel désastre se produisait, Tjanouni se considérerait comme le principal responsable, coupable d'avoir trahi la confiance de son roi. Or, son expérience et son instinct lui prédisaient le pire, et il craignait de ne pouvoir l'éviter.

Quelle initiative prendre, sinon ordonner à ses espions de redoubler de vigilance ?

*
* *

— Êtes-vous satisfait de mes services ? demanda le domestique de Lousi à son patron.

— Très satisfait. Repose-toi bien.

— J'avoue que j'en ai besoin. La maison est propre, le dîner est prêt, et je vous ai laissé des provisions. Je passerai mes deux jours de congé chez ma sœur, à la campagne.

Le domestique se dirigea vers le port. Il emprunterait le bac populaire à destination de la rive ouest, où était sise une ferme familiale.

Au sortir d'une ruelle, il reçut un violent coup de bâton par-derrière, qui lui brisa les jambes.

Hurlant de douleur, il appela au secours ; incapable de se relever, il redouta d'être achevé. Mais le grand type au menton en galoche était déjà loin quand des passants secoururent le blessé.

— 101 —

Maigre, la tête enturbannée, le chef bédouin réunit sous sa tente les principaux membres de son clan.

— L'émissaire des Syriens m'a signalé le passage d'une caravane dans une zone non surveillée. Si l'information est exacte, le butin sera abondant.

— Et s'il s'agit d'un piège ? s'inquiéta un colosse.

— Nous n'attaquerons qu'après avoir scruté les environs. À cause des patrouilles égyptiennes qui nous empêchent d'agir, nos réserves de nourritures sont presque épuisées. Il est urgent de nous ravitailler.

— Que réclament les Syriens en échange de leur aide ?

— Que nous attaquions le maximum de caravanes. Après notre premier succès, ils nous indiqueront d'autres proies.

Une discussion animée débuta. Au terme de longs débats, la tribu de pillards décida de courir le risque, à une condition : exterminer les caravaniers et ne laisser aucun témoin derrière eux.

*
* *

Tireur à l'arc hors pair, lutteur invaincu, lanceur de javelot digne des meilleurs spécialistes, nageur infatigable, manieur d'aviron sans égal, Min[1] avait gouverné les oasis avec une poigne inflexible. Face à une population rétive, il s'était imposé en favorisant les travailleurs et en bousculant les paresseux.

L'existence, à Thèbes, lui paraissait douillette, et il ne se voyait pas dans les habits d'un précepteur, surtout celui du fils du couple royal, d'autant que ses principes éducatifs étaient assez sommaires. D'après lui, père de trois garçons et de deux filles, les enfants se caractérisaient par un défaut majeur : l'ingratitude. Et si on leur laissait le champ libre, ils le dévastaient rapidement !

Sans comprendre le choix du monarque, Min était contraint de jouer le jeu, persuadé d'échouer et ravi d'être renvoyé dans ses oasis.

Au terme d'un premier mois consacré au petit Amenhotep, le roi convoqua le rude gaillard.

— Ce bambin est épatant, Majesté ! Jamais fatigué, jamais râleur, et il aime toutes les activités physiques ! Je lui apprends à naviguer, à pêcher, à chasser, à manier un arc et une épée miniatures, et il en redemande ! Je nous oblige à faire la sieste et de longues pauses, car il irait jusqu'à l'épuisement, tant il a envie de se dépenser. Heureusement, le matin, il lit et il écrit. Physique et mental inhabituels à son âge. Et il grandit à vue d'œil.

— Ta nouvelle fonction semble te satisfaire.

— J'en suis étonné moi-même !

---

1. Il bénéficia de la tombe thébaine 109.

— Continue à former mon fils et ne sois pas indulgent. Bientôt, il subira ses premiers échecs et se heurtera à ses limites du moment ; qu'il en tire des leçons. Surtout, ne tolère ni vanité ni arrogance.

*
* *

La dame Nébétou résistait à l'âge ; un peu sourde, elle entendait pourtant les ragots de la cour et remettait à leur place ceux qui avaient tendance à l'oublier. Connaissant mes exigences en matière d'hygiène et de propreté, elle traquait le moindre grain de poussière et surveillait de près les équipes chargées de balayer, de laver et de fumiger les salles du palais où régnaient les meilleurs parfums.

Alors que je sortais d'une longue séance de travail avec le Premier ministre, elle me convia à une promenade dans le jardin, toujours aussi enchanteur. Nous marchâmes lentement, à l'ombre des palmiers, des perséas et des tamaris, entre des massifs d'iris et de chrysanthèmes.

— Sais-tu que ta fille est une musicienne-née ? Elle jouera de tous les instruments et chantera aussi bien que sa mère. Studieuse, obéissante, jolie, elle a toutes les qualités. Je n'en dirai pas autant de ton fils, bien déluré !

— Je suppose que tu désapprouves la nomination de Min comme précepteur ?

— Au contraire ! C'est exactement le genre d'homme qu'il fallait pour maîtriser ce petit fauve. En le dressant, il parviendra peut-être à le rendre acceptable.

Ayant redouté une attaque en règle, je fus soulagé.

— Mérytrê est une remarquable Grande Épouse royale, ajouta Nébétou ; tu t'en aperçois, j'espère ?

— Elle assume à la perfection sa lourde fonction, je le reconnais.

— Cette femme exceptionnelle t'aime et t'admire. Et tu devrais lui accorder davantage de considération.

*
* *

Le grand type au nez cassé et au menton en galoche frappa à la porte de Lousi.

— Boulot accompli. Peu probable que ton domestique remarque.

— Personne ne t'a vu ?

— Personne. Alors, tu m'engages, comme promis ?

— Entre.

Lousi montra les lieux à son nouvel employé.

— T'es bien logé, dis donc ! Et ma chambre… Jamais eu un confort pareil !

— Tu devras le mériter et travailler correctement. Sinon, les voisins se demanderont pourquoi je te garde.

— Côté cuisine, je suis pas un expert.

— Tu demánderas conseil au collègue qui s'occupe d'un autre haut fonctionnaire, à droite en sortant d'ici. Dans le quartier, beaucoup le sollicitent, et il n'est pas avare de son temps. Toi, évite de bavarder et d'évoquer tes origines syriennes.

— Je devrais en avoir honte ?

— Nullement. Le moment viendra où nous nous en glorifierons. En attendant, installe-toi et garde ta langue.

Renonçant à interpréter le sous-entendu de son patron, Nez-Cassé s'allongea sur une natte épaisse en pensant que la chance venait de tourner en sa faveur.

— 102 —

— Urgent et confidentiel.

Le scribe remit à Tjanouni un rapport en provenance de Syrie. Un signe caractéristique prouvait qu'il émanait d'un de ses agents, en poste à Tounip.

À sa lecture, il sursauta.

Ce qu'il redoutait venait de se produire, mais sous une forme inattendue. Oubliant ses désordres gastriques, Tjanouni courut jusqu'au palais et se heurta à l'intendant Kenna, très soucieux à cause d'un banquet d'État devant réunir une centaine d'invités.

— Le roi s'habille.

— Désolé, je dois le déranger.

— Est-ce si grave ?

— Ça l'est.

— Bon, bon… Je le préviens.

Tjanouni n'attendit pas longtemps. Le souverain le reçut dans son bureau.

— Une caravane a été attaquée. Un massacre. Les commerçants et leurs familles égorgés, certains mutilés.

— Les responsables ?

— Une telle sauvagerie est la marque des Bédouins. L'enquête est lancée.

— Cette caravane n'était-elle pas protégée ?

— Seulement cinq policiers.

— Massacrés, eux aussi ?

— Torturés de manière atroce… Quels sont vos ordres ?

— Nous intervenons.

*
* *

D'après la rumeur, le roi était furieux. Et sa quatorzième campagne, qu'annonçait le héraut Antef, viserait à châtier une bande d'assassins qui mettait en péril les routes commerciales.

Les sentiments de Paheq étaient contradictoires. D'un côté, il jubilait, puisque les Bédouins, grâce au renseignement fourni par un complice syrien, avaient attaqué une caravane et s'étaient emparés d'un beau butin, défiant ainsi le pharaon ; de l'autre, en raison du caractère punitif de cette expédition, serait-il appelé à retourner en Syrie ou demeurerait-il cloué à Thèbes ?

Impossible de se porter volontaire, sous peine de provoquer étonnement et suspicion. Alors que les préparatifs s'accéléraient, Paheq tournait en rond. Et ce fut la délivrance.

— Fais tes bagages, exigea le général Djéhouty ; on repart. Et on va cogner dur.

*
* *

C'est en cours de route que Tjanouni me transmit un nouveau rapport : une deuxième caravane anéantie. Un massacre aussi effroyable que le premier, avec une différence : un rescapé. Son témoignage dissipait un doute éventuel : les Bédouins étaient bien les coupables.

Depuis la première de nos dynasties, mes ancêtres avaient eu à lutter contre ces pillards qui réduisaient les femmes au rang d'esclaves et considéraient les chiens comme des démons. Nomades, ils guettaient la première proie à leur portée et avaient un goût prononcé pour l'égorgement.

— Nous les débusquerons et les éliminerons ; envoie un message aux maires de Palestine, du Liban et de notre protectorat syrien : quiconque prêtera assistance aux Bédouins sera accusé de crime de guerre.

*
* *

Paheq n'avait pas prévu un tel déploiement de forces ; contre les Bédouins, une opération de police aurait suffi. Mais le pharaon, piqué au vif, voulait afficher sa fermeté. N'éprouvant aucune confiance envers les pillards, le Syrien ne déplorait pas leur traque, une fausse piste qui rassurerait les Égyptiens.

Le soir même de son retour à Tounip, salué par l'équipe de scribes restée en place, sa maîtresse se glissa dans sa chambre.

— Une longue absence… trop longue ! Fréquentes-tu beaucoup de femmes, à Thèbes ?

— Aucune.

— Menteur !

— Je suis sincère.

— Peu importe… Ici, je serai la seule ! Si tu me trompes, je te tue.

— Sois tranquille, je n'en ai pas l'intention.

Elle ne lui laissa pas le loisir de se lancer dans un long discours, déchira presque ses vêtements et suscita son désir avec une joie féroce.

*

* *

Alors que Tjanouni étudiait les cartes en compagnie du roi et de ses généraux, on l'avertit de la présence de plusieurs ambassadeurs, porteurs de cadeaux signifiant leur allégeance au pharaon. Ceux-ci désapprouvaient les crimes des Bédouins et juraient n'avoir pas collaboré avec eux.

Émissaire d'une petite cité du Nord-Est, l'un d'eux tenait à voir au plus vite un haut responsable égyptien. Avec l'accord du monarque, Tjanouni quitta le conseil de guerre et, après une fouille en règle, reçut le diplomate en tête à tête.

Avant même qu'il ouvre la bouche, le bonhomme lui déplut profondément ; sa voix mielleuse aggrava la première impression :

— Nous sommes des fidèles sujets du pharaon et tenons à le remercier de ses bienfaits.

Tjanouni n'interrompit pas une litanie de louanges conventionnelles, précédant le véritable motif de l'entretien.

— Nous aussi, naguère, avons été victimes de ces pillards, qui gênent le commerce et assassinent des innocents. Ils méritent un châtiment définitif, et leur élimination sera accueillie comme un nouvel exploit de Thoutmosis le Grand.

— Détiens-tu un renseignement déterminant ?

— Ce n'est pas exclu.

— Combien ?

— Une diminution des taxes imposées à ma cité serait-elle envisageable ?

— Je m'arrangerai avec l'administration.

— Je suis un homme simple, sans grands besoins, mais je vieillis, et ma maison aussi. Si l'on m'en attribuait une autre, plus vaste et en bon état, avec deux domestiques…

— Pas de problème.

Le bonhomme se frotta les mains.

— Je vais vous épargner beaucoup d'efforts, en vous révélant l'endroit où se cachent les meurtriers. Un refuge difficile à trouver, qui leur aurait permis de vous échapper.

— Je t'écoute.

— Il s'agit de grottes, à proximité de ma cité. Et j'ai vu les Bédouins s'y dissimuler.

— Tu nous guideras. J'espère que tu dis la vérité et que tu ne nous emmènes pas dans un piège. Sinon, tu seras le premier exécuté.

— 103 —

Réunis en grand secret dans une cave de Tounip, sous la protection de gardes armés et dévoués à leur cause, les conjurés syriens cédaient à l'abattement. Utilisant les services d'un vendu, l'armée égyptienne avait déniché les Bédouins au fond de grottes où ils se croyaient en sécurité.

L'ordre du roi avait été respecté à la lettre : pas de quartier. Une tribu entière de pillards anéantie. Et la terreur provoquée par cette répression s'était propagée à travers la Syrie.

— On abandonne, prôna l'adjoint au maire de Tounip, un riche propriétaire terrien ; les Égyptiens sont trop puissants, et ce pharaon ne tolère aucun écart. Obéissons-lui et restons vivants.

— Lâche et imbécile, s'exclama Paheq, tu n'as rien compris ! Mon opération de diversion est une totale réussite. Les notables se prosternent devant Thoutmosis, à présent persuadé que les seuls fauteurs de troubles sont les Bédouins. Armée et police s'acharneront sur les autres tribus, qu'elles n'intercepteront pas sans peine, tant celles-ci ont l'habitude de leur filer entre les doigts. Et nous, nous progresserons en toute tranquillité. Aucun de nos dépôts d'armes n'a été repéré, aucun de nos partisans arrêté. Et tu voudrais renoncer ?

Les paroles enflammées de Paheq subjuguaient ses auditeurs. Sans lui, ils s'entre-déchiraient et perdaient espoir ; avec lui, ils croyaient de nouveau à la victoire.

*
* *

Pendant que le roi recevait les personnalités syriennes, pressées de confirmer leur absolue fidélité, Minmès vérifiait que les taxes prévues étaient intégralement versées, sous peine de fortes amendes ; et il se félicitait de l'excellent travail du jeune Paheq, dont les dossiers, d'une remarquable précision, permettaient d'identifier les contrevenants. Grâce à lui, aucun tricheur ne passerait à travers les mailles du filet fiscal.

Avec l'accord du souverain, Minmès nomma Paheq à la tête de l'administration du protectorat ; secondé par des techniciens aguerris, il appliquerait sans faillir le système économique égyptien.

Tjanouni, lui, avait secoué ses agents officiels, ses espions infiltrés et ses informateurs occasionnels. Il exigeait des réponses : combien de tribus de pillards sur le territoire syrien ? Où se terraient-elles ? Bénéficiaient-elles d'appuis occultes ? Des primes récompenseraient les bonnes réponses. Mahou et la garde rapprochée du pharaon ne chômaient pas. Fouille des lieux et des visiteurs, sécurisation maximale de l'environnement, interrogatoires musclés de suspects… Et réaction ultra-rapide au moindre soupçon.

Quand le monarque décréta le retour, ses soldats ne cachèrent pas leur satisfaction. En Égypte, la tension serait moindre.

*

* *

Le dîner des adieux provisoires eut lieu à Tounip, afin de célébrer l'éradication de voleurs et d'assassins, et la quiétude retrouvée. Plus de deux cents notables syriens, loyalistes et coopératifs, y furent conviés avec leurs épouses. Le Vieux remua le héraut Antef pour que ces mondanités ne soient pas indignes du pharaon. Tables basses, sièges confortables, chemins de fleurs, vaisselle de pierre, coupes en métal, serviettes de lin, rince-doigts, ambiance parfumée… Rien ne manquait, même si la salle de réception paraissait rustique, à côté de celle du palais de Thèbes.

Un menu simple : charcuterie et compote de figues en entrée, gigot d'agneau, filets de brochet sur lit de poireaux, fromages de chèvre et pâtisseries. Trois variétés de rouge, et un blanc fruité convenant au dessert. Les cuisiniers n'égalaient pas ceux de Thoutmosis, mais leurs plats étaient consommables.

Un seul discours officiel, celui d'Antef, qui eut l'avantage de la brièveté ; le porte-parole du roi rappela ses victoires et l'heureuse évolution des relations entre la Syrie et l'Égypte, à présent protectrice attentive, garante de la paix et de la prospérité.

Présent parmi les scribes de haut rang voués à l'administration du protectorat, Paheq se força à manger, tant son estomac était noué. Le triomphe de Thoutmosis et la veulerie de ses compatriotes l'écœuraient ; mais cette humiliation n'était que transitoire.

Seul à une table dominant l'assemblée, le roi observait ses hôtes. Quand son regard se posa sur lui, Paheq fut au bord du malaise. Le monarque parviendrait-il à déchiffrer ses propres sentiments ? Certains prétendaient qu'il régulait la crue et possédait de tels pouvoirs magiques qu'aucun ennemi ne pouvait l'atteindre. De simples fables ! Pourtant, le Syrien respira mieux quand l'œil du monarque le délaissa. Il se mêla à la conversation de ses collègues et parut enjoué, en cette superbe soirée.

Le mélange de haine, de rancœur et de vin lui tourna la tête. Au terme du repas, les invités se dirigèrent vers le jardin, afin d'y savourer des mignardises et un cru liquoreux.

Entouré de deux gardes du corps, Thoutmosis reçut les remerciements de ses hôtes et s'apprêta à se retirer.

Une centaine de pas, et il serait à l'abri dans ses appartements. Pendant quelques instants, les trois hommes tourneraient le dos à Paheq.

Une idée folle lui traversa l'esprit.

S'emparer de l'épée d'un des deux gardes en la tirant du fourreau, la planter dans le dos du roi... Paheq serait abattu, mais ne deviendrait-il pas le héros des Syriens, qui se révolteraient en masse ? Privés de leur chef, les Égyptiens seraient désemparés.

Le Syrien préférait la mort du pharaon à sa propre vie.

Il allait s'élancer, lorsqu'un obstacle inattendu l'obligea à renoncer. Vent du Nord lui barra le chemin.

— Mais où est encore passée cette bête ? vitupérait le Vieux, à la recherche de son âne.

— 104 —

C'était le premier concert officiel de Mérytamon, à l'occasion de mon retour à Thèbes. Membre d'un orchestre féminin, elle jouait de la flûte avec une habileté qui stupéfia la cour. Émue, sa mère peina à retenir ses larmes. Une grande musicienne naissait.

Sérieuse et pondérée, la fillette était l'opposée de son petit frère, animé d'un torrent d'énergie que devait canaliser son précepteur, Min, non sans difficulté.

Parmi les auditeurs en extase, le chien Geb, grand amateur de musique, assis dignement sur son derrière, les oreilles déployées. Mérytamon jouissait déjà d'une sonorité particulière, reconnaissable entre mille ; elle charmait même le bouillant Amenhotep, surveillé de près par son mentor.

Une famille royale unie et heureuse, une Égypte au faîte de sa puissance, une paix consolidée, une économie florissante, un pacte de confiance entre le peuple et ses dirigeants, une justice efficace et respectée… J'aurais dû me réjouir de tant de bonheurs et, pourtant, impossible d'effacer une source d'inquiétude.

Le Mal menaçait en permanence, et j'avais toujours présente à l'esprit la devise de Sésostris III, gravée dans son temple osirien d'Abydos : « Vigilance et persévérance ». La persévérance m'était naturelle, et plus je vieillissais, plus elle s'affirmait ; la vigilance, en revanche, exigeait des efforts quotidiens, souvent battus en brèche. Qui se vantait de l'exercer en permanence se trompait lourdement. Malgré mes yeux et mes oreilles, de Minmès à Tjanouni, malgré l'aide de Thot, malgré l'expérience du pouvoir, les forces des ténèbres pouvaient me prendre en défaut.

En ce cas, agir et non réagir. Les enseignements de Ptah-Hotep et des autres sages, qui avaient transmis leurs conseils, me servaient de guides.

L'harmonie qu'avait exprimée ma fille était un moment de grâce, fragile et passager.

*
* *

À l'aide des soins prodigués par le médecin-chef, Tjanouni souffrait moins de l'estomac. Absorber trois fois par jour cinq pilules, qui apaisaient le feu, l'importunait ; mais tout oubli, provoquant un incendie gastrique, le rappelait à l'ordre.

Deux catégories de dossiers, l'une pour l'interne, l'autre pour l'externe. L'interne concernait le premier cercle du pouvoir, Minmès, Mahou, Djéhouty, Antef, Rekhmirê et Menkh le Jeune. De proches serviteurs du monarque, si fidèles qu'ils ne nourrissaient pas d'autres ambitions que de le servir ? Le chef des services de renseignement avait perdu toute naïveté. Mais rien, dans l'immédiat, ne l'autorisait à douter du dévouement et de l'honnêteté des principaux personnages de l'État.

Quant à l'externe, priorité absolue : traquer les tribus bédouines parcourant la Syrie. Depuis des siècles, elles n'observaient qu'une loi : tuer et voler. Ne craignant aucune autorité, elles profitaient de la moindre occasion pour accomplir leurs méfaits. Nécessité actuelle : en supprimer un maximum, et forcer les survivants à se réfugier en Libye et dans la péninsule du Sinaï, où ils se mêleraient à d'autres « coureurs des sables », que pourchassait la police du désert.

Tjanouni attendait des rapports qui tardaient à venir. Et ce vide le préoccupait.

Un mauvais coup se préparait.

*
* *

Exaspéré, Lousi buvait et mangeait trop. Ayant appris à préparer des plats sommaires mais roboratifs, son domestique syrien, adepte des sauces, ne lésinait pas sur les quantités. Fort content de son nouvel emploi, Nez-Cassé s'arrondissait. Quoique loin du pays natal, cette existence-là n'avait pas que du mauvais.

Obligé d'assumer ses contraintes professionnelles au temple de Karnak, Lousi n'entrevoyait aucune issue. S'être débarrassé de gêneurs, avoir progressé dans la hiérarchie de manière miraculeuse et aboutir à un cul-de-sac… Insupportable !

Se conformant à l'attitude de ses collègues du Trésor, Lousi se comportait en parfait fonctionnaire, consciencieux et irréprochable. Au moins une fois par semaine, Menkh le Jeune contrôlait des comptes déjà contrôlés et scrutait la moindre anomalie.

Ici, impossible de détourner un lingot d'or ou un sac de blé ; le vol était un délit d'une extrême gravité, puisqu'il constituait une atteinte à la richesse nationale.

Occupant une position enviable et enviée, le Syrien se sentait pourtant en prison, si proche de ce maudit roi qu'il voulait détruire ! Seul, sans alliés, il était réduit à l'impuissance et se consumait à petit feu. Néanmoins, sa rage demeurait intacte ; être arrivé là prouvait sa capacité à franchir les obstacles. Et il trouverait le moyen de s'extraire de cet étau.

Résider à Thèbes, à proximité du palais, un avantage considérable ! Tôt ou tard, Lousi en tirerait profit. La patience et la chance... Jusqu'à présent, il n'en avait pas manqué.

En cette fin de matinée, de l'agitation. Une abondante livraison de céréales à inventorier, avant de la présenter à Amon, puis de la répartir en fonction des besoins de la capitale et de sa province.

Une bonne dizaine de scribes, dont Lousi, accueillaient une cohorte de portiers que dirigeait l'adjoint du directeur du double grenier de Haute et de Basse-Égypte.

En l'apercevant, Lousi fut estomaqué.

Il fixa cet homme qui ressemblait à une vieille connaissance, même s'il s'était épaissi. Dubitatif, il s'approcha et s'exprima à voix basse :

— Bak... Bak, c'est bien toi ?

— Oui, mais qui... qui... ?

Les yeux ronds, l'adjoint observa longuement son interlocuteur.

— Vivant... Tu es vivant !

— 105 —

Les deux amis déjeunèrent en plein air, à l'abri d'un auvent de la meilleure taverne de Thèbes. Des côtes de bœuf au gril, une farandole de légumes et une bière de qualité supérieure accompagnèrent ces retrouvailles.

— Je t'ai recherché, avoua Bak, et j'ai appris que tu étais mort noyé.

— La version officielle ! Je me suis enfui du bagne où l'on me torturait, mes geôliers ont préféré éviter des ennuis en mentant. Aux yeux de l'administration égyptienne, je n'existe plus.

— Comment as-tu survécu ?

— Dans les marais du Delta, ce ne fut pas facile ! Un pêcheur m'a recueilli, appris le métier, et je me suis installé dans un hameau dont je suis devenu maire. Satisfait de ma gestion, un scribe contrôleur de Memphis m'a recruté. J'ai grimpé l'échelle hiérarchique, jusqu'à m'occuper de la répartition des métaux précieux. À la mort de mon patron, je fus muté ici, au Trésor de Karnak.

— C'est… c'est fabuleux ! Et quel bonheur de te revoir !

— Tu as été torturé, toi aussi ?

— Oh non, et j'ai eu un maximum de chance ! À la ferme où j'étais employé, le propriétaire fut si content de mon labeur qu'il m'a confié de plus en plus de responsabilités. Le gouvernement m'a permis d'acquérir des terres, à condition de les faire fructifier. Pari tenu. J'ai été récemment nommé adjoint du directeur du double grenier de Haute et de Basse-Égypte, et je veille sur l'acheminement des sacs de grains à Karnak, à fin d'inventaire... Inimaginable ! Moi, ton serviteur, je suis aujourd'hui un homme riche et considéré !

— Marié ?

— Une épouse merveilleuse, et trois enfants. C'est le bonheur, Lousi, le bonheur complet ! Et toi, tu as une famille ?

— Non, je me méfie des femmes. La mission que je dois remplir exige le secret.

— Le Trésor de Karnak est tellement surveillé que connaître son contenu n'est pas un délit ! La plupart de tes collègues sont mariés et autorisés à décrire à leurs femmes les richesses qu'ils classifient.

— J'évoquais ma *vraie* mission.

Bak fronça les sourcils, que son barbier avait désépaissis ; ceux de Lousi étaient toujours aussi broussailleux.

— Explique-toi.

— Aurais-tu perdu la mémoire, oublies-tu que nous sommes des Syriens ?

— Non, non... Mais c'était hier ! Maintenant, nous sommes égyptiens et vivons dans un pays qui a favorisé notre épanouissement.

— Emploies-tu beaucoup de compatriotes ?

— Un assez grand nombre, désireux de s'insérer dans la société égyptienne. Et je suis fier de leur parcours. Ils ont trouvé leur place et s'en satisfont.

— On les exploite de manière honteuse.

— Tu exagères !

— Ma vraie mission consiste à tuer le tyran qui a détruit notre pays, nous a condamnés à l'exil et a réduit notre peuple en esclavage. Tu le sais, quoique ton bonheur factice te bouche les yeux.

La digestion de Bak se bloqua, sa bouche s'assécha ; il but une grande gorgée de bière.

— Cesse de proférer de telles horreurs, Lousi, et ne répète ces propos devant personne ! Avec moi, tu ne risques rien. Mais si quelqu'un d'autre t'entendait…

— Rassure-toi, tu es mon unique confident.

— Je comprends ton amertume, mais le passé est le passé. Notre présent et notre avenir sont à Thèbes, pas ailleurs.

— Tu te trompes, mon cher et fidèle serviteur. Ce médiocre avenir, nous le transformerons en nous vengeant de Thoutmosis et en restaurant l'honneur de la Syrie, notre seule et unique patrie.

Bak frissonna.

— C'est toi qui te trompes ! Grâce à ses campagnes militaires, Pharaon a changé notre monde. La Syrie est un protectorat qui ne connaîtra plus la guerre et la misère.

— Mon pauvre Bak, la propagande royale t'a vidé la tête ! Récupère ta lucidité et constate que tu es manipulé.

— C'est faux ! J'ai réussi grâce à mon travail, qui me comble, mon épouse et moi nous sommes choisis librement, j'aime l'Égypte et j'y suis heureux !

— Tu vas pourtant m'aider.

— Je refuse. Mieux vaut ne pas nous revoir.

— Impossible, tu en sais trop.

— Au nom de notre amitié, je me tairai.

— Je n'ai jamais cru à ce genre de promesse. Et pour sceller notre collaboration, j'ajoute une confidence : ceux qui se sont mis en travers de ma route, je les ai supprimés.

— Supprimés... Ça signifie...

— Tués. Puisque tu connais la vérité sur mon passé et notre avenir, te voilà contraint de coopérer.

— Jamais !

— Inévitable, mon fidèle serviteur.

— Tu me tueras, moi aussi ?

— Je te le confirme : j'ai besoin de ton aide.

— Adieu, Lousi.

Désemparé, Bak s'enfuit.

Impavide, Lousi termina son déjeuner. Malgré son indignation, Bak ne le dénoncerait pas à la police. Avant qu'il n'ait eu le temps de recouvrer un semblant de calme, Lousi aurait mené une action décisive.

— 106 —

Tjanouni avalait à petites bouchées une bouillie d'orge, recommandée pour l'estomac, lorsqu'un scribe interrompit son dîner.

— Un message en provenance de Joppé.

Joppé, un petit port libanais voué au commerce avec l'Égypte et d'une absolue tranquillité.

Une vision idyllique que brisa le texte crypté d'un de ses agents. En le déchiffrant, Tjanouni fut stupéfait.

Abandonnant son plat insipide, il courut au palais. Le roi s'apprêtait à présider un banquet organisé par le Premier ministre, afin de remercier les maîtres charpentiers qui dirigeaient les chantiers navals.

— C'est inouï, Majesté, inouï… Jamais encore nous n'avions été confrontés à une telle calamité ! Une prise d'otages, à Joppé. Une tribu de Bédouins s'est emparée de la ville et menace de massacrer ses habitants si nos soldats et nos administrateurs n'évacuent pas la Syrie. Ils exigent au plus vite des interlocuteurs de haut niveau.

— Ils les auront. Que le héraut Antef annonce ma quinzième campagne.

*
* *

Après-midi effroyable. Tenant à peine sur ses jambes, Bak s'était quand même plié à ses obligations, suscitant l'inquiétude de ses proches collaborateurs, qui craignirent un problème de santé. Lui, d'ordinaire si jovial, semblait en proie à une vive contrariété, hésitant sur ses directives, se trompant sur les chiffres, bredouillant des phrases en partie incompréhensibles.

Au coucher du soleil, l'ancien Syrien quitta Karnak et se dirigea, chancelant, vers sa demeure de fonction, une petite villa agrémentée d'un jardin. Une question le tourmentait : devait-il ou non dénoncer son ami Lousi aux autorités ?

D'un côté, il avait découvert un être froid, calculateur, prêt à risquer sa vie en commettant un crime abominable ; de l'autre, Bak considérait ses propos comme excessifs, fruits d'une rancune recuite, mais sans conséquence réelle.

Quelle était la bonne réponse ?

En parler à sa femme ? Non, une imprudence. Trop d'explications délicates à lui fournir. Pour justifier son état, une intoxication alimentaire et la nécessité d'une longue nuit de sommeil.

Au réveil, peut-être y verrait-il plus clair.

En franchissant le seuil de sa maison, une apparition le pétrifia.

Lousi tenait dans ses bras son dernier bambin.

— Voici votre mari, clama-t-il.

L'épouse de Bak accourut.

— Nous commencions à nous impatienter ! Dure journée ?

— Dure, oui, dure…

— J'ai fait la connaissance de ton ami Lousi, qui arrive de Memphis et souhaitait te revoir. C'est un homme délicieux, les enfants ont été ravis de jouer avec lui. Pendant que je finis de préparer le repas, allez au jardin déboucher la jarre de bon vin qu'il nous offre.

Lousi déposa le gamin et entraîna Bak.

— Pas d'échappatoire, mon fidèle serviteur ; si tu ne m'obéis pas aveuglément, comme autrefois, je tuerai ta femme et tes enfants. La clé de ton petit bonheur, c'est moi. Ensemble, nous formerons un réseau d'authentiques Syriens en puisant dans ton vivier d'employés. Et nous respecterons notre belle promesse : assassiner le tyran.

*
* *

À la tête de l'administration du protectorat, Paheq s'imposait en douceur, se forçant à écouter les militaires et les notables syriens vendus à l'ennemi, et rêvant du jour où il les égorgerait. Aimable, attentif, ne prenant d'initiative qu'après avoir consulté les uns et les autres, il avait désormais toute latitude pour continuer à renforcer ses réseaux clandestins dans chaque agglomération importante et y dissimuler des armes en vue du conflit décisif.

Deux inconnues, cependant. D'abord, la population se joindrait-elle en masse à l'insurrection ? Sans un embrasement général, les révoltés risquaient d'échouer.

Ensuite, l'intervention obligatoire du Mitanni ; convaincre son armée d'appuyer, voire d'encadrer les émeutiers, impliquait de longs et difficiles palabres, en grand secret. Les plus ardents partisans de Paheq ne lanceraient pas d'offensive si les Mitanniens ne se battaient pas à leurs côtés.

Le premier contact avec l'un de leurs émissaires n'avait pas été entièrement négatif, quoique la méfiance fût de mise ; qui s'était frotté aux troupes de Thoutmosis n'avait guère envie de déclencher la colère du pharaon. En dépit des réticences de son interlocuteur, Paheq était parvenu à l'intéresser. Pondéré et précis, il n'avait pas masqué ses faiblesses et l'impossibilité d'agir seul. En revanche, la détermination des insurgés et leur désir de vengeance seraient des avantages non négligeables ; et l'aide des Mitanniens ferait pencher la balance en leur faveur.

Muni de ces informations, l'émissaire les transmettrait à son souverain. Au moins, les discussions continuaient.

Et Paheq apprit une nouvelle surprenante : pourchassée par la police du désert, une tribu de coureurs des sables avait conquis la petite cité de Joppé et retenait prisonniers ses habitants ! Il se mit aussitôt en quête de renseignements supplémentaires.

« Manœuvre délirante », estimèrent ses subordonnés. « Pas si insensée », pensa Paheq. Les Bédouins réclamaient le départ des forces de l'ordre en échange de la vie des otages. Un véritable piège pour Thoutmosis, qui ne tarderait pas à réagir. Jamais il ne consentirait à se retirer de la région en abandonnant un port libanais à des pillards ; mais, si des centaines d'innocents étaient exécutés à cause de sa fermeté, sa réputation de souverain juste et soucieux du bien-être de ses sujets serait détruite. Saurait-il se sortir de cette nasse ?

Quand sa maîtresse, aux ardeurs insatiables, le rejoignit dans sa chambre, Paheq était d'excellente humeur. Et si une bande de hors-la-loi humiliait le puissant roi d'Égypte ?

— 107 —

Déjà, en temps normal, le Vieux ne souhaitait pas être à la place du pharaon, mais là… Comment trancher, quelle stratégie adopter de manière à sauvegarder son autorité tout en épargnant la vie de centaines d'innocents ?

L'armée au grand complet avait embarqué pour le Liban, afin d'atteindre au plus vite le site de Joppé. Le calme avant la tempête, une mer et des vents favorables, une période de repos et une question obsédante : que déciderait Thoutmosis ?

Aux quantités de nourritures et de matériels de guerre s'ajoutaient de nombreuses jarres de miel et des pansements, dépassant le nombre habituel, en prévision des soins à dispenser aux blessés qui auraient survécu aux poignards des Bédouins. Et le personnel médical avait été doublé.

*
* *

À l'approche de Joppé, je réunis mon conseil de guerre. Face à cette situation inédite, l'avis de mes compagnons d'armes m'éclairerait-il ? Impossible de satisfaire les exigences des coureurs des sables. Impossible, également, de provoquer l'assassinat des otages.

— Assiégeons la cité, proposa Minmès ; les pillards ne tarderont pas à souffrir de faim et de soif.

— Et ils massacreront leurs prisonniers, lui objecta Mahou ; la seule solution, c'est d'attaquer en masse. Nos archers abattront la plupart des Bédouins et nous délivrerons un maximum de prisonniers.

— Dès que l'assaut sera lancé, estima Antef, ils seront égorgés. La cruauté de ces barbares est sans limites. Ils aiment la mort plus que nous n'aimons la vie.

— Tentons de négocier, proposa Tjanouni.

— Négocier quoi ? demanda Mahou ; ces assassins ont fixé leurs conditions et ne les modifieront pas !

— Je crains que tu n'aies raison.

La tête rentrée dans les épaules, fixant ses sandales, le général Djéhouty bougonnait. Chacun croyait connaître son unique attitude : foncer. Aussi ses recommandations étonnèrent-elles le conseil.

— À situation exceptionnelle, réponse exceptionnelle. Nos méthodes habituelles aboutiraient à une catastrophe. Nous sommes tous d'accord sur deux impératifs : ne rien céder et sauver les otages.

— Et… tu as une solution ? l'interrogea Minmès.

— Peut-être. Très risquée, avec une petite chance d'aboutir. Mais elle répondrait à nos deux impératifs.

*

* *

— Bateaux égyptiens en vue ! hurla un guetteur.

Le chef des Bédouins le rejoignit pour assister à l'arrivée de la flotte ennemie.

De nombreux bâtiments de guerre, le navire royal en tête, reconnaissable à sa taille et à l'étendard d'Amon.

— Ils nous ont pris au sérieux, apprécia le chef, Bin, un quadragénaire maigre, très grand, portant une longue barbe noire et vêtu d'une robe blanche.

À sa ceinture, deux poignards.

Sa tribu était considérée comme la plus dangereuse et la plus impitoyable, n'hésitant pas à massacrer des congénères, afin de voler leurs biens. À peine les enfants marchaient-ils qu'ils apprenaient à manier les armes blanches et à torturer les animaux, en particulier les chiens. Chaque mâle disposait de plusieurs femelles, chargées d'une mission majeure : procréer. Et personne n'avait le droit de quitter la tribu, mobile et insaisissable.

Mais la nouvelle politique du pharaon changeait la donne ; malgré ruses et précautions, la police avait repéré Bin et son clan, leur coupant les itinéraires de fuite. Acculés, ils avaient été contraints de se diriger vers la côte libanaise. Idée du chef qui retournerait la situation en sa faveur : prendre une petite cité en otage, puis exercer un chantage sur les autorités égyptiennes, lesquelles avaient le tort d'attribuer de la valeur à l'existence humaine.

Bin obtiendrait ce qu'il voulait.

Descendant de la tour de guet, il mobilisa ses tueurs. Enfermée dans les caves et les bâtiments municipaux, la population, à peine nourrie, mourait d'angoisse.

Un seul problème : les vivres s'épuisaient. Facile à résoudre.

*
* *

Après avoir étudié le plan de Joppé, extrait des archives du Premier ministre, Djéhouty espérait remporter son pari. L'armée s'était déployée à distance raisonnable de l'objectif, et nulle manœuvre laissant présager un assaut n'avait été entamée. Surtout, rassurer les Bédouins.

Le char de Djéhouty s'avança lentement vers Joppé. Lors d'une campagne ordinaire, il ne lui aurait pas fallu une heure pour conquérir la cité.

Une flèche se planta à quelques pas devant ses chevaux, qu'il dut maîtriser.

Du haut de la tour de guet, la voix de Bin résonna :

— Qui es-tu ?

— Le général Djéhouty.

— Le roi accepte-t-il mes conditions ?

— Il souhaiterait négocier.

— Il n'y a rien à négocier. Ou vous me donnez satisfaction, ou les otages seront exécutés.

— Acceptes-tu de libérer les femmes et les enfants ?

Bin éclata de rire.

— Ce seront les premiers égorgés ! Que le pharaon en personne m'annonce qu'il m'obéit et se prosterne devant moi. Pas d'autre moyen de sauver les habitants de Joppé.

— Je lui transmettrai ton souhait.

— Pas mon souhait, mon ordre ! Et hâte-toi, je suis impatient de voir ton maître soumis. J'ai une autre exigence : livre-moi très vite boissons et nourritures. Si tu tardes trop, les exécutions débuteront.

— Je m'en occupe immédiatement.

Djéhouty retourna à son camp, cette fois à vive allure. Le matériel était prêt, les volontaires aussi. Des soldats aguerris, conscients des risques qu'ils couraient. Djéhouty, qui avait eu grand-peine à convaincre le roi, serait parmi eux. C'était son plan, il commanderait ces braves.

— 108 —

— Tu te rends compte du danger ? interrogea le Vieux.

L'oreille droite de Vent du Nord se dressa.

— Et tu veux quand même y aller ?

L'âne confirma.

Étant officier supérieur, à la tête du troupeau, Vent du Nord se conformait aux instructions de son supérieur, le général Djéhouty.

Le Vieux s'angoissait. Au fond, cette bête était son meilleur ami ; la perdre serait une terrible épreuve.

Et le cortège s'organisa.

*
* *

Bin regarda une cinquantaine d'ânes progresser vers Joppé, en compagnie de Mahou et de quelques soldats. Cédant à la menace, les Égyptiens satisfaisaient son exigence.

Ni le général ni les fantassins n'étaient armés. Et chaque quadrupède transportait deux grands paniers.

504

Sous la protection de plusieurs Bédouins, Bin ouvrit la porte de Joppé.

— Je suis le général Mahou. Voici tes provisions.

— Ton roi accepte-t-il de se soumettre ?

— Il réfléchit.

Bin jubilait. Thoutmosis le conquérant, bientôt à ses pieds ! Le miracle prenait corps. Une trop belle perspective pour l'accepter naïvement.

— Ces nourritures ne seraient-elles pas empoisonnées ? Vous avez des spécialistes des substances toxiques !

— Elles sont destinées à tes hommes, mais aussi à tes prisonniers. Nous désirons les sauver.

— Vérifions.

— À ta guise.

Mahou ôta le couvercle d'un des paniers de Vent du Nord, en sortit une jarre contenant du poisson séché, la déboucha et mastiqua une tranche épaisse.

— L'autre panier, ordonna Bin.

Une jarre de bière. Mahou en but une longue goulée.

— Donnes-en à tes soldats.

Le général s'exécuta. Personne n'hésita.

— Que les ânes entrent dans la ville. Vous, décampez ! Demain, je veux la réponse de ton roi.

Vent du Nord guida le troupeau ; les ânes se regroupèrent à proximité du grenier de Joppé, sous les acclamations des Bédouins, ravis de se goinfrer avec des victuailles procurées par les Égyptiens.

Cette première victoire les enflammait ; eux, les pourchassés, dictaient leur loi !

Redoutant une beuverie qui rendrait les Bédouins inopérants, Bin surveilla le déchargement des ânes.

Les paniers furent déposés dans un entrepôt. Vu leur poids, la nourriture ne manquerait pas.

— On boit quand ? s'inquiéta un ventripotent.

— Quand je le déciderai.

— Moi, j'ai soif !

Bin brandit son poignard et planta sa lame dans le cou du râleur. Du sang coula.

— Qui commande, ici ?

— Toi, toi !

La gifle fut si violente que l'insolent s'écroula.

— Ce soir, nous consommons les dernières réserves de Joppé. Demain, nous nous régalerons aux frais des Égyptiens.

*
* *

L'obscurité avait envahi l'entrepôt. Lentement, le général Djéhouty souleva le couvercle du panier dans lequel il était recroquevillé depuis plusieurs heures. Puis il délivra les membres du commando, qui se déplièrent avec délices.

Première phase du plan réussie ; la seconde ne serait pas moins dangereuse[1].

Au milieu de la nuit, la majorité des Bédouins dormait ; les Égyptiens repérèrent les gardes et les éliminèrent en silence. L'un des soldats de Djéhouty sortit de la cité et courut prévenir le roi que l'opération avait réussi et que l'armée pouvait attaquer. Il faudrait tenir jusqu'à son arrivée.

---

1. Cette opération commando, modèle du cheval de Troie, est narrée par un texte égyptien.

*
* *

Bin avait le sommeil léger. Certain d'avoir entendu un cri étouffé, il se releva et, du haut de la tour de guet où il dormait, scruta l'intérieur de la ville. Peu de lumière en cette nuit de nouvelle lune, mais il avait une vue excellente et s'habitua vite aux ténèbres.

Près de la maison du maire, pas de gardes ; pas davantage devant les entrepôts. Où étaient-ils passés ? Bin vit un homme courir et franchir l'enceinte de Joppé.

Intrigué, il descendit de son perchoir et buta contre un cadavre.

— Réveillez-vous, tous ! hurla-t-il.

Le coup dur, presque inévitable, auquel s'était préparé le commando. Djéhouty avait eu le temps de distribuer les arcs et les flèches dissimulés dans l'un des paniers, et ses soldats s'étaient disséminés, choisissant de bons postes de tir et protégeant les accès aux locaux abritant les otages.

Chez les Bédouins, confusion et perte de temps. Qui avait supprimé les gardes ? Les agresseurs étaient-ils encore présents ?

— Tuons nos prisonniers, décida Bin.

Alors qu'il marchait vers la maison du maire en compagnie d'une dizaine de Bédouins, les flèches partirent, précises et mortelles. Bin, chanceux, ne subit qu'une égratignure à l'épaule.

— Ils sont là !

La meute se précipita, mais fut prise entre deux feux, et son élan stoppé net.

— Les frondes, ordonna Bin, comprenant qu'une nouvelle ruée causerait trop de victimes.

Face à lui, des guerriers expérimentés qu'il fallait éliminer au plus vite, car ils l'empêchaient d'avoir accès aux otages. Une pluie de silex pointus toucherait les uns et gênerait la riposte des autres.

Alors que débutait un farouche échange de tirs, Bin aperçut le général Djéhouty, accroupi à l'abri d'un réservoir d'eau et bandant son arc.

Un bruit, d'abord sourd, puis emplissant la ville.

— Les chars… les chars égyptiens arrivent ! clama un guetteur.

— Repoussez-les !

Consigne dérisoire. Les Bédouins étaient incapables de résister à l'armée de Thoutmosis mais n'avaient d'autre choix que de périr en combattant.

Au moins, Bin aurait égorgé un général.

Il se faufila vers le réservoir. En surprenant Djéhouty par-derrière, il lui ôtait toute possibilité de résister.

Bin sortit ses deux poignards de leur fourreau. Inconscient de la mort qui s'approchait, le général continuait à décocher ses flèches. Après l'avoir égorgé, le coureur des sables lui couperait la tête et la jetterait aux survivants de sa tribu, afin de leur redonner courage.

À l'instant où les lames allaient percer les chairs de Djéhouty, Bin fut propulsé en avant par une formidable ruade de Vent du Nord. La nuque brisée, il s'affala à la gauche du général.

— 109 —

Pas un Bédouin n'avait été épargné. Tous les otages étaient libres, et l'armée égyptienne ne déplorait que des pertes légères, dont deux morts parmi les membres du commando.

Néanmoins, la traque visant les tribus de coureurs des sables serait intensifiée, de manière à éviter un nouveau drame. Les habitants de Joppé acclamèrent le roi, le général Djéhouty et Vent du Nord, décoré et promu lors d'une cérémonie rassemblant civils et militaires. « Cette bête va devenir insupportable », pensa le Vieux.

Libanais et Syriens ralliés à l'Égypte se félicitèrent de l'intervention du pharaon, qui ne se contentait pas de beaux discours, mais agissait lorsque ses sujets étaient menacés. Éradiquer les tribus de pillards suscitait l'approbation générale ; sécurisées, les routes commerciales seraient synonymes de prospérité.

La veille du retour vers l'Égypte, une ambassade très particulière se présenta à Joppé.

Paheq s'inclina devant Thoutmosis.

— Majesté, votre exploit a provoqué l'admiration des notables syriens. En signe de gratitude, ils vous prient de sceller des liens d'amitié en accueillant à Thèbes trois jeunes princesses[1].

Timides et inquiètes, elles étaient couvertes de bijoux : diadèmes d'or ornés de têtes de gazelle, colliers de perles, bracelets de pierres semi-précieuses.

Un butin inattendu, que le souverain ne dédaigna pas. Toute occasion de consolider la paix devait être saisie.

*

* *

Les tribus de pillards, nouvelle obsession des forces de l'ordre égyptiennes : Paheq jubilait ! Le mariage diplomatique avec les trois beautés syriennes entretenait les illusions de Thoutmosis, persuadé d'avoir soumis le protectorat.

Dans l'ombre, la sédition ne cessait de progresser. Et Paheq reçut pour la deuxième fois l'émissaire du roi du Mitanni.

— Thoutmosis a encore démontré sa puissance, regretta-t-il.

— À l'encontre d'une tribu de Bédouins, précisa Paheq ; médiocre victoire qui ne compromet en rien nos projets, au contraire. Le tyran et ses conseillers sont aveugles et sourds, et nous gagnons chaque jour des partisans à notre cause. Si vous nous procurez une aide décisive, nous vaincrons.

---

1. Marouti, Manouai et Manheta. Elles furent inhumées dans la même tombe, découverte en 1916, et leurs bijoux sont conservés au Metropolitan Museum of Art de New York.

— Notre souverain n'est pas indifférent à ta proposition, mais il doute encore du succès.

— Il a raison, nous ne sommes pas prêts. Comme tu le constates, mon supérieur m'a laissé en place, ne percevant pas qu'il m'accordait ainsi pleine et entière liberté de manœuvre. Sur la moitié du territoire, je dispose à présent d'appuis inconditionnels.

— Et l'autre moitié ?

— J'obtiendrai son adhésion pas à pas.

— Ce sera long ?

— Un an, peut-être deux. Je dois me comporter en parfait administrateur et n'éveiller aucun soupçon. La vague de révolte s'amplifie, elle engloutira un adversaire trop confiant en sa force. Et le Mitanni lui portera le coup fatal.

L'émissaire parut impressionné, Paheq sentit qu'il avait franchi une étape importante. Convaincu, le Mitannien tenterait de convaincre son chef.

Alors que Paheq sortait de la tente où, dans une zone déserte, avait eu lieu l'entretien, l'un de ses gardes du corps lui amena un homme d'une trentaine d'années, pieds et poings liés.

— Il nous espionnait, caché derrière un rocher.

— Qui es-tu ?

— Un berger, un simple berger !

— Où est ton troupeau ?

— Mes bêtes se sont éparpillées, j'essayais de les rassembler.

— Caché derrière un rocher ?

— Non, je me reposais.

— Tu es un agent à la solde de Tjanouni.

— Je ne connais personne de ce nom-là.

— Il est pourtant célèbre, en Syrie ; et les patriotes le haïssent.

— Oui, oui, moi aussi !

— Ah… Tu le connais, maintenant ?

— J'ai peur, je ne suis qu'un berger !

— Tu appartiens à un réseau chargé de me surveiller.

— Non, non, bien sûr que non !

— Je veux les noms des membres de ce réseau. Si tu parles, tu auras la vie sauve.

— Je ne sais rien !

— Avec la pointe de mon couteau, je vais t'arracher un œil. Si tu t'entêtes, j'arracherai le second. Ensuite, je te dépècerai vivant.

Au regard glacial de Paheq, l'agent de Tjanouni sut que le Syrien n'hésiterait pas à le torturer.

Aussi donna-t-il les noms.

— J'aime les gens raisonnables, mais je déteste les espions.

— Vous avez promis…

— Les Égyptiens croient à la parole donnée. Pas les Syriens.

Paheq trancha la gorge de son prisonnier. Ce crime serait attribué aux Bédouins. Les autres infiltrés, il en prendrait grand soin, et leur communiquerait deux sortes d'informations : les unes lénifiantes, les autres pour dénoncer de faux comploteurs, des notables inféodés à Thoutmosis, qui seraient arrêtés et destitués. Autant d'adversaires en moins.

— 110 —

L'équilibre entre le Nord et le Sud, le Delta et la vallée du Nil, Memphis, capitale du temps des pyramides, et Thèbes, richissime cité d'Amon, et l'union des Deux Terres : tâches vitales, toujours remises en question. Des devoirs majeurs que tout pharaon devait observer sans défaillance, sous peine de voir l'Égypte se déchirer et sombrer.

C'est pourquoi j'avais décidé de célébrer la fête de régénération du pouvoir royal dans la cité du pilier, Iounou[1], dédiée au grand dieu créateur, Atoum, « Celui qui est et celui qui n'est pas », et à la lumière divine, que manifestait le soleil de Râ. Ce choix n'était pas le fruit du hasard, car cette ville sainte, où avaient été conçus et formulés les plus anciens textes initiatiques, était le modèle de Thèbes[2] ; aucune opposition entre l'âge d'or des pyramides géantes et le temple de Karnak, mais deux expressions différentes de l'architecture sacrée, intimement liées.

---

1. Héliopolis.
2. Considérée comme l'Héliopolis du Sud.

À l'occasion de cette cérémonie, à laquelle était convié l'ensemble des divinités du pays, Minmès avait fait ériger deux obélisques devant la façade du grand temple d'Atoum-Râ[1]. Et d'autres sanctuaires avaient été construits ou restaurés dans le Nord ; je démontrais ainsi ma volonté d'unification du territoire. Mes campagnes visaient à repousser une nouvelle invasion et à préserver l'intégrité de l'Égypte.

La dernière m'avait épuisé ; sans le général Djéhouty, je n'aurais pas échappé au piège de Joppé. La paix en Syrie encore fragile, le Mitanni demeurait un ennemi d'autant plus redoutable que, replié sur ses bases, il préparait forcément sa revanche.

Ce grand et long rituel, auquel la reine participa de manière active en éveillant la magie des divinités, me permit d'oublier les lourdeurs du quotidien et de communier avec mes ancêtres. Ils m'accordèrent une énergie nouvelle, indispensable pour gouverner.

*
* *

L'épouse de Bak commençait à s'inquiéter.

— Tu as mauvaise mine.

— Fatigue passagère.

— As-tu consulté un médecin ?

— Pas le temps.

— Ce n'est pas raisonnable ! Si tu tombes malade, qui te remplacera ? Pourquoi es-tu si soucieux ?

---

1. L'un se trouve aujourd'hui à Londres, l'autre à New York.

— Mon nouveau poste est très exigeant, j'ai du mal à m'y adapter.

— Tu es trop consciencieux... Cesse de t'angoisser, les autorités reconnaîtront tes mérites. Promets-moi de te soigner.

— Je te le promets.

— Maintenant, au lit ! Tu as besoin de repos.

Bak ne dormait plus. Il essayait, en vain, de trouver une solution pour s'extraire de la nasse où Lousi l'avait enfermé.

En un instant, son existence s'était disloquée. Disparu, le bonheur patiemment construit. Vendre son ami à la police ? Bak s'y refusait, se sentant incapable d'assumer une telle honte. D'ailleurs, le prendrait-on au sérieux ? Et Lousi n'aurait-il pas le temps d'abattre sa femme et ses enfants, avant d'être arrêté ? Et s'il était emprisonné, un ou plusieurs complices agiraient à sa place.

Collaborer et obéir... L'unique chemin. Dévoué serviteur du prince Lousi, comme autrefois, et traître à l'Égypte qui l'avait accueilli et enrichi ! Un traître participant au pire des complots, celui visant à assassiner le roi et à déstabiliser les Deux Terres, afin de venger la Syrie. Une telle tragédie déboucherait sur une nouvelle guerre, cause de massacres, de désolation et de misère.

Célibataire, Bak se serait enfui et aurait tenté de se cacher n'importe où ; mais il aimait trop sa famille pour l'abandonner. Lui jouer la comédie, profiter de quelques moments de fausse quiétude, espérer un miracle... Bak s'étiolait et rêvait de mourir. Sa disparition n'entraînerait-elle pas celle des siens, bien qu'il eût juré à Lousi le silence absolu ?

De quelque côté qu'il se tournât, il se cognait la tête contre un mur, au risque de sombrer dans la folie. Pourtant, il devait protéger son épouse et ses enfants, tout en se comportant avec son efficacité habituelle. Ses subordonnés attribueraient au surmenage ses absences et ses erreurs.

Bak s'entretenait fréquemment avec Lousi. Rien d'anormal, dans le cadre de leur travail respectif ; ils respectaient le règlement à la lettre, et le pointilleux Menkh le Jeune appréciait leur rigueur.

Un à un, et en toute discrétion, loin de Karnak, Bak présentait à Lousi les ex-prisonniers de guerre syriens qu'il avait engagés, soit sur son domaine, soit comme porteurs de sacs de grains. Habile bonimenteur, Lousi ne dévoilait pas ses intentions d'emblée et scrutait ses futurs séides en opérant une sélection impitoyable. Jusqu'à présent, seuls deux célibataires, l'un jeune, l'autre dans la force de l'âge, avaient obtenu grâce à ses yeux. En eux s'étaient réveillés une haine latente et le désir de participer à *leur* guerre contre l'Égypte, même s'ils ignoraient les véritables desseins de leur nouveau chef.

Combien de tueurs Lousi recruterait-il ? Sur ce point, il restait muet. La mission de Bak consistait aussi à fournir un maximum de renseignements sur la vie au palais, les habitudes des dignitaires qu'il côtoyait, les mesures de sécurité, et les plus infimes détails concernant le roi.

Méthodique, doté d'une excellente mémoire, Lousi buvait les paroles de Bak.

— Nous réussirons, affirma-t-il ; et ce sera le plus beau jour de notre vie.

— 111 —

« Ta fonction sera plus amère que le fiel. » Au terme d'une journée harassante, clôturant une semaine abominable, le Premier ministre saisissait pleinement la portée de cette maxime caractérisant sa charge.

En raison des campagnes de Thoutmosis, Rekhmirê s'était souvent retrouvé seul pour assurer le gouvernement des Deux Terres, certes avec l'appui de son homologue du Nord, mais qui s'en remettait volontiers à lui. La première Grande Épouse royale, Satiâh, régnait et dirigeait lorsque Thoutmosis combattait en Syro-Palestine ; la seconde, Mérytrê, se cantonnait à la Maison de la reine, tout en dispensant des conseils avisés.

Au début du mois, Rekhmirê avait reçu les maires et les scribes des champs, lors de l'acquittement des taxes par chaque province, sous forme de troupeaux, de peaux de bêtes, de céréales, de jarres de vin, de bière et d'huile, de fruits, d'onguents, de pots de miel, de rouleaux de papyrus, de paniers, de vêtements, de sandales, de nattes, de bâtons, d'arcs, de flèches, d'épées, de poignards et d'autres redevances.

Plusieurs édiles protestant contre la lourdeur de l'impôt, Rekhmirê, après analyse de leurs requêtes, l'avait allégé. Une décision qu'auraient dû prendre les spécialistes du fisc, soucieux d'éviter toute initiative qui risquerait de compromettre leur avancement.

À cette délicate collecte s'ajoutait la tenue du cadastre. Au bureau du Premier ministre d'enregistrer les mutations des biens fonciers et de tenir un registre exhaustif des propriétés publiques et privées. Les litiges abondaient, de l'exact emplacement des bornes des champs à l'exécution des testaments. Là encore, les scribes se réfugiaient sous l'autorité de Rekhmirê.

Et que dire des abus de pouvoir des fonctionnaires, du comportement inacceptable des petits tyrans, des cas de corruption ? Si les faits étaient avérés, Rekhmirê et son tribunal envoyaient les coupables à la grande prison. Les condamnés devenaient indignes de servir à nouveau l'État.

Rekhmirê colmatait les brèches, réparait les dégâts, excluait les incapables et les incompétents, dont le flot ne tarissait pas.

— Et il ne tarira jamais.

Le Premier ministre sursauta.

— Majesté ! Vous…

— J'ai lu dans tes pensées et ressenti ta lassitude.

— Je ne la nie pas. Un successeur plus jeune me paraît souhaitable.

— Plus jeune, inexpérimenté, cassant… Je ne le souhaite pas. J'ai conscience des difficultés que tu rencontres quotidiennement et qu'il t'appartient de résoudre, mais tu as la carrure nécessaire. Des moments de découragement, tu en connaîtras d'autres. Quand on bâtit le bonheur d'un pays, on ne se préoccupe pas de soi-même. Respecte ton serment et n'espère aucun repos.

*

*   *

Dame Nébétou ne quittait plus son fauteuil, installé à un endroit stratégique du palais, d'où elle observait ceux qui entraient, ceux qui sortaient et la cohorte d'abeilles au service de cette ruche. Recueillant les confidences de tout un chacun, elle entendait ce qu'elle n'aurait pas dû entendre et voyait ce qu'elle n'aurait pas dû voir ; puisque l'on connaissait son lien privilégié avec le roi, on ne manquait ni de la flatter ni de lui présenter des doléances. Séparant le bon grain de l'ivraie, Nébétou utilisait l'intendant Kenna comme bras armé et veillait sur la parfaite tenue du palais.

La vieille dame ne retrouvait ses jambes qu'à une occasion, trop rare : lorsque le roi l'emmenait en promenade dans le jardin.

— Les dieux te sont vraiment favorables, confia-t-elle à Thoutmosis en s'appuyant sur sa canne. Cette cour ne vaut pas mieux que les autres agglomérats humains : des ambitieux, des peureux, des paresseux, des inutiles, des profiteurs, et j'en passe ! Ceux que je traque en priorité, ce sont les menteurs. Le mensonge mène à l'avidité, et l'avidité à la trahison.

— Redoutes-tu la présence de traîtres au palais ?

— J'ai la vue basse et l'oreille sourde, mais je les reniflerai. Toi, n'oublie pas, selon la recommandation des Sages, de « faire un jour heureux ». Respire de l'encens, orne ta poitrine de guirlandes de fleurs, respecte la reine qui te seconde si bien.

Un air de flûte. Une mélodie d'une infinie douceur, en harmonie avec la sérénité du couchant.

Mérytamon jouait pour sa mère et son petit frère, subjugué. Nébétou s'éclipsa, m'abandonnant à ma famille.

Premier à percevoir ma présence, le chien Geb demeura immobile. Les dernières notes s'éteignirent, et je caressai les cheveux de la musicienne, pétrifiée, ne sachant si elle devait se réfugier dans les bras de sa mère ou accepter cette marque de tendresse inattendue.

*
* *

La voix de Thot emplit mon cœur. Je saisis ma palette de scribe, dont le nom secret, révélé lors de la célébration des rituels osiriens de la Maison de Vie, était « Voir et Entendre », et me rendis à ma demeure d'éternité de la Vallée des Rois.

La dixième heure de la nuit, la dixième heure de ma vie.

Que me dicterait mon protecteur ? Guidant ma main, il me fit dessiner le scarabée Khépri, symbole du futur soleil, qui surgirait hors des ténèbres. Thot en personne guérissait l'œil d'Horus, sur lequel veillaient les déesses. Assistée d'un faucon et de deux serpents bénéfiques, la barque solaire continuait sa progression.

Certes, elle bénéficiait d'un large fleuve, mais la vision de noyés était inquiétante. Que présageaient ces cadavres flottant entre deux eaux ? La prière que j'inscrivis sur le mur n'incitait pas à la paix : « Donnez-moi flèches, arcs et harpons, que les flèches soient rapides, que les arcs soient bandés, que soient châtiés les ennemis cachés dans les ténèbres, qu'un chemin de lumière y soit tracé. »

— 112 —

À la veille de recevoir les ambassadeurs hittite et assyrien, désireux d'offrir des cadeaux au pharaon afin de confirmer leur excellente entente et d'approuver sa politique étrangère, Tjanouni lut les derniers rapports en provenance de Syro-Palestine. Policiers et soldats continuaient à pourchasser les tribus de Bédouins ; les nuisances avaient beaucoup diminué, bien que l'éradication ne fût pas encore totale. Récemment, l'un des agents de Tjanouni avait été assassiné dans une zone désertique, sans doute victime d'une imprudence alors qu'il tentait de repérer un groupe de pillards. Néanmoins, plus aucune caravane n'avait été attaquée, et la sécurité des routes commerciales était assurée.

Un autre dossier méritait attention. Des dénonciations anonymes concernant des notables syriens, favorables à Thoutmosis : selon les délateurs, ils n'étaient que des hypocrites et profitaient de leur rang pour détourner des richesses.

Tjanouni transmettrait ces informations à Minmès et guetterait sa réaction. Si l'ami d'enfance du roi ordonnait à Paheq d'enquêter et de sévir, des brebis galeuses seraient écartées ; en revanche, s'il étouffait l'affaire, le constat s'imposerait, d'une extrême gravité : Minmès, corrompu et corrupteur. En ce cas, Tjanouni avertirait le roi.

*

* *

La beauté et l'élégance de Mérytrê séduisirent les ambassadeurs que le couple royal accueillit avec faste. Ni les Hittites ni les Assyriens ne prêteraient main-forte aux Mitanniens, dont l'affaiblissement les réjouissait ; le pays le plus puissant était l'Égypte de Thoutmosis avec laquelle il convenait de nouer d'étroites relations.

Le banquet s'achevait, et Minmès, assis à côté de Tjanouni, n'avait parlé que des constructions et des rénovations de temples.

« Ainsi, pensa le chef des services de renseignement, l'un des proches du monarque a cédé à l'avidité. » Le scandale serait énorme, et le tribunal, sous l'autorité d'un Premier ministre qui ne tolérait pas la trahison, prononcerait une peine sévère.

Tjanouni n'éprouvait aucune animosité envers Minmès. Il voulait seulement préserver l'institution pharaonique et chasser les exploiteurs, coupables de la souiller.

Minmès se sépara de son épouse libanaise, qui ne manquait aucune réception, et s'approcha de Tjanouni, qui s'apprêtait à quitter le jardin qu'admiraient les diplomates.

— J'ai étudié ton dossier. Disposes-tu d'éléments complémentaires permettant de savoir si ces accusations sont fondées ?

— Malheureusement, non.

— Seule solution pour obtenir la vérité : une enquête approfondie menée par Paheq. Je lui confère les pleins pouvoirs.

Tjanouni ressentit un profond soulagement.

*
* *

— Filez, toutes les deux, je suis fatigué !

Rieuses, les jeunes filles quittèrent la couche de l'adjoint au maire de Tounip, un bonhomme adipeux et plutôt laid, mais généreux. Depuis qu'il avait proclamé son allégeance à Thoutmosis, le propriétaire terrien s'était enrichi. Certes, il payait des taxes élevées, mais l'administration égyptienne l'avait autorisé à acquérir des fermes et des terres hautement rentables. Il s'offrait mille plaisirs, satisfait d'avoir choisi la bonne option.

Une gêne, cependant : une vague rumeur de complot, dans sa propre cité de Tounip. L'adjoint creuserait la question et dénoncerait d'éventuels fauteurs de troubles. Fidélité au pharaon et collaboration pleine et entière avec ses services : telles étaient les clés de la tranquillité. S'il fallait se débarrasser de séditieux qui la menaçaient, fussent-ils des compatriotes, il n'hésiterait pas.

La porte de sa chambre s'ouvrit à la volée, une dizaine de policiers égyptiens se jetèrent sur lui et le menottèrent.

— Tu es accusé de corruption et de détournement de biens appartenant à l'État.

*
* *

Paheq s'abandonnait aux caresses de son insatiable maîtresse. Deux plaisirs se mêlaient : celui des sens et celui de la réussite de son opération « mains propres ». Utilisant les pleins pouvoirs que lui avait si généreusement accordés Minmès, Paheq avait ordonné l'emprisonnement immédiat des principaux notables syriens favorables à Thoutmosis. Autant d'obstacles à la reconquête éliminés.

La brune s'empala sur lui, lui arrachant un cri d'extase.

— Tu n'aimeras que moi… Jure-le !

— Tu as ma parole.

— Si tu la trahis, je te le répète, je te tuerai !

— Je n'ai rien à craindre.

Quelle autre femme serait capable de déclencher une telle jouissance ? Nus et enlacés, ils buvaient un jus de grenade, lorsque l'intendant osa les importuner.

Originaire de Megiddo, ex-fantassin au visage balafré et au dos couturé, il haïssait les Égyptiens. Et c'était l'un des meilleurs recruteurs de révoltés.

— L'envoyé du Mitanni vient d'arriver.

Paheq embrassa sa maîtresse.

— Pardonne-moi, une urgence.

*
* *

L'émissaire était renfrogné.

— Bon voyage ? s'enquit Paheq.

— Épouvantable. Vent de sable, nuits glaciales, mauvais repas. J'ai faim et soif.

Des serviteurs lui apportèrent de quoi se sustenter. Le Mitannien but et mangea avec une lenteur exaspérante. Enfin, il s'exprima :

— L'insurrection s'organise-t-elle ?

— J'avance à grands pas. D'ici peu, je serai prêt. Mais l'intervention de ton armée demeure indispensable. Sans elle, pas de révolte possible.

— J'ai parlé à mon roi, sans minimiser les risques. À cause des manœuvres diplomatiques de Thoutmosis, nous sommes de plus en plus isolés. Comment sortir de ce carcan, sinon en nous libérant du joug égyptien ?

— Ce qui signifie… ?

— Ce qui signifie que le Mitanni sera à tes côtés.

— 113 —

Paheq avait les nerfs à fleur de peau. Dans moins d'une semaine, il donnerait le signal de la révolte. Appuyées par des soldats mitanniens, les principales cités syriennes, Tounip en tête, se soulèveraient. Les villages suivraient, la région entière s'embraserait.

D'abord, éliminer les troupes d'occupation ; ensuite, démanteler l'administration en exécutant les scribes. La déferlante submergerait un ennemi assoupi, ne s'attendant pas à une telle offensive.

Le maire de Tounip demanda audience. Fervent partisan de l'insurrection, il assurait la coordination de ses homologues.

Les deux hommes se donnèrent une chaleureuse accolade.

— La délivrance approche, s'enthousiasma Paheq.

— Ton travail souterrain a été fabuleux ; sans toi, nous serions restés les esclaves du pharaon. Pourtant…

— Pourtant ?

— Afin de t'imposer définitivement comme le prince de la Syrie libérée, tu dois prendre femme.

527

En épousant ma fille aînée, tu proclameras ton engagement aux yeux de nos partisans.

— Excellente idée.

— Célébrons le mariage chez toi, dès ce soir.

*

* *

Nuits blanches, manque d'appétit, travail épuisant… Bak avait beaucoup maigri. Le médecin lui prescrivait des calmants et des fortifiants, sans déceler de maladie grave. Impossible de lui avouer la véritable raison de ses troubles.

Bak réconfortait sa femme. Une période difficile qui ne durerait pas. Témoignant toujours d'autant de tendresse envers ses enfants, il se comportait en père parfait. Et son supérieur n'avait aucune faute grave à lui reprocher.

Où Bak puisait-il le peu d'énergie qui lui restait ? Se traînant jusqu'à Karnak, parvenant encore à remplir sa tâche, il ne tiendrait pas longtemps.

Une mort naturelle ne le délivrerait-elle pas de son fardeau ? Alors qu'il consultait les bordereaux qu'il devait cautionner, son regard se brouilla.

Une main se posa sur son épaule.

— Petite déprime ? questionna Lousi.

Bak demeura prostré.

— Je vais te remonter le moral ! Mon recrutement est terminé. Dix solides gaillards capables de terrasser la garde rapprochée du roi. Me confirmes-tu qu'il inaugurera un nouveau grenier demain, en compagnie du Premier ministre ?

Bak hocha la tête.

— Bien entendu, tu es des nôtres. Imagines-tu le cadavre du tyran, agonisant sur le sol de Thèbes, percé de coups de poignard ? Ne t'inquiète pas, j'ai prévu notre fuite. Regagner notre Syrie natale, quel bonheur ! Nous y serons accueillis en héros.

— Ma femme, mes enfants…

— Chez nous, tu en trouveras d'autres. À demain, mon fidèle serviteur.

*
* *

Des chants, des danses, du vin et de la bière, de la viande de mouton grillée, des plats à profusion… Le mariage de Paheq réjouissait Tounip. Ceux qui participeraient à l'insurrection approuvaient cette union ; ceux qui ignoraient l'étendue du complot la voyaient comme une consolidation de la paix.

Paheq ne ressentait aucune attirance pour la mariée, trop grasse, à l'œil stupide ; mais son triomphe était à ce prix.

— Ma fille est vierge, murmura le maire à son oreille ; tu n'oublieras pas cette nuit ! Elle te donnera des fils et te sera soumise. Que rêver de mieux ?

L'époux s'efforça d'approuver, retardant au maximum le moment fatidique.

Les invités étaient ivres, la nuit bien avancée. Paheq, lui aussi, avait beaucoup bu, en prévision de l'épreuve. Et s'il se déclarait malade et incapable de satisfaire son affreuse épouse ? Non, ce n'était pas une attitude de mâle, et il perdrait la confiance des conjurés. Aucun moyen d'échapper à la consommation des noces.

Quand la fille du maire lui sourit, ce fut encore plus atroce. Sous le regard aviné des convives, les époux gagnèrent la chambre nuptiale.

Paheq n'aperçut pas sa jolie maîtresse brune, qui fixait son amant infidèle.

*

* *

Le roi et son Premier ministre avaient avancé leur entretien quotidien, afin d'inaugurer un nouveau grenier, indispensable en raison de l'accroissement de la population thébaine. Que chaque Égyptien mange à sa faim était un impératif majeur ; en prévision des caprices de la crue, il fallait prévoir des réserves suffisantes et les gérer avec une extrême attention.

Le rapport de Rekhmirê décrivait les ennuis habituels : retards de livraison, fautes de fonctionnaires dues à la paresse ou à l'incompétence, abus de pouvoir, avertissements aux chefs de province qui s'écartaient de la voie de Maât, plaintes de particuliers qui aboutissaient parfois au tribunal suprême. Et pas question pour les ministres de se défausser : ils étaient responsables devant lui, comme lui devant le roi.

Cette inauguration offrirait une heure de réjouissances dans une journée très chargée, à l'image de la précédente et de la suivante.

Les deux hommes sortaient du palais, lorsque Tjanouni en monta les marches.

Le teint verdâtre, le souffle court, il s'exprima en haletant :

— Effroyable... C'est effroyable ! Nous sommes perdus, perdus !

— 114 —

Lorsque Lousi vit apparaître Thoutmosis en compagnie du Premier ministre, sa haine redoubla ; dans quelques instants, il savourerait sa vengeance. Bak, lui, était sur le point de vomir, et ses jambes le portaient à peine. Incapable de frapper un garde, il serait le premier abattu.

Tjanouni grimpa l'escalier du palais à vive allure et s'adressa au monarque. Une brève discussion, et le Premier ministre, seul, partit inaugurer le grenier.

Pourquoi le roi n'honorait-il pas cette cérémonie de sa présence ? Un motif d'une réelle gravité l'en empêchait.

Occasion manquée. Lousi fulminait quand il quitta les lieux avec ses tueurs. Ce n'était que partie remise.

*
* *

Au conseil de guerre, Tjanouni relata les faits.

— Soulèvement général en Syrie, sous l'impulsion du nouveau prince de Tounip. Kadesh et d'autres cités se sont jointes à la révolte. Les ports du Liban s'affolent, la Palestine est en ébullition. Notre administration a été démantelée, des scribes et des soldats assassinés. L'armée du Mitanni est aux côtés des Syriens.

Quinze campagnes inutiles. De vains efforts, des victoires sans lendemain, et l'Égypte à nouveau menacée par une invasion.

— Mes services et moi avons été incapables de prévoir ce désastre, conclut Tjanouni ; je remets ma démission au roi.

— Pour le moment, décrétai-je, ton expérience est irremplaçable. Je sais que tu n'auras d'autre dessein que de réparer ton erreur. Procure-moi les informations qui nous permettront d'intervenir avec efficacité. Cette révolte, nous l'écraserons. Et, cette fois, de manière définitive.

Ma détermination impressionna les membres du conseil ; succédant à la violence du choc, l'espoir ressurgit.

— Ce nouveau prince de Tounip, interrogea Minmès, quel est son nom ?

Tjanouni garda la tête baissée.

— Paheq.

— Paheq, balbutia Minmès, interloqué ; s'agit-il de mon adjoint, du brillant élève de notre école supérieure que j'ai nommé à la tête de l'administration du protectorat, avec les pleins pouvoirs ?

— C'est bien lui.

L'ami d'enfance du roi défaillit. Sa vue se brouilla, ses lèvres et ses mains tremblèrent.

— Pardon, Majesté, pardon... Je n'ai plus ma place ici.

Minmès se leva en vacillant.

— Assieds-toi, ordonnai-je. Oublierais-tu que j'ai approuvé cette nomination ? L'heure n'est pas au repentir, mais au combat. Les insurgés misent sur notre désorganisation face à un soulèvement d'une telle ampleur. Ils me croient usé et dépité, au point de leur abandonner le terrain. Éduqué chez nous, informé de l'état de nos forces, Paheq s'estime capable de nous vaincre, grâce à l'appui du Mitanni. Il a manœuvré dans l'ombre avec une grande habileté, certain que nous serions aveugles. Sorti de son isolement, le Mitanni nouera de nouvelles alliances avec les Assyriens et les Hittites, et une vague de barbares submergera l'Égypte, à l'imitation des Hyksôs. Nous n'avons qu'une seule solution : attaquer.

À l'unanimité, les membres du conseil approuvèrent ma décision.

*

* *

— Une seizième campagne, grommela le Vieux en sélectionnant les vins pour la table royale ; ça n'en finira donc jamais ! Et chaque fois, on risque notre peau ! Mais dans quel monde on vit… Ça ne te déprime pas, toi ?

L'oreille gauche de Vent du Nord se dressa.

— Comment, non ? Encore des journées de voyage, des affrontements sanglants, une issue incertaine et l'avenir du pays qui se joue ! Et tu gardes le moral !

Réponse positive de l'oreille droite.

« Cette bête est incompréhensible, pensa le Vieux ; heureusement que tous les ânes ne lui ressemblent pas, sinon ce pays serait ingouvernable. »

Renonçant à converser, il se rendit au palais pour secouer le héraut Antef, débordé à cause des préparatifs de la seizième campagne. Tous les régiments égyptiens seraient engagés, il ne faudrait pas jouer petit bras.

Et justement, d'après les feuilles de route, Antef n'avait songé qu'aux économies.

Le Vieux explosa :

— C'est la bataille décisive, et toi, tu rabiotes ! Tu n'es qu'un minable, mon gars ! Nos soldats doivent être bien nourris, bien équipés et bien soignés ; sinon, au premier coup dur, ils rouspéteront et n'auront plus envie de lutter. Et qui sera responsable ? Toi, le grand mou ! Alors, révise tes quantités, et mets le paquet ! Compte sur moi pour vérifier !

*
* *

La reine en personne s'assurait que sa fille et son fils progressaient dans l'étude des hiéroglyphes, « les paroles de Dieu[1] ». Ils ouvraient l'esprit aux multiples dimensions de la vie, de la connaissance du ciel aux secrets des animaux, en passant par la science des bâtisseurs.

Écrire, lire, dessiner, peindre, graver, sculpter, bâtir : telles étaient les bases de l'enseignement et d'un juste gouvernement.

---

1. *Medou neter.*

Mérytrê perçut ma présence.

— Ah… Vous nous observiez !

— Ces enfants progressent-ils ?

— Vous pouvez être fier d'eux. La situation est angoissante, n'est-ce pas ?

— La survie même de notre pays est en jeu.

— Et vous courrez tous les risques.

— Si je ne reviens pas, vous serez régente du royaume. Vous réunirez le conseil des notables, avec l'aide de Rekhmirê, et vous désignerez le futur pharaon, soit vous-même, soit Amenhotep, soit quelqu'un d'autre. Écoutez les voyants, les astrologues, les initiés aux mystères d'Osiris, et tranchez.

— Majesté…

— Vous êtes la Grande Épouse royale. En cas de malheur, assumez votre fonction. Et ne vous souciez que de l'intégrité des Deux Terres, afin que la chaîne des dynasties ne soit pas brisée.

— 115 —

Deux maires faillirent s'étriper ; celui qui présidait la réunion dut s'interposer.

— Calmez-vous et continuons à discuter.

— Déjà une semaine de palabres, et aucun résultat !

Les notables palestiniens protestèrent, et le brouhaha dura un bon moment.

Depuis que le principal chef de tribu avait reçu une missive de Paheq, prince de Tounip, le priant de se joindre à la révolte des Syriens, appuyés par les Mitanniens, il hésitait. Aussi avait-il convoqué les personnages influents du protectorat palestinien, en exigeant le secret.

— Cette insurrection est notre chance, affirma un jeune édile, fort excité ; cette fois, s'il réagit, Thoutmosis sera vaincu ! Après avoir rallié les Syriens, nous réclamerons l'indépendance de la Palestine. Et je vous parie que le pharaon, abasourdi, se contentera de renforcer sa frontière du Nord. Ses fortins, nous les détruirons un à un !

— Un rêve stupide ! piailla un vieux maire à la voix acide ; à mon âge, je préfère la stabilité. Nous, les Palestiniens, avons besoin d'un protecteur qui nous nourrisse, et le meilleur, c'est le roi d'Égypte.

Le jeune se jeta sur le vieux et l'étrangla. Une mêlée s'ensuivit, le pire fut évité. On évacua le blessé, évanoui ; et son agresseur reprit son discours en faveur des Syriens.

Le président fit distribuer du lait de chèvre et des beignets ; la tension retomba. Une majorité se dégagerait-elle ? Rassembler les Palestiniens ne serait déjà pas facile ; plus ardu encore de les enrôler sous un commandement unifié.

Il sortit de la tente et déambula, afin de se détendre. L'un de ses proches accourut.

— L'armée égyptienne arrive !

— Le roi à sa tête ?

— Affirmatif.

— Ses effectifs ?

— Énormes ! On n'a jamais vu autant de fantassins et de chars.

Le Palestinien rentra sous la tente.

— Nos discussions sont terminées. Nous restons de fidèles sujets du pharaon. Et je dénoncerai les dissidents aux autorités du protectorat qui nous garantit paix et bien-être.

*

* *

Ils étaient une centaine, de tous âges. Comme un seul homme, les notables palestiniens s'inclinèrent devant moi. Deux guides leur dictaient leur comportement : la peur et l'hypocrisie. La peur était bonne conseillère, et je saurais l'entretenir ; leur hypocrisie me garderait en éveil.

La rapidité de notre intervention maintenait la Palestine dans le giron égyptien. Je ne doutais pas un instant de l'hostilité de ceux qui me prêtaient allégeance ; à cause de leurs interminables querelles, ils avaient manqué l'occasion de l'exprimer et continueraient à se soumettre, en échange d'une existence paisible et confortable.

Sous contrôle, la Palestine formait une base sûre, encadrée par notre administration et des forces de l'ordre en alerte maximale.

Prochaine étape : les ports du Liban. D'après les informateurs de Tjanouni, ils n'avaient pas encore été envahis, et bénéficiaient de la protection des soldats égyptiens qui s'étaient retirés de Syrie et attendaient du secours avec impatience. L'annonce de la nouvelle campagne entretenait un moral élevé.

La flotte s'élança, transportant des troupes pressées d'en découdre. À la proue du navire amiral, je songeai aux prédictions de la dixième heure. Les ennemis cachés dans les ténèbres s'étaient dévoilés, mais Thot m'avait donné les armes nécessaires pour les transformer en cadavres.

*
* *

Paheq enrageait. Après un début prometteur, la révolte s'enlisait ; au quartier général de Tounip, une réunion des notables syriens virait à l'aigre. Chacun voulait connaître son rôle exact et les privilèges dont il jouirait dans le pays libéré, allié du Mitanni. Au lieu de s'emparer des ports libanais, on perdait un temps précieux en discussions stériles. Les Palestiniens, eux aussi en proie à des querelles internes, tardaient à se rallier à Paheq.

Soudain, la nouvelle tomba : la Palestine demeurait soumise à l'Égypte, la flotte de Thoutmosis se dirigeait vers le Liban. Trop tard pour le conquérir aisément.

Une bataille de grande ampleur s'annonçait, un affrontement décisif. Paheq sentit les insurgés vaciller.

— Non, Thoutmosis n'est pas invincible ! Il compte sur notre frayeur alors que nos troupes sont plus nombreuses que les siennes. Cette fois, nous le terrasserons, à condition que vous suiviez mes ordres à la lettre. Nos guerriers valent les siens, et nos premiers succès sont le prélude d'un triomphe !

Son enthousiasme rassura les timorés.

— L'erreur consisterait à nous laisser assiéger, poursuivit-il ; en posture défensive, derrière les murailles de nos cités, nous serions, comme naguère, des proies faciles. Nous attaquerons l'armée ennemie dès qu'elle quittera les ports du Liban. Cette stratégie inédite la surprendra, et nous la détruirons.

*
* *

Les négociations enfin terminées, le prince de Tounip, définitivement nommé chef de guerre, avait besoin d'un peu de repos avant d'organiser l'offensive qui anéantirait le pharaon et ouvrirait la route de l'Égypte et de ses richesses.

Son horrible épouse reléguée au fond d'un harem avec une nuée de servantes, Paheq s'allongeait sur son lit, lorsqu'une voix l'interpella :

— Tu me délaisses.

Il se redressa.

Écartant une tenture, sa belle et jeune maîtresse apparut.

— Tu me délaisses, et tu as épousé cette truie !

— Un indispensable mariage politique. Elle ne compte pas pour moi.

— Alors, répudie-la et désigne-moi princesse de Tounip. Ensemble, nous dirigerons la Syrie.

— L'accord des notables est vital, la truie me l'assure. Pas toi, malheureusement.

— Tu avais promis de ne pas me tromper.

— L'important, c'est de gagner cette guerre ; et nous aurons beaucoup de belles nuits d'amour.

— Goûtons déjà celle-ci...

Lentement, elle se dénuda.

— Pardonne-moi, je suis épuisé et je dois dormir. Demain, je rassemble nos troupes.

— Tu ne veux plus de moi ?

— Comprends-le, quelques heures de sommeil me sont nécessaires.

Nerveuse, la brune se rhabilla.

Elle comprenait que Paheq lui avait menti et se débarrassait d'elle comme d'une étoffe usée, bonne à jeter.

Après s'être rasé, le Vieux peigna Vent du Nord. À bord, de la fébrilité, en raison d'une rumeur persistante : les révoltés avaient conquis les ports libanais et repousseraient les bateaux égyptiens.

— Des centaines de morts en perspective, marmonna le Vieux.

L'oreille gauche de l'âne se dressa.

— Non ? Tu ne connais pas le roi ! Lui, reculer ? Il s'acharnera, quelles que soient nos pertes. Et elles ne seront pas minces !

L'oreille gauche resta bien raide.

— Par moments, tu racontes n'importe quoi ! Crois-tu qu'on va nous accueillir avec des acclamations ?

L'oreille droite se leva.

— Qu'est-ce que tu as bu, ce matin ? Quand la première volée de flèches s'abattra sur nous, accroupis-toi !

La vigie signala que l'on approchait de Byblos, et l'ordre de Thoutmosis fut transmis à l'ensemble de la flotte : « Aux postes de combat ! »

Un lourd silence s'installa. Ne subsistèrent que le souffle du vent et le clapotis de la mer. Le général Djéhouty pria le souverain de ne pas demeurer exposé, à la proue du navire amiral.

Alors qu'il refusait, une clameur s'éleva.

Les cris de joie des habitants de Byblos, saluant le pharaon.

Très digne, Vent du Nord fixa le quai où une foule enthousiaste brandissait des fleurs.

*

* *

Centre de l'insurrection, Tounip abritait le quartier général, sous l'autorité d'un Paheq qui débordait d'énergie. Vantant sa stratégie, officiers syriens et mitanniens attendaient le signal du départ. Prise au dépourvu par un raid massif, l'armée égyptienne n'aurait pas le temps de se mettre en ordre de bataille et subirait une lourde défaite.

Paheq ressentait une immense fierté, qui effaçait tant d'humiliations ! Son désir de revanche se concrétisait enfin. Il ne lui restait qu'à revêtir sa cuirasse de commandant en chef et à lancer ses troupes sur le chemin du triomphe.

Au moment où il la saisit, une douleur atroce le figea. Il lâcha la cuirasse et ouvrit la bouche, émettant une sorte de râle.

Un deuxième coup de poignard dans le dos, puis un troisième.

Paheq tomba à genoux.

— Qui... qui me tue ?...

La jolie brune lui fit face.

— Tu es un menteur et un parjure. Tu ne mérites pas de vivre.

D'un geste hargneux, elle l'égorgea.

*
* *

Le délégué du Mitanni et les officiers syriens s'impatientaient. Pourquoi Paheq tardait-il tant ? Excédé, l'un d'eux pénétra dans ses appartements et découvrit le cadavre baignant dans son sang. Sans nul doute, l'intervention meurtrière d'un espion égyptien infiltré chez les insurgés !

Une réunion d'urgence aboutit à une conclusion : l'ennemi était informé des intentions syriennes, et l'effet de surprise ne jouerait pas. Les esprits s'échauffèrent, aucun chef ne s'imposa pour remplacer le prince de Tounip. Seule solution : se réfugier derrière les murailles des principales villes, en espérant que les Égyptiens se casseraient les dents. Quant aux villages et aux paysans, ils seraient abandonnés à eux-mêmes.

*
* *

Redoutant des traquenards, voire un raid d'envergure, Tjanouni ne cessait d'envoyer des éclaireurs qui se relayaient à de brefs intervalles. Ne rencontrant aucune résistance, l'armée égyptienne avançait de manière inexorable vers Tounip qui, selon des informateurs, abritait le foyer de la révolte.

Le pharaon ordonna la destruction des champs et des vergers entourant la cité rebelle ; pendant longtemps, le châtiment infligé à cette contrée servirait de leçon.

Tandis que le Vieux et le héraut Antef s'empressaient d'installer la tente du roi, les soldats encerclaient la forteresse.

— On est ici pour un bon moment, déplora le Vieux.

L'oreille gauche de Vent du Nord se dressa.

— Comment, non ? D'accord, le coup précédent, tu as gagné, plus ou moins par hasard ! Mais là, tu te fourres le sabot dans l'œil. Tu as vu l'épaisseur des murailles ? Ces gaillards se défendront comme des fauves et ce siège sera interminable !

L'âne confirma son premier jugement.

« Impossible de discuter raisonnablement avec cette bête », pensa le Vieux, qui disposa le lit de camp et les coffres de rangement.

*
* *

Djéhouty fut formel :

— Majesté, les murs de Tounip présentent des défauts majeurs. Certains ont été rebâtis trop vite et ne nous résisteront guère ; d'autres sont usés. Créneaux en nombre insuffisant, d'où une faible riposte à nos archers, qui élimineront sans peine les défenseurs. Sous leurs tirs de protection, les hommes du génie ouvriront des brèches.

— Que Tounip soit rasée, décrétai-je.

— 117 —

Mené avec rigueur, l'assaut avait été bref et dévastateur. De Tounip ne subsistaient que des ruines fumantes ; j'infligeai le même sort à la citadelle de Kadesh et à plusieurs autres villes rebelles.

Parmi les cadavres, quantité de Mitanniens. Leur appui avait été inutile et, cette fois, leur roi apparaissait vaincu aux yeux de ses voisins. Le fruit pourri ne tarderait pas à tomber.

En observant la colonne de prisonniers de guerre et l'énorme butin composé de chars, de chevaux, d'armes, de vaisselle d'or et d'argent, de pierres semi-précieuses, de sacs de céréales, de troupeaux de vaches, de chèvres et d'ânes, j'eus la certitude que cette seizième campagne, qui avait repoussé les ténèbres et maîtrisé le chaos, serait la dernière de mon règne. S'étendant jusqu'à l'Euphrate, le protectorat syrien vivrait en paix, avec ses dialectes et ses coutumes, et connaîtrait la prospérité grâce à la gestion de mon administration.

Sur le chemin du retour, des foules en liesse m'acclamèrent, bien qu'elles eussent souhaité ma mort et l'effondrement de l'Égypte. Voilà longtemps que les louanges ne m'impressionnaient plus ; la flatterie n'était-elle pas l'une des formes pernicieuses de la trahison ?

Un seul résultat comptait : qu'à travers l'institution pharaonique les populations goûtent à l'harmonie, se sentent en sécurité et se régalent du bonheur de vivre.

*
* *

Mêlé à la foule saluant le retour de Thoutmosis à Thèbes, Lousi remâcha sa hargne en assistant au triomphe du pharaon. Le Mitanni jugulé, les rebelles syriens piétinés, un seul homme pouvait encore renverser le trône du tyran : lui, Lousi. Malgré l'adversité, sa détermination ne faiblissait pas. Et sa petite équipe de tueurs restait mobilisée.

Élément douteux : son serviteur, Bak. Amaigri, malade, dépressif, il ne collaborait qu'à contrecœur, mais Lousi avait besoin des renseignements qu'il lui procurait sur les habitudes du palais où il jouissait de la considération générale. Quoique le monarque fût sous haute protection, tout système comportait une faille. Lousi en avait déjà décelé une, que les circonstances l'avaient empêché de mettre à profit. Une autre se présenterait.

*
* *

Entourée de ses deux enfants, et suivie d'une meute de courtisans qui se bousculaient pour être au premier rang derrière elle, la Grande Épouse royale m'accueillit aux marches du palais.

Digne, élégante, d'une beauté souveraine, Mérytrê honorait sa fonction.

— Majesté, dit-elle, vous avez rétabli l'ordre juste à la place du désordre destructeur. Vos sujets, Égyptiens et habitants des protectorats, vous en sont reconnaissants. Puissent les dieux consolider la paix que vous avez façonnée.

Ce bref discours me toucha. Je pris la main de la reine et, correctement éduqués, les deux enfants nous suivirent, accompagnés du Premier ministre.

Pendant la semaine de congé dans l'Égypte entière, les services d'urgence continueraient à fonctionner sous l'autorité de Rekhmirê qui, lui, n'avait pas droit au repos.

Tel était aussi mon cas, et j'accédai à une demande d'entretien privé de l'un des artisans de la victoire, Tjanouni.

— À cause de mon incompétence, insista-t-il, nous avons failli perdre cette guerre.

— Nous l'avons gagnée. Et je te maintiens à la tête de nos services de renseignement, car tu ne commettras pas deux fois la même erreur.

— Malgré votre clémence, me taire serait impardonnable.

— Eh bien, parle !

— Si le péril extérieur semble jugulé, qu'en est-il du danger intérieur ? Nombre de Syriens se sont intégrés à la société égyptienne, mais n'existerait-il pas un noyau de revanchards, nourris de haine, et désireux de vous abattre ?

— C'est certain.

— Ils n'y parviendront pas sans une complicité au plus haut niveau.

— Qui suspectes-tu ?

La voix de Tjanouni s'étrangla.

— Si j'ose prononcer le nom d'un de vos proches, me prêterez-vous attention ?

— Ignores-tu qu'un roi n'a ni frère ni ami ? Exprime-toi librement.

— Le meneur de l'insurrection, Paheq, a été assassiné, sans doute par l'un de ses opposants. Il nous a tous abusés. Tous, sauf, peut-être, celui qui l'a nommé à la tête du protectorat syrien.

— Minmès, organiser un complot ?

— Je ne l'exclus pas.

— Des preuves ?

— Aucune. Simple hypothèse qui ne doit pas être négligée.

*
* *

La fête battait son plein, beaucoup de Thébains ne se coucheraient pas avant l'aube. Offerte par l'État, la bière coulait à flots, et l'odeur des grillades envahissait la capitale. Dans chaque quartier, on jouait de la musique, on chantait et l'on dansait. Et le nom de Thoutmosis était fréquemment acclamé.

Donné en l'honneur de la victoire et de la paix, le banquet, rassemblant au palais un maximum de dignitaires, avait été l'occasion de franches réjouissances. Même la reine, d'ordinaire réservée, avait exprimé sa joie. Quant à moi, je m'étais contenté de minces sourires, songeant à l'issue de ce repas qui n'aurait rien d'agréable.

Pendant que les invités continuaient à festoyer dans le jardin, je reçus Minmès dans mon bureau.

Vieilli, les traits creusés, il n'avait pas une attitude de vainqueur.

— Mauvaise soirée ? m'étonnai-je.

— Magnifique, au contraire.

— Pas pour toi, semble-t-il.

— Maintenant, tu peux accepter ma démission.

— Pour quelle raison ?

— J'ai failli. Et mon aveuglement est impardonnable.

— Aveuglement… Est-ce le mot juste ?

Minmès leva des yeux affolés.

— Je… je ne comprends pas !

— Tjanouni a un caractère soupçonneux. D'après lui, tu n'aurais pas commis d'erreur.

— Qu'insinue-t-il ?

— Est-il nécessaire de te l'expliquer ?

Minmès s'agenouilla.

— Mon roi… M'accuser de complot, moi ? Je l'avoue, j'ai été stupide et indigne de la charge que tu m'as confiée. Mais te trahir, comploter contre toi… Je préférerais mourir !

Le regard de mon ami d'enfance ne mentait pas, et sa détresse n'était pas feinte.

Je le relevai et lui donnai l'accolade. Ses larmes coulèrent sur mon épaule.

— 118 —

Puisque j'avais renouvelé ma confiance à Minmès, Tjanouni s'inclina. Et j'exigeai la coopération des deux hommes pour mener à bien un projet qui s'imposait : l'inscription monumentale, à Karnak, de mes *Annales*, narrant les seize campagnes qui avaient abouti à la paix et enrichi les Deux Terres. Scrupuleux correspondant de guerre, Tjanouni remettrait à Minmès les textes soigneusement conservés tout au long de ces années de combat, et les sculpteurs les déploieraient en colonnes de hiéroglyphes, sous la surveillance de Menkh le Jeune.

Le décret concernant les *Annales* fut proclamé par le héraut Antef : « Sa Majesté a décidé de relater les victoires que son père Amon lui a procurées en les gravant sur des murs de pierre dans le temple. »

Qui avait inspiré ma pensée, sinon mon guide divin, Thot, protecteur de la lignée des Thoutmosis, dont j'étais le troisième représentant ? C'est pourquoi je devais honorer mes ancêtres et me relier à eux de manière explicite.

Aussi convoquai-je dans le sanctuaire le plus cher à mon cœur, « Celui dont les monuments rayonnent », le Premier Serviteur d'Amon et les initiés aux grands mystères. Des scènes d'offrandes émanaient lumière et sérénité, expression du génie des sculpteurs et des peintres, capables de percevoir l'énergie divine pour l'incorporer dans leurs œuvres.

Mes intentions risquaient de choquer, et je désirais obtenir l'approbation d'hommes et de femmes qui, en célébrant chaque jour les rituels destinés à maintenir sur terre les puissances créatrices, étaient les soutiens majeurs de l'institution pharaonique.

— L'un de vous se rappelle-t-il l'événement marquant de mon enfance ?

Le doyen des ritualistes d'Amon prit la parole :

— Vous n'étiez qu'un petit garçon, très studieux, et votre père vous emmenait souvent au temple pour assister à des cérémonies, notamment aux processions. Un jour, je m'en souviens comme si c'était hier, la statue du dieu Amon s'est arrêtée devant vous et s'est inclinée en vous désignant comme le nouveau pharaon, auquel il révéla ses secrets. Ensuite…

— Ensuite, la reine Hatchepsout m'estima incapable de gouverner et occupa le trône des vivants. Aujourd'hui, je souhaite effacer son règne afin de relier le mien à celui du deuxième des Thoutmosis.

Cette annonce étonna le conseil des Sages, mais aucune opposition ne fut formulée.

— Comment procéderez-vous ? m'interrogea Menkh le Jeune.

— Je construirai un nouveau sanctuaire, consacré à la barque d'Amon, qui vogue au ciel et sur terre.

Sur ses murs seront inscrits le texte des *Annales*, les rituels du couronnement et de la fondation du temple[1].

— Majesté, vous avez prononcé le mot « effacer »…

— Je respecte la reine Hatchepsout, et sa survie doit être assurée. Aussi des scènes essentielles, la montrant ressuscitée face à des divinités comme Hathor qu'elle a tant vénérée, seront-elles préservées. En revanche, nombre d'autres représentations de la souveraine seront martelées, et elle disparaîtra des listes royales. Je n'éprouve nulle animosité à son égard, mais je juge nécessaire d'affirmer la lignée des Thoutmosis à laquelle Hatchepsout n'appartient pas.

— Démantèlerez-vous son temple majeur, celui de Deir el-Bahari ?

— J'en bâtirai un, à son image, au-dessus de celui de la reine[2]. Et les rites célébrés naguère dans son sanctuaire le seront désormais dans le mien.

— Et… son tombeau ? s'inquiéta Menkh le Jeune.

— Seul un barbare, piétinant la loi de Maât, violerait une demeure d'éternité. Elle continuera d'y reposer en paix. Elle, et elle seule.

*
* *

Creusée dans un vallon à l'est de la Vallée des Rois, et difficilement accessible, la tombe d'Hatchepsout

---

1. Ce monument essentiel a survécu à travers la reconstitution architecturale datant de l'époque ptolémaïque. On y voit notamment le roi purifié et couronné par Horus et Thot.

2. Un tremblement de terre le détruisit.

avait la forme d'un immense arc de cercle[1], aboutissant à une chambre de résurrection contenant deux sarcophages, celui de la reine et celui de son père, le premier des Thoutmosis.

Des tailleurs de pierre ouvrirent la porte. Équipés de torches, ils me précédèrent en empruntant le long couloir sinueux.

Ce voyage dans l'au-delà, concrétisé au cœur de la pierre, me bouleversa. Pas après pas, j'avais l'impression de percer des ténèbres afin de susciter l'émergence d'une lumière nouvelle.

Je me recueillis devant le sarcophage d'Hatchepsout, son « Maître de vie ». Entourée des trésors l'accompagnant sur les beaux chemins de l'éternité, elle avait atteint le cercle des étoiles impérissables.

Puis j'ordonnai aux artisans d'ouvrir le cercueil de mon grand-père et d'y prélever sa momie, ce « corps noble », socle de ma dynastie. Le premier des Thoutmosis bénéficierait de sa propre sépulture, sous la protection de Thot, dieu de la connaissance. Ainsi était renoué le lien avec mes ancêtres et ma véritable lignée. Ainsi mon règne avait-il bien débuté en l'an un, lorsque Amon m'avait désigné comme Pharaon.

---

1. D'une longueur exceptionnelle de 210 m. La tombe d'Hatchepsout (KV 20) est parfois considérée comme la première de la Vallée des Rois.

— 119 —

En cette quarante-cinquième année de règne, je célébrai la fête du nouvel an sur l'île d'Éléphantine, tout au sud du pays, à proximité de la première cataracte. Là régnait le dieu Khnoum à tête de bélier, qui façonnait les multiples formes de vie sur son tour de potier ; quand il soulevait sa sandale, le flot nourricier de l'inondation se libérait pour féconder les terres.

Minmès avait reçu l'ordre d'agrandir et d'embellir son très ancien temple, afin que Khnoum continue de réguler la crue, indispensable à notre prospérité.

Les nouvelles en provenance de Syro-Palestine étaient excellentes. Cette fois, une paix durable s'installait dans la région, et l'administration, mêlant scribes égyptiens et potentats locaux, fonctionnait correctement, à la satisfaction de la population. Quant au Mitanni, isolé, il ne cessait de décliner et n'avait plus les moyens de fomenter une insurrection.

Pourtant, Tjanouni restait en alerte, et les services de renseignement ne relâchaient pas leur attention, à l'image de ma garde rapprochée que Mahou, inquiet, avait encore renforcée. Bien qu'il ne disposât d'aucun indice sérieux, mon ami d'enfance persistait à redouter la vengeance d'un groupe de Syriens désespérés.

De retour à Thèbes, je me rendis dans ma demeure d'éternité de la Vallée des Rois, afin d'y écouter la voix de Thot. Il ne me restait plus que deux heures à inscrire sur la paroi, en dessinant les scènes et en écrivant les textes dictés par mon protecteur.

Ce qu'il exigea me surprit, mais j'étais son serviteur et j'accomplirais sa volonté.

*
* *

Au terme d'une longue et rude journée au cours de laquelle elle avait reçu les gestionnaires de sa Maison, la reine se préparait à célébrer le rituel du soir à Karnak. Mérytamon, à la voix envoûtante, y chanterait l'hymne d'apaisement de la puissance créatrice, avant son voyage nocturne.

Min venait de m'adresser un rapport détaillé sur son élève Amenhotep, âgé de dix ans, mais en paraissant cinq de plus, tant il jouissait d'une robuste constitution et semblait infatigable. Aux courses d'endurance, il épuisait des adultes ; au tir à l'arc à grande distance, il égalait des vétérans ; à la lutte, il ne reculait jamais, et pratiquait de nouvelles prises à chaque combat ; cavalier émérite, il se détendait en nageant ou en maniant l'aviron à une cadence infernale. S'il écrivait et lisait correctement, ses résultats en science laissaient à désirer.

Vêtue d'une sobre robe blanche de lin plissé, coiffée d'un diadème en or, toujours aussi fine et élégante, Mérytrê me sourit.

— Je suis heureuse de vous revoir. Votre voyage à Éléphantine s'est-il bien déroulé ?

— La crue nous sera favorable. J'ai deux décisions à vous communiquer, la première concerne notre fils.

Le regard de la reine se teinta d'inquiétude.

— Son précepteur serait-il mécontent de lui ?

— Au contraire. Voici le moment de l'introduire à la haute école. Il approfondira ses connaissances et fréquentera des condisciples de toutes origines.

— N'est-il pas trop jeune ?

— S'il est appelé à régner, mieux vaut le préparer dès maintenant à cette fonction inhumaine. Et seul un monarque instruit saura diriger, après s'être frotté à de multiples disciplines.

Mérytrê acquiesça.

— Ma seconde décision, ou plus exactement celle de Thot, vous concerne.

Voilà longtemps que la reine s'attendait au pire, une séparation définitive. Aussi ne se départit-elle pas de sa dignité.

— Je ne vous l'ai jamais caché, Satiâh demeurera la seule Grande Épouse royale présente dans mon temple de Karnak, « Celui dont les monuments rayonnent ». En compagnie de ma mère, elle figure aussi dans ma demeure d'éternité. Une troisième femme les accompagnera : vous, Mérytrê. Vous serez associée au mystère de la renaissance quotidienne de la lumière et qualifiée de « Vivante ». De plus, vous bénéficierez de votre propre résidence dans la Vallée des Rois, en contrebas de la mienne[1]. Ainsi serons-nous unis à jamais.

---

1. KV 42, sur le modèle de la tombe de Thoutmosis III.

*
* *

Le médecin-chef m'emmena au chevet de la dame Nébétou, une centenaire qui, pour la première fois de sa longue existence, avait été contrainte de rester alitée.

— Ah... te voilà ! Je désirais tant te parler, avant de quitter notre pays, l'aimé des dieux. Non, ne me raconte pas d'histoires... Je sais que le souffle m'abandonne. Mais j'ai eu le temps de m'entretenir avec la reine. Enfin, tu as perçu son amour, sa fidélité et sa loyauté ! Cette femme n'aura vécu que pour te servir. Tu l'as ignorée, elle ne te le reproche pas. Ta fille est une merveille, ton fils un garnement, mais ses dons lui permettront de gouverner s'il est éduqué à la dure. Donne-moi un peu d'eau.

Nébétou but lentement.

— Ton palais, je te le confirme, est un repaire d'ambitieux, d'inutiles et d'incapables ; heureusement, ton Premier ministre les tient en laisse et s'appuie sur une petite équipe, efficace et dévouée. Moi partie, sois vigilant et n'écoute pas les flatteurs.

La voix s'épuisait.

— Ta reine a pleuré de joie toute la nuit. En l'incorporant à ton éternité, tu lui as offert un bonheur auquel elle n'osait même pas rêver. Tu as bien agi, mon roi, je peux mourir en paix.

— 120 —

Lousi enrageait. Comment atteindre un roi si bien protégé ? La garde rapprochée s'était renforcée, et même le plus déterminé des commandos ne parviendrait pas à percer les barrages.

— Renonce, lui conseilla un Bak décharné, invité à dîner chez son maître syrien afin de faire le point. Thoutmosis a établi une paix durable en Syro-Palestine, le Mitanni s'étiole, l'Égypte vénère son souverain, personne ne se révoltera contre lui. Oublie ta haine.

— Jamais !

Lousi hurla si fort que son domestique, Nez-Cassé, laissa tomber le plat de viande qu'il s'apprêtait à servir.

— Pauvre type, dégage !

— Entendu, patron ! Puisque tu me traites comme ça, je vais chercher un nouvel employeur. Reste seul, ça vaudra mieux.

Nez-Cassé claqua la porte.

— Renonce, insista Bak.

— Seul, marmonna Lousi, l'œil enflammé, seul... Voilà la solution ! Quand le roi est-il seul ? À l'intérieur du temple fermé, lors du rituel du matin !

— Tu n'oserais pas… profaner le lieu le plus sacré de Karnak !

— Le tyran y sera sans défense.

— Je t'en supplie, Lousi, ne commets pas cette atrocité !

Le prince syrien serra la gorge de son ancien serviteur, ses pouces carrés s'enfoncèrent dans sa chair.

— Je commande, tu obéis. Tu éloigneras les ritualistes, afin que je puisse pénétrer dans le sanctuaire. Surtout, garde ta langue. Sinon, ta femme et tes enfants seront exécutés.

*
* *

Alors que le Vieux et Vent du Nord livraient du vin au palais, en deuil à la suite du décès de la dame Nébétou, aussi crainte qu'admirée, l'intendant Kenna accourut.

— Sa Majesté est en fureur, on rase les murs.

— À cause de quoi ?

— Le manque de soins dans les villages reculés. Des plaintes sont parvenues au tribunal, Thoutmosis a rudement secoué le gouvernement et lui a dicté un décret concernant la santé publique ; pas un malade, où qu'il se trouve sur notre territoire, ne sera abandonné à son triste sort[1]. La science de nos médecins sera utile à tous. Le Premier ministre a été vertement prié d'appliquer cette loi sans délai.

— Une bataille aussi importante que celle de Megiddo !

— Tu dérailles, le Vieux !

— Comme le roi, d'après toi ?

_____

1. Papyrus Louvre 2007 (Inventaire E 32487).

— Je n'ai jamais dit ça !
— Évite de le penser. Enfin, penser... Tu n'es pas doué pour ça. Appelle-moi des porteurs, et qu'ils manipulent mes jarres avec douceur. Cette médecine-là est indispensable, elle aussi.

*
* *

Tant bien que mal, le héraut Antef et l'intendant Kenna tenteraient de remplacer l'irremplaçable dame Nébétou, cauchemar des paresseux et des truqueurs. Avec l'appui de la reine, ils veilleraient sur le fonctionnement du palais, ruche en perpétuelle activité.

À l'issue d'un voyage qui m'avait conduit dans toutes les provinces afin d'y vérifier la mise en œuvre de mon dernier décret, je ressentis l'appel de Thot et me rendis à la Vallée des Rois.

La onzième heure.

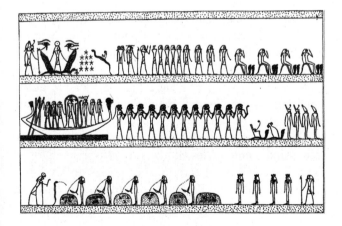

Ma main traça un immense serpent dans lequel péné-
tra la barque solaire pour s'y régénérer ; ses ennemis
n'avaient pas disparu, mais des déesses, armées de
couteaux et crachant du feu, les empêchaient de nuire.

Et ma prière s'éleva : « Que la tempête abatte les
rebelles, que mes bras soient fermes et mes jambes
solides, que mes adversaires aient la tête en bas et
qu'ils soient brûlés dans des chaudrons. »

*
* *

Avertissement sévère et inquiétant. Les créatures
dangereuses n'étaient donc pas définitivement élimi-
nées. Mais où se cachaient-elles ?

*
* *

Époux comblé, heureux père de deux enfants, maître
d'œuvre estimé, Minmès aurait perdu ces bonheurs si
son bon roi lui avait retiré sa confiance. Oui, il s'était
lourdement trompé en nommant un traître à la tête du
protectorat syrien, une vipère dont la morsure aurait
pu être mortelle. Seule la magie du pharaon avait évité
un désastre.

Honteux de sa naïveté, Minmès souffrait d'une
obsession : étudier les dossiers des ex-prisonniers de
guerre syriens ayant accédé à des postes de responsabilité. La forfaiture de Paheq n'était peut-être pas un
cas unique.

Lui aussi abusé, Tjanouni disposait d'une cohorte d'agents et d'informateurs en Syro-Palestine qui pistaient les personnalités douteuses. Ici, à Thèbes, il revenait à Minmès d'être aussi pointilleux que le chef des services de renseignement ; et si le ver était dans le fruit, au cœur même du royaume ?

Doté d'une rare capacité de concentration, Minmès lut pendant des heures les documents rédigés par des scribes rigoureux.

L'un d'eux l'intrigua.

Bak, aujourd'hui en poste à Karnak, cherchait à savoir si un compatriote, le condamné Lousi, avait été libéré. Pas de trace de cet homme à Thèbes. Muni d'une recommandation, Bak était parti pour Memphis afin de retrouver ce proche, soit un parent, soit un ami. À l'évidence, il y tenait beaucoup.

Deux ex-détenus que liaient des souvenirs de révolte. Minmès vérifia la liste des employés du temple de Karnak.

Parmi eux, un dénommé Lousi.

— 121 —

Minmès réveilla le général Mahou au milieu de la nuit.

— Vite, vite, il faut intervenir immédiatement !

— À quel propos ?

— Bak et Lousi, deux ex-prisonniers de guerre syriens, employés au temple de Karnak, et occupant des postes importants.

— Auraient-ils commis un délit ?

— À mon avis, ils veulent assassiner le roi.

— Quoi ! Qu'est-ce que tu racontes ? Tu as des preuves ?

— Mon flair.

— Un peu court, non ?

— Si je me trompe, aucune importance. Mais si j'ai raison…

— Tu souhaites que je les interroge ?

— Tout de suite.

Mahou se gratta le crâne.

— Si tu as raison… Bon, allons-y.

*
* *

D'abord, l'adresse. Autrement dit, arracher au sommeil le responsable du personnel de l'immense domaine de Karnak, qui n'apprécia pas cette irruption, et promit de rédiger un rapport à l'intention de ses supérieurs.

— Vous m'adressez une demande écrite, et je verrai si c'est légal.

Mahou agrippa le fonctionnaire par les aisselles et le souleva de terre.

— Tu as envie d'être accusé de complicité de crime et de finir tes jours au bagne des oasis ?

— De crime…

— Tu es sourd ?

— Non, non !

— Les adresses.

— Oui, oui !

*
* *

Accompagnés d'une vingtaine de policiers expérimentés, Mahou et Minmès se rendirent d'abord au domicile de Lousi.

Le général frappa longuement à la porte.

Pas de réponse.

— On enfonce.

Les policiers s'engouffrèrent dans la maison.

Vide, pas d'indices compromettants.

— Allons chez l'autre.

*
* *

Affolée, l'épouse de Bak leur ouvrit.

— Que... que se passe-t-il ?

— Ton mari est ici ? interrogea Mahou.

— Non, il a pris le bateau pour Memphis.

— Quand reviendra-t-il ?

— Dans une quinzaine de jours.

— Quelle est sa mission ?

— Une inspection des greniers du Nord.

— Lousi, tu connais ?

— Un ami de mon mari.

— Que sais-tu de lui ?

— Qu'il a purgé sa peine de prisonnier de guerre et qu'il s'est bien intégré à notre société, au point d'occuper un poste au Trésor de Karnak.

— Bak et lui se voient souvent ?

— Très souvent. Ce sont les meilleurs amis du monde.

— Et tu n'as rien observé d'inquiétant, ces derniers mois ?

— Si... Mon mari est angoissé, épuisé, et il a beaucoup maigri. Il prétend que sa fonction le dépasse, mais je soupçonne un autre motif qu'il ne m'a pas confié. Répondez-moi : qu'arrive-t-il ?

— Rien, j'espère. Rendors-toi.

Atterré, Mahou comprit que Minmès avait senti juste. Les deux Syriens s'étaient évanouis dans la nature, sans doute avec des complices, et préparaient un attentat.

Une urgence : les retrouver.

*

* *

Bak et Lousi avaient passé la nuit à Karnak, au fond d'une chapelle. Peu avant l'aube, Bak ouvrirait l'une des portes de l'enceinte aux séides de Lousi, qui égorgeraient un maximum de ritualistes et créeraient une diversion pendant qu'il assassinerait le pharaon.

Ni l'un ni l'autre n'avaient fermé les yeux, redoutant le passage d'un « pur », chargé du nettoyage et de l'entretien des temples. En ce cas, Lousi l'aurait supprimé.

Mais nul opportun ne les dérangea, et l'orient commença à rosir.

Bientôt, Thoutmosis célébrerait le rituel du matin, consacré à l'éveil de la puissance créatrice, sans pressentir que la mort le surprendrait au cœur du sanctuaire.

Lousi s'étira.

— Voici l'heure du triomphe, mon fidèle serviteur, remplis ta mission.

Bak se releva, le dos voûté ; inutile de protester.

*
* *

Après la purification et la vêture rituelles, le pharaon se rendit au temple en compagnie de sa fille et de son chien Geb, qui ne le quittait plus. La musicienne réunirait un chœur de chanteuses, aptes à célébrer la renaissance de la lumière, lorsque le souverain sortirait de la salle secrète où lui seul communiait avec la divinité.

Les membres de sa garde rapprochée s'étaient cantonnés au passage entre le palais et le domaine sacré.

Sous le regard de Lousi, accroupi le long d'une paroi, le roi pénétra dans son temple favori, « Celui dont les monuments rayonnent ».

Profitant du clair-obscur, le Syrien se glissa derrière le monarque, à bonne distance. Une fois à l'intérieur, personne ne le sauverait.

Thoutmosis s'immobilisa devant un bas-relief représentant Satiâh. Avant d'ôter le sceau fermant les portes du naos, il honorait le *ka*, la présence immortelle de la Grande Épouse royale.

Lousi trépignait. Tant d'années d'humiliation et de haine… En un instant, il les effacerait en poignardant le tyran.

Au moment où il s'élançait, un aboiement.

Le vieux Geb se rua vers l'assassin et planta ses crocs dans son mollet.

Furieux, Lousi le frappa au ventre d'un coup de pied ; malgré la douleur, le chien ne lâcha pas prise. Le Syrien allait lui trancher la gorge lorsque le roi se retourna et vit bondir un autre homme.

Déchaîné, Bak se jeta sur son ex-maître et cogna de ses poings fermés, indifférent à la lame qui lui tailladait les chairs.

*
* *

Soigné par le vétérinaire du palais et bichonné par la famille royale, Geb le Sauveur coulerait encore des jours heureux… Le crâne défoncé, Lousi était mort. Grièvement blessé, Bak survivrait et serait jugé, bénéficiant de circonstances atténuantes. Il n'avait pas ouvert la porte aux complices de Lousi, tous arrêtés, et s'était décidé à risquer sa vie afin de préserver celle du roi.

Des investigations approfondies ne décelèrent pas d'autre réseau syrien. Sous la protection de Satiâh, Thoutmosis continuerait de célébrer le rituel de l'aube, éveillant en paix la puissance créatrice, source de vie.

— 122 —

En cette cinquante-quatrième année de règne, âgé de soixante et un ans, je vis se dresser, à l'orient de Karnak, un obélisque géant symbolisant le premier rayon de lumière, qui avait créé le monde[1]. Fleuron d'un nouveau sanctuaire, il serait l'objet d'un culte quotidien, rendant hommage à l'esprit présent dans la matière. Cette gigantesque aiguille de pierre percerait le ciel, afin qu'il nous dispense ses bienfaits.

La décennie qui venait de s'écouler n'avait été marquée d'aucun incident en Syro-Palestine ; au contraire, la paix s'était consolidée et les populations du protectorat s'en félicitaient. De l'Euphrate à la Nubie, le spectre des conflits avait disparu, et les relations diplomatiques avec les Hittites, les Assyriens et les Babyloniens étaient excellentes. Même le Mitanni, dompté, cherchait à s'attirer mes bonnes grâces. Quant à l'Égypte, elle bénéficiait de richesses considérables, redistribuées avec soin.

---

1. Mesurant 32,18 m et pesant 455 t. Il fut transporté à Rome et se trouve aujourd'hui place Saint-Jean-de-Latran.

Et Thot m'appela pour me dévoiler la douzième et dernière heure. Mon corps était usé, ma tâche terrestre se terminait. Ni regret ni nostalgie. J'avais donné le maximum de moi-même et ne redoutais pas le grand voyage.

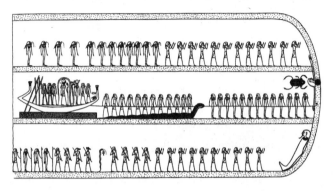

Le silence de ma demeure d'éternité fut celui de la plénitude. Pendant cette heure ultime, la barque solaire arrivait à bon port. Plus aucun péril ne la menaçait, ses ennemis avaient été anéantis. Osiris devenait Râ ; le jeune soleil, ressuscité au terme de son long et périlleux périple, apparaissait sous la forme d'un scarabée. La nuit se dissipait, le jour se levait. Et je formulai ma dernière prière : « Les dieux de l'Occident sont apaisés, les ténèbres chassées, la porte orientale du ciel s'ouvre, la lumière renaît. »

*
* *

Le Vieux avait mal partout, et Vent du Nord, à la longévité exceptionnelle, souffrait de ses articulations.

Néanmoins, ils continuaient à livrer au palais les meilleurs crus.

L'intendant Kenna avait la mine défaite.

— Tu es malade ? s'inquiéta le Vieux.

— Le roi se meurt.

— Lui, mourir ? Ça ne tient pas debout !

— Le médecin-chef n'a pas d'espoir.

— L'Égypte sans Thoutmosis… Un bateau sans capitaine.

— Le jeune Amenhotep lui succédera.

— Il n'a que dix-huit ans !

— Il a été bien formé.

— Qui pourrait se montrer à la hauteur de Thoutmosis ?

— Il transmettra sa puissance au nouveau pharaon.

— Que les dieux t'entendent !

*
* *

La soirée était d'une infinie douceur, les couleurs du couchant d'une beauté inégalable. J'éprouvais toujours autant d'amour pour mon pays, mais je n'avais plus la force de vivre. Après avoir dit adieu à mes proches, à la reine et à ma fille, je reçus mon fils Amenhotep, un solide gaillard à l'énergie débordante.

— Père, vous vous relèverez !

— Pas cette fois. Les douze heures que m'a accordées Thot se sont écoulées, voici le temps de ton règne.

— Je ne suis pas prêt !

— Personne ne l'est jamais. Tel est ton destin, et tu dois l'accepter, au service des dieux, des Deux Terres et de notre peuple. Ta parole, mon fils.

Amenhotep s'agenouilla et me baisa la main.

— Vous l'avez, Majesté.

— Assieds-toi près de moi.

Le jeune homme s'exécuta.

— Deux personnes te guideront : ta mère et le Premier ministre, Rekhmirê. Ils ont le sens de l'État et te seront dévoués. Écoute leurs conseils, nourris-toi de leur expérience. Menkh le Jeune est un serviteur compétent et fidèle, qui connaît le secret de Karnak ; fais-en ton allié, soucie-toi d'embellir nos temples, à Thèbes comme dans le pays entier. Les dieux habitent parmi nous, préoccupe-toi de leurs demeures. Mes amis d'enfance, Minmès et Mahou, ont choisi de se retirer. Compose ton propre entourage, à commencer par une Grande Épouse royale qui formera avec toi l'être de Pharaon. Et sache diriger mes funérailles.

Le souffle me manqua, mes yeux se fermèrent.

— Père !

J'usai mes dernières forces, désireux de confier à mon successeur mes ultimes pensées.

— Ne sois jamais indifférent à la souffrance du plus humble et sache susciter l'amour de ton peuple, la seule justification de ton pouvoir. Le socle de notre société est Maât, la justesse de la pensée, la rectitude du comportement, et la justice qui protège le faible du fort. En toutes choses, et chez tous les humains, recherche le *ka*, la puissance vitale, et sers-t'en pour gouverner. Fais circuler cette énergie, maintiens les liens entre l'invisible et le visible, le ciel et la terre, le divin et l'humain, inspire-toi des Ancêtres. Mets l'ordre constructeur à la place du désordre destructeur, ne tolère ni parjure ni mensonge, et combats l'avidité, source de tous les maux. Accomplis les rites et célèbre les fêtes avec exactitude, car ils sont les actes essentiels. Recrée un âge d'or, mon fils ; comme c'est heureux lorsque les humains bâtissent des sanctuaires, lorsqu'ils plantent des arbres pour les dieux, lorsque la joie anime leurs cœurs, lorsque chacun peut marcher sur le chemin librement et sans crainte. Tant que le ciel sera établi sur ses quatre supports et la terre stable sur ses fondements, tant que le soleil brillera le jour et la lune luira la nuit, tant que l'inondation viendra à son heure et que la terre fera croître les plantes, tant que les étoiles resteront à leur place, le temple sera semblable au ciel et de lui naîtra le seul être capable de gouverner les humains et de les orienter vers la lumière : Pharaon.

— ÉPILOGUE —

Le Vieux contempla les étoiles, la nouvelle résidence de Thoutmosis, qui avait rejoint le Principe créateur pour s'unir à Lui et célébrer un éternel banquet en compagnie des « Justes de voix ».

— De là-haut, j'espère qu'il continuera à nous guider.

L'oreille droite de Vent du Nord se dressa.

— Admettons que tu aies encore raison... Il paraît que la rencontre entre Rekhmirê et notre jeune souverain s'est bien passée. Avec un Premier ministre comme celui-là, Amenhotep évitera quantité d'erreurs. Tu n'as pas une petite soif ?

L'âne acquiesça. Ce soir-là, il eut droit à une tombée de vin rouge exceptionnel dans son eau et à un repas fin que couronna une salade de chardons frais.

Face à leurs vignes, ornées des dorures du couchant, le Vieux et Vent du Nord remercièrent Thoutmosis d'avoir façonné une paix dont jouissaient les petites gens comme les puissants. Puis ils louèrent les dieux pour leur avoir permis de vivre à une époque où Pharaon avait perçu que les humains ne se nourrissaient pas seulement de pain, mais aussi de lumière.

Imprimé en France par

MAURY IMPRIMEUR
à Malesherbes (Loiret)
en janvier 2020

N° d'impression : 242318
S29869/01